육구연집

陸九淵集

5

이 책은 (재)한국연구재단의 지원으로 학고방출판사에서 출간, 유통합니다.

한국연구재단 학술명저번역총서 동양편 *619*

육구연집

陸九淵集

저 육구연 陸九淵
역주 이주해 · 박소정

5

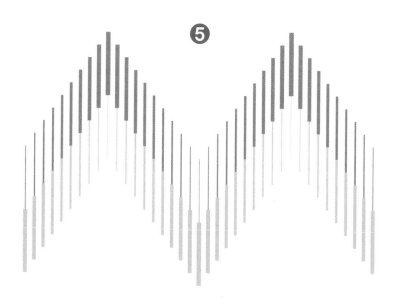

學古房

일러두기

1. 이 책은 북경 중화서국(中華書局)에서 출판한 『육구연집』(2014년)을 저본으로 삼았다.

2. 번역문, 원문 순서로 수록하였다.

3. 한자어는 우리말 독음으로 표기한 다음 번역문에는 ( )안에 한자를 넣었고, 각주에서는 우리말 독음을 생략하였다.

4. 원주는 각주에서 【 】로 표기하고 밝혔다.

5. 원문에는 없지만 이해를 돕기 위해 필요한 내용이 있으면 [ ]안에 삽입하였다.

『육구연집(陸九淵集)』을 세상에 내놓는 데까지 꼬박 4년이 걸렸다. 2014년 한국연구재단 명저번역 지원사업에 선정되어 본격적으로 번역에 착수한 게 2014년 9월이니, 정말 꼬박 4년이다. 처음 선정되었을 때 참으로 많은 생각이 들었다. 육구연이라는 철학자가 세상에 남긴 거의 모든 글이 다 묶여있는 책이 바로 『육구연집』이므로 육구연을 알고자 하는, 혹은 육구연을 연구하는, 혹은 송명 이학(理學) 내지는 심학(心學)을 전공하는 사람들에게 최소한 책임감 있는 번역을 제공해야 한다는 생각에 마음이 무거웠다. 문집 번역은 많이 해봤으나 『육구연집』은 기존의 문집과 그 성격이 판연히 다르므로 반드시 잘 해낼 수 있다는 보장도 없는 터였다. 게다가 분량 또한 압도적이어서, 숱한 고민과 두려움에 쉽게 착수하지 못했다.

이 책에서 가장 많은 분량을 치지하는 것은 편지글이다. 그는 문하생 및 동료들과 편지를 주고받으면서 학술 토론을 벌였는데, 태어나서 가장 많은 편지글을 번역하면서 편지라는 매체가 이토록 훌륭한 지식의 소통 담체가 되어준다는 사실에 놀라움을 감출 수 없었다. 더구나 그가 주희와 주고받은 논변을 읽으면서, 그들이 과연 어느 지점에서 갈리고 어느 지점에서 합치했는지, 어렴풋이나마 이해할 수 있었다. 간이(簡易)와 지리(支離). 그들은 서로 다른 공부법을 놓고 치열하게 토론하고 공박하였으되 끝내 나이와 견해 차이를 넘어서 우의를 지켜냈다. 천 년 전의 논쟁을 지면으로 감상하면서 나도 모르게 몰입되던 순간이 많았으며, 후대에 이른바 심학(心學), 이학(理學)과 같은 구분 짓기가 과연 무슨 의미가 있는가 되묻기도 하였다.

육구연에 대한 학술적 평가는 뒤에 붙인 해제를 읽으면 될 것이므로 여기서 사족을 붙일 생각은 없다. 그러나 분과학문의 틀에 묶여 번다한 도문학(道問學)을 일삼고 있는 21세기 우리들에게 육구연이 남긴 글귀는 아프게 다가온다. 육경이 내 인생을 주석해야지 왜 내가 육경을 주석하느냐? 오늘날 우리들은 하나의 학술을 놓고 허다한 주석을 달고 있다. 그래야 공부라고 여긴다. 자기 주장과 의견을 세우고, 문파를 이루고, 이를 전승한다. 그래야 번듯한 학자라 여긴다. 육구연이 남긴 글을 번역하는 내내 깊은 성찰을 하게 되었으니, 내게 있어서 아주 고마운 책이라 아니할 수 없다.

마지막으로 독자들에게 고백하고자 하는 바는, 번역의 원래 목적이 읽지 못하는 언어로 되어 있는 글을 이해할 수 있는 언어로 바꾸어냄으로써 원문 없이도 "읽을 수 있게" 해야 하는 것인데, 여전히 번역투를 다 버리지 못해 난삽한 구문이 도처에 보인다는 사실이다. 앞으로 더욱 노력할 것이다.

육구연은 1139년 3월 26일에 태어나 1193년 1월 18일에 세상을 떠났다. 자(字)는 자정(子靜)이며 강서성(江西省) 금계(金溪) 사람이다. 상산(象山)에서 강학했다 하여 사람들은 그를 상산 선생이라고 부른다.

2018년 8월 막바지에
이주해 쓰다

목차

권36

선생은 휘(諱)가 구연(九淵)이고 자(字)가 자정(子靜)이며 성은 육(陸) 씨이다. 육 씨는 규(嬀) 성에서 나왔다. 주나라 무왕(武王) 때 규만(嬀滿)이 진(陳) 땅에 봉해졌고, 진 공자 경중(敬仲)이 제(齊)나라로 가면서 성을 달리 전(田)으로 정했다. 후에 전 씨는 제나라를 차지했는데, 선왕(宣王) 때에 이르러 그 막내아들 통(田通)을 평원(平原) 반현(般縣) 육향(陸鄕)에 봉하니, 성을 달리 육(陸)이라 정하였다. 통의 손자 열(烈)이 오현(吳縣)의 현령이 되자 그의 자손들이 그곳으로 와서 오군(吳郡) 오현 사람이 되었다. 육열의 39대손이 희성(希聲)인데, 수많은 논저를 남겼으며 만년에 당나라 소종(昭宗)의 재상이 되어 문공(文公)이라는 시호를 하사받았다. 여섯 아들을 두었는데, 차남 육숭(崇)이 덕천(德遷)을 낳았다. 오대 말에 무주(撫州) 금계(金谿)로 피난을 와서 보따리 속 자산을 모두 털어 밭을 사 생업을 꾸렸는데, 고을에서 재산이 가장 많았으며 금계 육 씨의 시조가 되어 연복향(延福鄕)의 청전(靑田)에 거주했다. 넷째 아들 휘 유정(有程)이 선생의 고조부이신데, 박학하여 안 본 책이 없었다. 증조부 휘 연(演)은 가업을 능히 이어받았으며, 후덕하고 아량이 넓었다. 조부인 전(戩)은 넷째 아들이었는데, 취미가 청아하고 고상해서 생업을 다스리지 않았다. 선친이신 휘 하(賀)는 자가 도향(道鄕)이며 남다른 자질을 타고나셨다. 단정하고 진중하며 자랑을 하지 않으셨고, 서적을 연구하며 몸소 실천으로 드러내셨다. 선유(先儒)들의 관혼상제의 예법을 헤아려 집에서 행하시고, 이교(異敎)[의 예법]을 쓰지 않으시니, 가도(家道)가 엄숙하여 고을에 명성이 자자했다. 선교랑(宣敎郞)에 추증되셨다. 여섯 아들을 두었는데, 맏아들 구사(九思)는 자가 자강(子彊)으로 향시에 합격하여 종정랑(從政郞)에 봉해졌다. 아우 사산(梭山)이 행장을 지었다. 저술로 『가문(家問)』이 있는데, 주자(朱子)가 지은 발문(跋文)의 대략적인 내용은 이러하다.

『가문』은 자손들에게 가르침을 내리기 위해 쓴 책이다. 과거에 불합격하는 것을 병이라 여기지 않고, 예의(禮義)를 모르는 것을 깊은 우환으로 여겼다. 은근하고 간절히 반복해가며 깨우쳤는데, 사리를 다 설명하되 추호도 억지로 꾸미고자 하지 않았으며, 자상하고 독실한 기운이 가득했다. 서너 번이나 읊고 음미하면서 손에서 놓지 못했다.

그 다음이 구서(九叙)로 자는 자의(子儀)이다. 공정하고 영민하시어 당시 현자들이 처사(處士)라고 불렀다. 생업을 잘 꾸려서 약방을 총괄하며 살림을 충족히 채우셨다. 선생께서 묘표(墓表)를 지으셨다. 그 다음이 구고(九皐)로 자는 자소(子昭)이다. 어려서부터 배움에 힘을 써 문학과 행실이 모두 빼어나셨으며, 향시에 합격하였다. 만년에 관직을 얻었는데, 마지막에는 수직랑(修職郞)이 되어 담주(潭州) 남악묘(南嶽廟)를 관장하셨다. 서재의 이름을 '용(庸)'이라 하였기에 학자들이 용재 선생(庸齋先生)이라 칭했다. 문집을 남기셨다. 선생께서 묘표를 지으셨다. 그 다음은 구소(九韶)로 자는 자미(子美)였다. 과거 공부를 하지 않고서 형제들과 함께 옛 학문을 강독했는데, 주원회(朱

元晦)와 친했다. 처음으로 「태극도설(太極圖說)」이 옳지 않다고 말씀하셨다. 또 그의 상주문으로 사창(社倉) 제도가 생겨나 향리에 시행되었기에 백성들이 매우 덕이 있다 여겼다. 근처에서 학자들과 더불어 강학했는데, 그곳 이름이 사산(梭山)이었다. 사산은 금계 육씨 의문(義門) 동쪽에 있다. 호는 사산거사(梭山居士)이다. 여러 관사에서 줄줄이 천거하여 거사(居士)로서 조서의 부름에 응한 결과 유일(遺逸)로 등용되었다. 임종 시에 직접 임종의 예(禮)를 지으셨고, 묘지명을 짓지 말라 주의내리셨다. 『사산일기(梭山日記)』라는 문집이 있는데, 그 가운데 『거가정본(居家正本)』 및 『제용(制用)』 각 2편이 들어있다.

그 다음은 구령(九齡)으로 자는 자수(子壽)이다. 태어나서부터 총명하더니 걸음마를 떼면서부터 용모와 행동거지에 법도가 있었다. 어려서부터 큰 뜻이 있어 가를 알 수 없을 만큼 호한하고 드넓었다. 일찍이 향시에 합격하여 태학(太學)에 들어갔는데, 이미 명성이 자자해 이름난 사인들이 모두 그를 스승으로 섬기며 존경했다. 진사에 급제하여 계양 교수(桂陽敎授)에 제수되었으나 부모님을 맞이해와 모시기에 불편하다는 이유로 면직해 달라 진정하고 부임하지 않았다. 다시 흥국(興國) 교수에 제수되었는데, 임기가 다 차기 전에 친상을 당했다. 상복을 벗고 전주(全州) 교수에 제수되었으나 미처 부임하기도 전에 돌아가셨다. 당시 유가의 종주로서 그 도덕이 천하의 중망을 받고 있었기에 특별히 조봉랑(朝奉郞) 직비각(直秘閣)에 추증되고 문달(文達)이라는 시호를 받았다. 서재의 이름이 '복(復)'이어서 학자들이 복재 선생이라고 칭했다. 문집이 세상에 전한다. 무주(撫州) 태수 고상로(高商老)가 군치에서 문집을 간행하고 직접 서문을 썼다. 선생께서 행장을 쓰시고, 여성공(呂成公: 呂祖謙)이 묘지명을 지었으며 주문공(朱文公: 朱熹)이 비문을 지었다.

그 다음이 선생이시다. 복재 선생과 이름을 나란히 하여, 강서이륙(江西二陸)이라 불리며 하남(河南) 이정(二程: 程頤·程顥)에 비견되었다. 삼가 가계의 본말 대략을 이상과 같이 차례대로 적었다. 선생의 도덕과 사업을 연표로 작성해 아래에 잇는다.

先生諱九淵, 字子靜, 姓陸氏. 陸出嬀姓, 周武王封嬀滿於陳, 春秋時, 陳公子敬仲適齊, 別其氏曰田. 後田氏有齊, 至宣王時, 封其少子通于平原般縣[1]陸鄕, 又別其氏爲陸. 通曾孫烈爲吳令, 子孫避爲吳郡吳縣人. 烈三十九世至希聲, 論著甚多, 晚歲相唐昭宗, 卒諡文公, 生六子. 次子崇, 生德遷, 五代末避地於撫州金谿, 解囊中資裝, 置田治生, 貲高閭里, 爲金谿陸氏之祖, 居延福鄕之靑田. 第四子諱有程, 先生高祖也, 博學, 於書無所不觀. 曾祖諱演, 能世其業, 寬厚有容. 祖戩爲第四子, 趣尙淸高, 不治生産. 考諱賀, 字道鄕, 生有異禀, 端重不伐, 究心典籍, 見於躬行. 酌先儒冠昏喪祭之禮行于家, 弗用異敎. 家道整肅,[2] 著聞于州里. 贈宣敎郞. 生六子: 長九思, 字子彊, 與鄕擧, 封從政郞. 弟棱山撰行狀. 有家問, 朱子爲跋,[3] 略云:

『家問』所以訓[4]飭其子孫者, 不以不得科第爲病, 而深以不識禮義爲憂. 其懇懇懇切, 反覆曉譬, 說盡事理, 無一毫勉强緣飾之意, 而慈祥篤實之氣藹然. 諷味數四, 不能釋手云.

---

1) [원주] '般縣' 두 자는 원래 빠져있다. 道光本에 의거해 보충하였다.
2) [원주] '肅' 자는 원래 '者' 자로 되어있다. 道光本에 의거해 고쳤다.
3) [원주] '跋' 자는 원래 '政' 자로 되어있는데, 문맥에 의거해 跋로 고쳤다.
4) [원주] '訓' 자는 원래 '詞' 자로 되어 있다. 道光本에 의거해 고쳤다.

次九叙, 字子儀, 公正通敏, 時賢稱曰處士. 善治生, 總藥肆以足其家. 先生撰墓表. 次九皐, 字子昭, 少力學, 文行俱優, 與鄉舉. 晚得官, 終修職郎, 監潭州南嶽廟. 名齋曰'庸', 學者號庸齋先生. 有文集. 先生撰墓表. 次九韶, 字子美, 不事場屋, 兄弟共講古學, 與朱元晦友善. 首言「太極圖說」非正. 又因其奏立社倉之制, 行于鄉, 民甚德之. 與學者講學於近地, 名梭山, 梭山在金谿陸氏義門之東是也. 號曰梭山居士, 諸司列薦, 以居士應詔, 擧遺逸. 臨終自撰終禮, 戒不得銘墓. 有文集曰『梭山日記』. 中有『居家正本』及『制用』各二篇.

次九齡, 字子壽, 生而穎悟, 能步移, 則容止有法. 少有大志, 浩博無涯涘. 嘗與鄉擧, 補入太學, 已負重名, 知名士無不師尊之. 登進士第, 授桂陽教授, 以不便迎侍, 陳乞不赴. 改興國教授, 未滿, 丁艱. 服除, 授全州教授, 未上而卒. 爲時儒宗, 道德繫天下重望. 特贈朝奉郎, 直秘閣, 賜諡文達. 名齋曰'復', 學者稱復齋先生. 有文集行于世. 嘉定間, 撫州守高商老, 刊文集于郡治, 自爲序. 先生狀其行, 呂成公銘其墓, 朱文公書其碑.

次則先生, 與復齋先生齊名, 稱爲江西二陸, 以比河南二程. 謹序次家世本末大略于此. 而先生之道德事功, 則表年以繫之于后云.

1. 고종 소흥 9년(1139) 기해년에 2월 을해일 진시에 선생께서 태어나셨다.

高宗紹興九年己未, 二月乙亥, 辰時, 先生始生.

2. 소흥 10년(1140) 경신년에 두 살이 되셨다.

紹興十年庚申, 先生二歲.

3. 소흥 11년(1141) 신유년에 선생께서 세 살이 되셨다. 어렸으나 장난치거나 하지 않았다.

겨울 11월 15일, 모친이신 유인 요씨가 돌아가셔서 고을 양미령에 묻었다.

紹興十一年辛酉, 先生三歲, 幼不戲弄.
冬十一月十五日, 母孺人饒氏卒, 葬鄉之楊美嶺.

4. 소흥 12년(1142) 임술년에 선생께서 네 살이 되셨다. 조용하고 진중한 것이 성인 같았다.

늘 선교공(宣敎公: 선친)을 모시고 다녔는데, 어떤 일이나 물건을 보게 되면 반드시 질문을 하셨다. 하루는 천지가 끝나는 곳은 끝은 어디냐고 물었는데, 선교공이 웃으며 대답하지 않았다. 마침내 깊이 생각에 잠겨 침식조차 잊으셨다. 총각 때에 경전을 읽을 때는 저녁이 되어도 잠자리에 들지 않았고 옷도 벗지 않았다. 신발은 낡았으나 해지지 않았고, 손톱도 매우 길었다. 부엌에 들어오는 법이 없었다. 늘 나무 아래서 청소를 하고서 종일 편안히 앉아 있곤 했는데, 선생이 문 앞에 서있으면 지나가던 사람들이 말을 멈추고 바라보며 칭찬하였으니, 그의 단정하고 온화한 모습이 보통 아이들과 달랐기 때문이다.

紹興十二年壬戌, 先生四歲, 静重如成人.
常侍宣敎公行, 遇事物必致問. 一日, 忽問天地何所窮際, 公笑而不答. 遂深思至忘寝食. 總角誦經, 夕不寐, 不脫衣, 履有弊而無壞, 指甲甚修. 足迹未嘗至庖厨. 常自灑掃林下, 宴坐終日. 立于門, 過者駐望稱歎, 以其端莊雍容異常兒.

5. 소흥 13년(1143) 계해년에 선생께서 다섯 살이 되셨다. 학교에 들어가 책을 읽었는데, 종이 귀퉁이를 말거나 접는 법이 없었다.

紹興十三年癸亥, 先生五歲, 入學讀書, 紙隅無捲摺.

6. 소흥 14년(1144) 갑자년에 선생께서 여섯 살이 되셨다.

선친을 모시고 가례(嘉禮)에 가게 되었는데, 화려한 옷을 입히려 하자 물리치며 받지 않았다. 막내 형님이신 복재(復齋)는 당시 열세 살이었는데, 『예경(禮經)』을 인용하며 권고하자 선생께서 이에 받아 입으셨다.

紹興十四年甲子, 先生六歲.
侍親會嘉禮, 衣以華好, 却不受. 季兄復齋先生年十三, 擧『禮經』以告, 乃受.

7. 소흥 15년(1145) 을축년에 선생께서 일곱 살이 되셨다. 고을의 칭찬을 들었다.
선생께서 일찍이 말씀하셨다. "나는 일고여덟 살 때에 늘 고을의 칭찬을 들었는데, 그저 장중하고 몸가짐을 바르게 하며, 장난치기를 좋아하지 않아서였다."

紹興十五年乙丑, 先生七歲, 得鄕譽.
嘗云: "某七八歲時, 常得鄕譽, 只是莊敬自持, 心不愛戱."

8. 소흥 16년(1146) 병인년에 선생께서 여덟 살이 되셨다.

『논어』「학이」를 읽다가 '유자(有子)' 삼 장(章)을 의심하셨고, 『맹자』를 읽다가 증자가 유자를 스승으로 섬기고자 하지 않으면서 "장강과 한수로 깨끗이 씻어 가을볕에 말렸다."[5]라고 말한 구절에 이르자 증자가 이토록 성인의 고명함과 고결함을 얻을 수 있었음에 탄복하셨다. 총각 시절에는 누군가가 이천(伊川)의 말씀을 읊는 것을 듣고는 "이천의 말은 어찌하여 공맹과 다를까?"라고 말씀하셨다. 태어나실 때부터 청명함이 이와 같았다. 사산(梭山: 陸九韶)이 말씀하셨다. "자정(子靜) 아우는 그 고명함이 어려서부터 이미 남달라서, 마주치는 사물마다 깨우침이 있었다. 한번은 창문을 뒤흔드는 북소리를 듣고서 갑자기 환한 깨달음을 얻었다. 그의 학문의 발전은 매번 이와 같았다."

紹興十六年丙寅, 先生八歲.
讀『論語』「學而」, 即疑'有子'三章. 及看『孟子』, 到曾子不肯師事有子, 至"江漢以濯之, 秋陽以暴之"等語, 因歎曾子見得聖人高明潔白如此. 又丱角時, 聞人誦伊川語, 云: "伊川之言, 奚爲與孔孟之言不類?" 蓋生而淸明, 有如此者. 梭山嘗云: "子靜弟高明, 自幼已不同, 遇事逐物皆有省發. 嘗聞鼓聲振動窓櫺, 亦豁然有覺. 其進學每如此."

9. 소흥 17년(1147) 정묘년에 선생께서 아홉 살이 되셨다.

---

5) 『孟子』「滕文公上」. "후일에 자하와 자장과 자유가 유약이 성인과 같다 하여 공자를 섬기던 것과 같이 그를 섬기면서 증자에게도 강권하니, 증자가 말했다. '안 된다. 장강과 한수 물로 씻은 듯, 가을볕에 말린 듯, 그 고결함은 더할 것이 없다.'고 하였다.(他日, 子夏·子張·子游以有若似聖人, 欲以所事孔子事之, 強曾子. 曾子曰, '不可. 江漢以濯之, 秋陽以暴之, 皜皜乎不可尙已.')"

글을 잘 지었다. 포민도가 지은 제문에서 이르기를, "아홉 살에 능히 글을 지어 자신의 뜻을 전달했다."고 하였다.

紹興十七年丁卯, 先生九歲.
善屬文, 包敏道祭文云: "九歲屬文能自達."

10. 소흥 18년(1148) 무진년에 선생께서 열 살이 되셨다.
복재(復齋: 陸九齡)가 군의 학교에 입학해 제형들을 모시고 강학했는데, 의관이 흐트러지는 법이 없었다. 선생께서도 학교로 가서 제형들을 모시고 배웠는데, 우아하고 의젓해서 모두가 깜짝 놀랐다. 전랑(前廊) 오무영(吳茂榮)이라는 나이 든 유자가 말했다. "사랑하는 딸이 있어 훌륭한 사윗감을 얻고자 한다면 이 아이보다 뛰어난 자는 없을 것일세." 그리고는 사위로 삼았다.

紹興十八年戊辰, 先生十歲.
復齋入郡庠, 侍諸兄誦講, 衣冠未嘗解弛. 先生往侍學焉, 文雅雍容, 衆咸驚異. 有老儒謂前廊吳茂榮, 曰: "君有愛女, 欲得佳壻, 無踰此郎." 因以爲壻.

11. 소흥 19년(1149) 기사년에 선생께서 열한 살이 되셨다. 책을 읽고 깨달음을 얻으셨다.
어려서부터 책을 읽다가 한 가지 생각이 떠오르면 그냥 넘어가지 않았다. 밖에서 보기에는 한가로운 듯 보였으나 실은 부지런히 탐색하고 있었다. 백형께서 집안일을 총괄하셨는데, 한밤중에 일어나 보면 선생께서는 책을 읽고 계시던가 촛불을 밝혀놓고 책을 점검하고 계셨다. 한번 보면 의구심을 가지고, 의구심이 생기면 이내 깨달음을 얻는 것에 가장 뛰어났다. 훗날 학자들에게 이런 말씀을 하셨다. "의심이 작으면 발전도 작고, 의심이 크면 발전도 크다." 또 말씀하셨다. "예전에 복재 가형과 소산사(疎山寺)에서 책을 읽었는데, 오직 『논어』 한 권 뿐, 다른 책은 없었다." 혹자가 물었다. "일찍이 보았더니 선생께서는 성인께서 한 말씀과 문인들이 한 말을 나누어서 각각 따로 기록해놓고 보시던데요." 선생께서 말씀하셨다. "그건 어릴 적 일이다."

紹興十九年己巳, 先生十一歲, 讀書有覺.
從幼讀書便着意, 未嘗放過. 外視雖若閑暇, 實勤攷索. 伯兄總家務, 嘗夜分起, 見先生觀書, 或秉燭檢書. 最會一見便有疑, 一疑便有覺. 後嘗語學者曰: "小疑則小進, 大疑則大進." 嘗云: "向與復齋家兄讀書疎山寺, 止是一部『論語』, 更無他書." 或問: "曾見先生將聖人與門人語分門, 各自錄作一處看." 先生曰: "此是幼小時事."

12. 소흥 20년(1150) 경오년에 선생께서 열두 살이 되셨다.

紹興二十年庚午, 先生十二歲.

13. 소흥 21년(1151) 신미년에 선생께서 열세 살이 되셨다. 우주라는 글자의 뜻을 통해 성학(聖學)에 뜻을 돈독히 두셨다.
이시랑(李侍郎) 및 권군(權郡)에게 보낸 편지에서 모두 "열세 살에 옛 사람의 학문에 뜻을 두었다."고 말씀하셨다.[6] 선생은 서너

---

6) 李侍郎은 李德遠이다. 『陸九淵集』 권4에 실려 있는 「與李德遠」에서 "저는 열

살 때부터 천지가 끝나는 곳은 어디일까 생각했지만 그 답을 찾지 못하여 밥조차 먹지 못했다. [선친이신] 선교공께서 꾸짖으시자 그제야 잠시 내려놓았으나, 가슴속 의문은 여전히 사라지지 않았다. 열 몇 살이 되었을 때 책을 읽다가 '우주'라는 두 글자를 보았는데, 해석해 놓은 자가 "사방 상하를 일러 우(宇)라 하고, 고금을 왕래하는 것을 일러 주(宙)라 한다."고 말한 것을 보고 홀연 큰 깨달음을 얻어 "본디 끝이 없는 것이로구나. 사람과 천지만물은 모두 무궁함 속에 놓여 있는 것이로구나."라고 말하였다. 이에 붓을 가져다 이렇게 적었다. "우주 안의 일은 자기 분수 안의 일이고, 안의 일은 우주 안의 일이다." 또 말했다. "우주가 곧 나의 마음이요, 나의 마음이 곧 우주이다. 동해에 성인이 나온다 해도 이 마음은 같고 이 이치는 같다. 서해에 성인이 나온대 해도 이 마음은 같고 이 이치는 같다. 남해와 북해에 성인이 나온다 해도 이 마음은 같고 이 이치는 같다. 백 년 천 년 전에, 또 백 년 천 년 뒤에 성인이 나온다 해도 이 마음과 이 이치는 같지 않음이 없다." 그래서 학자들을 깨우친 말씀 중에 우주 두 글자에 미친 곳이 많다. 예를 들어 "도가 우주를 가득 채우고 있어서 도망가 숨을 곳이 없다. 하늘에 있으면 음양이라 하고, 땅에 있으면 강유(剛柔)라 하고, 사람에게 있으면 인의(仁義)라 한다. 인의란 사람의 본심이다." 또 말씀하셨다. "이 이치가 우주를 가득 채우고 있

세 살에 고인의 학문에 뜻을 두었습니다."라고 말한 내용이 보인다. 이 말이 다시 보이는 것은 마찬가지로 권4에 실린 「得解見提擧」이다. 權郡에게 보낸 편지도 그 다음에 실려 있으나 이와 같은 내용은 보이지 않는다. '提擧'를 '權郡'으로 착각한 것 같다.

다. 천지가 이에 순응하여 움직이므로 일월은 틀림이 없고 사시는 어긋남이 없다. 성인이 이에 순응하여 움직이기 때문에 형벌이 청명하고 백성이 따른다." 또 말씀하셨다. "이 이치가 우주를 가득 채우고 있으니, 누가 능히 도망칠 수 있겠는가? 이에 순응하면 길하고, 거스르면 흉하다." 또 말씀하셨다. "우주는 일찍이 사람을 막은 적이 없다. 사람 스스로 우주를 막았을 뿐이다." 이 해에 복재 선생께서 『논어』를 읽다가 앞으로 가까이 오라고 하더니 이렇게 물었다. "'유자(有子)' 장(章)을 어찌 보았느냐?" 선생께서 말씀하셨다. "그건 유자의 말이지 부자의 말씀이 아닙니다." 복재가 말했다. "공자 문하에서 증자를 빼면 그 다음이 유자이니, 가벼이 논의할 수 없다. 다시 생각해보는 것이 어떻겠느냐?" 선생께서 말씀하셨다. "부자의 말씀은 간략하고 쉬우나 유자의 말은 지리멸렬합니다." 복재는 일찍이 창 아래에서 정이(程頤)의 『역전(易傳)』을 읽었는데, "그 등에서 멈추고[艮其背]" 네 구절[7]을 반복해 읊으며 쉬지 않았다. 선생께서 우연히 그 앞을 지나가자 복재가 선생에게 물었다. "너는 정정숙(程正叔: 程頤)의 이 단락을 어찌 보느냐?" 선생께서 말씀하셨다. "끝내 적절하지도 명료하지도 않습니다. '그 등에서 멈추고 그 몸을 잡지 않았다.'라는 것은 무아(無我)이고, '그 뜰을 지나면서도 그 사람을 보지 못했다.'란 무물(無物)입니다."[8] 복재가 크게 기뻐하였다.

紹興二十一年辛未, 先生十三歲, 因宇宙字義, 篤志聖學.

---

7) 『周易』「艮卦」의 卦辭이다. "그 등에서 멈추고 그 몸을 잡지 않았기에 그 뜰을 지나면서도 그 사람을 보지 못한다.(艮其背, 不獲其身, 行其庭, 不見其人)"
8) 이 부분은 『陸九淵集』 권34, 「語錄上」의 각주 140에 자세히 보인다.

與李侍郎及權郡書, 皆云: "十三志古人之學." 先生自三四歲時, 思天地何所窮際不得, 至於不食. 宣教公呵之, 遂姑置, 而胸中之疑終在. 後十餘歲, 因讀古書至宇宙二字, 解者曰"四方上下曰宇, 往古來今曰宙", 忽大省曰: "元來無窮. 人與天地萬物, 皆在無窮之中者也." 乃援筆書曰: "宇宙內事, 乃己分內事, 己分內事, 乃宇宙內事." 又曰: "宇宙便是吾心, 吾心即是宇宙. 東海有聖人出焉, 此心同也, 此理同也. 西海有聖人出焉, 此心同也, 此理同也. 南海・北海有聖人出焉, 此心同也, 此理同也. 千百世之上至千百世之下有聖人出焉, 此心此理亦莫不同也." 故其啓悟學者, 多及宇宙二字. 如曰: "道塞宇宙, 非有所隱遁. 在天曰陰陽, 在地曰剛柔, 在人曰仁義. 仁義者, 人之本心也." 又曰: "是理充塞宇宙. 天地順此而動, 故日月不過而四時不忒. 聖人順此而動, 故刑罰淸而民服." 又曰: "此理塞宇宙, 誰能逃之? 順之則吉, 逆之則凶." 又曰: "宇宙不曾限隔人, 人自限隔宇宙." 是年復齋因讀『論語』, 命先生近前, 問云: "看'有子'一章如何?" 先生曰: "此有子之言, 非夫子之言." 復齋曰: "孔門除却曾子, 便到有子, 未可輕議." 先生曰: "夫子之言簡易, 有子之言支離." 復齋嘗於窻下讀程『易』, 至"艮其背"四句, 反覆誦讀不已. 先生偶過其前, 復齋問曰: "汝看程正叔此段如何?" 先生曰: "終是不直截明白. '艮其背, 不獲其身.' 無我, '行其庭, 不見其人', 無物." 復齋大喜.

14. 소흥 22년(1152) 임신년에 선생께서 열네 살이 되셨다.

도임백에게 보낸 편지에서 말했다. "나는 기질이 본디 약해서 열네 다섯 살이 되도록 손발이 따뜻해본 적이 없다. 후에 나아갈 바를 조금 알게 되자 체력도 따라서 건강해졌다." 늘 말씀하셨다. "나는 실천이행에 있어 순일하지 못하다. 하지만 스스로 경계하고 채찍질하면 이내 천지와 비슷해진다."

紹興二十二年壬申, 先生十四歲.
與涂任伯書曰: "某氣質素弱, 年十四五, 手足未嘗溫暖. 後以稍知
所向, 體力亦隨壯也." 嘗云: "吾於踐履未能純一, 然才自警策, 便
與天地相似."

15. 소흥 23년(1153) 계유년에 선생께서 열다섯 살이 되셨다.
「초여름에 어르신을 모시고 교외에 나갔다가 운자를 나눈 결과
'해(偕)' 자를 얻어 지은 시」는 다음과 같다.[9]

　　강습에 어찌 즐거움 없을까마는
　　뚫고 갈음에 끝이 없다네.
　　책이 귀한 바는 입으로 읊는 게 아니요
　　학문은 필히 심재[10]에 도달해야 한다네
　　술은 나의 성품을 도야할 수 있고
　　시는 나의 소회를 털어놓을 수 있다네
　　그 누구든 증점의 뜻을 말한다면
　　내 그를 얻어 늘 함께 하리라

紹興二十三年癸酉, 先生十五歲.
「初夏侍長上郊行分韻得偕字詩」云: 講習豈無樂, 鑽磨未有涯. 書

---

9) 이 시가 楊簡의 작품으로 소개되어 있는 곳도 있다.
10) 일체의 잡념을 버리고 虛靜하고 純一한 경지에 도달함으로써 大道를 밝히 보
　　는 상태를 가리키는 말이다.

非貴口誦, 學必到心齋. 酒可陶吾性, 詩堪述所懷. 誰言曾點志, 吾
得與之偕.

16. 소흥 24년(1154) 갑술년에 선생께서 열여섯 살이 되셨다.

삼국(三國: 魏·蜀·吳)과 육조(六朝)의 역사를 읽고 이적이 중화
를 어지럽힌 것을 알게 되었다. 또 어른들이 정강(靖康) 연간의
이야기를 하는 것을 듣고는 단번에 손톱을 잘라버리고 활쏘기와
기마를 배웠다. 하지만 흉중이 다른 사람들과 달라서 실수를 한
적이 없다. 일찍이 말씀하셨다. "공부가 착실하면 말을 해도 다
실제 일이요, 사람의 병폐를 지적해도 실제 병폐이다." 또 말씀하
셨다. "나는 『춘추』를 읽고서 중화와 이적의 구분을 알았다. 두
성인의 원수를 어찌 갚지 않을 수 있겠는가? 원하는 것 중에 사는
것보다 더한 것이 있고, 싫어하는 것 중에 죽음보다 더한 것이 있
다. 지금 우리가 편안히 유유자적 사는 것 또한 수치스러워할 만
한 일이다. 우리가 품고 있는 것은 편안함이지 의(義)가 아니기
때문이다." 이러한 것들이 모두 실제 이치이자 실제 말이다.

紹興二十四年甲戌, 先生十六歲.
讀三國六朝史, 見夷狄亂華, 又聞長上道靖康間事, 乃剪去指爪,
學弓馬. 然胸中與人異, 未嘗失了. 嘗云: "做得工夫實, 則所說即
實事, 所指人病即實病." 又云: "吾人讀『春秋』, 知中國夷狄之辨.
二聖之讐, 豈可不復? 所欲有甚於生, 所惡有甚於死. 今吾人高居
優游, 亦可爲恥. 乃懷安, 非懷義也." 此皆是實理實說.

17. 소흥 25년(1155) 을해년에 선생께서 열일곱 살이 되셨다.

「대인시」를 지었다.【권 25에 보인다.】

紹興二十五年乙亥, 先生十七歲.
作「大人詩」.【見前卷二十五】

18. 소흥 26년(1156) 병자년에 선생께서 열여덟 살이 되셨다.

紹興二十六年丙子, 先生十八歲.

19. 소흥 27년(1157) 정축년에 선생께서 열아홉 살이 되셨다.

紹興二十七年丁丑, 先生十九歲.

20. 소흥 28년(1158) 무인년에 선생께서 스무 살이 되셨다.

紹興二十八年戊寅, 先生二十歲.

21. 소흥 29년(1159) 기묘년에 선생께서 스물한 살이 되셨다.

紹興二十九年己卯, 先生二十一歲.

22. 소흥 30년(1160) 경진년에 선생께서 스물두 살이 되셨다.

紹興三十年庚辰, 先生二十二歲.

23. 소흥 31년(1161) 신사년에 선생께서 스물세 살이 되셨다.

紹興三十一年辛巳, 先生二十三歲.

24. 소흥 32년(1162) 임오년에 선생께서 스물네 살이 되셨다. 추시(秋試)[11]에서 『주례』로 향시 합격하셨다.

처음에 선생은 과거에 응하고자 하지 않았다. 복재는 본디 임천(臨川) 사람 시랑(侍郎) 이호(李浩)와 친해서 늘 선생 이야기를 하곤 하셨다. 이해 봄에 조카인 환지(煥之)로 하여금 선생을 모시고 이호 공을 찾아가게 했는데, 이호 공은 선생이 들고 온 책을 보고는 크게 기이하게 여겼다. 이에 며칠 머물게 하면서 과거에 응시할 것을 힘껏 권면했다. 집으로 돌아온 후에 가문에서 추시에 합격한 사람들의 명단 적어놓은 것을 보았는데, 열람해보니 [응시 과목 중에] 제가(諸家)의 문장과 경서와 부(賦)까지 모두 있었으나 오직 『주례』만은 없었다. 선생은 그 즉시 이 서적에 몰두하기 시작해 단오절이 지나자마자 『주례』를 정밀히 연구하기 시작하면서 정문(程文)을 구해 읽었다. 추시가 시작되었는데, 시험 치르는 사흘 동안 배운 바를 막힘없이 적어 내려갔다. 시험관 문질(文質) 왕경(王景)은 이렇게 비답을 달았다. "터럭만큼의 아쉬움도 남기지 않았고, 일으킨 파란이 홀로 성숙하다." 발표가 나는 날, 선생이 우연히 사산에게 들러서 마침 금(琴)을 연주하시던 중이었는데, 소식을 전하는 아전이 이르렀다. 선생은 곡 연주를 다 마치신 후에 [결과를] 물으셨고, 다시 한 곡을 마저 연주한 후에 돌아갔다. 선생은 4등이었고, 장인인 오점(吳漸)은 9등이었다. 「거송관계(舉送官啓)」 말미에 선생은 이렇게 적으셨다. "저는 소시 적부터 옛날을 흠모하여 늘 그 근원을 궁구해보기를 바라면서,

---

11) 당송시대에 州府에서 舉人을 선발하던 과거시험을 일컫는다. 가을에 실시되었다고 해서 추시라고 부른다. 여기서 합격하면 鄕舉, 즉 鄕貢이 된다.

세속과 더불어 [도와] 등지어 치달으며 그릇된 짓을 하고자 하지 아니하면서 기필코 성현과 같은 곳으로 돌아가 멈추고자 하였습니다. 저의 생각이 [성현에] 미치지 못한다는 것도 잊은 채 중임을 이끌어가고자 스스로 노력하면서 선철(先哲)도 똑같은 사람이니, 어찌 지난날의 교훈이 나를 속이겠는가 생각했습니다. 곤궁하거든 산림 속 은사들과 더불어 육경의 요지를 지킴으로써 공맹(孔孟)의 말씀을 학자들이 다시 들을 수 있도록 하고, 영달하거든 조정의 여러 공들과 더불어 오복(五服)의 땅12)을 되찾아옴으로써 요순의 교화가 이 백성들에게 온전히 펼쳐지게 하고자 하였습니다." (운운) 선생이 일찍이 말씀하셨다. "나는 과거에 응시한 이래로 한 번도 득실을 염두에 둔 적이 없다. 과장에서 쓴 문장도 그저 가슴 속에 담긴 것을 직접 적어 내려갔을 뿐이다." 이에 「귀계현학기(貴谿縣學記)」를 지어 이렇게 말씀하셨다. "유속을 따르지 않고 바른 학문으로써 말하는 자들이 어찌 다 유사(有司)에게 내침당하고 천명에게 버림받겠는가?" 일찍이 이런 말씀도 하셨다. "복재 가형께서 하루는 내게 물었다. '아우님께서는 지금 어떤 공부를 하고 계신가?' 내가 답했다. '저는 사람의 정리와 일의 형세와 만물의 이치에 대해 공부하고 있습니다.' 복재 가형은 대답만 하셨을 뿐이다. 물가의 높고 낮음을 알고, 만물의 아름다움과 추악함, 진실과 거짓을 변별하는 일 등도 내 무능하다고는 말할 수 없으나, 내가 말한 공부라는 것은 이런 것을 말하는 것이 아니

---

12) 고대 王畿의 외곽 둘레를 500리로 규획해 가까운 곳부터 甸服·侯服·綏服(賓服이라고도 함)·要服·荒服이라 하고 합쳐 五服이라 불렀다. 服은 천자에게 복속되었다는 뜻이다.

다.” 또 말씀하셨다. “우리 집은 가족이 한데 모여 밥을 먹는다. 그래서 늘 자제들을 교대로 보내 창고를 관장하게 하는데, 내가 마침 그 일을 맡을 차례가 되었을 때 학문에 큰 발전이 있었다. 이것이 바로 일을 맡아 행함이 공경스럽다는 것이다.”

紹興三十二年壬午, 先生二十四歲, 秋試以『周禮』鄕擧.
初, 先生未肯赴擧. 復齋素善臨川李侍郎浩, 每爲公言之. 是年春, 俾姪煥之侍先生同訪公, 公觀其贄見之書, 大奇之. 留數日, 力勉其赴擧. 歸則題秋試家狀者在門, 閱其籍, 則諸家經賦咸在, 惟無『周禮』, 先生即以此注籍. 蒲節後, 始精考『周禮』, 求程文觀之. 及期, 三日之試, 寫其所學, 無凝滯. 考官王景文質批曰: “毫髮無遺恨, 波瀾獨老成.” 拆號日, 先生偶過梭山, 方鼓琴, 捷吏至, 曲終而後問之, 再鼓一曲乃歸. 先生第四名, 外舅吳漸第九名. 見「擧送官啓」末云: “某少而慕古, 長欲窮源, 不與世俗背馳而非, 必將與聖賢同歸而止. 忘己意之弗及, 引重任以自强, 謂先哲同是人, 而往訓豈欺我? 窮則與山林之士, 約六經之旨, 使孔孟之言復聞於學者. 達則與廟堂群公, 還五服之地, 使堯舜之化純被於斯民.” 云云. 先生嘗云: “吾自應擧, 未嘗以得失爲念. 場屋之文, 只是直寫胸襟.” 故作「貴谿縣學記」云: “不狥流俗, 而正學以言者, 豈皆有司之所棄, 天命之所遺?” 又嘗云: “復齋家兄一日問曰: ‘吾弟今在何處做工夫?’ 某答曰: ‘在人情 · 事勢 · 物理上做工夫.’ 復齋應之而已. 若知物價之低昂, 與夫辨物之美惡眞僞, 則吾不可謂之不能, 然吾之所謂做工夫者, 非此之謂也.” 又云: “吾家合族而食, 每輪差子弟掌庫二年, 某適當其職, 所學大進, 這方是執事敬.”

겨울 시월 27일에 부친 선교공 상을 당했다. 요주 안인현 숭덕향 모원에 묻었다.

冬十月二十七日, 丁父宣敎公憂, 葬饒州安仁縣崇德鄕之毛源.

25. 효종 융흥(隆興) 원년(1163) 계미년에 선생께서 스물다섯 살이 되셨다.

孝宗隆興元年癸未, 先生二十五歲.

26. 효종 융흥 2년(1164) 갑신년에 선생께서 스물여섯 살이 되셨다.

隆興二年甲申, 先生二十六歲.

27. 건도(乾道) 원년(1165) 을유년에 선생께서 스물일곱 살이 되셨다. 「동백우에게 준 편지」가 있다.【권3 맨 첫머리에 보인다.】

乾道元年乙酉, 先生二十七歲.
有「與童伯虞書」.【見前三卷首】

28. 건도 2년(1166) 병술년에 선생께서 스물여덟 살이 되셨다.

乾道二年丙戌, 先生二十八歲.

29. 건도 3년(1167) 정해년에 선생께서 스물아홉 살이 되셨다. 겨울에 가례를 올렸다. 유인(孺人) 오 씨(吳氏)가 이때 비로소 대귀(大歸)[13]하셨다.

---

13) 결혼한 여자가 본가로 완전히 돌아가서 다시는 시댁으로 돌아오지 않는 것을 大歸라고 하였다.

乾道三年丁亥, 先生二十九歲.
冬, 成嘉禮, 孺人吳氏始大歸也.

30. 건도 4년(1168) 무자년에 선생께서 서른 살이 되셨다.

乾道四年戊子, 先生三十歲.

31. 건도 5년(1169) 기축년에 선생께서 서른한 살이 되셨다.

乾道五年己丑, 先生三十一歲.

32. 건도 6년(1170) 경인년에 선생께서 서른두 살이 되셨다.

乾道六年庚寅, 先生三十二歲.

33. 건도 7년(1171) 신묘년에 선생께서 서른세 살이 되셨다. 추시에
서 『역경』으로 다시 향시 합격했다.
시험관이 경의(經義)에 비답 달기를 "단정하고 올곧은 사인(士人)
이 의관을 갖추어 입고 옥을 찬 것 같다."고 하였고, 논책(論策)에
비답 달기를, "경의와 마찬가지이다."라고 하였다.
「발해(發解) 신분으로 제거를 알현하다(得解見提擧書)」가 있다.
【권4에 보인다.】
8월 17일에 아들 지지(持之)가 태어났다.

乾道七年辛卯, 先生三十三歲. 秋試, 以『易經』再鄉擧.
考官批義卷云: "如端人正士, 衣冠佩玉." 論策, 批: "如其義."

「得解見提擧書」.【見前卷四】

八月十七日, 子持之生.

34. 건도 8년(1172) 임신년에 선생께서 서른네 살이 되셨다. 남궁(南宮)에서 춘시(春試)[14]를 치를 적에 명단을 상주하니, 연지(延之) 우모(尤袤)가 지공거(知貢擧)가 되고, 백공(伯恭) 여조겸(呂祖謙)이 고관(考官)이 되었다. 선생이 쓰신 『주역』에 관한 시권(試卷)을 읽다가 "바닷가 갈매기와 노니는 것이나,[15] 여량(呂梁)의 물에 헤엄치는 것은[16] 무심(無心)이라고 말할 수는 있지만 도심(道心)이라고 말할 수는 없다. 이로써 마음을 씻고 물러나 은밀한 곳에 숨는다면,[17] [정도를] 지나쳐 빠지게 됨을 보게 될 것이다. 진수(溱水)와 유수(洧水)의 수레를 건네주는 것[18]과 하내(河內)로 곡

---

14) 宋나라 때는 州郡의 시험은 8월에 치렀고, 禮部의 시험은 이듬해 2월에 치렀으며 殿試는 4월에 치렀다. 그래서 春試秋貢이라는 명칭이 생겨났다. 進士 시험은 주로 예부에서 주관했는데, 예부를 南宮이라고 불렀다.

15) 『列子』「黃帝」에 나오는 이야기이다. "바닷가에 갈매기를 좋아하는 사람이 있었다. 그는 매일 아침 바닷가에 가서 갈매기와 함께 노닐었는데, 그에게로 날아온 갈매기들은 몇 백 마리인지 그 수를 헤아릴 수 없었다.(海上之人有好漚鳥者, 每旦之海上, 從漚鳥游, 漚鳥之至者百住而不止.)"

16) 이 역시 『列子』「黃帝」에 나온다. "공자가 여량을 구경하는데, 30길이나 되는 데서 떨어지고, 물방울을 퉁기는 급류가 30리나 되어서 자라나 고기라도 헤엄칠 수 없을 것처럼 보였다. 그런데 한 남자가 헤엄치고 있는 것이 보이기에 괴로운 일이 있어서 죽으려고 하는 줄로만 알고 제자들을 시켜 물을 따라 가면서 건져 내도록 일렀다. 그러나 수백 보를 떠내려간 사나이는 이윽고 물에서 나오더니, 머리를 흐트러뜨린 채로 노래하며, 둑 밑에서 노는 것이었다.(孔子觀於呂梁, 懸水三十仞, 流沫三十里, 黿鼉魚鱉之所不能遊也. 見一丈夫遊之, 以爲有苦而欲死者也, 使弟子竝流而承之. 數百步而出, 被髮行歌, 而遊於棠行.)"

17) '洗心退藏'은 『周易』「繫辭上」에 나오는 말이다.

식을 옮겨가는 것을[19] 인술(仁術)이라고는 말할 수 있지만 인도(仁道)라고 말할 수는 없다. 이로써 백성들과 같이 하고 외물과 교섭할 시, 그 얕음으로 인해 교착됨을 보게 될 것이다."에 이르자 무릎을 치며 감탄했다. 또 「천지의 성(性)에서 천지의 성 중에 사람이 가장 귀하다에 관한 논의(天地之性人爲貴論)」[20]를 읽다가 "오호라! 정수리부터 발꿈치까지 모두 부모님께서 물려주신 몸이다. 천지 사이에 살면서 아침저녁으로 노심초사하며 지내고, 부끄러움이 없기를 구하고, 능력 없는 것을 두려워한다면, 맹자께서 '천지에 충만하다[21]고 말씀하신 것과 부자께서 '사람이 귀하다'고 하신 말씀에 거의 가까워질 수 있지 않겠는가?"에 이르자 더욱 찬탄에 마지않았다. 책문(策文)의 경우도 문장과 내용 모두 뛰어났다. 여백공은 급히 집안 일로 관청을 나가봐야 했는데, 우 공에게

---

18) 『孟子』「離婁下」에 "자산이 정나라의 정사를 다스릴 때, 그의 수레로 사람들이 진,유수를 건너게 해주었다. 맹자께서 말씀하셨다. '은혜롭지만 정사를 다스릴 줄 모르는구나. 11월에 사람이 다닐 다리를 놓고, 12월에 수레가 다닐 다리를 놓으면 백성들이 강 건너는 것을 고생스러워하지 않을텐데.'(子産聽鄭國之政, 以其乘輿濟人於溱洧. 孟子曰, '惠而不知爲政. 歲十一月徒杠成, 十二月輿梁成, 民未病涉也.')"라는 내용이 보인다.

19) 『孟子』「梁惠王上」에 "양혜왕이 말했다. '과인은 이 나라에 마음을 다하고 있다. 하내에 흉년이 들면 그 백성을 하동으로 옮기고 그 곡식을 하내에 옮기고, 하동에 흉년이 들어도 또한 그렇게 한다. 이웃 나라의 정사를 살피건대 과인의 마음 씀만 같은 자 없으되, 이웃 나라의 백성이 더 적어지지 아니하고 과인의 백성이 더 많아지지 아니함은 어째서인가?'(梁惠王曰, '寡人之於國也, 盡心焉耳矣. 河內凶則移其民於河東, 移其粟於河內, 河東凶, 亦然. 察隣國之政, 無如寡人之用心者, 鄰國之民不加少, 寡人之民不加多, 何也?')"라는 내용이 보인다.

20) 『陸九淵集』 권30에 수록되어 있다.

21) 『孟子』「公孫丑上」에서 浩然之氣를 설명하며 한 말이다.

"이 시권은 학문이 매우 빼어난 자의 것이니, 필시 강서(江西)의 육자정일 것입니다. 결단코 놓쳐서는 안 됩니다."라고 당부하면서 다시 시험관이었던 여우(汝愚) 조자직(趙子直)에게도 당부했다. 두 공 모두 선생의 문장을 훌륭하다 여겨 마침내 합격시켰다. 훗날 여백공은 선생과 만났을 때 이렇게 말했다. "그대의 가르침을 받아본 적 없지만 고명하신 문장을 보자마자 마음이 열리고 눈이 밝아지기에 강서 육자정임을 알았습니다."

乾道八年壬辰, 先生三十四歲. 春試南宮, 奏名時, 尤延之衮知擧, 呂伯恭祖謙爲考官. 讀先生『易』卷, 至"狎海上之鷗, 遊呂梁之水, 可以謂之無心, 不可以謂之道心. 以是而洗心退藏, 吾見其過焉而溺矣. 濟溱洧之車, 移河內之粟, 可以謂之仁術, 不可以謂之仁道. 以是而同乎民, 交乎物, 吾見其淺焉而膠矣." 擊節嘆賞. 又讀「天地之性人爲貴論」, 至"嗚呼! 循頂至踵, 皆父母之遺體, 俯仰乎天地之間, 惕然朝夕, 求寡乎愧怍而懼弗能, 倘可以庶幾於孟子之'塞乎天地', 而與聞夫子'人爲貴'之說乎?" 愈加嘆賞. 至策, 文意俱高. 伯恭遽以內難出院, 乃囑尤公曰: "此卷超絶有學問者, 必是江西陸子靜之文. 此人斷不可失也." 又幷囑考官趙汝愚子直. 二公亦嘉其文, 遂中選. 他日伯恭會先生曰: "未嘗欸承足下之敎, 一見高文, 心開目明, 知其爲江西陸子靜也."

자의(子宜) 서의(徐誼)가 모시고 학문을 배웠다.

徐誼子宜侍學.

자의는 선생을 모시면서 늘 깨우침을 얻었다. 함께 예부의 시험에 응시하여 「천지의 성 중에 사람이 귀하다에 관한 논의」를 지었다. 시험을 마친 뒤에 선생께서 말씀하셨다. "내가 하려던 말을 자의가 다 해버렸구나. 그러나 내가 스스로 터득하여 수용한 것이 자의에게는 없다." 또 말씀하셨다. "비록 스스로 천지와 달라지고자 하여도 그럴 수 없다. 이것이 바로 내가 평상시에 힘을 얻은 곳이다."

子宜侍先生, 每有省, 同赴南宮試, 論出「天地之性人爲貴」. 試後, 先生曰: "某欲說底, 却被子宜道盡. 但某所以自得受用底, 子宜却無." 曰: "雖欲自異於天地不可得也, 此乃某平日得力處."

여름 오월에 정시(廷試)를 마치고 동진사출신(同進士出身)[22]을 하사받았다.

夏五月, 廷對, 賜同進士出身.

선생께서 상주(上奏)를 마치자 명성이 행도(行都: 杭州)에 자자했다. 정대의 고관은 선생께서 첫 번째 자리를 차지하려고 필시 비분강개하여 천하의 일을 논하리라 생각했는데, 등수를 발표하고 보니 끄트머리 갑(甲)에 속해있었다. 혹자가 묻자 선생께서 말씀하셨다. "처음 임금을 뵙는 자리에서 어찌 감히 과한 직언을 할 수 있겠느냐?" 식자들은 선생께서 임금 모시는 요체를 잘 안다며

---

22) 송나라 때 과거급제자에게 수여하던 칭호이다. 『宋史』「選擧志二」에 보면 송나라 때는 총 5甲으로 나누었는데, "제1갑은 진사급제 및 문림랑, 제2갑은 진사급제 및 종사랑, 제3갑과 4갑은 진사출신, 제5갑은 동진사출신이다.(第一甲賜進士及第幷文林郎, 第二甲賜進士及第幷從事郎, 第三、第四甲進士出身, 第五甲同進士出身.)"

칭찬하였다.

先生旣奏, 名聲振行都, 廷對考官, 意其必慷慨極言天下事, 欲取
置首列. 及唱第, 乃在末甲. 或問之, 先生曰: "見君之初, 豈敢過
直." 識者稱其得事君之體云.

행도에서 여러 현자들과 교유하였다.

在行都, 諸賢從游.

선생께서 조석으로 문답을 주고받자 학자들의 걸음이 줄을 잇는
바람에 40여 일 동안 잠조차 잘 수 없었다. 스스로를 봉양함이 매
우 소략했으나 정신은 더욱 강건해졌다. 선생의 말씀을 듣고 떨
치고 일어난 자가 매우 많다. 당시 영가(永嘉)[학파] 행지(行之)
채유학(蔡幼學)23)이 성원(省元)24)이었는데, 며칠이고 마치 말 못
하는 사람처럼 아무런 질문도 하지 않았다. 선생께서 조용히 그
의 뜻을 묻자 "저의 뜻은 선을 행하는 데 있을 뿐입니다."라고 대
답했다. 선생께서는 가상히 여겨 찬탄하며 면려해주었다. 사명
(四明)의 양경중(楊敬仲)이 당시 부양주부(富陽主簿)로 있었는데,
임안부(臨安府)의 업무를 대행하게 되면서 처음으로 선생의 가르
침을 받게 되었다. 3월 21일에 선생께서 양경중을 찾아가자 양경
중이 물었다. "본심이란 어떤 것입니까?" 선생께서 말씀하셨다.

___

23) 蔡幼學(1154~1217). 字는 行之이다. 1172년에 진사가 되어 兵部尙書까지 지
    냈다. 永嘉學派의 영수인 陳傅良의 제자로서 영가학파의 학맥을 계승하였다.
24) 禮部 진사시의 1등을 省元이라 부른다.

"측은지심은 인의 단서요, 수오지심은 의의 단서요, 사양지심은 예의 단서요, 시비지심은 지의 단서입니다. 이것이 곧 본심입니다." 양경중이 대답했다. "그건 제가 어려서부터 알고 있던 것입니다. 도대체 본심이란 어떤 것입니까?" 몇 번이나 물었는데도 선생을 대답을 바꾸지 않으셨고, 양경중 또한 끝내 깨닫지 못하였다. 마침 부채 파는 자가 관아 뜰에서 소송을 했다. 양경중은 그 곡직(曲直)을 다 판결한 후에 아까처럼 또 물었다. 선생께서 말씀하셨다. "방금 부채 장수의 소송을 판결했다고 들었는데, 맞는다고 판결한 것은 그것이 맞음을 알았기 때문이고, 틀리다고 판결한 것은 그것이 틀림을 알았기 때문입니다. 이것이 바로 경중 그대의 본심입니다." 양경중은 홀연 큰 깨달음을 얻어 북쪽을 향해 서서 제자의 예를 갖추었다. 그래서 양경중은 매번 이렇게 말했다. "내가 본심이 무엇이냐고 질문했을 때 선생께서는 이날 부채 소송 건에서 시비를 가린 것을 예로 드셨는데, 나는 홀연 이 마음에는 시작도 끝도 없다는 것을 깨달았고, 홀연 이 마음은 통하지 않는 곳이 없다는 것을 깨달았다." 선생께서는 늘 사람들에게 "양경중은 가히 하루에 천 리를 간다고 이를 만하다."라고 말씀하셨다.

先生朝夕應酬問答, 學者踵至, 至不得寢者餘四十日. 所以自奉甚薄, 而精神益强, 聽其言者, 興起甚衆. 時永嘉蔡幼學行之爲省元, 連日無所問難, 似不能言者. 先生從容問其所志, 乃答曰: "幼學之志, 在於爲善而已." 先生嘉嘆而勉勵焉. 四明楊敬仲時主富陽簿, 攝事臨安府中, 始承教於先生. 及反富陽, 三月二十一日, 先生過之, 問: "如何是本心?" 先生曰: "惻隱, 仁之端也, 羞惡, 義之端也, 辭讓, 禮之端也, 是非, 智之端也. 此即是本心." 對曰: "簡兒時已曉得, 畢竟如何是本心?" 凡數問, 先生終不易其說, 敬仲亦未省. 偶有鬻扇者訟至于庭, 敬仲斷其曲直訖, 又問如初. 先生曰: "聞適來斷扇訟, 是者知其爲是, 非者知其爲非, 此即敬仲本心." 敬仲忽大覺, 始北面納弟子禮. 故敬仲每云: "簡發本心之問, 先生擧是日扇訟是非答, 簡忽省此心之無始末, 忽省此心之無所不通." 先生嘗語人曰: "敬仲可謂一日千里."

복재는 한 학자에게 보낸 편지에서 이렇게 적었다. "자정이 절강(浙江)에 들어가자 경중 양간(楊簡), 응지(應之) 석숭소(石崇昭), 제갈성지(諸葛誠之), 달재(達才) 호공(胡拱), 응시(應時) 고종상(高宗商), 계화(季和) 손응조(孫應朝)가 자정을 따르며 교유했고, 그 나머지도 이루 다 헤아릴 수 없이 많은데, 모두 부지런하고 독실히 학문에 임하며 우리의 도를 높이고 믿으니, 실로 기뻐할 만한 일입니다." 선생은 6월 29일에 다시 부양으로 가셨다가 7월 초아흐레에 배를 타고 부양을 떠나셨다.

復齋與學者書云: "子靜入浙, 則有楊簡敬仲, 石崇昭應之, 諸葛誠之, 胡拱達才, 高宗商應時, 孫應朝季和從之游, 其餘不能悉數, 皆亹亹篤學, 尊信吾道, 甚可喜也." 先生六月二十九日復如富陽. 七月初九日舟離富陽.

가을 7월 16일에 집에 도착하셨다.

秋七月十六日, 至家.

원근에서 소문을 듣고 찾아와 직접 가르침을 받았다. 처음에 독서하는 재실에 '존재(存齋)'라는 이름을 붙이셨다. 증택지(曾宅之)에게 보낸 편지에서 "나는 예전에 독서하는 재실에 '존재'라는 이름을 붙였다."라고 말씀하셨다. 집의 동쪽에 '괴당(槐堂)'이라는 편액을 달았다. 괴당 앞에 오래된 홰나무가 있기 때문이다. 아직까지도 남아 있는데, 이곳이 바로 학도들에게 강학하던 곳이다. 당(堂)의 동쪽에 누실(陋室)이 있고, 서쪽에 높은 헌(軒)이 있다. 북쪽에 창이 있고 남쪽에도 창이 있으며 동쪽에 은실(隱室)이 있다. 이 은실은 '유헌(留軒)'이라고도 부른다. 서쪽에 옥연(玉淵)이 있고, 집 가까이 서쪽에 모당(茅堂)이 있다.

遠近風聞來親炙, 初以'存'名讀書之齋. 「與曾宅之書」云: "某舊亦嘗以'存'名讀書之齋." 家之東扁曰'槐堂', 槐堂前有古槐木, 至今猶存, 乃學徒講學之地. 又堂東有陋室, 西有高軒, 北窗南窗, 東有隱室. 又曰留軒, 西有玉淵, 又近家之西有茅堂.

포현도에게 보낸 편지에 이렇게 적었다. "귀계(貴溪) 계점(桂店)에 한 성대한 가문이 있는데, 자제 중에 덕휘(德輝)라는 사람이 있다. 그가 올 여름에 이곳으로 와서 띠 집에 머물고 있다. 서남쪽에는 팔석사(八石寺)가 있다." 안자견(顏子堅)에게 보낸 편지에 이렇게 적었다. "일전에 팔석사에 있을 때 구구한 충정을 바쳤다." 선생께서 학도들을 받아들이신 후 오늘날 사람들이 말하는 학규를 즉시 없애셨는데, 제생들은 선한 마음이 절로 일어나 용모와 예법이 절로 장중해졌으며, 자득하고 온화해보였다. 나중에 온 자들도 이를 보고 한데 동화되었다. 선생께서 학자들의 미묘한 심술(心術)을 깊이 알고 계셔서 하시는 말씀마다 마음을 적중하였기에, 간혹 진땀을 흘리곤 하였다. 가슴속에 품고는 있지만 스스로 환히 알지 못하는 자가 있으면 그를 위해 조목 조목 그 내용을 분석해주었는데, 그러면 모두가 자신의 마음과 똑같았다. 천리나 떨어진 곳에 사는 전혀 알지 못하는 사람이 있을 경우, 그 사람에 대한 대략적인 이야기만 듣고도 그의 사람됨을 다 알아맞혔다. 일찍이 말씀하셨다. "바르지 못한 생각이라도 금세 알아차리면 바로잡을 수 있다. 그러나 바른 생각이어도 금세 잃어버리면 옳지 못한 것이 된다. 형적으로써 관찰할 수 있는 것이 있고, 형적으로써 관찰하지 못하는 것이 있다. 그렇기 때문에 기어이 형적으로써 사람을 본다면 사람을 알기에 부족할 것이고, 기어이 형적으로써 사람을 규제하려 한다면 사람을 구하기에 부족할 것이다." 또 말씀하셨다. "지금 세상의 학자는 오직 두 가지 길만 가고 있다. 하나는 박실(朴實)이고 하나는 의론이다." 같은 마을에 사는 제도(濟道) 주부(朱桴)와 그의 아우 형도(亨道) 주태경(朱泰卿)은 선생보다 연장자임에도 함께 찾아와 도를 물었다. 그들은 누군가에게 보낸 편지에 이렇게 적었다. "근자에 육 선생 댁을 찾아갔다. 선생께서 사람들을 깨우쳐주시는 말씀이 깊고 절실하고 분명한데, 대개는 사람들로 하여금 놓아버린 마음을 다시 찾게 하려는 것이있다. 배움에 뜻을 둔 사람들 몇몇이서 서로 강학하고 절차탁마하는 것 또한 모두 이런 일들이며, 더 이상 언어니 문자니 하는 것에 마음 쓰지 않으니, 참으로 끊임없이 감탄만 나올 뿐이다. 작문에 뜻을 둔 자가 있으면 정신을 수습하고 덕성을 함양하도록 시키시는데, 근본이 곧게 서고 나면 작문에 능통하지 못할 걱정일랑 없다." 진정기(陳正己)·유백문(劉伯文)은 둘 다 문자를 익히지 않았다. 우강(旴江)의 부자연(傅子淵)이 말했다. "나 몽천

(夢泉)은 이제껏 과거 공부만 알았기에, 책을 보는 것은 그저 의견을 돕기 위해서였다. 후에 뜻이 막힘으로 인해 돌이켜야 함을 깨달았는데, 그때 진정기가 괴당에서 돌아왔기에 선생께서 어떻게 사람을 가르치시느냐고 묻자 정기가 대답했다. '한 달 동안 처음부터 끝까지 선생께서는 간곡히 뜻을 변별하는 것만 가르치셨습니다. 또 말씀하시기를, 옛날 사람들은 학교에 들어간 후 1년이면 일찌감치 경전을 떠나서 뜻을 변별할 줄을 알았는데, 요즘 사람들은 종신토록 스스로를 변별할 줄을 모르니, 슬픈 노릇이라고 하셨습니다.' 그때 내가 비록 미처 깨닫지는 못하였으나 [이 이야기를] 마음에 줄곧 담아두고 있었다. 하루는 『맹자』「공손추장」을 읽다가 홀연 마음에 와닿는 것이 있더니, 이내 흉중이 탁 트이면서 새롭게 깨어나는 듯 느껴졌다. 내가 감탄하며 말했다. '평생 그 많은 생각과 정력들을 모두 공리(公利)를 추구하는 데 들였구나.' 이때부터 뜻을 변별할 수 있게 되었다. 하지만 그렇게 되고 나서도 어디서부터 착수해야 할지 알지 못하다가 선생을 직접 만나 뵌 뒤로 입문할 곳을 찾게 되었다." 일찍이 말했다. "부자연이 그 후 자신의 집으로 돌아가자 진정기가 '육 선생께서는 사람을 가르칠 때 무엇을 우선으로 합니까?'라고 물었다. 부자연이 대답했다. '뜻을 변별하는 것입니다.' 진정기가 다시 물었다. '어떻게 변별합니까?' 부자연이 대답했다. '의(義)와 이(利)를 구별합니다.' 부자연의 대답 정도면 가히 요지를 적중했다 이를 만하다." 주백웅(周伯熊)이 배우러 찾아오자 선생께서 물었다. "어떤 경전을 배우셨소?" 그가 대답했다. "『예기』를 읽었습니다." "구용(九容)25)에 힘

---

25) 군자가 심신을 수양하는 아홉 가지 태도와 몸가짐을 말한다.

을 쓰신 적이 있소?" 그가 말했다. "아직 못했습니다." "이에 힘써야 하오." 후에 회암을 찾아가 배움을 구하자 회암이 말했다. "그대의 마을은 육 선생 계신 곳과 가까운데, 만나본 적이 있소?" 주백웅이 "일찍이 가르침을 청한 바 있습니다."라고 말하면서 선생이 말을 갖추어 서술했다. 회암이 말했다. "그대가 나를 찾아와 물어도 내 대답 역시 그와 같을 뿐이오."

「與包顯道書」云: "貴溪桂店, 一族甚盛, 其子弟有德輝者, 今夏來處茅屋, 西南有八石寺." 「與顔子堅書」云: "向者任八石寺, 嘗納區區之忠." 先生旣受徒卽去今世所謂學規者, 而諸生善心自興, 容禮自莊, 雍雍于于, 后至者相觀而化. 蓋先生深知學者心術之微, 言中其情, 或至汗下. 有懷于中而不能自曉者, 爲之條析其故, 悉如其心. 亦有相去千里, 素無雅故, 聞其大槪, 而盡得其爲人. 嘗有言曰: "念慮之不正者, 頃刻而知之, 卽可以正. 念慮之正者, 頃刻而失之, 卽爲不正. 有可以形迹觀者, 有不可以形迹觀者. 必以形迹觀人, 則不足以知人. 必以形迹繩人, 則不足以救人." 又曰: "今天下學者唯兩途, 一途朴實, 一途議論." 同里朱栬濟道, 弟泰卿亨道, 長於先生, 皆來問道. 與人書云: "近到陸宅, 先生所以誨人者, 深切著明, 大槪是令人求放心. 其有志於學者, 數人相與講切, 無非此事, 不復以言語文字爲意, 令人歎仰無已. 其有意作文者, 令收拾精神, 涵養德性, 根本旣正, 不患不能作文." 陳正己·劉伯文皆不爲文字也. 旴江傅子淵云: "夢泉向來只知有擧業, 觀書不過資意見耳. 後因因志知反, 時陳正己自槐堂歸, 問先生所以敎人者, 正己曰, '首尾一月, 先生諄諄只言辨志, 又言古人入學一年, 早知離經辨志, 今人有終其身而不知自辨者, 是可哀也.' 夢泉當時雖未領略, 終念念不置. 一日讀『孟子』「公孫丑章」, 忽然心與相應, 胸中豁然蘇醒. 嘆曰: '平生多少志念精力, 却一切着在功利上.' 自是始辨其志, 雖

然如此, 猶未知下手處. 及親見先生, 方得箇入頭處." 嘗云: "傅子
淵自此歸其家, 陳正己問之曰: '陸先生敎人何先?' 對曰: '辨志.' 復
問曰: '何辨?' 對曰: '義利之辨.' 若子淵之對, 可謂切要." 周伯熊來
學, 先生問: "學何經?" 對曰: "讀『禮記』." "曾用工於九容乎?" 曰:
"未也." "且用功於此." 後往問學于晦庵, 晦庵曰: "仙里近陸先生,
曾見之否?" 曰: "亦嘗請敎." 具述所言. 晦庵曰: "公來問某, 某亦不
過如此說."

제갈수지에게 답장을 보내셨고,【권3에 보인다.】 서서미에게 답장
을 보내셨다.【권5에 보인다.】

答諸葛受之書【見前卷三】, 答舒西美書【見前卷五】.

35. 건도 9년(1173) 계사년에 선생께서 서른다섯 살이 되셨다. 봄 윤2
월 14일에 진정기에게 답장을 보내셨다.【권12에 보인다.】

乾道九年癸巳, 先生三十五歲, 春閏二月十四日, 答陳正己書.【見
前卷十二】

3월 17일에 「약옹 왕전의 위중시에 화답하다」 시를 지었다. 겨울
11월에 「모원선을 보내며」를 지었다.【권20에 보인다.】

三月十七日, 「和王弱翁銓闈中詩」. 冬十一月, 「送毛原善序」.【見
前卷二十】

36. 순희 원년(1174) 갑오년 선생께서 서른여섯 살이 되셨다. 3월에

관직 선발 및 조정에 임하기 위해 부(部)로 나아갔다. [도중] 사명(四明)에 들리고 회계(會稽)에서 유람하다가 20일 만에 도성에 도착해 적공랑(迪功郎)·융흥부(隆興府) 정안현(靖安縣) 주부(主簿)에 제수되었다. 5월 26일에 구현(衢縣)으로 가서 여백공을 방문했다.

淳熙元年甲午, 先生三十六歲. 三月赴部調官, 過四明, 遊會稽, 浹兩旬, 復至都下, 授迪功郎·隆興府靖安縣主簿. 五月二十六日, 訪呂伯恭于衢.

여백공은 왕성석(汪聖錫)에게 보낸 편지에서 이렇게 적었다. "육군과 대엿새를 함께 보냈는데, 그 순박하고 돈후하고 공경스럽고 올곧음은 무리들 가운데 비견할 자가 드물 정도였다." 또 진동보(陳同甫)에게 보낸 편지에서도 이렇게 적었다. "삼구(三衢: 衢縣)에서 돌아온 후 육자정과 며칠 동안 함께했습니다. 그는 7, 8일을 머물다 어제서야 떠났습니다. 돈독하고 성실하고 순박하고 올곧기가 벗들 사이에서 많이 찾아보기 힘들 정도였습니다. 그가 말하기를, '비록 서로 알지는 못하지만 매번 존형의 문장을 볼 때마다 가슴이 탁 트이고 높이 날아오르는 것만 같아 한번 만날 수 있기를 몹시 바랐습니다.' 그 사람은 뜻이 매우 근면하여서 문장이나 논할 그런 사람은 아닌 듯 느껴졌습니다." 서자의에게 보낸 편지가 있다.【권 5에 보인다.】

伯恭與汪聖錫書云: "陸君相聚五六日, 淳篤敬直, 流輩中少見其比." 又與陳同甫書云: "自三衢歸, 陸子靜相待累日, 又留七八日, 昨日始行. 篤實淳直, 朋游間未易多得. 渠云: '雖未相識, 每見尊兄

文字, 開齗軒轟, 甚欲得相聚.' 覺其意甚勤, 非論文者也." 與徐子
宜書.【見前卷五】

가을 8월 12일에 아들 순지(循之)가 태어났다.

秋八月十二日, 子循之生.

37. 순희 2년(1175) 을미년에 선생께서 서른일곱 살이 되셨다. 여백
공이 선생과 계형이신 복재와 약속하고, 주원회 등 제공들과 신주
(信州)의 아호사(鵝湖寺)에서 모임을 가졌다. 복재가 말했다. (운
운)【권34에 보인다.】원회는 돌아간 지 3년 만에 전에 지었던 시
에 화답하였다.

> 전해오던 덕업을 본디 흠모하였나니
> 이별 후 삼년 동안 관심 더욱 깊어갔네
> 우연히 지팡이 짚고 추운 계곡 나서더니
> 직접 가마 타고 먼 산 넘어 와주셨네
> 오랜 학문 의론함에 더욱 정밀해지고
> 새론 지식 배양함에 한층 더 깊어졌네.
> 무언에 이르를까 근심일 뿐
> 세상에 고금이 따로 있다 믿지 않는다네

후에 신주 태수 양여려(楊汝礪)가 세 분 선생의 사당을 아호사 옆
에 짓고, 육자(陸子: 陸九淵)의 시를 돌에 새겼다. 복재는 장흠부
(張欽夫)에게 편지를 보내 이렇게 말했다. "나는 늦봄에 연산(鉛

山)에서 원회와 만나 사흘간 이야기를 나누었는데, 여전히 의문이 없을 수는 없었습니다." 여성공(呂成公: 呂祖謙)이 작성한 보(譜)에 따르면 "을미년 4월, 신주 아호사로 주문공(朱文公: 朱熹)을 방문했다. 육자정·자수(子壽: 陸九齡)·유자징(劉子澄) 및 강절(江浙)의 여러 벗들이 함께 모여 열흘 간 머물렀다."고 한다. 준보(俊父) 추빈(鄒斌)은 이렇게 기록했다. "주[희]와 여[조겸] 두 공께서 구괘(九卦)의 순서에 대해 이야기하자 선생께서 길게 역설하셨는데, 대략의 뜻은 이러했다. 「복(復)」은 본심으로 돌아가는 곳이거늘, 어찌하여 세 번째 괘가 되어 「이(履)」와 「겸(謙)」 뒤에 놓였을까요? 「이(履)」의 괘 모양은 상괘가 하늘[天], 하괘가 못[澤]으로 되어있으니, 사람이 이 세상 나면 반드시 먼저 하늘을 우러르고 땅을 굽어보아 이 몸이 있게 됨을 변별할 수 있어야 이로써 이행(履行)하는 것에 통달하게 되기 때문입니다. [그 다음에 겸(謙)이 놓이는 것은] 그 이행하는 바에 생겨나는 득실 또한 겸손한지 겸손하지 못한지의 구분에 달려있기 때문입니다. 겸손하면 정신이 혼연히 안에서 수렴되어 모이지만, 겸손하지 못하면 정신이 모조리 밖으로 흘러가 흩어져 버립니다. 오직 내 몸이 천지간에 놓여 움직이고 행동하는 까닭을 변별할 줄 알아서 그 정신을 수렴해 저장할 수 있어야만 정신을 밖이 아닌 안에 머물게 할 수 있으며, 그래야만 이 마음이 회복[復]될 수 있기 때문입니다. 그런 다음에는 항상 견고하게 하여야 하니, 다시 「손괘(損卦)」와 「익괘(益卦)」가 이어지고 다시 「곤괘(困卦)」로 이어집니다. 본심을 돌이키고 난 뒤에는 처음과 끝을 신중하게 하여 조금도 버려두지 않음으로써 그 항상됨을 얻어 견고하게 하는 데에 이를 수 있습니다. 사욕(私欲)이 날마다 없애고 깎아내 덜어내더라도[損] 천리가 날마다 깨끗이 씻어내어 [본심으로 돌아가는 힘을] 더합니다 [益]. 비록 위태롭고 험난한 상황에 빠지어 마주치는 일마다 곤경 [困]에 이르는 경우가 많다 해도 이 마음이 우뚝 선 채 움직이지 않으면, 그런 연후에 도를 터득함에 있어 왼쪽이든 오른쪽이든 어디서나 근원과 만날 수 있으므로 마치 우물을 뚫어[井] 샘을 얻듯 어디서건 넉넉할 수 있습니다. 이런 경지에 이르면 이치에 따라 행하여 추호의 새나감도 없을 수 있으니, 마치 「손괘」의 바람[巽風]이 흩어지듯 어디건 들어가지 못하는 곳이 없어서 아무리 밀폐되어 있는 집, 깊은 방이라 하여도 조금의 틈새는 있게 마련이므로 어디든 들어갈 수 있습니다.' 두 공은 크게 탄복했다." 주형도의 편지에는 이런 내용이 있다. "아호에서 도를 강론함은 절실하고 정성스러워 지금 세상의 성대한 일이라 이를 만하다. 여백공은 육자정과 주원회의 의론이 서로 같지 않은 것을 보고는 이를 하나로 귀결시킨 다음 적절한 것을 정하여 따르고자 하였으니, 그 뜻인즉 몹시 훌륭하다. 백공은 이것에 뜻을 두었을 터이나, 스스로 터득하지는 못했던 것이다. 임천(臨川) 태수 조경명(趙景明)이 유자징과 조경소(趙景昭)를 초대했다. 조경소는 임안에서 선생과 매우 가까이 지냈으며 또한 학문에 뜻을 두고 있었다." 또 말했다. "아호의 모임은 사람을 가르치는 일에 관해서도 논의했다. 원회의 뜻인즉 사람들로 하여금 많은 것을 읽게 한 다음 간약함으로 귀결시키고자 하였고, 두 육 선생의 뜻인즉 먼저 사람의 본심을 밝게 드러낸 다음 많은 것을 읽게 하려 했다. 주원회는 육자정의 교육 방식이 지나치게 간단하다고 여겼고, 육자정은 주원회의 교육 방식이 지리멸렬하다고 여겼다. 이 부분이 퍽 맞지 않았다. 선생께서는 주원회와 더 변론하려고 하면서, 요순 이전에 읽을 책이 어디 있었냐고 물었으나, 복재가 제지하였다. 조경소와 유자징은 손을 모은 채 듣고만 있을 뿐이었다. 먼저 [본성을] 밝히 드러내야 한다는 주장은 심하게 무고할 수 없었다. 주원회는 두 편의 시를 보고 마음이 불편해졌는데, 끝내 '내'가 없을 수는 없는 것처럼 보였다." 주원회는 편지에서 이렇게 말했다. "내 미처 도학의 아름다움을 들어보지 못하다가 이제야 다행스럽게도 나머지 의론이나마 받들어 들을 수 있었는데, 아쉽게도 바삐 이별하고 말았습니다. 서로의 마음에 아마 미진한 부분이 있을 것입니다. 그러나 절실한 깨우침의 말씀은 감탄에 마지않으며 감히 잊지 못하고 있습니다. 집으로 돌아와 몸이 편치 않지만, 이 편지를 적어 간절한 마음을 조금이나마 바칩니다."

淳熙二年乙未, 先生三十七歲. 呂伯恭約先生與季兄復齋, 會朱元晦諸公于信之鵝湖寺. 復齋云云,【見前卷三十四】元晦歸後三年, 乃和前詩云: "德業流風夙所欽, 別離三載更關心. 偶携藜杖出寒谷, 又枉藍輿度遠岑. 舊學商量加邃密, 新知培養轉深沉. 只愁說到無言處, 不信人間有古今." 後信州守楊汝礪建四先生祠堂于鵝湖寺, 勒陸子詩于石. 復齋與張欽夫書云: "某春末會元晦於鉛山, 語三日, 然皆未能無疑." 按呂成公譜: "乙未四月, 訪朱文公于信之鵝湖寺, 陸子靜·子壽·劉子澄及江浙諸友皆會, 留止旬日." 鄒斌俊父錄云: "朱·呂二公話及九卦之序, 先生因疊疊言之. 大略謂: '「復」是本心復處, 如何列在第三卦, 而先之以「履」與「謙」? 蓋「履」之爲卦, 上天下澤, 人生斯世, 須先辨得俯仰乎天地而有此一身, 以達於所履. 其所履有得有失, 又繫於謙與不謙之分. 謙則精神渾收聚於內, 不謙則精神渾流散於外. 惟能辨得吾一身所以在天地間擧錯動作之由, 而斂藏其精神, 使之在內而不在外, 則此心斯可得而復矣. 次之以常固, 又次之以損益, 又次之以困. 蓋本心旣復, 謹始克終, 曾不少廢, 以得其常, 而至於堅固. 私欲日以消磨而爲損, 天理日以澄瑩而爲益, 雖涉危陷險, 所遭多至於困, 而此心卓然不動. 然後於道有得, 左右逢其原, 如鑿井取泉, 處處皆足. 蓋至於此則順理而行, 無纖毫透漏, 如巽風之散, 無往不入, 雖密房奧室, 有一縫一罅, 即能入之矣.' 二公大服." 朱亨道書云: "鵝湖講道切誠, 當今盛事. 伯恭蓋慮陸與朱議論猶有異同, 欲會歸於一, 而定其所適從, 其意甚善. 伯恭蓋有志於此語, 自得則未也. 臨川趙守景明邀劉子澄・趙景昭. 景昭在臨安與先生相歎, 亦有意於學." 又云: "鵝湖之會, 論及敎人. 元晦之意, 欲令人泛觀博覽, 而後歸之約. 二陸之意, 欲先發明人之本心, 而後使之博覽. 朱以陸之敎人爲太簡, 陸以朱之敎人爲支離, 此頗不合. 先生更欲與元晦辯, 以爲堯舜之前何書可讀? 復齋止之. 趙・劉諸公拱聽而已. 先發明之說, 未可厚誣, 元晦見二詩不平, 似不能無我." 元晦書云: "某未聞道學之懿, 玆幸獲奉餘論, 所恨匆匆別去, 彼此之懷, 皆若有未旣者. 然警切之誨, 佩服不敢忘也. 還家無便, 寫此少見拳拳."

겨울 11월 15일에 「경재기」를 지었다.【권19에 보인다.】

冬十一月十五日作「敬齋記」.【見前卷十九】

38. 순희 3년(1176) 병신년에 선생께서 서른여덟 살이 되셨다. 왕순백에게 보내는 편지와 거듭 보내는 편지가 있다.【두 편 모두 권 2에 보인다.】

淳熙三年丙申, 先生三十八歲. 與王順伯書, 再書.【俱見前卷二】

39. 순희 4년(1177) 정유년에 선생께서 서른아홉 살이 되셨다. 봄 정월 14일에 계모 태유인 등 씨(鄧氏)의 상을 당해 마을 관산에 묻었다.

淳熙四年丁酉, 先生三十九歲. 春正月十四日, 丁繼母太孺人鄧氏憂, 葬鄕之官山.

선생께서는 계모를 여러 형제들과 함께 곡진히 효도를 다해 섬겼다. 일찍이 효종 황제께서 이런 말씀을 하셨다. "육구연 가문은 효성스런 형제들로 가득하다."

先生事繼母, 與諸兄曲盡孝道. 嘗聞孝宗皇帝聖語: "陸九淵滿門孝弟者也."

40. 순희 5년(1178) 무술년에 선생께서 마흔 살이 되셨다.

淳熙五年戊戌, 先生四十歲.

41. 순희 6년(1179) 기해년에 선생께서 마흔한 살이 되셨다. 상복을 벗고 건녕부 숭안현 주부에 제수되었다.

淳熙六年己亥, 先生四十一歲. 服除, 授建寧府崇安縣主簿.

42. 순희 7년(1180) 경자년에 선생께서 마흔두 살이 되셨다. 자란에 계셨다.

淳熙七年庚子, 先生四十二歲. 在滋蘭.

선생의 거처에서 남쪽으로 5리 되는 곳에 원림과 집이 있었는데, 거기에 '자란'이라는 편액을 거셨다. 포현도에게 보낸 편지에서 "올해 벗들과 자란에서 책을 읽고 있다."라고 하셨다.

先生因居之南五里, 有園林屋宇, 扁是名. 與包顯道書云: "今歲與朋友讀書在滋蘭."

봄에 장흠부(張欽夫: 張栻)의 부고를 들었다.

春, 聞張欽夫卒.

포현도에게 편지를 보냈다.【권 6에 보인다.】

與包顯道書.【見前卷六】

가을 9월 29일에 막내 형님이신 복재 선생께서 돌아가셨다.

秋九月二十九日, 季兄復齋先生卒.

복재는 임종 시에 이렇게 말씀하셨다. "근래 들어 자정의 학문이 매우 밝아지던데, 안타깝게도 이젠 더불어 절차탁마하며 이 도가 크게 밝아지는 것을 보지 못하게 되었구나." 선생께서도 말씀하셨다. "복재 선생은 함양이 깊고 은밀하며, 몸소 실행하심이 돈독하다."

復齋臨終云: "比來見得子靜之學甚明, 恨不更相與切磋, 見此道之大明耳." 先生嘗曰: "復齋先生涵養深密, 躬行篤實."

주원회는 임택지에게 보낸 편지에서 이렇게 적었다. "육자정 형제의 문인 중에 이곳을 방문한 자들이 있는데, 모두가 기상이 훌륭했다. 이곳의 학자들은 그들과 반대이다. 처음에는 도를 강론하며 점차 함양하다보면 절로 덕(德)으로 들어가리라 여기면서, 말류의 폐단이 오직 말만 할 뿐, 인륜이나 일용과 같이 가장 가깝고 절실한 것에 이르러서는 전혀 털끝만큼의 기력도 얻지 못하게 될 줄은 참으로 몰랐다. 깊이 징계하고 통렬히 경계하지 않으면 안된다."

朱元晦與林擇之書云: "陸子靜兄弟, 其門人有相訪者, 氣象皆好. 此間學者, 却與渠相反. 初謂只在此講道漸涵, 自能入德, 不謂末流之弊只成說話, 至人倫日用最切近處, 都不得毫末氣力, 不可不深懲而痛警之也."

겨울 11월 보름날, 「복재 행장」을 짓고, 12월 기유일에 마을 만석당에 묻었다.

冬十一月望日, 作「復齋行狀」, 十二月己酉, 葬于鄕之萬石塘.

43. 순희 8년(1181) 신축년에 선생께서 마흔세 살이 되셨다. 봄 2월에 남강으로 주원회를 방문했다.

淳熙八年辛丑, 先生四十三歲, 春二月, 訪朱元晦于南康.

이때에 주원회는 남강 태수로 있었다. 선생과 함께 배를 타고 즐

기다가 "우주가 생겨난 이래로 이미 이 시내와 이 산도 있었고, 이토록 아름다운 객도 있었습니까?"라고 묻더니 이윽고 선생에게 백록동 서원 강석에 오를 것을 청하였다. 선생께서는 '군자는 의에 밝고, 소인은 이(利)에 밝다.' 장(章)을 강론하셨다. 강론을 마친 뒤 자리를 떠나실 때 주원회가 말했다. "저는 마땅히 제생들과 함께 이를 지키며, 육 선생의 가르침을 잊지 않도록 할 것입니다." 또 거듭 말했다. "저는 이곳에서 여기까지는 이야기해본 적이 없습니다. 부끄러워 제가 무슨 말을 더 하겠습니까?" 그리고는 선생에게 강론한 내용을 글로 적어달라고 청하니, 이에 선생께서는 「강의(講義)」를 적으셨다.【권 23에 보인다.】얼마 있다가 「강의」를 돌에 새겼다. 선생께서 말씀하셨다. "「강의」는 당시에 밝히 드러났던 정신에 비해 부진한 바가 있다. 당시 이야기할 적에 어찌나 통쾌했던지 눈물을 흘리는 자까지 있었고, 원회도 깊이 감동받아 조금은 추운 날씨였음에도 땀이 나 부채질까지 했다." 원회는 또 양도부(楊道夫)에게 편지를 써서 "육자정의 의리(義利)에 관한 학설을 들어보았습니까?"라고 물었다. 그가 "아직 못 보았습니다."라고 하자 주원회는 이렇게 말했다. "이번에 육자정이 남강으로 왔기에 내가 경서를 강의해 달라 청했는데, 이 의리에 관한 구분을 분명히 이야기하는 것이 매우 훌륭했습니다. 예를 들어, '지금 사람들이 책을 읽는 것은 오로지 이(利)를 위해서이다. 향시에 붙고 나면 관직을 얻고자 하고, 관직을 얻고 난 뒤에는 다시 승진하고자 한다. 젊어서부터 늙을 때까지, 머리부터 발끝까지, 이(利)를 위함이 아닌 것이 없다.'라고 할 때는 어찌나 통쾌하게 말하던지, 눈물을 흘리는 자까지 있었습니다."

時元晦爲南康守, 與先生泛舟樂, 曰: "自有宇宙以來, 已有此溪山, 還有此佳客否?" 乃請先生登白鹿洞書院講席, 先生講'君子喩於義, 小人喩於利'一章, 畢, 乃離席言曰: "熹當與諸生共守, 以無忘陸先生之訓." 再三云: "熹在此不曾說到這裏, 負愧何言?" 乃復請先生書其說, 先生書「講義」.【見前二十三卷】尋以「講義」刻于石. 先生云: "「講義」述於當時發明精神不盡. 當時說得來痛快, 至有流涕者, 元晦深感動, 天氣微冷, 而汗出揮扇." 元晦又與楊道夫云: "曾見陸子靜義利之說否?" 曰: "未也." 曰: "這是子靜來南康, 熹請說書, 却說得這義利分明, 是說得好. 如云, '今人只讀書便是利, 如取解後, 又要得官, 得官後, 又要改官. 自少至老, 自頂至踵, 無非爲利.' 說得來痛快, 至有流涕者."

가을에 「여백공 제문」을 지었다.【권 26에 보인다.】

秋作「祭呂伯恭文」【見前卷二十六】

승상 소사로 있는 사호(史浩)[26]가 선생을 추천하여 6월 23일에 어지를 받아 도당심찰(都堂審察)로 발탁되었는데, 선생께서는 부임하지 않으셨다. 추천사는 이러하다. "육 아무개는 학문에 연원이 깊고 행실이 순수하여, 동년배들이 추앙하는 바입니다. 하지만 심리(心理)의 총명함과 화락함은 스스로 터득한 것입니다."

---

26) 史浩(1106~1194). 字는 直翁이고 號는 眞隱이다. 明州 鄞縣(지금의 浙江省 寧波) 사람이다. 紹興15년(1144)에 진사가 되었으며, 溫州敎授로 있다가 太學正에 제수되고, 후에 國子博士로 승진했다. 孝宗 즉위 후에는 參知政事가 되었고, 隆興 원년에는 尙書右僕射가 되었다.

丞相少師史浩薦先生, 六月二十三日得旨, 都堂審察陞擢, 先生不
赴. 薦云: "陸某淵源之學, 沉粹之行, 輩行推之, 而心理悟融, 出於
自得者也."

44. 순희 9년(1182) 임인년에 선생께서 마흔네 살이 되셨다.

淳熙九年壬寅, 先生四十四歲.

항평보가 편지를 보내왔다. 내용은 대략 이러했다. "저는 [전부터]
육 선생의 이름을 들어왔는데, 말하는 자가 한 둘이 아니었습니
다. 그 전에 부자연(傅子淵)과 교유면서 나태함을 경계하고 깨우
치게 되니, 이때부터 선생을 스승으로 모시고자 하는 마음이 정해
졌습니다. 아버님을 모시고 월(越) 땅으로 부임해서 우수한 문하
제자[27]들을 많이 보게 되자, 더욱 더 마음이 간절해졌습니다. 비
록 직접 가르침을 얻지는 못했지만, 은택을 입음이 적지 않습니
다. 마음으로 오랫동안 스승으로 모셔왔기에, 편지를 적어 [가슴
속 이야기를] 만 분의 일이나마 펼치지 않을 수 없으니, 부디 살펴
주시기를 엎드려 빕니다. 일 이 년 사이 수많은 거공(鉅公)들이
앞뒤로 세상을 뜨시는 바람에, 이 일을 맡을 분은 오직 선생과 주
선생뿐이십니다."

項平甫來書, 略云: "安世聞陸先生之名, 言者不一. 往得交於傅子
淵, 警發柔惰, 自此歸向取師之意始定. 奉親之官越土, 多見高第
及門子弟, 愈覺不能自已. 雖未得親承於馨欬, 然受沾渥亦已多矣.

---

27) 及門子弟는 문하에 들어가 스승으로 모시고 학업을 배운 학생을 가리키는 말이다.

獨念心師之久, 不可不以尺紙布萬一, 伏乞加察. 一二年來, 數鉅
公相繼淪落, 任是事者, 獨先生與朱先生耳."

시종이 다시 주상께 천거하여 어지를 받아 직사관이 되셨다.【추
천사는 상세히 알 수 없다.】초가을에 선생께서 국학에 부임하셨
다. 진(陳) 수령에게 편지를 보냈다.【권 7에 보인다.】

侍從復上薦, 得旨與職事官,【薦辭未詳】除國子正. 秋初, 先生赴國
學. 與陳倅書.【見前卷七】

처음으로 경서를 강론하셨다. 8월 17일에 『춘추』 6장을 강론하셨
다. 9월에 명당에서 제향(祭享)을 올리는데, 선생께서는 분헌관
(分獻官)이 되셨다.

始講書, 八月十七日, 講『春秋』六章. 九月, 享明堂, 爲分獻官.

45. 순희 10년(1183) 계묘년에 선생께서 마흔다섯 살이 되셨다. 국학
에 계셨다.

淳熙十年癸卯, 先生四十五歲, 在國學.

2월 7일에 『춘추』 9장을 강론하시고, 7월 15일에 『춘추』 5장을
강론하셨다. 11월 13일에 『춘추』 4장을 강론하셨다. 학생들이 질
문을 해오면 마치 집안에서 가르치는 것처럼 부지런히 깨우쳐주
서서, 이에 감발된 자들이 매우 많았다.

二月七日, 講『春秋』九章. 七月十五日, 講『春秋』五章. 十一月十三日, 講『春秋』四章. 諸生叩請, 孳孳啓諭, 如家居敎授, 感發良多.

주원회가 편지를 보내왔다. 내용은 대략 이러했다. "얼마 전에 제갈성지를 서재로 초대해 만났는데, 도움되는 바가 매우 많았습니다. 절중(浙中)의 사인들 중 똑똑한 자들이 대부분 선생의 문하로 들어갔다고 하니, 아주 다행한 일입니다!" 두 번째 편지는 이러했다. "돌아온 이래로 팔이 아파서 병중에 학문도 끊고 책도 덜 읽었더니, 도리어 심신이 보존되어 조금이나마 발전이 있는 것 같았습니다. 지금까지 넘치듯 해온 것은 참으로 일에 도움이 되지 않았습니다. 다만 간곡한 가르침을 얻어 이 마음을 다 펼쳐 보이지 못하는 것이 한스러울 뿐입니다."

朱元晦來書, 略云: "比約諸葛誠之在齋中相聚, 極有益. 浙中士人, 賢者皆歸席下, 比來所得爲多, 幸甚!" 再書云: "歸來臂痛, 病中絶學損書, 却覺得身心收管, 似有少進處. 向來汎濫, 眞是不濟事. 恨未得欵曲承敎, 盡布此懷也."

항평보가 거듭 편지를 보내왔는데, 내용은 대략 이러했다. "저는 어려서부터 훌륭한 사인이 되고 싶었습니다. 올해로 서른한 살이 되었는데, 존엄하고 자애로운 모습을 우러르고 싶사오니, 부디 가르침을 내려주십시오." 운운. 답장은 전해지지 않는다. 살펴보니, 주원회가 항평보에게 답장을 보내 이렇게 말했다. "육 국정(陸國正: 陸九淵)의 말을 세 번 반복해보니 마음이 상쾌해지는 것이 어두운 자들을 일깨워줌이 돈후하다. 대저 자사(子思) 이래로 사람을 가르치는 방법으로는 존덕성(尊德性)과 도문학(道問學) 이 두 가지가 힘써야 할 요처였다. 지금 자정이 말하는 것은 존덕성이 지만 내가 평소에 들은 바는 도리어 도문학이 많다. 그래서 자정 에게서 배운 자들 중에는 몸가짐이 볼만 한 자가 많으나 도리를 봄에 있어서는 자세하지 못하다. 내 스스로 느끼기에 의리(義理) 에 대해서는 어지럽게 말하지 않으나, 요긴한 일에 있어서는 공력 을 얻지 못한 것 같다. 이제 스스로를 반성하는 데 힘을 써서, 단 점을 없애고 장점을 모아야 할 것이니, 그러면 한 쪽으로 [치우쳐] 떨어지는 일이 없을 것이다." 선생께서 이 이야기를 듣더니 말씀 하셨다. "주원회는 양방의 단점을 없애고 양방의 장점을 모으자고 하였는데, 나는 불가능하다고 생각한다. 존덕성을 알지 못하는데, 어떻게 도문학이라는 것이 있을 수 있겠는가?

項平甫再書, 略云: "某自幼便欲爲善士, 今年三十一矣, 欲望尊慈, 特賜指敎." 云云. 答書不傳. 按朱元晦答平甫書云: "所語陸國正 語, 三復爽然, 所以警於昏者爲厚矣. 大抵子思以來敎人之法, 尊 德性 · 道問學兩事, 爲用力之要. 今子靜所說尊德性, 而某平日所 聞, 却是道問學上多. 所以爲彼學者, 多持守可觀, 而看道理全不 仔細. 而熹自覺於義理上不亂說, 却於緊要事上多不得力. 今當反 身用力, 去短集長, 庶不墮一邊耳." 先生聞之, 曰: "朱元晦欲去兩 短, 合兩長, 然吾以爲不可. 旣不知尊德性, 焉有所謂道問學?"

겨울에 칙령소 산정관으로 옮겨가셨다. 선생께서는 칙국에 계시 면서 뜻을 같이 하는 사인들과 함께 쉬지 않고 절차탁마하셨다. 동료들 중에 현자들이 많았는데, 함께 묻고 변론하면서 크게 탄복 하였다.

冬, 遷勅令所刪定官. 先生在勅局, 同志之士相從講切不替, 僚友多賢, 相與問辯, 大信服.

조운사(漕運使) 우연지(尤延之)에게 편지를 보냈는데, 내용은 대략 이러하다. "주원회가 남강에 있으면서 매우 엄하다는 명성을 얻었다 합니다. 원회의 정치에 실로 병폐가 있기는 하나, 대충 엄하다는 말로써 비난해서는 안 될 듯합니다. 처벌한 것이 그 죄에 합당하고, 고의로 저지른 죄의 경우 아무라 작은 것이라도 치죄한다면, 어찌 엄하다는 말로써 그릇되다 할 수 있겠습니까? 저는 일찍이 말한 바 있습니다. 이치상 맞는지 그른지, 일이 합당한지 그렇지 못한지 따지지도 않고, 함부로 관대하다느니 엄하다느니 논하는 것은 후세 학술 의론에 근본이 없음으로 인해 생겨난 병폐라고 말입니다. 도가 밝아지지 않고, 정치가 다스려지지 않는 것 또한 이 때문입니다. 원회가 절동(浙東)에서 펼친 가뭄 구제책의 경우, 근자에 절중(浙中)에 있는 친구들로부터 받은 편지나 길에서 전해들은 소문을 통해 그 대강을 알게 되었는데, 절동 사람들이 큰 도움을 받았다고 합니다. 「스스로를 탄핵하는 글」[28] 한 절은 더욱 더 적실합니다. 방탕하고 오만하게 굴며 총애와 녹봉을 바라는 자들은 마땅히 막아야 합니다. 그간 정사에 관해 논의한 것들은 실로 보내오신 편지에서 말씀하신 것 그대로입니다."

與漕使尤延之書, 略云: "朱元晦在南康, 已得太嚴之聲. 元晦之政, 亦誠有病, 然恐不能泛然以嚴病之. 使罰當其罪, 刑故無小, 遽可

---

28) 朱熹의 「自劾不合致人戶逃移狀」을 가리키는 듯하다.

以嚴而非之乎? 某嘗謂不論理之是非, 事之當否, 而汎然爲寬嚴之論者, 乃後世學術議論無根之弊. 道之不明, 政之不理, 由此其故也. 元晦浙東救旱之政, 比者屢得浙中親舊書及道途所傳, 頗知梗概, 浙人殊賴. 自劾一節, 尤爲適宜. 其誕慢以僥寵祿者, 當少阻矣. 至如其間言事處, 誠如來諭所言者云."

엄릉 첨자남이 선생을 모시고 배웠다.

嚴陵詹子南侍學.

부민(阜民)이 처음 선생을 뵈었을 때 해주신 이야기를 다 기억하지는 못하지만 큰 주지인즉 다음과 같았다. "무릇 배우고자 하는 자라면 먼저 의리(義利)와 공사(公私)를 구별해야 한다. 지금 배우고 있는 것이 과연 어떤 일인가? 사람이 천지간에 태어나 사람이 되었으면 마땅히 사람의 도리를 다해야 한다. 학자가 배우는 이유도 사람 되는 법을 배우는 것일 뿐, 다른 것을 하려고 배우는 것이 아니다." 또 말씀하셨다. "공자의 제자 중에 자유·자하·재아·자공과 같은 자들은 비록 성인을 만나지 못했다 하더라도 족히 학자로 일컬어지며 만세의 스승이 될 수 있었다. 그러나 마침내 성인의 가르침을 전수받은 자는 어리석은 고시(高柴)와 둔한 증삼(曾參)이었다.[29] 이는 후세 학자들이 문의(文義)에 함몰되고 지식에 얽매여 어두움이 갈수록 심해진 탓에, 도에 들어가지 못했기 때문이다." 부민은 집으로 돌아온 다음 여러 책들을 다 가져다

---

29) 『論語』「先進」.

버렸다. 그러나 후에 그래서는 안 되지 않을까 싶어 의구심이 돌기에 다시 선생께 여쭈었더니 선생께서 말씀하셨다. "내가 언제 책 읽는 것을 허여하지 않았더냐? 다만 책을 읽은 다음에 할 일이 있다는 것을 몰라서일 뿐이다." 또 말씀하셨다. "책을 읽을 때는 끝까지 탐색할 필요 없다. 평이하게 읽어내려 가면서 알만 한 것만 알아두면, 한참이 지난 후에 저절로 알게 될 것이다. 모르는 것을 부끄럽게 여기지 말라." 선생께서는 『맹자』의 '다 같은 사람인데' 장(章)30)을 예로 들면서 "우선 마음이라는 기관으로 하여금 직분을 게을리 하지 못하게 해야 한다."고 말씀하셨다. 자남은 이로 인해 이 마음을 수렴하게 되었는데, 그렇게 보름이 지난 어느 날 다락에서 내려오다 갑자기 이 마음이 다시 명징해지면서 가운데에 무엇인가가 바로 서는 것을 느꼈다. 마침내 선생을 찾아뵈었더니 선생께서는 반갑게 맞이해주시며 말씀하셨다. "이 이치가 이미 드러났구나."

阜民初見先生, 不能盡記所言, 大指云: "凡欲學者, 當先識義利公私之辨. 今所學果爲何事? 人生天地間, 爲人自當盡人道. 學者所以爲學, 學爲人而已, 非有爲也." 又云: "孔子弟子, 如子游 · 子夏 · 宰我 · 子貢, 雖不遇聖人亦足以號名學者, 爲萬世師, 然卒得聖人之傳者, 回之愚, 參之魯. 蓋病後世學者溺於文義, 知見徼繞, 蔽惑愈甚, 不可入道耳." 阜民旣還邸, 遂屛棄諸書. 及後來疑其不可, 又問先生, 則曰: "某何嘗不許人讀書? 不知此後有事在." 又曰:

---

30) 『孟子』「告子上」에 나오는 "공도자가 물었다. '다 같은 사람인데, 혹자는 대인이 되고 혹자는 소인이 되는 것은 어째서입니까?'(公都子問曰, '鈞是人也, 或爲大人, 或爲小人, 何也?')" 이 대목을 가리킨다.

"讀書不必窮索, 平易讀之, 識其可識者, 久將自明, 毋恥不知." 先生擧『孟子』'鈞是人也'一章云: "須先使心官不曠其職." 子南因是便收此心, 如此半月, 一日下樓, 忽覺此心已復澄瑩中立. 遂見先生, 先生目逆而視之曰: "此理已顯也."

46. 순희 11년(1184) 갑진년에 선생께서 마흔여섯 살이 되셨다. 칙국에 계셨는데, 조덕묘(祚德廟)에서 봄 제사를 올릴 때 헌관이 되셨다. 제사의 시말을 작성하여 사당에 적어 넣으셨다.

淳熙十一年甲辰, 先生四十六歲. 在勅局春祀祚德廟, 爲獻官. 記事始末, 書于祠下.

주원회가 편지를 보내왔는데, 내용은 대략 이러했다. "칙국에서 제공들과 자주 만나실 터인데, 고할 만한 말씀들 좀 나누셨습니까? 율령 중에 도리에 지극히 맞지 않고, 인지상정과도 거리가 먼 것들이 있으면 그때마다 바로잡아야 합니다. 한두 가지만 찾아내도 훌륭할 것입니다. 중천(中薦) 정가구(程可久)는 법령에 매우 조예가 깊으니 칙국에 넣으셔도 좋을 것입니다. 그러나 이는 두 번째로 중요한 문제이고, 윤대(輪對)는 언제입니까? 만약 성명하신 군주를 한번 뵙게 된다면, 가장 긴요한 문제에 대해 몇 마디 하시는 것이 좋겠습니다. 나머지 자잘한 것들은 말할 만하지 못하니까요. 겸중(謙仲)은 실로 얻기 쉬운 인재가 아닙니다. 아직도 이런 사람이 있다니, 그럭저럭 마음에 듭니다. 원선(元善)도 시원시원한 것이 참으로 얻기 어려운 자입니다만, 조금 더 조탁하고 가라앉히는 공부를 더하면 훨씬 좋아질 것 같습니다. 기중(機仲)

이 같은 관직을 제수 받았다 하니, 운 좋게도 그대와 만나 밤낮으로 친히 가르침을 입게 되겠군요. 절동에 있는 여러 벗들과도 때때로 안부를 물으실 테지요. 그곳을 찾아가 한데 모였던 자도 있습니까? 입지(立之)의 묘표(墓表) 한 편을 지금 지었으나 현도(顯道)가 마뜩치 않게 여기던데, 존의는 어떠하신지 모르겠습니다."

朱元晦書, 略云: "勅局時與諸公相見, 亦有可告語者否? 於律令中極有不合道理, 不近人情處, 隨事改正, 得一二亦佳. 中薦程可久於法令甚精, 可以入局中. 然此猶是第二義, 不知輪對班在何時? 果得一見明主, 就緊要處下得數句爲佳, 其餘屑屑不足言也. 謙仲甚不易得, 今日尙有此公, 差強人意. 元善爽快, 極難得, 更加磨琢沉浸之功乃佳. 機仲旣得同官, 乃其幸會, 當能得日夕親炙也. 浙東諸朋友想時通問, 亦有過來相聚者否? 立之墓表, 今作一通, 顯道甚不以爲然, 不知尊意以爲如何?"

3월 13일에 주원회에게 답장을 보냈다.【권 7에 보인다.】

三月十三日答朱元晦書.【見前卷七】

주원회가 주청을 올려 사창(社倉)을 세운 일을 책으로 엮었다. 무신년에 선생의 형님이신 사산거사(梭山居士)께서 청전(靑田)에 사창을 세우고자 하셨다. 선생께서 조 현감에게 편지를 쓰셨다.【권 1에 보인다.】

編朱元晦奏立社倉事. 戊申歲, 先生兄梭山居士欲立社倉于靑田. 先生與趙監書.【見前卷首】

대전에 올라 윤대에 임하며 다섯 통의 차자(箚子)를 올렸다.

上殿輪對五箚.

그때 윤대까지 시일이 매우 촉박했는데도 선생께서는 여전히 [내용] 구상을 하지 않고 계셨다. 친구들이 거듭 청하자 한참 후에 비로소 글을 쓰기 시작했다. 글이 완성되자마자 그 이튿날 윤대하였다.【다섯 통의 차자는 권 18에 모두 보인다. 차자를 읽으시자 주상께서 말씀하지 않았다는 내용은 권 35 어록에 보인다.】

時對期甚迫, 猶未入思慮, 所親累請, 久乃下筆. 繕寫甫就, 厥明即對.【五箚俱見前卷十八. 讀箚未云, 見前三十五卷語錄.】

무략(武略)을 강구하셨다. 선생께서 소시 적에 정강 연간의 일에 관해 들으시고는 비분강개하여 복수하고자 하는 뜻을 세우셨다. 이에 지략과 용맹을 겸한 사인을 수소문하여 더불어 상의한 뒤로부터 전쟁의 이로움과 병폐, 형세의 요해(要害) 등을 더욱 잘 이해하게 되었다. 장사(將使) 이운(李雲)은 장수 집안 자제로서 흥국(興國: 지금의 江西省 贛州) 사람이다. 그의 용맹함을 보시고 선생께서 기이하게 여겨 가르치셨는데, 후에 태위 필재우(畢再遇)의 휘하에 임용되었다. 그 집안에서는 선생의 제사를 받들었다. 혹자가 그 이유를 묻자 이렇게 대답했다. "저는 소시 적에 백 명의 대오를 이끌고 재물을 약탈하려고 하였습니다. 그러던 어느 날 선생을 찾아가 뵈옵고 가르침을 입어 단번에 개과천선할 수 있었지요. 만약 그렇지 않았다면, 이 몸은 사람 노릇을 못했을 것입니다." 선생께서 평소에 인재를 장려하고 격려함이 이와 같았다. 후에 형문(荊門) 태수가 되었을 때도 수많은 기이한 인재를 장려하고 발탁하였다.

講究武略: 先生少時聞靖康間事, 慨然有感於復讎之義. 至是訪求智勇之士, 與之商確, 益知武事利病, 形勢要害. 李將使雲, 將家子也, 興國人, 有勇力, 先生奇而敎之, 後獲用太尉畢再遇帳下. 其家祠事先生, 或問何爲, 曰: "雲少時嘗欲率伍百人, 打劫起事. 一日往見先生, 蒙誨, 翻然而改. 不然, 此身不得爲人矣." 先生平日獎激人才類如此. 後守荊門, 獎拔奇才亦多.

나라의 병을 고치는 것에 관해 의론할 때, 혹자가 물었다. "선생께서 등용되시면 어떻게 나라를 고치시렵니까?" 선생께서 말씀하셨다. "내게는 사물탕이 있지요." 물었다. "어떤 것입니까?" 답하셨다. "어진 자를 임용하고, 능력 있는 자를 부리고, 공 있는 자에게 상을 주고, 죄 지은 자를 벌하는 것입니다."

論醫國, 或問: "先生見用, 以何醫國?" 先生曰: "吾有四物湯." 問: "如何?" 曰: "任賢, 使能, 賞功, 罰罪."

안팎에서 올라온 주대(奏對) 중에 실행할 수 없는 것에 대해 논박하셨다.

論駁中外奏對不可行者.

소 현재에게 답장을 보냈다.【권 10에 보인다.】

答蘇宰書.【見前卷十】

주원회에게 편지를 보냈다.

朱元晦書.

그때 주차(奏箚)의 차이에 대해 말하는 자가 있었다. 이에 주원회가 [선생의] 주차를 요구하자 선생께서 한 본을 보내셨다. 원회가 편지를 보내 말했다. "보여주신 주차(奏箚)를 받아 지극한 논의를 읽어보고서 실로 깊은 위로와 은택을 받았습니다. 규모의 웅대함이나 원류(源流)의 심원함을, 어찌 부유(腐儒)와 비루한 서생들이 엿보고 측량할 수나 있겠습니까? 구구한 저의 사적인 근심 따위야 '만 마리 소가 고개 돌리는'[31] 탄식을 면치 못하지만, 그렇다고 저에게 또 무슨 문제될 게 있겠습니까? 말은 둥글고 뜻은 생기 넘치며, 물이 넘쳐흐르듯 하였으니, 조예의 깊음과 함양의 두터움에 더욱 탄복하게 됩니다. 다만 위로 향하는 오직 한 길[32]만은 한 번도 바꾸지 않은 것 같습니다."

時有言奏箚差異者, 元晦索之, 先生納去一本. 元晦貽書云: "奏篇

---

31) 杜甫의 시 「古柏行」에 "큰 건물 무너지려 해 동량이 필요하지만, 만 마리 소도 고개 돌리리, 산처럼 무거워서.(大廈如傾要梁棟, 萬牛回首丘山重.)"라는 구절이 보인다. 즉 상대가 너무 크고 무거워서 만 마리 소의 힘으로도 어쩔 수 없는 것을 비유한 말이다.

32) 向上一路는 禪宗에서 불가사의한 徹悟의 경지를 이르는 말이다. 여기서 주희는 육구연이 효종에게 '본심'을 밝히 드러내[發明] 근본을 바로 세워야 한다고 고한 것이 禪宗의 遺風과 흡사함을 은근히 비꼬고 있다.

垂示, 得聞至論, 慰沃良深. 其規模宏大, 源流深遠, 豈腐儒鄙生
所可窺測? 然區區私憂, 未免有萬牛回首之歎, 然於我何病耶? 語
圓意活, 混浩流轉, 益見所養之深, 所蓄之厚. 但向上一路, 未曾
撥着."

주원회에게 답장을 보냈다. 내용은 대략 이러하다. "주차에 대해
어르신의 두터운 칭찬과 장려를 받았는데, 모두 감당할 길이 없습
니다. 성글고 어리석어 심히 부끄러우나 이런 저런 생각들을 그
대로 감춰둘 수 없어서 폐과 간장을 다 드러내어 차자를 적었습
니다. 그런데 위로 향하는 오직 한 길만은 한 번도 바꾸지 않았다
는 의심을 면할 길 없다고 하시다니, 기대한 바가 너무 무겁고 바
라는 바가 너무 과하여 황금을 내기로 걸어 눈이 어두워지는
꼴33)을 면치 못한 것은 아닌지요?"

答朱元晦書, 略云: "奏箚獨蒙長者襃揚獎譽之厚, 俱無以當之. 深
慚疏愚, 不能回互藏匿, 肺肝悉以書寫, 而兄尙有向上一路, 未曾
撥着之疑, 豈待之太重, 望之太過, 未免金注之昏耶?"

다시 승봉랑에 제수되었다. 「관휼조령(寬恤詔令)」을 편수하여 완
성하였다. 추밀사 왕겸중과 『맹자』의 '국토를 늘리고 창고를 채우
다'34) 단락에 이야기가 미치자 "지금 바야흐로 이러한 자를 구하

---

33) 『莊子』「達生」에 "질그릇을 내기로 걸고 활을 쏘면 잘 쏠 수 있지만, 띠고리를
내기로 걸고 활을 쏘면 마음에 걸리는 게 있고, 황금을 내기로 걸고 활을 쏘면
눈이 어두워진다.(以瓦注者巧, 以鉤注者憚, 以黃金注者殙.)"는 말이 보인다.
34) 『孟子』「告子下」.

고 있으나 얻을 수가 없다."고 말씀하셨다. 겸중은 이에 낯빛이 변했다. 또 [당나라 문인] 유자후(柳子厚: 柳宗元)의 글을 인용하셨다. "흙덩이나 나무 조각을 조정에 가져다 놓고 예복과 면류관을 씌우고 노예들을 주어 그들 좌우에서 시중을 들게 해주어도, 만사의 노고를 줄여주는 데 무슨 도움이 되겠는가? 성인의 도가 세상에 무익한 것은 바로 이 때문이다."[35] 겸중은 이에 침묵하였다. 선생께서 일찍이 말씀하셨다. "당시 제공들은 위, 아래가 평안하고 안팎으로 일이 없는 것을 보고는 태평성대로 여겼다. 정부지(鄭溥之)[36]가 한 말만은 매우 훌륭하다. '지금은 그저 오랑캐들에게 길을 빌려 태산에 올랐을 뿐이다.'"

改授承奉郎. 以修寬恤詔令書成, 與樞密使王謙仲語及『孟子』'辟土地充府庫'一段, 因云: "方今正在求此輩而不可得." 謙仲爲之色變. 又擧柳子厚: "捧土揭木而致之廟堂之上, 蒙以絨冕, 翼之徒隷, 而趨走其左右, 豈有補於萬事之勞苦哉? 聖人之道無益於世, 凡以此也." 謙仲爲之默然. 先生嘗云: "當時諸公見上下相安, 內外無事, 便爲太平氣象. 獨鄭溥之有一語極好, '而今只要爲虜人借路登泰山云耳.'"

가을 9월 기망일에 장인 오 공의 행장을 지었다.

秋九月旣望, 作外舅吳公行狀.

---

35) 柳宗元의 「與楊京兆憑書」에서 인용하였다.
36) 鄭湜. 字는 溥之이며 閩縣 城門鄕(지금의 福建省 福州市) 사람이다. 乾道 2년(1166年)에 진사가 되었고 후에 中書舍人 羅點의 천거로 秘書郎 겸 吏部郎官이 되었다.

마지막에 이렇게 적었다. "나 아무개는 어릴 적에 공의 지우를 입었고, 나중에는 공의 따님을 아내로 맞이했다." 우연지(尤延之)가 오 공의 묘지를 지었다. "육자정 군이 수차례 내게 장인 오 공의 현명함에 대해 이야기하였다. 얼마 후에 검은 옷을 입고 찾아와 나를 만나기를 청하는 자가 있었는데, 바로 오 공의 아들 옹약(顒若)이었다. 자정이 지은 행장을 소매에 품고 와서 '자정과 잘 아는 사이이기에 묘지를 청하고자 합니다.'라고 말했다. 나는 오 공을 알지 못하지만 자정은 믿을 만한 사람인지라 그가 한 말이라면 증거가 있을 터, 이에 [일생을] 서술하여 묘지를 지었다. 어린 아이들 사이에서 능히 자정을 알아보고, 능히 그 자식을 아내로 주었으니, 그의 현명함을 가히 알 만하다." 후에 경중(敬仲)이 유인(孺人) 오 씨의 묘지를 지었다. "유인은 휘(諱)가 애경(愛卿)으로 휘가 점(漸)인 오무영(吳茂榮) 공의 장녀이다. 어려서부터 자질이 남달라, 바느질은 배우지 않고도 잘했으며, 시서(詩書)라면 한번 본 것은 잊지 않았기에, 공께서 크게 기이하게 여겼다. 선생을 한 번 보더니 아내가 될 만하다 여기고는 바로 시집갔다. 선생께서 국자정(國子正)이 되고 칙국(勅局)의 산정관(刪定官)이 되어 도성에 5년 머무는 동안, 사방에서 찾아온 빈객이 집안을 가득 메웠다. 옆에 빈 집이 없을 때는 관사를 빌렸고, 먹고 마시는 데 필요한 온갖 물품에 관해서는 선생께서 일일이 말씀하지 않아도 유인께서 빠트림 없이 알아서 마련하였다. 선생께서 봉사(奉祠)[37]로 돌아가게 되었을 때 보따리가 텅 비었는데, 동료들이 나

---

37) 송나라 때는 宮觀使, 判官, 都監, 提擧, 提點, 主管 등 직을 설치해 5품 이상으로 더 이상 관직을 맡을 수 없는 관원들을 임명했다. 실제 직책은 없었고, 宮觀

서 노자를 마련해주었다. 마을로 돌아온 이듬해에 상산(象山)에
터를 잡았는데, 유인이 상자 속 물건을 팔아 내조하였다. 운운."

末云: "某在童穉時, 爲公所知, 後妻以其女." 尤延之作吳公墓誌云:
"陸君子靜, 數爲予 道其婦翁吳公之賢. 居亡何, 有墨服踵門而求
見者, 則吳公之子顯若也. 袖子靜之狀, 且告曰: '敢因子靜以請誌.'
予不識吳公, 然子靜信人也, 其言有證, 乃叙而誌之. 夫能識子靜
於童幼之中, 而能以子妻之, 其賢可知矣." 後敬仲作孺人吳氏墓誌
云: "孺人諱愛卿, 吳公茂榮諱漸之長女也. 幼有異質, 女工不學而
能, 詩書過目不忘, 公大奇之. 一見先生, 謂可妻, 歸焉. 先生爲國
子正, 刪定勅局, 居中五年, 四方之賓滿門, 旁無虛宇, 倂假於館,
中饋百需, 先生不一啓齒, 孺人調度有方, 擧無缺事. 曁先生奉祠
歸, 囊蕭然, 同僚共賑之. 還里之明年, 經理象山, 孺人捐奩中物助
之, 云云.

「본재기」를 지었다. 성도의 곽순인을 위해 지은 것이다.

作「本齋記」, 爲成都郭醇仁作.

47. 순희 12년(1185) 을사년에 선생께서 마흔일곱 살이 되셨다. 칙국
에 계셨다.

淳熙十二年乙巳, 先生四十七歲, 在勅局.

의 제사 등만 관장했기에 奉祠라고 불렀다. 육구연은 후에 台州 崇道觀을 주관
하는 관직에 임명되었다.

우연지에게 편지를 보냈는데, 내용은 대략 이러하다. "이곳에서 오래 머물 생각은 하지 않지만, 종일토록 온 마음을 다하여 일하고 있습니다. 그러니 어찌 조금이나마 힘을 바치고 싶지 않겠습니까? 그러나 손발을 뻗쳐볼 도리가 없는 곳에 이르러서 잠시 물러나 기다려볼 뿐입니다. 맡은 임무를 처리하지 않을 수 없지만, 폐단이 보일 시에는 반드시 그 일에 나아가 이해해 내려가야만 합니다. 여기 있으면서 다만 바라는 것은 윤대이니, 그때 조금이나마 가슴속 이야기를 펼칠 수 있을 것 같습니다. 하지만 윤대가 후년에 잡혀있어 답답하게 날자만 보낼 뿐입니다." 혹자가 소인배처럼 틈을 엿보다가 물러나게 해달라고 빌어볼 것을 권하였다. 선생께서 말씀하셨다. "내가 아직 떠나지 않은 이유는 임금 때문이다. [임금께] 인정을 받지 못하면 떠날 뿐, 어떻게 그런 것으로 거취를 정할 수 있단 말인가?"

與尤延之書, 略云: "此間不可爲久居之計, 吾今終日區區, 豈不願少自效? 至不容着脚手處, 亦只得且退而俟之. 職事間又無可修擧, 覬見弊病, 又皆須自上面理會下來方得. 在此但望輪對, 可以少展胸臆. 對班尙在後年, 鬱鬱度日而已." 或勸以小人闖伺, 宜乞退. 先生曰: "吾之未去, 以君也. 不遇則去, 豈可以彼爲去就耶?"

첨자남이 배움을 청하였다. 자남이 선생께 물었다. "선생의 학문도 누군가로부터 전수받은 것입니까?" 선생께서 말씀하셨다. "『맹자』를 읽고서 스스로 터득한 것이다."

詹子南問學. 子南嘗問: "先生之學亦有所受乎?" 曰: "因讀『孟子』而自得之於心也."

48. 순희 13년(1186) 병오년에 선생께서 마흔여덟 살이 되셨다. 여름 5월에 「격교재설」을 지었다.【삼구(三衢: 衢縣)의 서재를 위해 지었다.】

淳熙十三年丙午, 先生四十八歲. 在勅局. 夏五月, 作「格矯齋說」. 【爲三衢徐載書】

주원회가 편지를 보내왔는데, 내용은 대략 이러하다. "부자연(傅子淵)과 지난겨울에 만났습니다. 기질이 강건하고 의연한 것이 실로 얻기 쉬운 인재는 아니었으나, 편협한 면이 심히 만사에 해로웠습니다. 입이 아프도록 설명했지만 제 말이 옳다고 여기지 않는 듯 하였습니다. 요즘에는 당시 설명할 때 정곡을 찌르지 못했다는 생각이 드나니, 아마도 아직 제 말이 옳다고 여기지 않을 것입니다. 지금쯤이면 부(部)에 도착해 필시 만나보셨을 터인데, 따끔하게 약침을 놓아주셨는지요? 도리라는 것은 지극히 정미해서 눈과 귀로 보고 들을 수 있는 것이 아닙니다. 시비와 흑백이 눈앞에 놓여있는데, 이를 살피지 않고서 생각의 겉에서 달리 현묘한 것을 구하고자 하니, 그것부터 이미 틀렸습니다. 저는 나날이 쇠잔해져가고 있습니다만, 기쁜 깃은 근래 들어 일용 공부에 들어가는 힘이 자못 줄어들어 예전처럼 지리멸렬한 병폐가 사라졌다는 것입니다. 그러나 조용히 마주보고 앉아 의론할 길이 없어 참으로 한스럽습니다. 훗날에도 여전히 [우리 사이에] 같고 다름이 있을지 모르겠습니다!"

朱元晦通書, 略云: "傅子淵去冬相見, 氣質剛毅, 極不易得, 但其偏處亦甚害事. 雖嘗苦口, 恐未以爲然. 近覺當時說得亦未的, 疑其不以爲然也. 今想到部, 必已相見, 亦嘗痛與砭劑否? 道理極精微, 然初不在耳目聞見之外. 是非黑白只在面前, 此而不察, 乃欲別求玄妙於意慮之表, 亦已誤矣. 熹衰病日侵, 所幸邇來日用工夫頗覺省力, 無復向來支離之病, 甚恨未得從容面論. 未知異時尙復有異同否耳!"

선의랑이 되어 장작감승에 제수되었다. 급사 왕신(王信)이 상소를 올려 선생을 반박하였고,[38] 11월 29일에 어지가 내려와 태주숭도관을 주관하게 되었다.

轉宣義郞, 除將作監丞, 給事王信疏駁, 十一月二十九日得旨, 主管台州崇道觀.

애초에 선생께서 오래도록 밖에 머물게 되자 친척과 벗들은 퇴직을 간청해야 한다고 말했다. 선생께서 말씀하셨다. "예전에 면대 때 대의만을 거칠게 늘어놓았는데, 명주께서 이를 잘못이라 여기지 않으셨다. 내 다시금 청아한 빛을 우러르고 조금이나마 가슴속 생각을 다 바침으로써 신하로서의 의를 다하고 싶다." 윤대를 닷새 앞두고서 장작감승에 제수되었다.

初, 親朋謂先生久次, 宜求退. 先生曰: "往時面對, 粗陳大義, 明主不以爲非. 思欲再望淸光, 少自竭盡, 以致臣子之義." 距對班五日, 除監丞.

---

38) 육구연은 다섯 통의 箚子를 올려 국정을 논한 결과 將作監丞에 제수되었으나 給事中 王信의 반대에 부딪혀 관직에서 밀려내 고향으로 돌아와야 했다.

선생께서 이성지에게 편지를 쓰셨다.【권 10에 보인다.】

先生與李成之書.【見前卷十】

「양만리의 송행시」에 화답하셨다.【권 25에 보인다.】

和「楊萬里廷秀送行詩」.【見前卷二十五】

선생께서 돌아오시자 학자들이 수레바퀴살 모여들 듯 찾아왔다. 당시 향리의 장로들도 머리 숙인 채 가르침의 말씀을 들었다. 성읍(城邑)을 방문할 때마다 2, 3백 명이 둥그렇게 모여 앉아 [말씀을] 들었다. 더 이상 수용할 수 없을 때에는 사원이나 도관으로 자리를 옮겼다. 현의 관리들이 학궁(學宮)에 강석을 마련해주니, 귀천과 노소를 막론하고 말씀을 들으려는 자들로 거리가 넘쳐났다. 배움의 성대함이 이와 같았던 적이 없다.

既歸, 學者輻輳. 時鄕曲長老, 亦俯首聽誨. 每詣城邑, 環坐率二三百人, 至不能容, 徙寺觀. 縣官爲設講席於學宮, 聽者貴賤老少, 溢塞途巷, 從游之盛, 未見有此.

주자연에게 편지를 쓰셨다.【권 13에 보인다.】

與朱子淵書.【見前卷十三】

49. 순희 14년(1187) 정미년에 선생께서 마흔아홉 살이 되셨다. 봄에 임천(臨川)으로 가셨다. 선생께서 창사(倉使) 탕사겸(湯思謙) 공

을 방문하자 탕 공은 [그곳의] 풍속이 아름답지 못하다고 말했다. 선생께서 말씀하셨다. "막 돌아와서 바야흐로 여러 후생에게 좋은 말을 해주려고 했습니다. 이 일은 하늘에도 달렸고, 사람에도 달렸습니다." 탕 공이 말했다. "하늘에 달렸다는 것은 어떤 것입니까?" "3년에 한번 씩 과거를 시행하는데, 만일 뽑힌 자 중에 돈후한 자가 많고 경박한 자가 적으면 풍속이 이때부터 돈후해질 것이고, 불행히도 돈후한 사람이 거의 없거나 전부 다가 경박한 사람일 경우, 후생들은 그들을 따르고 본받을 것이니, 이에 풍속은 날로 나빠질 것입니다." 탕 공이 말했다. "사람에 달려있다는 것은 어떤 것입니까?" 선생께서 말씀하셨다. "감사와 수령은 풍속을 이끌어가는 종주입니다. 원판(院判)39)이 이곳에 계시면서 높은 지위와 중한 관작만 생각하지 마시고, 깃발 들고 앞을 인도하거나 말 타고 뒤를 호위하는 자들까지 높이고 존경하며, 누추한 골목 초가집에 사는 돈독하고 공경스러우며 충신(忠信)을 행하고 배우기를 좋아하는 사인(士人)을 미천하다 여기지 마시고 높여 존경할 줄 안다면, 풍속은 저절로 돌아올 것입니다." 탕 공은 재삼 칭찬하였다. 이튿날 탕 공이 막료들에게 말했다. "육 어르신께는 지극히 정성스러우신데, 어찌하여 가서 말씀을 듣지 않느냐?" 막료들이 말했다. "육 어르신의 문호가 너무 높고 엄준하여서, 거기서 의론하는 바는 우리 같은 사람들이 이해할 수 있는 바가 아닙니다." 탕 공이 말했다. "육 어르신이 하시는 말씀은 매우 쉽고 바르니, 한번 가서 들어보도록 해라. 내가 장식(張栻)이나 여조겸(呂祖謙) 등 여러 공과도 잘 아는 사이인데, 육 어르신의 말씀은 그

---

39) 중앙 관서의 屬官을 가리키는 말이다.

들과 절로 다른 데가 있다."

淳熙十四年丁未, 先生四十九歲. 春, 如臨川. 先生訪倉使湯公思
謙, 公因言風俗不美. 先生曰: "乍歸, 方欲與諸後生說些好話. 此
事亦由天, 亦由人." 公曰: "如何由天?" 曰: "且如三年一科擧, 中者
篤厚之人多, 浮薄之人少, 則風俗自此而厚. 不幸篤厚無幾, 或全
是浮薄, 則後生從而視效, 風俗日以敗壞." 公曰: "如何亦由人?" 曰:
"監司守令是風俗之宗主, 只如判院在此, 無只爲位高爵重, 旗旄導
前, 驅卒擁後者, 是崇是敬, 陋巷茅茨之間, 有篤敬忠信好學之士,
不以其微賤而知崇敬之, 則風俗庶幾可回矣." 公再三稱善. 次日謂
幕僚友曰: "陸丈至誠, 何不去聽說話?" 幕僚云: "恐陸丈門戶高峻,
議論非某輩所能喩." 公曰: "陸丈說話甚平正, 試往聽看. 某於張ㆍ
呂諸公皆相識, 然如陸丈說話, 自是不同."

주원유의 「명자설」을 지었다.【권 20에 보인다.】

作朱元瑜「名字說」.【見前卷二十】

귀계 응천산에 올라 강학하셨다.

登貴溪應天山講學.

처음에 문인 흥종(興宗) 팽세창(彭世昌)이 귀계 응천산 기슭에
사는 장 씨네로 친구를 찾아갔다가 산에 올라 유람했는데, 구릉이
높고 계곡이 그윽하며, 수풀이 우거지고 샘이 맑았다. 이에 장 씨
들과 의논하여 오두막을 짓고 선생을 모셔와 강학하였다. 선생께

서는 산에 올라 기뻐하시며, 정사(精舍)를 짓고 기거하셨다. 양경 중에게 보낸 편지에서 이렇게 말씀하셨다. "정사라는 두 글자는 『후한서(後漢書)』「포함전(包咸傳)」에서 나왔는데, 건무연간(317 ~318) 이전에 있었던 일입니다. 유자들이 강습하는 곳에 이 명칭을 사용한다 해도 부족함이 없습니다." 강서의 통수인 정숙달(程叔達)[40]이 새롭게 강서시파의 시집[41]을 출간한 것에 감사하는 답장을 썼다.

初門人彭興宗世昌訪舊于貴溪應天山麓張氏, 因登山遊覽, 則陵高而谷邃, 林茂而泉清. 乃與諸張議, 結廬以迎先生講學. 先生登而樂之, 乃建精舍居焉. 與楊敬仲書云: "精舍二字, 出『後漢』「包咸傳」, 其事在建武前. 儒者講習之地用此名, 甚無歉也." 答江西程帥叔達惠新刊江西詩派箚子.

심 현재에게 답장을 썼다.【권 17에 보인다.】

答沈宰書.【見前卷十七】

포민도(包敏道)가 강태지(江泰之)가 수집한 차자의 묵적(墨蹟)에 발문(跋文)을 지었다. "상산 선생이 시를 논한 것을 보면 '지나간 것을 일러주니 올 것을 아는' 자나[42] '내 뜻으로 지은이의 뜻을 거

---

40) 程叔達(1120~1197)은 字가 元誠이며 黟縣 사람이다. 紹興 12년(1142)에 진사가 되어 興國軍 光化 敎授가 되었다. 후에 監察御史가 되었다가 兩浙 지역의 진휼에 공을 세워 右正言에 제수되었다.
41) 『江西宗派圖』라는 책을 가리킨다.

슬러 구하는[43] 자들을 뛰어넘는다. 그 정밀한 감식안은 저울과도 같아서, 천하의 경중과 장단을 측량함에 있어 터럭만큼이라도 더하거나 빼지 않는다. 어찌 시에 있어서만 그러하겠는가? 정 군(程君)이 시를 지어 보내왔을 때 나 또한 자리에 있었는데, 선생께서 제생들을 돌아보시며, '누가 대신 답하겠느냐?'라고 물으셨다. 삽시간에 몇 명이서 원고를 바치자 선생께서 탄식하며 '종이를 가져오라.'하시더니 일필휘지로 완성하셨다." 운운.

包敏道跋江泰之所收箚子墨蹟云: "象山先生論詩, 又出告往知來以意逆志者之外. 蓋其精鑑如權度, 擧天下之輕重長短, 毫髮絲粟, 不可得而加損也, 豈特於詩爲然哉? 當程君箚送詩至時, 僕在席下, 先生顧諸生曰: '誰能代答?' 須臾呈藁者數人. 先生嘆曰: '將紙來.' 一筆寫就." 云云.

여름 5월에 풍전지에게 답장을 쓰셨다.【권 13에 보인다.】

夏五月, 答馮傳之書.【見前卷十三】

초겨울에 주원회에게 답장을 쓰셨다.【권 13에 보인다.】

初冬, 答朱元晦書.【見前卷十三】

---

42) 『論語』「學而」에 "사는 이제 비로소 더불어 『시경』을 이야기할 수 있게 되었구나. 지나간 것을 일러주니 올 것을 안다.(賜也, 始可與言『詩』已矣, 告諸往而知來者.)"라는 구절이 보인다.

43) 『孟子』「萬章上」에 "『시』를 말하는 사람이라면, 글자로써 말을 해지지 않고 말로써 본래 뜻을 해치지 않으며, 나의 뜻으로 지은이의 뜻을 거슬러 구하여야만 그 뜻을 알 수 있다.(故說『詩』者, 不以文害辭, 不以辭害志. 以意逆志, 是爲得之.)"라는 구절이 보인다.

권36
77

주원회가 답장을 보내왔는데, 내용은 대략 이러하다. "보내주신 형님(陸九韶)의 편지는 말만 많았지 이치가 명확치 않았습니다. 지금은 또 당시 어떤 말을 했는지 기억조차 나지 않습니다. 혹 정말 그런 병이 있을지도 모르니, 조목조목 분석해 가르침을 내려주신다면 크나 큰 행운일 것이라, 마음을 비워놓고 기다릴 터이니 인편에 보내주십시오. 만약 온당치 않은 곳이 있다면 다시 상세히 논의해야지, 거사 형님처럼 갑작스럽게 편지 왕래를 끊어서는 안 됩니다." 무극과 태극의 변론은 여기서 시작되었다.

元晦答書, 略云: "所諭與令兄書, 辭費而理不明. 今亦不記當時作何語. 恐或實有此病. 承許條析見敎, 何幸如之? 虛心以俟, 幸因早便見示. 如有未安, 却得細論, 未可便似居士兄遽斷來章也." 辯無極 · 太極始此.

「무영재설」을 지었다.【오숙유에게 준 글이다.】

「無營齋說」.【贈吳叔有】

겨울 시월 경진일에 중형 자의(子儀)를 임천의 나수봉 아래 묻었다. 「자의 묘지」를 지었다. 11월에는 「의장학기」를 지었다.

冬十月庚辰, 葬仲兄子儀于臨川之羅首峯下, 作「子儀墓誌」. 十一月作「宜章學記」.

12월에 조운사 송약수(宋若水)에게 편지를 보내 금계(金谿) 월장전(月椿錢)의 중대사안을 이야기하고, 창대(倉臺)의 군독(郡督)에

게 포흠이 누적되어 백성이 곤경에 빠진 폐단을 언급했다.【권 8
에 보인다.】

十二月, 與漕使宋若水書, 言金谿月椿之重, 及臺郡督積欠困民之
弊.【見前卷八】

50. 순희 15년(1188) 무신년에 선생께서 쉰 살이 되셨다. 산 속 정사
에 계셨다. 봄 정월에 「형국 왕문공 사당기」를 지었다.

淳熙十五年戊申, 先生五十歲. 在山間精舍. 春正月, 作「荊國王文
公祠堂記」.

설상선에게 편지를 쓰셨다.【권 12에 보인다.】[44]선생께서 일찍이
"개보(介甫: 王安石)의 책을 읽는다."라고 말씀하셨다.【권 25에
보인다.】창사(倉使) 조여겸(趙汝謙)에게 답장을 보냈다.【모두 권
1에 보인다.】

與薛象先書.【見前卷十二】先生嘗云: "讀介甫書."【見前卷二十五】
答倉使趙汝謙書.【俱見前首卷】

응천산의 이름을 상산으로 바꾸었다. 학도들이 오두막을 지었다.
선생께서는 정사에 거하신 후 다시 경치 좋은 곳을 찾아 선방을
지으셨고, 여러 산에 누각을 배치하셨다. 또 원암(圓庵)을 지으셨

---

44) 설상선에게 보내는 편지는 권12가 아니라 권13과 15에 각각 보인다.

다. 학도들이 각자 와서 오두막을 짓고 살면서 함께 강습하였다. 조카 손자 육준(陸浚)에게 편지를 보내 "산 속에 근자에 오두막을 짓고 사는 자들이 매우 많다. 제생들은 처음에 식량을 모아놓고 서로를 맞이해 왔다. 지금 선방 앞에 누각 하나가 지어지는 등 뭇 산이 정비되었는데, 기상이 매우 위엄 있다."고 말씀하셨다.

易應天山名爲象山, 學徒結廬. 先生旣居精舍, 又得勝處爲方丈, 及部勒群山閣, 又作圓庵, 學徒各來結廬, 相與講習. 與姪孫浚書云: "山間近來結廬者甚衆, 諸生始聚糧相迎, 今方丈前又成一閣, 部勒群山, 氣象亦偉." 云云.

거인재 · 유의재 · 양정당【장백강】 · 명덕【장행사】 · 지도【주부선】 · 저운【백강 · 행사】 · 패옥【장소석】 · 유고【예백진】규재【축재숙】 · 혜림【주원충】 · 달성【주간숙】 · 경방【부계로의 학도 풍태경. 초명 (初名)은 매창인데, 계로 집안의 피휘 때문에 선생께서 지금 이름으로 바꾸셨다.】 · 탁영지 · 침월지【오자사가 재실을 지었다. 선생께서 그에게 편지를 보내 "초가가 두 못 사이에 있는데, 탁영이라고 이름을 지어 글씨를 써야 겠다."고 말씀하셨다.】봉암【소석】 · 비형【선생께서 팽세창의 당에 글씨를 쓰셨다.】등 각각 산세의 높낮음에 따라 살기 좋은 분지에 건물들을 지었다.

居仁齋 · 由義齋 · 養正堂【張伯強】 · 明德【張行巳】 · 志道【周孚先】 · 儲雲【伯強 · 行巳】 · 佩玉【張少石】 · 愈高【倪伯珍】規齋【祝才叔】 · 蕙林【周元忠】 · 達誠【朱幹叔】 · 瓊芳【傅季魯學徒馮泰卿, 初名梅囟, 以季魯家諱, 先生爲改今名】 · 濯纓池 · 浸月池【吳子嗣創齋, 先生與之書云: "草廬在二池之間, 欲名以濯纓, 當爲書之."】

封庵【少石】·批荆【先生書于世昌之堂】. 各因山勢之高, 原塢之佳
處爲之.

3월에 강서 안무사[45] 왕겸중에게 편지를 보냈다.【권 9에 보인
다.】

三月, 與江西帥王謙仲書.【見前卷九】

5월에 태수 전백동에게 편지를 보냈다.【권 9에 보인다.】군현에서
예악을 익힌 사인들이 때때로 알현하러 방문했는데, 선생의 가르
침 듣기를 좋아하여 사방의 학도들이 크게 모여들었다.

五月與錢守伯同書.【見前卷九】郡縣禮樂之士, 時相謁訪, 喜聞其
化, 故四方學徒大集.

선생께서는 조용히 도를 강론하시고 즐겁게 노래를 읊조리시며
그렇게 평생을 살고자 하셨다.

先生從容講道, 歌詠愉愉, 有終焉之意.

풍원질이 말했다. "선생께서는 늘 선방에 거하셨다. 매일 아침 정
사에 북소리가 울리면 산교(山轎)를 타고 오셔서 서로 읍하고는

---

45) 帥는 帥司의 줄임말이다. 송나라 때는 각 路의 安撫司나 經略安撫司를 帥司
라 불렀다.

강단에 올라 앉으셨는데, 안색이 순수하시고 정신이 형형해 보였다. 학자들이 작은 팻말에 성명과 나이를 적은 다음 순서대로 제출하면 그것을 보고 좌석을 정했다. 적어도 수십 명에서 백 명까지 모였으나, 소란함 없이 일제히 정숙했다. 먼저 정신을 수렴하고, 덕성을 함양하고, 마음을 비운 채 강의 듣는 법을 가르쳤는데, 제생들은 모두 머리를 숙이고서 손 모아 경청했다. 경서만 강독하는 것이 아니라 매사에 있어 사람의 본심을 발양하도록 해주었으며, 중간 중간 경서의 말씀을 들어 입증해주시곤 하였다. 선생의 목소리가 청아하게 울려 퍼지면 듣는 이들은 모두 감동하여 떨치고 일어났다. 선생을 처음 본 자들은 질의를 하려 하기도 하고, 변론을 하려 하기도 하고, 자신의 학문으로써 자부하기도 하고, 꼿꼿이 서서 스스로 높은 체 하기도 했는데, 가르침의 말씀을 듣고 난 후에는 대부분 저절로 굴복하며 감히 그런 모습을 다시 드러내지 못했다. 하고 싶은 말이 있으나 스스로를 전달하지 못하는 자가 있으면 그 사람 대신 이야기를 해주었는데, 그 말씀이 본인이 하려던 말과 똑같았다. 그러면 선생은 이내 그 길을 통해 그를 깨우치셨다. 한 마디 말, 반 토막 언사라도 취할 것이 있으면 반드시 장려해주었기에 사람들 모두 크게 감발되었다. 평상시에는 책을 보시거나 거문고를 어루만지셨다. 날씨 좋은 날에는 천천히 걸어가 폭포를 감상하셨고, 목청 높여 경전의 교훈을 외우시거나 초사(楚辭) 및 옛날의 시문(詩文)을 노래하셨는데, 유유자적 우아해 보이셨다. 아무리 한여름일지라도 의관을 엄정히 하고 계셔서 바라보면 마치 신 같았다. 제생들이 선방에 들어와 가르침을 청하면 화락한 분위기가 넘쳐흘렀다. 각각 가지고 있는 것에 의거해 사람들을 깨우치셔서, 혹자에게는 함양을 가르치고 혹자에게는 독서의 방법을 일깨워주셨는데, 쓸데없는 말은 하시는 법이 없었고, 선유(先儒)의 어록을 읽게 하는 법도 없었다. 매번 통쾌하게 강설하실 적마다 부계로를 돌아보며, '통쾌하지 아니한가!'라고 말씀하셨다. 부계로는 나이가 가장 어려 늘 말석에 앉아 있었다. 한번은 자리 옆에 좌석 하나를 만들어 놓고 그에게 대신 설명하라고 시키셨다. 그때 누군가가 그를 얕잡아보자 선생께서는 '계로는 영재이다.'라고 말씀하셨다. 선생은 대략 2월에 산에 오르시어 9월 말에 짐을 챙겨 돌아가셨다. 중간에도 정해진 시간 없이 왔다 갔다 하셨다. 산에 거하신 5년 동안 기록한 장부를 열람해보니, 찾아왔던 사람이 수천 명 이상이었다."

馮元質云: "先生常居方丈. 每旦精舍鳴鼓, 則乘山籥至, 會揖, 陞講坐, 容色粹然, 精神烔然. 學者又以一小牌書姓名年甲, 以序揭之, 觀此以坐. 少亦不下數十百, 齊肅無譁. 首誨以收斂精神, 涵養德性, 虛心聽講, 諸生皆俛首拱聽, 非徒講經, 每啓發人之本心也. 間擧經語爲證. 音吐淸響, 聽者無不感動興起. 初見者或欲質疑, 或欲致辯, 或以學自負, 或有立崖岸自高者, 聞誨之後, 多自屈服, 不敢復發. 其有欲言而不能自達者, 則代爲之說, 宛如其所欲言, 乃從而開發之. 至有片言半辭可取, 必獎進之, 故人皆感激奮礪. 平居或觀書, 或撫琴. 佳天氣, 則徐步觀瀑, 至高誦經訓, 歌楚詞及古詩文, 雍容自適. 雖盛暑, 衣冠必整肅, 望之如神. 諸生登萬[46]丈請誨, 和氣可掬, 隨其人所有開發, 或敎以涵養, 或曉以讀書之方, 未嘗及閑話, 亦未嘗令看先儒語錄. 每講說痛快, 則顧傅季魯曰: '豈不快哉!' 季魯齒最少, 坐必末. 嘗掛一座于側間, 令代說. 時有少之

---

46) 方丈이어야 문맥이 통한다. 따라서 '萬'은 '方'의 오자로 보인다.

者, 先生曰: '季魯英才也.' 先生大率二月登山, 九月末治歸, 中間亦往來無定. 居山五年, 閱其簿, 來見者踵數千人."

진 현재(縣宰)에게 편지를 보냈다. "뜻을 같이 하는 사인들이 바야흐로 여기 모여 있으면서[47] 책에 적힌 내용을 연구하고, 먼 옛날의 일을 토론하니 거칠게나마 즐거움이 있습니다. 비록 타고난 자질이 다 같지는 않고, 어둡고 밝음에도 차이가 있어 순일(純一)하지는 못하지만 깨우치고 열어주는 효험, 변화의 징험이 한도 끝도 없다고는 말할 수 없습니다. 이 산에 오래 머물면서 이 일을 마칠 수만 있다면, 크나큰 행운이겠습니다!"

與陳宰書云: "同志之士, 方此盍簪, 紬繹簡編, 商略終古, 粗有可樂. 雖品質不齊, 昏明異趣, 未能純一, 而開發之驗, 變化之證, 亦不可謂無其涯也. 倘得久於是山, 以旣厥事, 是所願幸!"

부계로가 말했다. "선생께서 산에 거하시면서 학자들에게 자주 '너의 귀는 절로 밝고, 너의 눈은 절로 밝으니, 아비를 섬기면 절로 효성스러워질 것이요, 형을 섬기면 절로 공경스러워져서 부족함이 없을 것이다. 다른 데서 구할 필요 없다. 모두 너 스스로 서는 데 달려 있을 뿐이다.'라고 말씀하셨는데, 이에 많은 학자들이

---

47) 『周易』「豫卦」九四 爻辭에 "의심하지 않으면 동지들이 모인다.(勿疑, 朋盍簪.)"라는 내용이 보인다. 王弼은 注에서 "합은 모인다는 뜻이고, 잠은 빠르다는 뜻이다.(盍, 合也, 簪, 疾也.)"라고 설명했고, 孔穎達은 "벗들이 한데 모이기 위해 빨리 오는 것을 말한다.(羣朋合聚而疾來也.)"고 하였다. '盍簪'은 후에 士人들의 모임을 가리키는 말로 사용되었다.

떨치고 일어날 수 있었다. 의론을 세우는 자가 있으면 선생께서는 '이런 것이 바로 빈 말이다. 이것은 시문(時文)에나 보이는 견해이다.'라고 하셨다. 또 늘 말씀하셨다. '지금 천하의 학자들에게는 오직 두 가지 길이 있으니, 박실(朴實)과 의론(議論)이 그것이다.'"

傅季魯云: "先生居山, 多告學者云: '汝耳自聰, 目自明, 事父自能孝, 事兄自能弟, 本無少缺, 不必他求, 在乎自立而已.' 學者於此多有興起. 有立議論者, 先生云: '此自是虛說, 此是時文之見.' 常曰: '今天下學者有兩途, 惟朴實與議論耳.'"

강백(剛伯) 모필강(毛必彊)이 말했다. "선생께서는 강학하실 적이 먼저 본심을 회복하여 주재로 삼을 것을 요구하셨다. 본심을 찾고 난 뒤에는 함양의 공부를 더하여 날로 충실해지고 날로 밝아지라고 하시면서, 우리가 책을 읽고 옛날을 상고하는 것도 모두 이 이치를 밝히고 이 마음[心]을 다하기 위함일 뿐이라고 하셨다. 선생이 사람에게 학문을 가르칠 때 그 단서가 바로 여기에 있었으니, 이에 듣는 자들이 모두 감동 받았다. 당시 선생과 회옹의 문도들이 가장 많았는데, 또 각기 왕래하며 배움을 구하기도 하였다. 회암의 문인들이 설핏 선생을 살펴봄에, 가르치는 방법이 같지 않고, 무익한 문의(文義)의 해설을 해주지 않으며, 이렇다 할 정본(定本)도 없었기에, 당황하여 무엇을 따라 가야할지 알지 못했다. 얼마 있다가 작별하고 돌아가 사우(師友)들에게 이야기할 적에는 또 종종 본지를 잃는 바가 많아서 마침내 회옹의 의구심을 일으키고 말았다. 실로 개탄할 노릇이로다! 혹자가 물었다. '선생의 학문은 어디로부터 들어가야 합니까?' 선생께서 말씀하셨다.

'스스로 절실히 반성하고 개과천선하는 것뿐이다.' 또 말씀하셨다. '나의 학문이 다른 데서 하는 것과 차별화된 이유는 오직 내게서 만 나왔을 뿐 전혀 지어낸 것이 없고, 아무리 천 마디 만 마디 말이라 해도 남의 것이라 생각되는 말은 하나도 내 것에 덧붙이지 않았기 때문이다.' 또 말씀하셨다. '나는 사람들과 이야기할 때 대부분 혈맥이 있는 데로 나아가 그의 마음을 움직인다. 그래서 사람들이 듣기에 쉬운 것이다.'"

毛剛伯必彊云: "先生之講學也, 先欲復本心以爲主宰, 旣得其本心, 從此涵養, 使日充月明. 讀書考古, 不過欲明此理, 盡此心耳. 其敎人爲學, 端緒在此, 故聞者感動. 當時先生與晦翁門徒俱盛, 亦各往來問學. 晦庵門人乍見先生, 敎門不同, 不與解說無益之文義, 無定本可說, 卒然莫知所適從. 無何辭去, 歸語師友, 往往又失其本旨, 遂起晦翁之疑, 良可嘅嘆! 或問: '先生之學自何處入?' 先生曰: '不過切己自反, 改過遷善.' 又曰: '吾之學問與諸處異者, 只是在我全無杜撰, 雖千言萬語, 只是覺得他底, 在我不曾添一些.' 且又曰: '吾之與人言, 多就血脉上感動他, 故人之聽之者易.'"

장중지가 말했다. "선생은 강론하실 적에 종일토록 지치지 않고, 밤에도 피곤해하지 않으시면서 마치 지키는 법령이 있는 것처럼 그렇게 하셨다. 걸핏하면 삼경까지 주무시지 못하시고, 매일같이 학자들과 응수해야 했으며, 노곤한 몸으로 일찍 일어나셨는데도 정신은 더욱 형형하신 듯 보였다. 혹자가 물었다. '선생께서는 어떻게 그리 하실 수 있으십니까?' 선생께서 말씀하셨다. '집안에 임계신(壬癸神)이 있어, 능히 천 휘[斛]의 물을 들 수 있다네.'[48]"

章仲至云: "先生講論, 終日不倦, 夜亦不困, 若法令者之爲也. 動是三鼓, 學者連日應酬, 勞而蠲起, 精神愈覺炯然. 問曰: '先生何以能然?' 先生曰: '家有壬癸神, 能供千斛水.'"

엄송년이 물었다. "오늘날 학자라 할 수 있는 자는 누구입니까?" 선생께서 손가락을 꼽아 세셨는데, 부자연(傅子淵)을 첫손가락에 꼽으셨고, 등문범(鄧文範) · 부계로 · 황원길(黃元吉)을 그 다음으로 꼽으셨다. 선생께서 말씀하셨다. "절강(浙江)에는 사람이 매우 많다. 깊이 얻은 자도 있고, 얕게 얻은 자도 있고, 한번 보고 얻은 자도 있고, 오래 보아 얻은 자도 있다. 광중(廣中)의 진거화(陳去華)는 성찰하여 깨우침이 특히 우뚝했으나, 안타깝게도 이 사람은 이미 고인이 되었다.

嚴松年問: "今學者爲誰?" 先生屈指數之, 以傅子淵居其首, 鄧文範 · 傅季魯 · 黃元吉居其次. 且云: "浙間煞有人, 有得之深者, 有得之淺者, 有一見而得之者, 有久而後得之者. 廣中一陳去華, 省發偉特, 惜乎此人亡矣."

주원회의 『어록』에 이렇게 적혀있다. "지금 절동(浙東)의 학자들 중에는 자정의 문인들이 많은데, 대략 능히 우뚝 자립할 수 있는

---

48) 이 문자는 중국 閩南 지방에서 鬪火符에 적던 말이다. '壬癸神'에서 '壬癸'는 모두 五行 중 水에 속한다. 따라서 壬癸神이라 하면 海神 혹은 風神이라 불리는 禹强, 즉 元冥을 가리킨다. 원래는 집안에 무척 힘이 센 물의 신이 있어 불쯤이야 쉬이 제압할 수 있다는 의미로 부적에 적는 對聯인데, 여기서는 힘이 세다는 말을 유머 있게 표현하기 위해 인용하였다.

사람들이라 만나보니 감히 범접할 수 없는 의연한 기상이 있었다. 우리 쪽 벗들은 그다지 진작되지 못한 듯하다." 또 적혀있다. "자정의 문하 중 양간(楊簡) 같은 자들은 궁행 방면의 행실이 모두 볼 만하다." 또 첨(詹) 시랑에게 보낸 편지에서 이렇게 적었다. "고(高) 교수께서 능히 학교를 유념해주시다니, 참으로 훌륭합니다. 그 사람은 자정에게서 배워 스스로를 이루는 데 뜻을 두고 있으니, 필시 다른 사람들도 깨우쳐 인도할 수 있을 것입니다." 또 유중부(劉仲復)에게 보낸 편지에서도 이렇게 적었다. "육 어르신께서 답신을 보내왔는데, 그 말씀이 분명하고도 온당했습니다. 그러니 이것에 나아가 잘 지킨다면 절로 효과를 볼 것입니다. 많이 의심하고 많이 물을 필요는 없으니, 그리하면 도리어 미혹될 따름입니다."

朱元晦『語錄』云: "今浙東學者多子靜門人, 類能卓然自立, 相見之次, 便毅然有不可犯之色. 自家一輩朋友, 又却覺不振." 又云: "子靜之門, 如楊簡輩, 躬行皆有可觀." 又與詹侍郎書云: "高教授能留意學校甚善. 渠從子靜學, 有意爲己, 必能開導其人也." 又與劉仲復書云: "陸丈回書, 其言明當, 且就此持守, 自見功效, 不須多疑多問, 却轉迷惑."

책을 해석하는 것에 관해 논하셨다.

論解書.

남풍의 유경부가 『주례』를 배우고는 회암을 찾아갔는데, 회암은 그에게 정밀하게 고찰하고 탐구하라고 했다. 후에 선생을 만났을 때 선생께서 물었다. "주 선생을 만나 무엇을 얻었느냐?" 경부가 배운 것을 이야기했다. 선생께서 말씀하셨다. "총명을 부려 옛 문장을 어지럽혀서는 안 된다. 정강성(鄭康成)의 주석 같은 것이 서로 맞지 않는 부분이 가장 많다. 경전은 그저 이렇게 읽어 내려가다 보면 마음으로 절로 이해된다. 주석을 믿어서는 안 된다. 어떤 것은 피휘(避諱)한 말이고 어떤 것은 거칠게 쓴 말이다. 부계로가 보사(保社)[49]에서 이에 관해 매우 분명하게 논하였으니, 한번 가서 봐도 좋겠다." 이에 찾아가 부계로에게 물었다. 또 말씀하셨다. "책을 해석할 때는 그저 대의만 알면 될 뿐, 그 사이에 자신의 견해를 넣어 본지를 해치지 않아야 훌륭한 책 해석이다. 후세 사람들은 대부분 자기의 의견으로 [책을 해석하면서] 하는 말마다 늘 의미를 부여함으로 인해 진실을 잃는다. 이리하여 지리멸렬해지고 [의견이] 만연하여 도리어 꾸밈이나 장식이 되어버린다." 또 말씀하셨다. "「하도(河圖)」는 상(象)에 속하고, 「낙서(洛書)」는 수(數)에 속한다. 「선천도(先天圖)」는 성인께서 『역』을 지으신 본지가 아니니, 이것에 근거해 『역』을 해설하는 자는 비루하다." 또 말씀하셨다. "후세에 『춘추』를 논하는 자들 대부분이 마치 법령처럼 여기는데, 이는 성인의 본지가 아니다. 『춘추』·『시』·『서』·『역』 모두 성인의 손을 거쳤으니, 『논어』를 편집한 자에게 병폐가 있음을 알 수 있다. 『예기』에 나오는 말 중에는 노자의 의견에서 비롯된 것이 많다."

---

49) 옛날 향촌에서 운영되었던 일종의 민간 조직이다. 保 단위로 세워졌기에 保社라고 불렸다.

南豊劉敬夫學『周禮』, 見晦庵, 晦庵令其精細考索. 後見先生, 問: "見朱先生何得?" 敬夫述所敎. 先生曰: "不可作聰明, 亂舊章. 如鄭康成注書, 柄鑿最多. 讀經只如此讀去, 便自心解. 注不可信, 或是諱語, 或是莽制. 傳季魯保社中議此甚明, 可一往見之." 於是往問于季魯. 又嘗曰: "解書只是明他大義, 不入己見於其間, 傷其本旨, 乃爲善解書. 後人多以己意, 其言每有意味, 而失其眞實, 以此徒支離蔓衍, 而轉爲藻繪也." 又嘗曰: "「河圖」屬象, 「洛書」屬數, 「先天圖」非聖人作『易』之本旨, 有據之於說『易』者, 陋矣." 又嘗曰: "後世之論『春秋』者, 多如法令, 非聖人之旨也. 觀『春秋』·『詩』·『書』·『易』經聖人手, 則知編『論語』者亦有病, 顧記『禮』之言, 多原老氏之意."

도를 전하는 것에 관해 논의하셨다.

論傳道.

질손 육준에게 편지를 보냈다.【권 1에 보인다.】선생께서 말씀하셨다. "학자는 본조에 이르러 비로소 성대하게 일어났는데, 주무숙(周茂叔: 周敦頤)이 [이런 분위기를] 열었다." 또 말씀하셨다. "한퇴지(韓退之: 韓愈)는 맹자 사후에 도가 전해지지 않았다고 말했는데, 후세에 현자가 없었다고 감히 무고할 수는 없지만 이(伊: 程頤)·낙(洛: 程顥) 제공에 이르러서야 천년 동안 끊겼던 학문이 이어질 수 있었다. 하지만 초창기라 아직 빛을 발하지는 못했다. 그러니 오늘날 크게 빛을 발하지 못한다면 도대체 무슨 일을 해낼 수 있겠는가?" 또 말씀하셨다. "이정(二程)은 주무숙을 만난 후에 음풍농월하며 돌아갔는데 '나는 점(點)과 함께 하겠다.'[50)는 뜻이 제법 있었다. 후에 명도(明道)는 이 뜻을 그래도 간직했으나 이천(伊川)은 이미 이 뜻을 잃어버렸다." 또 말씀하셨다. "원회는 이천을 닮았고, 흠부는 명도를 닮았다. 이천은 눈이 단단히 가려져 있지만 명도는 도리어 확 트였다." 또 말씀하셨다. "도는 비유하자면 물과 같다. 사람에게 있어서 도란 비유하자면 발자국에 괸 물이나 더러운 물이나 온갖 시냇물이나 강물이나 바닷물이다. 바다가 지극히 크기는 하지만 사해의 넓이와 깊이가 다 같을 필요는 없다. 물을 놓고 말하자면 발자국에 괸 물 역시 물이다." 또 손가락으로 마음을 가리키며 말씀하셨다. "내 이곳에 학문을 쌓아 놓고 있으나 안타깝게도 이를 받아들여 감당할 자가 없구나."

與姪孫浚書【見前首卷】先生有云: "學者至本朝而始盛, 自周茂叔發之." 又云: "韓退之言, 軻氏之死不得其傳, 故不敢誣後世無賢者, 然直是至伊·洛諸公, 得千載不傳之學, 但草創未爲光明. 今日若不大段光明, 更幹當甚事?" 又云: "二程見茂叔後, 吟風弄月而歸, 有'吾與點也'之意. 後來明道此意却存, 伊川已失此意." 又云: "元晦似伊川, 欽夫似明道. 伊川蔽錮深, 明道却疏通." 又云: "道譬則水, 人之於道, 譬則蹄涔51)·汚沱·百川·江海也. 海至大矣, 而四海之廣狹淺深不必齊也. 至其爲水, 則蹄涔亦水也." 又嘗以手指心曰: "某有積學仕此, 惜未有承當者."

---

50) 『論語』「先進」에 나오는 말이다. 공자가 혹 누군가가 너희들을 알아준다면 어떤 일을 하겠느냐고 묻자 증점이 대답한 내용이다. "[증점이] 말했다. '봄이 오면 입던 옷을 봄옷으로 바꿔 입고 어른 대여섯 명, 아이 예닐곱 명과 함께 沂水에서 목욕하고 舞雩에서 바람을 쐰 다음 노래 부르며 돌아오고 싶습니다.' 공자께서 감탄하며 말씀하셨다. '나는 點과 함께 하련다.'(曰, '莫春, 春服旣成, 冠者五六人, 童子六七人, 浴乎沂, 風乎舞雩, 詠而歸.' 夫子喟然嘆曰, '吾與點也.')"
51) [원주] '涔' 자 다음에 '則' 자가 잘못 들어가 있다. 道光本에 근거하여 바로잡았다.

여름 4월 보름날, 주원회에게 편지를 써 「태극도설」에 관해 변론하셨다.【권 2에 보인다.】제거 응중식에게 편지를 썼다.【권 10에 보인다.】조영도에게 편지를 썼다.【권 12에 보인다.】

夏四月望日, 與朱元晦書, 辯「太極圖說」.【見前卷二】與提擧應仲寔書.【見前卷十】與趙詠道書.【見前卷十二】

가을 8월에 선암으로 유람을 가셨다가 신흥사 벽에 글을 써넣으셨다.【권 20에 보인다.】

秋八月, 遊僊巖, 題新興寺壁.【見前卷二十】

강서 안무사 왕겸중을 방문하셨다.

訪江西帥王謙仲.

그때 안무사의 막부에 소숙의가 앉아있었는데, 그가 명(命)에 관해 말하는 것을 듣더니 이렇게 말씀하셨다. "내가 명에 관해 말하는 것은 이와 다릅니다. 백이와 숙제는 수양산 아래서 굶어 죽었지만 지금까지도 백성들은 그들을 기립니다. 그러니 이들의 명은 매우 좋다 할 수 있습니다. 제나라 경공을 사마(駟馬) 천 필이 있었으나 그가 죽던 날 그 누구도 그의 덕을 칭송하지 않았습니다. 그러니 이 사람의 명은 매우 나쁘다 할 수 있습니다." 선생께서 소숙의에게 편지를 보냈다.【권 1에 보인다.】

時帥幕邵叔誼在坐, 聽談命者曰: "吾之談命異於是. 伯夷 · 叔齊餓死于首陽之下, 民到于今稱之. 此命極好. 齊景公有馬千駟, 死之日, 民無德而稱焉. 此命極不好." 先生與叔誼書.【見前首卷】

남풍의 황세성, 자계의 양승봉 두 사람의 묘명(墓銘)을 지었다.

作南豊黃世成, 及慈谿楊承奉二墓銘.

선생께서 늘 말씀하셨다. "묘지(墓誌)는 옛날 제도가 아니며, 명(銘)에는 넘쳐나는 언사가 많다. 그래서 나는 함부로 짓지 않는다. 내가 지은 남풍과 자계의 두 군을 위해 지은 묘명에 대해, 나라 안 식견 높은 사람들 모두 부끄러운 말 하나 들어있지 않다고 말한다."

先生每謂: "誌52)墓非古而銘多溢辭. 故不苟作. 余銘南豊·慈谿二君之墓, 海內名識謂無愧辭."

12월 14일에 주원회에게 답장을 썼다.【권 2에 보인다.】또 별지에 이렇게 적었다. "「역대전(易大傳)」에서 말하기를 '하늘에서는 상(象)을 이루고 땅에서는 형(形)을 이룬다.'고 하였고, 또 '어떤 형태로 나타나는 것을 상(象)이라 하고, 형체로 이루어지는 것을 기(器)라 한다.'53)고 하였습니다. 위에 나타나는 것을 능히 볼 수 있는데도 형(形)이라 하지 않고 상(象)을 이룬다고 하였고, 아래에

---

52) [원주] '誌' 자는 원래 빠져있는데, 道光本에 근거해 보충하였다.
53) 『周易』「繫辭上」에 나오는 말이다.

형체로 이루어져서 능히 쓸 수 있는 것이라야 비로소 기(器)라고 불렀습니다. 『역』에서 기(器)를 말할 때는 성인께서 만물을 준비하시어 쓰일 수 있게 하시고, 완성된 기물을 주시어 천하의 이로움으로 삼으신 뜻에 근본을 두고 있습니다. 그물과 망, 쟁기와 보습, 수레와 가마, 문, 절구와 절구 공이, 활과 화살, 용마루와 처마, 관곽 등이 모두 이른바 기물입니다. 옛날 성인들이 이러한 기물을 만들 때에 『역』에서 그 상을 취했습니다. 『역』에서 성인의 도(道)가 넷이 있다고 하였는데, 그 중 하나가 상(象)을 관찰하여 기물을 제작한 것입니다. 도란 천하가 말미암는 길이며, 성인께서는 능히 이를 알 수 있습니다. 기(器)란 천하가 이롭게 여기는 것이며, 성인께서는 능히 이를 제작할 수 있습니다. 도를 말미암고 기(器)로써 이롭게 해주는 일이 이 한 몸에 갖추어져 있은즉, 그는 도가 있는 사람이 되는 것이요, 천하에 갖추어져 있은즉 천하는 도가 있는 세상이 되는 것입니다. 하지만 그 도를 말미암지 않고 기로써 이롭게 해주지 못한다면 무도함이 되는 것이지요. 문을 통하지 않고는 능히 밖으로 나갈 수 없을진대, 어떻게 이 도를 말미암지 않을 수 있겠습니까? 그러나 중간 이하의 사람은 말미암으면서도 알지 못하니, 지식이 비근하고 소견이 얕기 때문에 형이하의 것은 능히 말미암을 수 있으나 형이상의 것은 알지 못하는 것입니다. 그래서 '백성들이 말미암게 할 수는 있지만, 알게 해줄 수는 없다.'[54]고 말한 것입니다. 도를 아는 자가 있어 늘 다스려주고 조종해주지 않는다면, 날로 낮아져 오로지 이(利)만 바라본 채 도를 말미암지 못하게 됩니다. 위에는 반드시 아래가 있고,

---

54) 『論語』「泰伯」.

아래에는 반드시 위가 있습니다. 위에 아래가 없다면 어찌 위가 될 수 있으며, 아래에 위가 없다면 어찌 아래가 될 수 있겠습니까? 도(道)와 기(器)도 서로가 없었던 적이 없습니다. 만약 도를 말미암지 않고서 기로써 이롭게 하려고만 한다면, 기란 이에 존재할 수 없게 됩니다. '등에 지고서 또 수레를 탔으니 도적을 오게 한다.'[55]란 바로 이를 두고 한 말입니다. 그렇기 때문에 오직 성인만이 기를 제작할 있는 것입니다. '오묘한 이치를 깨달아 입신의 지경에 이르는 것은 쓰임에 이르기 위함이요, 쓰는 것을 이롭게 하여 몸을 편안하게 하는 것은 덕을 높이기 위함이다.'[56] 생각은 백 가지이지만 하나로 귀결되는 것은 도가 본디 그렇기 때문입니다. '화(化)하여 마름질함을 변(變)이라 하고, 밀고 나가 행하는 것을 통(通)이라 하고, 이를 들어서 천하 백성에게 시행하는 것을 사업(事業)이라 한다.'[57]고 하였으나, 도를 아는 사람이 아니고서 누가 이 일에 참여할 수 있겠습니까? 이 때문에 '도는 형이상이요, 기는 형이하'[58]인 것입니다. 기는 도를 따르는 존재입니다. '음양이 교차하는 것을 도라 하는데, 이를 이은 것이 선(善)이다.'[59] 그러니 형기(形器)에 속하므로 도가 될 수 없다고 말한다면, 도와 기의 구분에 너무도 어두운 것입니다."

十二月十四日答元晦書.【見前卷二】又別幅云: "「大傳」曰: '在天成

---

55) 『周易』「解卦」의 六三 爻辭.
56) 『周易』「繫辭下」.
57) 『周易』「繫辭上」.
58) 『周易』「繫辭上」. "따라서 형이상의 것을 도라 하고, 형이하의 것을 기라 한다. (是故形而上者謂之道, 形而下者謂之器.)"
59) 『周易』「繫辭上」.

象, 在地成形.' 又曰: '見乃謂之象, 形乃謂之器.' 見乎上者, 可得而
見矣, 猶不謂之形, 而謂之成象. 必形乎下, 可得而用者, 乃始謂之
器. 『易』之言器, 本於聖人備物致用, 立成器以爲天下利. 如網罟 ·
耒耜 · 車輿 · 門柝 · 杵臼 · 弧矢 · 棟宇 · 棺槨之類, 乃所謂器也.
昔者聖人之制斯器也, 蓋取諸『易』之象. 『易』有聖人之道四, 而制
器尙象與居一焉. 道者天下之所由, 而聖人則能知之. 器者天下之
所利, 而聖人則能制之. 由其道而利其器, 在一身則爲有道之人,
在天下則爲有道之世, 不由其道而利其器, 則爲無道矣. 誰能出不
由戶, 何莫由斯道也. 然中人以下, 則由而不知, 蓋其知識卑近, 所
見淺末, 形而下者所能由, 形而上者所不能知. 故曰, '民可使由之,
不可使知之.' 非有知道者, 以長治之, 左右之, 則趨於下, 惟利之
見, 而不由其道矣. 上必有下, 下必有上, 上而無下, 何以爲上, 下
而無上, 何以爲下? 道之與器, 未始相無. 不由其道而利其器, 器者
非其有矣. '負且乘, 致寇至', 此之謂也. 故惟聖人爲能制器. '精義
入神', 所以致用, 利用安身, 所以崇德, 百慮一致, 道固然也. '化而
裁之謂之變, 推而行之謂之通, 擧而措之天下之民謂之事業.' 非知
道者, 孰能與於此? 故'道者, 形而上者也, 器者, 形而下者也.' 器由
道者也. '一陰一陽之謂道, 繼之者善也.' 而謂其屬於形器, 不得爲
道, 其爲昧於道器之分也甚矣.'"

주원회의 「맑게 개인 날을 기뻐함」이라는 시를 들었다.

　　시내의 근원이 울긋불긋 새 단장 하더니
　　저녁 비 아침에 개어 더욱 상쾌하구나
　　서책에 처박혀 지내는 날 언제 끝나리
　　차라리 내던지고 봄이나 찾아가세

선생께서는 이 시를 듣고 반가워하시며, "원회가 이제야 깨달은 듯하니, 참으로 기뻐할 일이로세."라고 말씀하셨다.

聞朱元晦「喜晴詩」云: "川源紅綠一時新, 暮雨朝晴更可人. 書冊埋頭何日了, 不如抛却去尋春." 先生聞之色喜曰: "元晦至此有覺矣, 是可喜也."

51. 순희 16년(1189) 기유년에 선생께서 쉰한 살이 되셨다. 임기가 다 차서 산 속 선방에 머무셨다.

淳熙十六年己酉, 先生五十一歲. 祠秩滿, 在山間方丈.

봄 정월에 주원회가 편지를 보내왔는데, 내용은 대략 이러하였다. "노자가 말한 유무(有無)는 유와 무를 둘로 여긴 것이지만, 주자(周子: 周敦頤)가 말한 유무는 유와 무를 하나로 여긴 것입니다. 다시 청하노니, 자세히 읽어보시면 쉬이 비평할 수 없을 것입니다. 무극과 태극은 무위(無爲)의 위(爲)와 같은 것이지, 달리 어떤 것이 있다고 말하는 것이 아닙니다. 황극(皇極)이나 민극(民極)처럼 방소가 있고 형상이 있는 것도 아니요, 그저 이 이치의 지극함이 있을 뿐입니다." 또 별지 끄트머리에 이렇게 적었다. "만약 그렇지 않다고 여기신다면, '내가 날마다 정진하면 너 또한 달마다 나아가라.'[60]는 시처럼 각자 들은 바를 높이고 각자 아는 바를 행하면 그뿐, 반드시 같아지기를 더는 바라지 않겠습니다."

---

60) 『詩經』「小雅·小宛」에 나오는 구절이다.

春正月, 朱元晦來書, 略云: "老氏之言有無, 以有無爲二, 周子之言有無, 以有無爲一. 更請子細着眼, 未可容易譏評也. 無極而太極, 如曰無爲之爲, 非謂別有一物也. 非如皇極·民極之有方所, 有形象, 而但有此理之至極耳." 又別紙末云: "如曰未然, 則我日斯邁而月斯征, 各尊所聞, 各行所知, 亦可矣, 無復可望其必同也."

「달본암시」를 적었다.

題「達本庵詩」.

양광이 부모의 묘소 옆에 오두막을 지어 집 이름을 '달본'이라 붙이고는 내게 글을 청하기에 삼가 이 시를 지어 그의 효덕을 돕고자 한다. 시는 이러하다.

> 아이 적엔 누구나 부모를 사랑하나니
> 그 마음 잃지 않으면 곧 대인이라네
> 그대 이제부터 바깥의 것 흠모하지 말지니
> 부모 기쁘게 할 일은 오직 성신에 있다네

梁光結廬其親塋, 名曰'達本', 求言於予. 敬賦是詩, 以助孝德. 詩云: "孩提無不愛其親, 不失其心卽大人. 從此勸君休外慕, 悅親端的在誠身."

수황(壽皇: 남송 孝宗)께서 황위를 선양하시어 광종 황제께서 즉위하셨다. 황제께서 선생을 지형문군(知荊門軍)에 임명하셨다. 선생께서 처음 책을 지으실 적에, 제유들이 『춘추』를 설명한 것에 다른 경서에 비해 오류가 특히 많다고 말씀하시면서 먼저 전(傳)을 짓고자 하셨는데, 마침 형문을 진수하라는 황명이 내려와 결실을 맺지 못하셨다.

壽皇內禪, 光宗皇帝即位, 詔先生知荊門軍. 先生始欲著書, 嘗言諸儒說『春秋』之謬尤甚於諸經, 將先作傳, 值得守荊之命而不果.

크신 은혜를 입어 선교랑이 되셨다. 여름 6월에 황순중에게 편지를 썼다.【권 12에 보인다.】고과(考課)[61]를 통해 봉의랑으로 승진되셨다. 조연도에게 편지를 썼다.【권 12에 보인다.】가을 7월 4일에 주원회에게 편지를 썼다.【권 2에 보인다.】7일에 소산 시자 익에게 첩(帖)을 주었다.【권 20에 보인다.】

覃恩轉宣教郞. 夏六月, 與黃循中書.【見前卷十二】磨勘轉奉議郞. 答趙然道書.【見前卷十二】秋七月四日, 與朱元晦書.【見前卷二】七日, 贈踈山益侍者帖.【見前卷二十】

8월 6일, 주원회가 답장을 보내왔다. "형문에 임명되었다니, 마음에 조금 위안이 됩니다. 지금 헤아려보니 [형문이] 편벽하고 멀기는 하지만 그래도 떠날 뜻을 정해 볼 만한 곳이니, 멀고 편벽하다는 이유로 마다하지는 않겠지요. 3년 반 사이에 일어난 기복들은 실로 예측할 수조차 없었던 일들입니다. 흘러가다 위험에 부딪혀

---

61) 원문에 나오는 '磨勘'은 당송 때 관리의 정적을 평가하여 승진시키던 제도를 말한다.

막히곤 하지만, 이는 인력으로 어찌 해볼 수 있는 것들이 아닙니다. 상산(象山)에 땅을 일구고 집을 짓는 일이 더욱 자리 잡혀가고, 찾아오는 학자들이 더욱 많아졌다 들었습니다. 안타깝게도 그곳을 한 번 찾아가 기이한 명승을 구경하지도 못하는군요. 제가 초봄에 보낸 편지는 어투가 거칠기 짝이 없어, 보내자마자 후회했습니다만 이미 늦었더군요."

八月六日, 元晦答書云: "荊門之命, 少慰人意. 今日之計, 惟僻且遠, 猶或可以行志, 想不以是爲厭. 三年有半之間, 消長之勢, 又未可以預料, 流行坎止, 亦非人力所能爲也. 聞象山墾闢架鑿之功益有緖, 來學者亦益甚, 恨不得一至其間, 觀奇覽勝. 某春首之書, 詞氣粗率, 旣發即知悔之, 然已不及矣."

무극에 관해 변론하며 도찬중에게 편지를 쓰고, 거듭 썼다.【모두 권 15에 보인다.】사사로이 문호를 세우는 것의 그릇됨을 논하며 당 사법에게 편지를 썼다.【권 15에 보인다.】

論無極之辯, 與陶贊仲書, 再書.【俱見前卷十五】論私立門戶之非, 與唐司法書.【見前卷十五】

주원회가 학도들 간 변론 경쟁의 그릇됨을 논하며 제갈성지에게 답장을 보내 이렇게 말했다. "보내주신 변론 경쟁에 관한 내용을 세 번이나 반복해 읽으며 장탄식을 하였습니다. 저는 뜻을 같이하는 자들에게 양가(兩家)62)의 장점을 겸하여 가벼이 서로 헐뜯지 말라고 권하고 싶습니다. 설령 맞지 않는 부분이 있더라도 잠시 놓아둔 채 논하지 말고, 내게 있어 급한 일에 힘써야 합니다. 우리들이 배우는 것 가운데 가장 중요하고 가장 힘써야 하는 것은 바로 천리와 인욕 사이에 있습니다. 지금의 논쟁인즉 천리와 인욕으로 인해 일어났다지만, 과연 그 사이 어디에 있는 것입니까? 자정이 평상시 자임하는 바는 직접 학자들을 천리로 이끄는 것이며, 추호의 인욕도 그 사이에 끼워 넣지 않으려 하니, 현자들이 의심하는 지경에 이를 일은 절대 없을 것입니다." 포현도가 회암을 모실 적에 한 학자가 무극에 관한 변론을 듣고 편지를 보내 선생을 비난했다. 회암이 그에게 답장을 보내 이렇게 말했다. "남쪽으로 건너온 이래[63] 문을 활짝 열어놓고[64] 착실한 공부가 무엇인지 이해해온 사람은 오직 나와 육자정 둘 뿐입니다. 저는 사실 그 사람을 존경하고 있으니, 노형께서 함부로 왈가왈부하실 수 없습니다."

朱元晦論學徒競辯之非, 答諸葛誠之書云: "示諭競辯之論, 三復悵然. 愚深欲勸同志者兼取兩家之長, 不輕相詆毁. 就有未合, 亦且置勿論, 而力勉於吾之所急. 吾人所學喫緊着力處, 正天理人欲相去之間, 如今之論, 則彼之因而起者, 於二者之間果何處乎? 子靜

---

62) 여기서는 주희 문파와 육구연 문파를 가리킨다. 당시 두 사람의 문하생 간에 논쟁이 격해지자 주희가 이런 논의를 펼친 것이다.
63) 남송을 가리킨다. 金에 의해 도성이었던 開封을 버리고 남쪽으로 천도하였기 때문에 이렇게 표현한 것이다.
64) 八字打開라는 말이 있는데, 문을 활짝 열어놓은 것을 가리킨다. 朱熹는 「與劉子澄書」에서도 "성현은 이미 문을 활짝 열어놓고 있는데, 사람들이 이를 깨닫지 못하고서 밖으로 미친 듯 내달릴 뿐이다.(聖賢已是八字打開了, 但人自不領會, 却向外狂走耳.)"라는 말을 한 바 있다. '着脚'은 발을 땅에 딛고 있다는 뜻에서 착실히 어떤 일을 시행하는 것을 뜻한다.

平日自任, 正欲身率學者於天理, 不以一毫人欲雜於其間, 恐決不至如賢者之所疑也." 包顯道侍晦庵, 有學者因無極之辯貽書詆先生者, 晦庵復其書云: "南渡以來, 八字着脚, 理會着實工夫者, 惟某與陸子靜二人而已. 某實敬其爲人, 老兄未可以輕議之也."

가을 8월 11일에 조영도에게 답장을 보냈다.【권 12에 보인다.】증택지에게 답장을 보냈다.【권 1에 보인다.】질손 육준에게 편지를 보냈다.【권 14에 보인다.】

秋八月十一日, 答趙詠道書.【見前卷十二】答曾宅之書.【見前卷首】與姪孫浚書.【見前卷十四】

겨울 시월 삭일에 장모 황 부인의 묘명을 지었다.

冬十月朔, 作外姑黃夫人墓銘.

스스로 말씀하셨다. "돌아가신 장모의 묘지명은 서술이 명쾌하다."

自云: "先丈母誌銘, 叙次頗復明暢"云.

왕순백에게 편지를 보냈다.【권 11에 보인다.】

與王順伯書.【見前卷十一】

동지 닷새 전에 증구보의 「굴대거에게 답하는 시」에 발문을 지었다. 3일에 취운사를 유람하고 벽에 글을 썼다. 선생께서 취운사를 유람하시고 첩(帖)을 지었다.【권 20에 보인다.】

冬至前五日, 跋曾裘甫「答屈待擧詩」後. 三日遊翠雲寺, 題名于壁. 先生遊翠雲寺帖.【見前卷二十】

52. 광종 소희 원년(1190) 경술년에 선생께서 쉰두 살이 되셨다. 산 속 선방에 머무셨다.

光宗紹熙元年庚戌, 先生五十二歲. 在山間方丈.

봄 정월에 질손 육준에게 편지를 썼다.【권 14에 보인다.】3월 26 일에 포민도에게 편지를 썼다.【권 14에 보인다.】

春正月, 與姪孫浚書.【見前卷十四】三月二十六日, 與包敏道書.【見 前卷十四】

여름 5월에 「경덕당기」를 지었다.【당의 이름은 『맹자』의 '덕을 행 하여 악하게 굴지 않는다.'[65]에서 취했다.】6월에 가뭄이 들었다. 13일에 석만에서 기우제를 올렸고, 16일에 비에 감사하는 글을 지었다.【모두 권 26에 보인다.】

夏五月, 作「經德堂記」.【堂名取諸『孟子』'經德不回'】六月旱, 十三 日石灣禱雨, 十六日謝雨.【俱見前卷二十六】

---

65) 『孟子』「盡心下」.

8월 26일에 「귀계현 중수학기」를 지었다.【권 19에 보인다.】

秋八月二十六日, 作「貴溪縣重修學記」【見前卷十九】

요수옹에게 편지를 썼다.【권 10에 보인다.】곽방일에게 편지를 썼다.【권 13에 보인다.】「옥지가」를 지었다.【권 25에 보인다.】노언빈에게 편지를 보냈는데, 내용은 대략 이러하다. "절대 스스로 [도를] 헤아리려 하지 않으나, 제 스스로 여기기에 보잘 것 없는 학문이지만 맹자 이후 나에 이르러 비로소 도가 밝아졌다고 생각합니다."

與饒壽翁書.【見前卷十】與郭邦逸書.【見前卷十三】作「玉芝歌」.【見前卷二十五】與路彦彬書, 略云: "切不自揆, 區區之學, 自謂孟子之後, 至是而始一明也."

53. 소희 2년(1191) 신해년에 선생께서 쉰세 살이 되셨다. 산 속 선방에 머무셨다. 봄 2월에 유백협에게 편지를 썼다.【권 12에 보인다.】3월 2일, 임숙호에게 편지를 썼다.【권 9에 보인다.】「자국사 웅석진첩」에 발문을 썼다. 절은 상산 서쪽, 계곡 물 건너 산 속에 있는데, 선생께서 오가실 적마다 꼭 들려 쉬곤 하셨다.

紹熙二年辛亥, 先生五十三歲, 在山間方丈. 春二月, 與劉伯恊書.【俱見前卷十二】三月三日, 與林叔虎書.【見前卷九】跋「資國寺雄石鎮帖」. 寺在象山之西址, 隔溪之山間, 先生往來必憩焉.

여름 6월에 「무릉현학기」를 지었다.【권 19에 보인다.】중순에 「임천부청벽기」를 지었다.【주부(主簿)는 장계해이다.】어지가 내려와 서둘러 부임했다. 운운.【모두 권 35에 보인다.】

夏六月, 作「武陵縣學記」.【見前卷十九】中澣作「臨川簿廳壁記」.【簿張季海】得旨, 疾速之任. 云云.【俱見前卷三十五語錄】

부계로에게 산에 머물며 강학할 것을 당부했다.

囑傅季魯居山講學.

선생께서 형문으로 가실 적에 계로에게 말했다. "이 산은 그대에게 달려 있다. 나를 위해 여러 벗들을 이끌고 절차탁마해 달라. 나는 멀리서 작은 변방을 지키게 되어 여러 벗들을 위해 탁한 기운을 씻어내 주지 못하게 되었으나, 다행히 계로가 있으니, 서로 의지하고 가까이 지내기를 바란다."

先生將之荊門, 謂季魯曰: "是山繫子是賴, 其爲我率諸友日切磋之. 吾遠守小障, 不得爲諸友掃淨氛穢, 幸有季魯在, 願相依親近."

가을 7월 4일에 길을 떠났다. 11일에 진진경에게 편지를 보냈다.【이름은 관이고, 당시 무주 학관으로 있었다. 편지는 권 20에 보인다.】

秋七月四日啓行, 十一日書贈陳晉卿.【名縚, 時爲撫州學官. 書見前卷二十】

9월 3일에 형문군에 도착했다. 배와 수레를 타고 길을 가다가 풍성 사람 왕윤문의 제문을 보았다. "남포에 배를 매고, 팽려호를 찾아갔다가, 여산의 기이한 풍경을 구경하고, 폭포에 갓끈을 씻었다. 저물녘 심양에 도착하고, 낮엔 배로 제안을 찾아갔으며, 임고의 설당을 찾아가 유적을 두루 관람하였다. 장강과 회수 서쪽으로 들판과 언덕이 드넓으니, 서풍에 지팡이 짚고 다니다가 촌락에서 쉬기도 했다. 뽕나무 대추나무 그늘 드리운 길, 갈대 흐드러진 모래섬, 웃고 이야기하는 사이, 도예가 더욱 깊어졌다. 황학이 구름 사이로 들어가고 꽃 핀 섬이 눈에 들어올 제면, 높이 올라가 기대어 옛 사람을 흉내 내기도 하고 북으로 서로 수레 몰고 다녔다. 개번(開藩)⁶⁶⁾에 임박했을 때, 꽃잎에 서리 내려 국화가 시들었다."

九月三日, 至荊門軍. 舟車所經, 見豊城王允文祭文云: "南浦維舟, 徑浮彭蠡, 覽奇康廬, 濯纓瀑水. 潯陽晚薄, 齊安晝饁, 臨皐雪堂, 周覽遺趾. 長・淮以西, 野岸曠平, 撰杖西風, 或憩柴荊. 桑棗蔭塗, 葭葦連汀, 笑談之間, 造微詣精. 黃鶴入雲, 芳洲在目. 憑高倣古, 比⁶⁷⁾轅西輻, 薄于開藩. 霜萼破菊."云.

[부임한] 그날 즉시 직접 사무를 처리하고 감사의 표문을 올렸다. 【표문은 권 18에 보인다. '서리들이 옛날의 관례를 고해온' 내용은 모두 권 22에 보인다.】춘백 나점에게 편지를 보냈다.【권 15에

---

66) 막부를 열 수 있는 고위 지방 장관을 가리키는 말이다.
67) 문맥으로 보아 '北'이 되어야 할 것 같아 '북'으로 고쳐 번역한다.

보인다.】조운사인 숙사 설상선에게 편지를 보냈다. 조운사에게 편지를 보내 민간의 고충에 관해 논의했다.【권 15에 보인다.】

即日親事, 上謝表.【表見前卷十八. '吏以故例云', 俱見前二十二卷】與羅點春伯書.【見前卷十五】與漕使薛象先叔似書. 與漕使論民間疾苦.【俱見前卷十五】

새로이 성을 쌓았다.

新築城.

형문에는 본래부터 성벽이 없었다. 선생은 이곳은 옛날 전장(戰場)이자 지금은 두 번째로 중요한 변방이요, 장강(長江)과 한수(漢水) 사이에 있어 사방이 모이는 곳이라, 남으로는 강릉(江陵)을 막고 있고, 북으로는 양양(襄陽)을 쥐고 있으며, 동으로는 수(隨)와 영(郢)으로부터의 위협에서 보호하고, 서로는 광화(光化)와 이릉(夷陵)의 요충지에 닿아 있으니, 형문은 실로 사방 이웃이 믿고 의지하는 바요, 형문이 아니고서는 복심이 위협 당할 근심이 있다고 생각했다. 문이 비록 사방 산으로 에워싸여 있어 방어에 유리하고, 4천 명에 달하는 의용군도 씩씩하여 쓸 만하지만 본래부터 성벽이 없어 곳집이나 관부의 창고에 사슴이 나타나기도 했다. 수차례 자성 쌓을 것을 논의하였으나, 막중한 비용을 꺼려 쉬이 착수하지 못했다. 선생께서는 깊이 헤아리시고 결단을 내리시어 의용군을 모집한 다음 품삯을 넉넉히 주고, 직접 나아가 권면하고 감독하였다. 이에 일꾼들은 기꺼이 일에 임했고, 힘을 다해 두 배의 공을 이루니, 스무날 만에 성이 완공되었다. 처음에 계산했던 비용은 민전(緡錢) 20만이었는데, 완공하고서 보니 겨우 5천밖에 들이지 않고서 토목공사를 마쳤다. 다시 논의하여 계단을 삼중으로 쌓고, 각대를 설치했으며, 두 개의 작은 문도 증설했다. 그 위에 적루·충천거·하엽거·보호 장벽 등까지 모두 갖추었는데도 겨우 민전 3만밖엔 들지 않았다.

荊門素無城壁. 先生以爲, 此自古戰爭之場, 今爲次邊, 在江·漢之間, 爲四集之地. 南捍江陵, 北援襄陽, 東護隋·郢之脇, 西當光化·夷陵之衝. 荊門固則四鄰有所恃, 否則有背脇腹心之虞. 雖四山環合, 易於備禦, 義勇數千, 强壯可用, 而倉廩府庫之間, 麋鹿可至. 累議欲修築子城, 憚重費不敢輕擧. 先生審度決計, 召集義勇, 優給庸直, 躬自勸督, 役者樂趨, 竭力功倍, 二旬訖築. 初計者擬費緡錢二十萬, 至是僅費五千而土工畢. 復議成砌三重, 置角臺, 增二小門, 上至敵樓·衝天渠·荷葉渠·護險牆之制畢備, 纔費緡錢三萬.

부역을 동원해 군학과 공원, 그리고 객관과 관사를 지었다.

郡學·貢院及客館·官舍, 衆役並興.

처음에는 습속이 게을러 부역하는 것을 수치로 여겼으며, 서리들은 좋은 옷을 입고 한가로이 구경만 했는데, 이때에 이르러 풍속이 일변하였다. 부역을 감독하는 관리들은 베옷을 입었고, 잡역하는 사내들의 힘을 도왔으며, 서로 의(義)로써 권면하면서 위세만 부리지 않았다. 이처럼 커다란 부역을 일으켰는데도 민심이 편안했고, 군도 평안 무사했다.

初習俗偸人, 以執役爲恥, 吏爲好衣閑觀, 至是此風一變. 督役官吏, 布衣, 雜役夫佐力, 相勉以義, 不專以威. 盛役如此, 而人情晏然, 郡中恬若無事.

세무의 폐단을 없애고 피폐해진 정치도 개혁했다.【이 일은 모두 권 33에 보인다.】삭망일과 한가로울 때면 학교를 찾아가 제생들을 가르치고 일깨웠다.

革稅務之弊, 革弊政.【事俱見前卷三十三】朔望及暇日, 詣學講誨諸生.

54. 소희 3년(1192) 임자년에 선생께서 쉰네 살이 되셨다. 형문에 계셨다.

紹熙三年壬子, 先生五十四歲, 在荊門.

봄 정월 13일에 서리와 백성들을 모아놓고 「홍범」 '오황극' 장을 강론하셨다.

春正月十三日, 會吏民講「洪範」'五皇極'一章.

군에 내려오는 전례가 있었으니, 상원절이면 황당(黃堂)에서 초제를 올리는 것이었는데, 그렇게 함으로써 백성들을 위해 복을 빈다고 하였다. 선생께서 서리와 백성들을 모아놓고 「홍범」 '복을 모아 백성에게 베풀다' 장을 강론하심으로써 초제를 대신하고, 사람 마음속의 선(善)을 밝히 드러내주셨다. 이에 다복을 구하던 자들은 한결같이 마음에 느낀 바가 있었으며, 간혹 우는 자도 있었다.「강의」가 전해진다. 또「하도(河圖)」팔괘의 상(象)을 쓰고「낙서(洛書)」구주의 수(數)를 뒤에 적음으로써 후학들을 일깨우셨다. 도서(圖書)를 정리하여 지금 세상에 전하는 본과 다르게 하였으니, 이는 도서의 옛 모습을 복구하기 위함이었다. 선생께서는 미처 저서를 남겨 뜻을 드러내지 못하셨지만 후학 부계로가「석의」를 지어 그 뜻을 드러냈다.

郡有故事. 上元設醮黃堂, 其說曰爲民祈福. 先生於是會吏民, 講「洪範」'斂福錫民'一章, 以代醮事, 發明人心之善, 所以自求多福者, 莫不曉然有感於中, 或爲之泣. 有「講義」. 仍書「河圖」八卦之象, 「洛書」九疇之數于後, 以曉後學. 更定圖書, 與今世所傳者不同, 所以復古圖書之舊也. 先生未及著書發明, 後學傅季魯作「釋義」以明之.

24일에 조카 환지에게 편지를 썼는데, 내용은 대략 이러하다. "정월 13일에 강의를 하여 초제를 대신했다. 관원과 사인과 이졸들을 제외하고 강의를 들으러 온 백성이 5, 6백 명이 채 못 되었다. 그들에게 훈계를 하지도 않았는데 사람들이 모두 감동하였으니, 저들이 믿고 따른 것은 모두 언어 바깥에 있는 것들이었다. 여기서는 이제 고소장이나 팻말을 내걸지 않는다. 송사할 일이 있는 자는 아침저녁을 따지지 않고 접수할 수 있다. 한밤중 미처 문이 닫히기 전에도 고소하러 오는 자가 있는데, 그 즉시 돌려보내면 대부분 승복하고 떠나간다. 손님을 접견하는 것에도 정해진 때가 없다."

二十四日, 與姪煥之書, 略云: "正月十三日, 以講義代醮, 除官員‧士人‧吏卒之外, 百姓聽講者不過五六百人, 以不曾告戒也, 然人皆感動, 其所以相孚信者, 又在言語之外也. 比間不復掛放狀牌, 人有訴事, 不拘早晚接受, 雖入夜未閉門時, 亦有來訴者, 多立遣之, 壓服而去. 見客亦無時."

29일 밤에 군에 화재가 발생했다. 등문범에게 편지를 보냈다.【권 17에 보인다.】오중시에게 편지를 보냈다.【권 6에 보인다.】

二月九日之夜, 郡火災, 與鄧文範書.【見前卷十七】與吳仲時書.【見前卷六】

군대를 사열하셨다.

閱武.

호북(湖北) 여러 군(郡)의 군사들 중에는 다른 곳으로 도망치는 자가 많아서, 관부 보기를 여관처럼 하였으나 막을 도리가 없어 위급한 일이 생길 시 부릴 사람이 없었다. 선생은 이를 근심하시어 [도망친 군졸을] 잡아오면 상을 하사하겠다는 약속을 지키셨고, 도망친 자에게 가하는 형벌을 무겁게 하였다. 또 군졸들이 활쏘기 연습하는 것을 자주 사열하면서 적중시키는 자에게는 상을 주었다. 부역을 시키면 품삯을 더해주어 춥고 배고픈 근심을 없애주니, 너도나도 마음을 다해 무예를 연마하며 도망치는 자가 거의 나오지 않았다. 훗날 병부의 관리들이 군졸 사열을 하였는데,

오직 형문의 군졸들만이 다른 군과 달리 가지런히 훈련되어 있었다. 선생이 활쏘기를 검열하실 때는 병사들뿐만 아니라 군에 사는 백성들도 참여할 수 있었으며, 적중시키면 똑같이 상을 받을 수 있었다.

湖北諸郡軍士多逃徙, 視官府如傳舍, 不可禁止, 緩急無可使者. 先生病之, 乃信捕獲之賞, 重奔竄之刑, 又數閱射, 中者受賞, 役之後加庸直, 無饑寒之憂. 相與悉心弓矢, 逸者絶少. 他日兵官按閱, 獨荊門整習, 他郡所無. 平時按射, 不止於兵伍, 郡民皆得而與, 中亦同賞.

조정에 차자(箚子)를 바쳐 상평(常平)의 은자를 덜어 축성 비용에 충당할 수 있게 해달라고 청했는데, 대략의 내용은 이러하다. "형문에 본래부터 성이 없어, 제가 지난겨울에 망령되어 안무사 관부에 의견을 아뢰어 즉시 부역을 동원하게 해달라고 청하였습니다. 이내 안무사의 격문이 도착해 관리에게 맡겨 국(局)을 설치하게 하니, 그 날로 곧장 성 축조에 들어갔습니다. 이미 12월 초나흘에 착공하였는데, 다행히 날씨도 좋고 백성들도 뜻을 한데 모았습니다. 재력이라고는 보잘 것 없는 작은 성루에 벽돌로 계단을 놓을 것까지 계산해보니, 아무래도 민전 3만은 들어가야 할 듯합니다. 본군에 은전 1만 7천여 냥이 상평에 있사온데, 전문 조항을 조사해보니 함부로 사용할 수 없다고 되어 있습니다. 자애로움을 바라오며 특별히 상주하오니, 액수 내에서 은전 5천 냥을 비용으로 지불할 수 있도록 허락해준다면, 성벽이 새롭게 변모할 것이요, 위세가 더욱 장엄해질 것이요, 간특한 무리들의 음모가 막힐 것이요, 민심에 의지할 바가 생길 것이라, 실로 무궁한 이익이 될 것 이옵니다."

上廟堂箚子, 乞撥常平銀助城費, 略云: "荊門素無城壁, 某去冬妄意 聞于帥府, 請就此役, 尋得帥檄, 令委官置局, 徑自修築. 已於十二 月初四日發手, 亦幸天氣晴霽, 人心齊一, 小疊綿薄, 會計用磚包砌, 猶當用緡錢三萬. 本軍有買名銀一萬七千餘兩, 在常平, 稽之專條, 不可擅用. 欲乞鈞慈, 特爲敷奏, 於數內撥支銀五千兩應付支用, 使 城壁一新, 形勢益壯, 奸宄沮謀, 民心有賴, 實爲無窮之利."

장무헌(章茂獻)에게 축성에 관해 논한 편지를 보냈는데, 내용은 대략 이러하다. "조정에 마땅히 보고해야 할 내용에 대해 감히 본 말을 고하지 않고서 한 마디 말의 도움을 바랐겠습니까? 지난겨 울 자성(子城)을 쌓았는데, 마침 날씨도 청명하고 민심도 화락했 습니다. 이곳 남녀들은 성이라는 것을 알지 못하여, 먼 마을 편벽 한 분지에서도 손에 손을 잡고 구경을 오는데, 섣달부터 지금까지 도 발길이 끊이지 않고 있습니다."

與章茂獻論築城書, 略云: "有當控告廟堂者, 敢不布本末, 庶幾一 言之助? 去冬修築子城, 適値天氣晴霽, 民心悅懌. 此邦士女, 未嘗 識城, 遠村僻塢, 携持來觀, 自臘至今, 踵係不絶."

나전 현재 오두남에게 답장을 보내 『태현(太玄)』을 논했다.【권 15에 보인다.】「감악[68] 용재(庸齋: 陸九皐) 형님 묘표」를 지었다.

答羅田宰吳斗南書, 論『太玄』.【見前卷十五】作「監嶽兄庸齋墓表.」

여름 4월 19일에 주원회에게서 편지가 왔다. "지난해에 고마운 위문편지를 받고서 곧장 답장을 드려 감사를 표하고자 했으나, 그후 수많은 사람들을 이끌고 서쪽으로 가셨다는 소리를 들어 거리가 더욱 멀어진 탓에 안부를 물을 길이 없었습니다. 근자에 신유안(辛幼安: 辛棄疾)이 그곳을 경유하게 되어 호남에 있는 벗의 편지를 받을 수 있게 되었는데, 정사와 교육 모두 순조롭게 이루어진 덕에 백성들이 교화되어 잘 따른다 하니, 참으로 위로가 됩니다! 저는 근심스럽고 고통스러운 나머지 병이 더욱 심해진 탓에, 몸도 정신도 야위어 더 이상 옛날의 제가 아닙니다. 건양으로 돌아온 후 요량을 잘못한 바람에 작은 집 한 칸을 지었으나 한 해가 다 가도록 완성하지 못하고 고생이 이만저만 아닌데, 그만 두고자 해도 그럴 수도 없습니다. 이대(李大)가 이곳에 와서 본말을 상세히 보았으니, 분명 갖추어 말해줄 것입니다. 그는 무인이 되고 싶어서 그대를 찾아가려 합니다. 백망 중에 짬을 내 이 편지를 부치느라 다른 것은 신경 쓸 겨를이 없습니다. 고요한 마음으로 수련하시어 먼 곳에 이르십시오.[69] 간절히 바라나니, 도를 위해 자중자애하시어 학자들의 크나큰 행운이 되어주십시오. 그곳에도 학자들에 제법 있는지요? 협주(峽州)의 곽문(郭文)에게 저서가 퍽 많은데, 다 읽어보셨는지요? 그가 퍽이나 상세하게 역수(易數)를 논하였는데, 어떻게 생각하고 계신지 모르겠습니다. 근자에 고맙게도 한두 편을 보내왔기에 그것도 같이 보냅니다."

---

68) 사묘나 道觀을 관리하던 관직 명칭이다.
69) '政遠'은 '寧靜政遠' 혹은 '安靜政遠'의 의미로, 고요하게 심신을 수양함으로써 원대한 목표에 달성하라는 의미이다.

夏四月十九日, 朱元晦來書云: "去歲辱惠書慰問, 尋即附狀致謝, 其後聞千騎西去, 相望益遠, 無從致問. 近辛幼安經由, 及得湖南朋友書, 乃知政教並流, 士民化服, 甚慰! 某憂苦之餘, 疾病益侵, 形神俱瘁, 非復昔時. 歸來建陽, 失於計度, 作一小屋, 朞年不成, 勞苦百端, 欲罷不可. 李大來此, 備見本末, 必能具言也. 渠欲爲從戎之計, 因走門下, 撥冗附此, 未暇他及. 政遠, 切祈爲道自重, 以幸學者. 彼中頗有好學者否? 峽州郭文, 著書頗多, 悉見之否? 其論易數頗詳, 不知尊意以爲如何也. 近著幸示一二, 有委倂及."

총경 원선 장체인에게 편지를 보냈다.【권 16에 보인다.】

與總卿張體仁元善書.【見前卷十六】

창사(倉使)에게 답장을 보냈는데, 말미에 이렇게 적었다. "근래에는 소송이 더욱 줄어들어 한 달 통계를 내보아도 두세 건에 불과합니다. 이곳에는 평소 도적이 많았는데, 지금은 하나도 없습니다."

答倉使書, 末云: "比來訟牒益寡, 終月計之, 不過二三紙. 此間平時多盜, 今乃絶無."

형남 안무사 덕무 장삼이 선생의 정적을 위에 천거하였기에 선생께서 그에게 편지를 보냈다.【권 16에 보인다.】

荊南府帥章森德茂, 以先生政績上薦, 先生與書.【見前卷十六】

장무헌에게 답장을 보내 "제가 잠시 관직을 맡게 되어, 운운."하셨다.【권 15에 보인다.】또 말씀하셨다. "선생의 치화(治化)가 미쁘고 흡족하여 시간이 흐를수록 더욱 빛이 납니다. 해를 넘기도록 태형 맞는 자가 없고, 송사도 사라졌습니다. 서로 지켜주고 사랑하여 마을에 기쁨이 넘치며, 인심이 공경스러워져 나날이 두터워졌습니다. 이졸들은 능히 의(義)로써 권면할 줄을 알아서, 관가의 일을 마치 제 집안일처럼 여깁니다. 식자들은 이것이 정령이나 형벌보다 더 높은 것에서 비롯된 것임을 알고 있습니다." 제사(諸司)에서 주장(奏章)을 바쳐 천거를 논하였는데, 승상 주필대(周必大) 공이 한번은 누군가에게 보낸 편지에서 이렇게 말했다. "형문에서 펼친 정사는 실천궁행의 효과를 입증한 것이다."

答章茂獻書云: "某承乏云云."【見前卷十五】又云: "先生治化孚洽, 久而益著. 旣逾年, 笞箠不施, 至於無訟. 相保相愛, 閭里熙熙, 人心敬向, 日以加厚. 吏卒亦能相勉以義, 視官事如家事. 識者知其有出於政刑號令之表者矣." 諸司交章論薦, 丞相周公必大嘗遣人書, 有曰: "荊門之政, 可以驗躬行之效."

주익공(周益公: 周必大)이 호남의 안무사로 있을 때 부자연에게 답장을 보냈는데, 말미에 이렇게 적었다. "상산과 편지를 주고받아보셨습니까? 형문에서의 정사는 옛날 순리(循吏)와도 같으니, 실천궁행의 효험이 참으로 지극합니다."

周益公判湖南帥府, 復傅子淵書, 末云: "曾通象山書否? 荊門之政, 如古循吏, 躬行之效至矣.

기우제를 올렸다.【이 일은 권 26에 보인다.】

禱雨.【事見前卷二十六】

장 안무사에게 두 통의 편지를 보냈다.【권 16에 보인다.】

與章帥二書.【俱見前卷十六】

가을 7월에 예하 현의 두 현재를 천거하고 스스로를 탄핵하는 글을 바쳤다.

秋七月, 薦屬縣二宰, 幷自劾狀.

이때 간민 양언익과 만구성이 일찍부터 목청 높여 관사(官社)를 비난해왔는데, 양경춘이 더욱 심했다. 선생은 이들이 대대로 악행을 저질러온 사실을 알고 상주하여 이들을 처벌하게 해달라 청하고, 스스로 탄핵하는 글을 지었다. 선생께서 말씀하셨다. "옛날에는 품계의 구분 없었으되 어질고 못나고의 분별은 엄격했다. 후세에 와서는 품계의 구분이 생겼으되 어질고 못나고의 분별은 소략해졌다."

時姦民楊彦翼·萬九成素號論官社, 楊景春尤甚. 先生以其世惡, 奏乞施行, 因以自劾. 先生曰: "古者無流品之分, 而賢不肖之辨嚴. 後世有流品之分, 而賢不肖之辨略."

유계몽에게 글을 주었다.【권 20에 보인다.】백형 치정에게 편지를

보냈다.【권 17에 보인다.】

贈劉季蒙.【見前卷二十】與伯兄致政書.【見前卷十七】

겨울 12월 6일에 조카 인지에게 편지를 보냈는데, 말미에 이렇게 적었다. "이곳의 풍속이 한 달 사이에 눈에 띌 만큼이나 변하였다. 아마도 시비와 선악을 분명하게 처리하니 귀천을 불문하고 모두 선(善)으로 향한 듯하다. 기질이 아름답지 못한 자 역시 모습이 바뀌었나니, 이른바 '혈맥에 병이 나지 않은 한, 아무리 야위어도 해될 것 없다.'는 말이 바로 이것일 게다. 근래 이졸들 중에 가난한 자가 많지만, 가난해도 즐겁다는 말까지 한다."

冬十二月六日, 與姪麟之書, 末云: "此間風俗, 旬月浸覺變易形見, 大槪是非善惡處明, 人無貴賤皆向善. 氣質不美者亦革面, 政所謂脈不病, 雖瘠不害. 近來吏卒多貧, 而有窮快活之說."

7일 병오일에, 선생께서 몸져누우셨다. 11일 경술일에 눈이 내리게 해달라고 기도했다. 군의 관료들이 병문안을 왔다가 난동(暖冬)이니 눈이 내리게 해달라고 기도해야 한다고 말하자 거천 예제보에게 명하여 건괘(乾卦)를 그려 황당(黃堂)에 걸고 향화(香花)를 올리게 했다. 이튿날 아침, 몽천으로 가 샘물을 길어온 다음 제단에 올리자 구름과 바람이 즉시 일었고, 신해일에는 갑자기 눈이 내렸다. 선생께서 11월에 여형(女兄)에게 말했다. "돌아가신 교수(敎授) 형님[陸九齡]께서는 늘 천하에 뜻을 두고 있었으나 끝내 이를 펼치지 못하시고 돌아가셨습니다." 여형들도 모두 그렇다고 여겼다. 또 일찍이 식구들에게 말했다. "내 곧 죽을 것이다."
누군가가 말했다. "어찌하여 이토록 불길한 말을 하십니까. 골육
들은 장차 어찌하라고요?" 선생이 말했다. "이 또한 자연스러운
것이다." 또 요속(僚屬)들에게 말했다. "내 장차 마지막을 고하고
자 한다." 선생은 본디 혈질(血疾)을 앓고 계셨는데, 열흘 후에 이
병이 크게 도졌다가 사흘 후에 병세가 잦아들자 요속들을 접견하
고 평상시처럼 정사를 논하였다. 고요한 방에서 편히 쉴 때는 청
소하고 향을 피우라고 시켰으나 집안일에 관해서는 일절 함구하
셨다. 눈이 내리자 목욕물을 준비하라 시키고는 목욕을 마친 후
모두 새 옷으로 갈아입고 두건을 두른 다음 단정히 앉았다. 집안
사람들이 약을 올렸으나 선생은 물리치셨다. 이때부터 더 이상
아무 말씀도 하지 않으셨다.

七日丙午, 先生疾. 十一日庚戌, 禱雪. 郡僚問疾, 因言冬暖盡祈雪,
乃命倪巨川濟甫畫乾卦揭之黃堂, 設香花. 翌早, 迎往蒙泉, 取水
歸安奉, 而風雲遽興. 辛亥日, 雪驟降. 先是十一月, 語女兄曰: "先
教授兄有志天下, 竟不得施以歿." 女兄盡然. 又語家人曰: "吾將死
矣." 或曰: "安得此不祥語? 骨肉將奈何?" 先生曰: "亦自然." 又告
僚屬曰: "某將告終." 先生素有血疾, 居旬日大作, 越三日, 疾良已,
接見僚屬, 與論政理如平時. 宴息靜室, 命灑掃焚香, 家事亦不掛
齒. 雪降, 命其浴, 浴罷, 盡易新衣, 幅巾端坐, 家人進藥, 却之. 自
是不復言.

14일 계축일 정오에 선생께서 돌아가셨다. 군의 요속들이 염을
하고 매우 슬피 곡하였고, 선생의 영전에 통곡하는 서리와 백성들
이 길을 가득 메웠다.

十四日癸丑日中, 先生卒. 郡屬棺斂, 哭泣哀甚. 吏民哭奠, 充塞
衢道.

첨판 홍급이 요속들을 대신해 제문을 지었는데, 그 글은 대략 이
러하다. "크고 방대한 이 도(道)가 천지를 가득 메우고 있으나, 공
맹이 죽은 뒤로 날로 희미해졌다. 그러나 우리 선생께서 바른 학
문을 이끌어주신 덕에 눈멀고 귀먼 자들이 깨우칠 수 있었으니,
실로 이 시대의 선각이시다." 운운.

斂判洪伋率僚屬祭文, 略云: "斯道龐洪, 充塞兩儀, 孔孟旣沒, 日以
湮微. 賴我先生, 主盟正學, 開悟聾瞶, 惟時先覺." 云云.

학록 황악의 제문은 이러하다. "선생의 학문은 정대하고 순수하셨
으며, 선생의 가르침은 명백하면서도 쉽고 간략하였다. 백성을 다
스릴 때는 지성(至誠) 이외에 다른 방법이 없으셨으며, 사람을 부
릴 때는 한 마디 장점, 한 토막 선행도 버리는 법이 없으셨다. 나
라를 근심하느라 집안을 잊으셨고, 사람을 사랑하고 만물을 이롭
게 하였으니, 이른바 아무리 급하고 어려운 때에도 인(仁)에 거한
다는 말은 선생을 두고 한 말일 것이다. 이에 선생께서 돌아가시
자 미천한 사내와 노예들, 부인과 아녀자들까지 모두 탄식하며 눈
물까지 흘렸던 것이다."

學錄黃嶽祭文略云: "先生之學, 正大純粹, 先生之敎, 明白簡易. 其
御民也, 至誠之外無餘術, 其使人也, 寸長片善未始或棄. 若夫憂
國忘家, 愛人利物, 所謂造次於是, 顚沛於是. 是以先生之亡, 雖小

夫賤隸, 婦人女子, 莫不咨嗟嘆息, 至於流涕."

부로 이렴 등이 지은 제문은 이러하다. "자사(刺史)께서는 시서(詩書)로써 정사를 행하시고, 백성들을 자제처럼 대해주셨다. 백성들이 이에 편안히 살고 있었거늘, 철인(哲人)께서 어찌 그리도 급히 시들었단 말인가? 자사의 어짊과 주공과 공자의 학문으로 이 도를 장차 천하에 크게 펼치어 사해 창생들의 바람을 위로하고자 하였으니, 이는 우리 백성들이 사사로이 여길 바가 아니었다. 이 큰 은혜를 수렴하여 한 지방에 펼치시니, 가까이 있는 자는 그 가르침에 복종하였고, 멀리 있는 자는 그 덕에 교화되었다. 그런데 어찌 하늘이 자사를 세상에 남겨두지 않으시고, 우리의 아버지이자 스승을 이리도 빨리 앗아갔단 말인가! 옛날의 군자들은 한 지방에 머물 시 백성들이 그를 사랑하였고, 한 지방을 떠나갈 시 백성들이 그를 그리워하였다고 한다. 하물며 어진 자사께서 돌아가셨으니, 사람들에게 남겨주신 사랑은 참으로 가슴속에 간직한 채 잊을 수가 없다. 우리 백성들은 장차 자자손손 무궁에 이르기까지, 선생의 신주를 모실 것이요, 사직을 지킬 것이다."

父老李斂等祭文云: "刺史以詩書爲政, 待邦人如子弟, 百姓安之, 何遽驚哲人之萎也? 蓋刺史之賢, 周孔之學, 方將公是道於天下, 慰四海蒼生之望, 非我民得以私之也. 然斂此大惠, 施於一邦, 近者服其敎, 遠者化其德. 豈期天不憖遺, 而奪我父師之速也! 古之君子, 所居民愛, 所去民思, 而況賢刺史之亡, 其遺愛在人眞有不可解於心者. 我民將子子孫孫尸而祝之, 社而稷之, 以至於無窮也."

호북 안무사 장삼의 제문은 대략 이러하다. "공의 학문은 경전에 근본을 두었고, 공의 행실은 천하에 두루 미쳤으며, 연원에서 조금씩 흘러나와 이윤과 맹자의 뒤를 이으셨다. 스스로 근본을 세우시고, 견문을 넓히신 후 이를 궁행에 드러내시며 변치 않고 굳건히 지키셨다. 깊이 배양한 덕업은 고요(皐陶)와 기(夔)에 버금갔으니, 이를 세상에 펼칠 자, 공이 아니면 그 누구이랴?"

湖北帥張森祭文略云: "惟公學本之經, 行通於天, 淵源之漸, 伊·孟之傳. 自本自根, 卽聞卽見, 見之躬行, 死守不變. 德業培深, 我皐我夔. 用之斯世, 舍公其誰?"

호광 총령 장체인의 제문은 대략 이러하다. "유자들의 학문이란 들어간 즉 효도하고 나온즉 공경하는 것이니, 사람들은 강서 육씨 형제가 그랬다고들 말한다. 유자들의 벼슬이란 도를 믿으며 뜻을 실행하는 것이니, 사람들은 형문이 옛날의 순리(循吏) 같았다고들 말한다. 두레박줄을 길게 만들었기에 깊은 물을 길어 올림에 막힘이 없었고,[70] 규모를 드넓게 하였기에 칼을 놀림에 여유가 있었다.[71] 언사 또한 도도하였건만, 명이 다했구나. 이와 같은 사람을 어찌 시들게 할 수 있는가!" 운운.

---

[70] '綆短汲深'이라는 말이 있는데, 학식이 미천하여 깊은 도리를 이해할 길 없는 것을 뜻한다. 여기서는 이와 반대로 두레박줄이 길어 심오한 것을 이해하는 데 전혀 막힘이 없음을 이야기하였다.

[71] '庖丁解牛'를 염두에 두고 한 말이다. 즉 조예와 경지가 깊음을 비유한다. 훌륭한 백정이 칼로 소의 몸을 해부할 때 힘줄이나 뼈를 전혀 건드리지 않고 그 사이를 넉넉히 휘두르듯 한다는 이야기이다.

湖廣總領張體仁祭文略云:"儒者之學, 入孝出弟, 人言江西陸氏兄弟. 儒者之仕, 信道行志, 人言荊門, 如古循吏. 有修其綆, 汲深未旣, 有恢其規, 游刃餘地. 詞流滔滔, 壽考日邃. 豈伊斯人, 而俾憔悴!" 云云.

강회 총령 정식의 제문은 대략 이러하다. "성인께서 떠난 후 천년의 세월 동안 학문을 전한 것은 책이었다. 오직 공께서는 조예가 깊으시어 나머지 것들은 모두 잊으시고, 이 마음이 지극이 영명하여 모든 성인과 통할 수 있다 하시면서, 만물이 비록 번다하나 내 안에 있으니 능히 비춰볼 수 있다고 말씀하셨다. 온 세상이 스승을 알고, 사람들이 의미를 알기를 바랐건만, 미처 실행하기도 전에 안타깝게도 쓰러지고 말았구나."

江淮總領鄭湜祭文略云:"聖去千載, 所傳者書, 獨公深造, 忘其緒餘, 謂心至靈, 可通百聖, 謂物雖繁, 在我能鏡. 欲世知師, 欲人知味, 未之能行, 慨其將廢."

호남 조운사 풍의의 제문은 대략 이러하다. "공께서는 정의로운 기운을 타고 나시어 일찍이 도를 역설하셨다. 성인을 비난하는 무리를 꾸짖으시고, 호통 치시며 제생들로 하여금 부지런히 뛰게 하셨다." 운운.

湖南漕豊誼祭文略云:"公稟正氣, 早以道鳴. 叱呵非聖, 奔走諸生." 云云.

주원회는 부음을 듣고서 문인들을 거느리고 절로 찾아와 신위 앞에서 곡하셨다.

朱元晦聞訃, 帥門人往寺中, 爲位哭.

55. 소희 4년(1193) 계축년 봄 정월에 두 아들이 선생의 영구를 모시고 돌아왔다. 오는 도중 곡하며 조문하는 군중들이 매우 많았다. 3월에 집에 도착했다.

紹熙四年癸丑春正月, 二孤護先生柩歸, 沿途弔哭致祭者甚衆. 三月至家.

악주(鄂州) 교수 허중응(許中應)의 제문은 대략 이러하다. "이 이치는 우주 가득 흘러 다니고 있어 나무꾼이나 목동처럼 천한 이들도 모두 알 수 있다. 그러나 이를 가지런히 다스리는 과목들이 끊긴 이래로, 세상에 드러난 자가 어쩌면 그리도 없었던가? 대저 우리 부자의 학문을 보는 자들은 증삼(曾參)처럼 '희디 희게'[72] 보지 못하고, 한쪽으로 치우친 말, 음탕한 말, 사특한 말, 회피하는 말을 듣고 맹자처럼 흔들리지 않을 수 없었기에,[73] 흉내 내며 그

---

72) 『孟子』「滕文公上」. 曾子가 孔子의 인품을 형용하며 "장강과 한수로 씻은 듯 가을볕에 말린 듯, 그 고결함은 무엇으로도 더할 수 없다.(江漢以濯之, 秋陽以暴之, 皓皓乎不可尙已)"고 한 말을 인용한 것이다.

73) 『孟子』「公孫丑上」에 "한쪽으로 치우친 말을 들으면 가려진 바를 알고, 방탕한 말을 들으면 빠져 있는 바를 알며, 사특한 말을 들으면 도리에서 벗어난 바를 알고, 회피하는 말을 들으면 그가 막힌 바를 알았다.(詖辭知其所蔽, 淫辭知其所陷, 邪辭知其所離, 遁辭知其所窮.)"는 내용이 보인다.

럴싸한 겉모습만 짐작하려 들다가 견문의 지리멸렬함에 갇히는 꼴을 면치 못했다. 힘써 행하며 스스로 노력해보아도 그저 사사로움만 더 늘릴 뿐이었다. 공께서 하늘과 땅 사이의 기운으로써 스스로 스승을 얻어, 큰 것을 밝히 비춤에 하늘과 땅 모든 것을 보셨고, 미세한 것까지 통찰함에 털끝 하나도 남기지 않으셨다. 성대히 근원에서 나와 저 끝까지 이르셨고, 굳건히 기둥에서 나와 가지까지 펼치셨다. 따라서 말이던 행동이던 내실이 없는 것이 없었고, 안과 밖이 서로 어긋나는 일이 없었다. 이 어찌 남과 나[彼己]를 하나의 근원에 합치시키고, 어둡게 숨은 곳과 드러난 곳[幽顯]을 관통하여 같은 곳으로 돌아가게 한 것이 아니겠는가? 이 이치의 공명정대함을 살피시어 선각자는 후각자들의 바탕이 되어야 한다고 말씀하셨으며, 외물을 끊는 것은 어질지 못한 일이라면서 아무리 미치광이 같고 비루한 자라도 부축해 일으켜주셨다. 몽매한 자들에게 찬란한 빛을 열어주시고, 가시덤불에서 끄집어내 평탄대로로 인도하셨다. 본말을 정확히 하시어 어그러뜨림이 없었기에, 스스로를 곧게 세운 자들이 당시 적지 않았다. 이처럼 사실로 드러난 증거가 있으니, 어떻게 불교나 노장의 빈 소리나 진배없다고 비난할 수 있겠는가?"

鄂州教授許中應祭文略云: "是理流行, 宇宙之彌, 卑不間於樵牧, 皆可得而與知. 自條理之科不續, 一何名世之稀? 蓋所以見吾夫子者, 未至如曾參之皓皓, 而詖淫邪遁, 不能如孟子之無疑, 則皆未免隨揣摩之形似, 困聞見之支離, 雖勉强以力行, 徒爾增附益之私. 公以間氣而自得師, 燭乎大, 天淵之無際, 洞乎微, 芒芴之無遺. 混混乎由源而達委, 鼎鼎乎自幹而敷枝. 故言動無一之不實, 而表裏不至乎相違. 豈非合彼己於一源, 貫幽顯而同歸者乎? 若乃察此理之公, 共謂先覺者爲後覺之資, 彼絶物者不仁, 雖狂鄙皆在於扶持. 開晃耀於蒙昧, 出荊棘於平夷. 的然顚末之無舛, 二三子亦有立於 斯時. 即所應之有證, 尙安得以佛 · 老之空談而病之哉?"

금계(金谿) 현재 왕유대(王有大)가 복재와 상산 두 선생의 사당 을 세웠다. 6월 계축일에 양간(楊簡)이 기문(記文)를 지었는데, 내용은 대략 이러하다. "도심(道心)은 크게 하나이고, 사람은 절 로 구별이 있다. 사람의 마음은 절로 선하고, 사람의 마음은 절로 영명하며, 사람의 마음은 절로 밝다. 사람의 마음이 곧 신(神)이 요, 사람의 마음이 곧 도(道)이니, 어찌 어그러지거나 다름이 있 겠는가? 성현이라고 해서 넉넉히 가진 것 아니요, 어리석은 자라 해서 부족하게 가진 것 아니다. 그렇다는 것을 어찌 증명할 수 있 는가? 모든 사람에게는 측은지심이 있고, 수오지심이 있고, 공경 지심이 있고, 시비지심이 있다. 측은지심은 인(仁)이요, 수오지심 은 의(義)요, 공경지심은 예(禮)요, 시비지심은 지(智)이다. 인의 예지는 우부우부(愚夫愚婦) 모두가 지니고 있는 것이니, 어찌 성 현에게만 있겠는가? 사람은 모두 요 · 순 · 우 · 탕 · 문왕 · 무왕 · 주공 · 공자와 같다. 사람은 모두 천지와 같다. 그렇다는 것을 어 찌 증명할 수 있는가? 사람의 마음은 혈기도 아니요 형체도 아니 다. 끝없이 광대하고 방소(方所) 없이 변화하고 교통한다. 홀연 보다가 홀연 듣다가 홀연 말하다가 홀연 움직인다. 홀연 천 리 밖 에 갔다가 홀연 하늘 위로 오른다. 서두르지 않아도 빠르고, 가지 않아도 이르니, 이것이 바로 신(神)이 아니겠는가? 천지와 같지 않겠는가? 배우는 자라면 온 천하 만고의 마음이 모두 이러하다 는 것을 알아야 한다. 공자의 마음이 이렇고, 칠십 제자의 마음이 이렇고, 자사와 맹자의 마음이 이렇고, 복재의 미ᆞ이 이렇고, 상산의 마음이 이러하다. 금계 왕 영군(王令君: 王ᆞ有大)[74]의 마음이 이렇고, 온 금계 읍 사람들의 마음이 이러하ᆞ. 배우는 자라면 마땅히 스스로를 믿으면서 자포자기하지 말아ᆞ 한다. 생각이 미세하게 일어나는 데서 이내 천양지차가 벌어지ᆞ 만다. 판별하지도 말고 알려 하지도 말고, 합치지도 말고 떨ᆞ 뜨리지도 말아야 한다. 그저 마음이 가는 데로 가다보면 온갖 선(善)이 저절로 구비되어 모든 잘못을 스스로 끊을 수 있고, 생각ᆞ ᆞ 않아도 놓치는 것 없이 밝히 터득할 수 있다.

두 육 선생은 무주 금계 사람이다. 복재는 휘가 구ᆞ 자가 자수이다. 이 도에 뜻이 두터우시어 깊고 현미한 것을 궁ᆞ ᆞ시며 삼가 부지런히 힘쓰셨기에, 학자들이 종주로 떠받들었다. 상ᆞ 선생은 그의 아우이다. 휘는 구연, 자는 자정이다. 천성이 청명하시ᆞ 잡다한 학설에 물들지 않으셨다. 나는 일찍이 선생의 말씀을 직접 들은 적이 있는데, 어릴 적에 누군가가 이천(伊川) 선생의 말씀을 외는 것을 듣고는 마음이 아파오는 것을 느꼈다고 하셨다. 성품과 자질이 밝기가 본디 이와 같았다. 자라면서 더욱 밝아져, 학자들이 빠져있는 [의견의] 소굴을 깨뜨리고 평탄한 성현의 길을 열어주셨다. 그 말은 매우 평이하였지만, 가슴속에 온갖 학설들을 가득 집어넣고 가슴속으로 온갖 학설들을 꼭 쥔 채 놓지 않는 자들의 경우, 선생의 말씀을 듣고 너무 심오한 게 아닌가 의심하기도 하고, 너무 준엄한 게 아닌가 의심하기도 하였다. 그러나 나라 안 사인들은 소문을 듣고서, 마치 시내가 동해로 흘러들어가듯 선

---

74) 令君은 현령에 대한 존칭이다.

생에게 모여들었다. 나는 20년 동안 의심을 가슴에 품어왔는데, 선생의 한 마디 말씀이 기관을 건드려주었다. 이에 비로소 그 마음이 곧 도(道)이지 두 가지가 있는 것이 아님을 믿게 되었고, 세상 사람들의 마음이 모두 요·순·우·탕·문왕·무왕·주공·공자와 같고, 천지·일월·귀신과 같음을 믿게 되었다.

영군 왕유대는 읍 사람들 모두가 두 군자를 존경하는 것을 보고 봉급을 덜어내 학교에 사당을 세웠다. 장차 예를 행하기에 앞서 내게 기문을 지어 달라 부탁하면서, "두 군자의 도를 밝히 드러내고자 한다."고 말했다. 내 비록 보잘 것 없는 재주이나, 두 군자의 마음이 천하 모든 사람들의 마음과 다르지 않다는 것을 밝히 알고 있고, 또 두 분의 학설을 천착하여 후세를 현혹하는 짓을 용납할 수 없기에, 삼가 공경히 그 대략을 여기에 기록해둔다.

金谿宰王有大建復齋·象山二先生祠. 六月癸丑, 楊簡爲記, 略云: "道心大同, 人自區別, 人心自善, 人心自靈, 人心自明, 人心卽神, 人心卽道, 安視乖殊? 聖賢非有餘, 愚鄙非不足, 何以證其然? 人皆有惻隱之心, 皆有羞惡之心, 皆有恭敬之心, 皆有是非之心, 惻隱仁, 羞惡義, 恭敬禮, 是非智. 仁義禮智, 愚夫愚婦咸有之, 豈特聖賢有之? 人人皆與堯·舜·禹·湯·文·武·周公·孔子同, 人人皆與天地同, 又何以證其然? 人心非血氣, 非形體, 廣大無際, 變通無方. 倐焉而視, 又倐焉而聽, 倐焉而言, 倐焉而動, 倐焉而至千里之外, 又倐焉而窮九霄之上. 不疾而速, 不行而至, 非神乎? 不與天地同乎? 學者當知擧天下萬古之心皆如此也. 孔子之心如此, 七十子之心如此, 子思·孟子之心如此, 復齋之心如此, 象山之心如此. 金谿王令君之心如此, 擧金谿一邑之心如此. 學者當自信, 無自棄. 意慮微起, 天地懸隔. 不識不知, 匪合匪離. 直心而往, 自備萬善,自絶百非, 雖無思爲, 昭明弗遺.

二陸先生, 撫州金谿人. 復齋, 諱九齡, 字子壽. 篤志斯道, 窮深究微, 兢兢孜孜, 學者宗之. 象山先生, 其弟也. 諱九淵, 字子靜. 天性淸明, 不染雜說. 簡嘗親聞先生之言, 自謂其童幼時聞人誦伊川先生語, 自覺若傷我者. 性質素明如此. 故長而益明, 破學者於窟宅, 開聖道之夷途. 其言甚平, 而或者塡萬說於胸中, 持萬說於胸中, 以聽先生之言, 故或疑其深, 疑其峻. 然而海內之士聞其風而趨之, 如百川之東矣. 簡積疑二十年, 先生一語觸其機. 簡始自信其心之即道, 而非有二物, 始信天下之人心皆與堯·舜·禹·湯·文·武·周公·孔子同, 皆與天地·日月·鬼神同.

王令君有大, 因邑人崇敬二君子, 以俸資設祠於學, 且將行禮焉, 屬簡爲記. 且曰: "欲以昭明二君子之道." 簡雖無所似, 灼知二君子之心無以異於天下之人心, 不容穿鑿其說以惑來者, 乃起敬起恭, 而書其略云.

겨울 11월에 왕유대가 읍의 관료들을 데리고 와 제사를 올렸다.

冬十一月, 王有大帥邑僚來祭.

만시는 이러하다.

독실한 학문은 전철들보다 밝아
대중들이 현혹된 바가 무엇인지 알았네
학문은 안자처럼 훌륭하고
공렬은 맹가와 나란했네
들이고 버리는 구분 더욱 확실하니

변방의 정사에서 가히 찾아볼 수 있네
유궁에 의연히 걸려있는 초상이여
강서로부터 모범이 드리워졌네

輓詩云: "篤學光前哲, 知言衆所迷. 學同顔氏好, 功與孟軻齊. 獻
替心彌切, 藩維政可稽. 儒宮儼遺像, 垂範自江西."

9월 임신일에, 선생의 영구를 모셔와 연복향(延福鄕) 주피(朱陂)
아래 묻었다. 돌아가신 모친 유인 요 씨의 무덤과 가까운 곳이다.
【일설에는 고향 영흥사 산에다 묻었다고도 한다.】뛰어와 통곡하
며 같이 장례를 치른 문도가 수천이었다.

九日壬申, 奉先生之柩葬于延福鄕朱陂之下, 距妣饒氏孺人墓爲
近.【一云葬于鄕之永興寺山】門人奔哭會葬者以千數.

첨부민의 제문은 대략 이러하다. "하늘이 부자를 내시어 그 문도
들을 맑게 다스리시니, 자사에 이르도록 잠시도 도에서 떠나지 않
다가 맹가가 그 가르침을 친히 입어 계통을 이었다. 위대한 선생
이여! 스스로 스승을 얻으셨도다. 세상에 전하는 맹자의 글을 읽
다가 현미한 요지를 홀로 알아내시고, 하늘로부터 근원을 탐색하
여 그 큰 것을 세우셨다. 손에 꼭 쥐고 보존하면서 경황 중에도
놓지 않으셨다. 날마다 물을 주고 달마다 북돋우니, 알맹이가 가
득 차 찬란한 빛을 뿜었다. 학도들을 부지런히 움직이게 하심에
사방에서 귀의하였다. 선생의 가르침에 많은 방법이 있긴 하였으
나, 요지인즉 사람들로 하여금 스스로 돌아보게 하고, 실천에 힘

씀으로써 세습(世襲)과 지리멸렬한 사설들을 씻어내게 하며, 본
심에 도달하여 스스로 터득하게 하는 것이었다. 선(善)의 단서가
드러나 날마다 무궁무진 사용할 수 있게 되자 비로소 선생의 공
력을 알 수 있게 되었다."

詹卓民祭文略云: "天縱夫子, 以淑其徒, 爰曁子思, 須臾不離. 孟軻
親受, 厥緖是承. 卓哉先生, 能自得師. 玩其遺編, 獨識其微. 探原
自天, 立其大者, 操而存之, 造次弗舍, 日漑月培, 充實光輝. 奔走
學徒, 四方如歸. 先生設敎, 固亦多術, 其要使人, 反躬務實, 一洗
世習, 詞說支離, 達其本心, 使自得之. 善端旣著, 日用不窮. 夫然
後知先生之功"云.

양간의 제문은 대략 이러하다. "선생의 도가 이미 밝고도 밝은데
알아야 할 것이 어디 있는가? 하늘을 우러러 보시고 선생께서는
사람들에게 분명히 쉬운 겟[易]을 보여주셨다. 땅을 굽어 살피시
고 선생께서는 온화하게 간약햄[簡]을 보여주셨다. 상(象)을 드리
운 저 분명한 것들은 선생의 분명함이요, 추위와 더위가 변화하는
것은 선생의 변화이다. 『서경』은 선생의 정사였고, 『시경』은 선
생의 노래였으며, 『예기』는 선생의 예절 문화였고, 『춘추』는 선생
의 시비(是非) 판단이었으며, 『주역』은 선생의 변화와 바뀜이었
다. 학자들이 날마다 외우는 것, 백성들이 날마다 사용하는 것 중
에 더 알아야 할 것이 어디 있단 말인가? 더 생각해야 할 것이
어디 있단 말인가? 더 생각해서도 안 되거늘, 하물며 잘못 생각해
서야 되겠는가?"

楊簡祭文略云: "先生之道, 亦旣昭昭然矣, 何俟乎知? 仰觀乎上,
先生確然示人易矣. 俯察乎下, 先生隤然示人簡矣. 垂象著明者,
先生之著明, 寒暑變化者, 先生之變化,『書』者先生之政事,『詩』者
先生之詠歌,『禮』者先生之節文,『春秋』先生之是非,『易』先生之
變易. 學者之所日誦, 百姓之所日用, 何俟乎復知? 何俟乎復思? 不
可復思, 矧可歎思?"

원섭75)의 제문은 대략 이러하다. "아아! 선생께서는 도로써 자임
하셨다. 도를 터득하기 전에 발분하여 노력하시더니, 어느 날 환
히 밝아지며 모든 이치가 한데 어우러짐을 느끼셨다. 마치 맑은
하늘처럼, 하늘 가운데 걸린 해처럼, 터럭 하나도 놓치지 않게 되
더니, 이를 함양하여 날로 채워나가셨다. 이에 세상에 호소하기
를, 하늘이 내린 충심(衷心)은 지극히 크고, 지극히 정밀하고, 지
극히 밝고, 지극히 공변되며, 사람의 양심은 무궁히 만 가지로 변
화한다고 말씀하셨다. 학자들이 처음에 왔을 때는 가슴에 혼란스
러움이 가득했는데, 선생의 가르침을 받고는 풀무에 바람이 들어
가듯 교화되었으니, 마치 쇠가 녹아드는 것만 같았다. 가려진 곳
이 트이고 막힌 곳이 통하여 손과 발이 제대로 움직이고 눈과 귀
가 다시 밝아졌다. 그 큰 것을 온전히 세워 허공에 빠지지 않게
하였으니, 이 세상에 끼친 공이 실로 크도다." 운운.

---

75) 袁燮(1144~1224). 字는 和叔이며 慶元府 鄞縣(지금의 浙江省 寧波) 사람이
다. 淳熙年間에 진사 급제하여 江陰尉가 되고 太學正으로 승진했다. 후에 司
封郎官, 國子監祭酒, 禮部侍郎 등을 역임했다. 그는 絜齋先生이라 불렸으며,
沈煥·舒璘·楊簡과 더불어 明州淳熙四先生으로 불리는 등, 浙東 四明學派
의 중심 인물이 되었다.

袁爕祭文略云: "嗟維先生, 任道以躬. 方其未得, 憤悱自攻, 一日洞
然, 萬理俱融, 如天淸明, 如日正中, 毫髮無差, 涵養日充. 乃號於
世, 曰天降衷, 至大至精, 至明至公, 玆焉良心, 萬變不窮. 學者初
來, 膠擾塞胸. 先生敎之, 如橐鼓風, 弟子化之, 如金在鎔. 有蔽斯
決, 有窒斯通, 手擧足履, 視明聽聰. 式全其大, 不淪虛空. 此於斯
世, 允矣有功." 云云.

부자운의 제문은 대략 이러하다. "도(道)가 우주를 가득 채우고
있는 중에 사람만이 지극이 영명하니, 외물에 가려지지 않는다면
알기 쉽고 행하기 쉽다. 하늘이 백성들을 근심하시어 이 성인을
내려주시니, 가려진 것을 제거하여 정성(正性)을 편히 받아들이
게 해주셨다. 주나라가 쇠하자 문명이 피폐해졌고, 맹자가 죽자
학맥이 끊겼다. 이에 공리(功利)의 물결이 횡행하고 도(道)와 술
(術)이 분열되었다. 보는 바는 더욱 좁아지고, 말하는 바는 더욱
지리멸렬해졌으니, 알기 쉽고 행하기 쉬운 것을 그 누가 깨달을
수 있었겠는가? 그로부터 1700년 만에 선생께서 태어나셨다. 선
생의 덕은 깊고 밝고 순수하고 아름다웠으나, 도가 사라진지 이미
오래라, 증험할 곳이 없었다. 이에 깊이 연마하고 힘껏 탐색하였
으며, 우러러 보고 굽어 살펴 참조해가며 교정하셨다. 가훈에서
계발되기도 하고, 여러 서적을 통해 터득하기도 하였으며, 깊은
성찰을 통해 얻기도 하고, 명백히 변별한 힘에 도움을 받기도 하
였다. 지극히 온당한 것은 마모되지 않고 끝내 극(極)으로 귀결되
는 법, 마침내 양지(良知)와 양능(良能)은 상제께서 내려주신 것
이라 영구히 보존할 수 있고 더욱 커질 수 있다는 것과 도란 기실
쉽고 간략한 것임을 믿게 되었다. 만약 징위(正僞)를 변별하지 않

고 선후를 거꾸로 시행한다면, 이는 자신의 사사로움만을 믿는 것이니 하늘의 덕이 과연 여기 있겠는가? 선생께서는 멀리 맹자의 요지를 이어 이설(異說)의 그릇됨을 힘껏 내치셨다. 세상의 학자들은 말단만을 추구하지만 선생께서는 근원을 따라가셨고, 세상의 논의는 채찍의 형벌을 내리듯 한 번에 자르지만 선생께서는 그 실정을 온당하게 고찰하셨다. 세상에서는 사람을 볼 때 대부분 드러나는 모습을 살피지만 선생께서는 남들과 [자신의 좋은 점을] 공유하는 데 능했다.[76] 세상 사람들이 선을 행하는 것을 보면 행적만 비슷할 뿐 실상을 그렇지 못하지만 선생께서는 성실히 스스로를 다잡으셨다. 세상에서는 이단을 배척할 때 오로지 그 명분에만 집착하지만 선생께서는 같은 것에 나아가 그 차이를 변론하셨다. 세상 사람들은 옛날 책을 읽으면 분분히 논지를 세우지만 선생께서는 실제를 앞세우시고 말을 뒤로 하였다. 오호라! 선생께서는 옛날을 손바닥 들여다보듯 훤히 살피셨고, 백성들을 보실 때는 마치 내가 구덩이 속으로 밀어 넣은 듯 여기셨다.[77] 이 학문과 이 뜻을 제대로 베풀어보지 못하였거늘, 이제 그만이로다. 활과 화살을 손에서 놓지 않으셨고, 국경과 강하를 잊어본 적이 없다. 충성스럽고 용맹한 자들을 구하여 의기를 한번 펼치고자 하였으나 끝내 하나도 이루지 못했거늘, 이제 그만 멈추고 말았구

---

76) 『孟子』「公孫丑上」에 나오는 말이다. "자기에게 훌륭한 면이 있으면 타인과 함께 공유하는 것"을 "善與人同"이라고 표현하였다.
77) 『孟子』「萬章上」에 "천하의 백성, 필부필부라도 요순의 은택을 입지 못하는 자가 있으면, 마치 내가 밀어서 그들을 구덩이 속으로 밀어 넣었다고 생각했다. (思天下之民, 匹夫匹婦, 有不與被堯舜之澤者, 若己推而內之溝中.)"는 구절이 나오는데, 이를 염두에 두고 쓴 듯하다.

나. 책력보다 더 중요한 것이 없다며 밤이면 별자리 형상을 관찰하셨고, 『역』보다 더 신령한 것은 없다며 시괘(蓍卦)를 그려 탐색하셨다. 예법을 고찰하고 악(樂)에 대해 물으셨으며, 멀리 옛날 제도를 상고하셨으나 미처 다 궁구하지 못하셨거늘, 이제 그만 떨어지고 마셨다. 매 세대마다 나오지 않을 영웅께서 발군의 의론으로 이 세상을 일으키려 하셨건만, 여기서 이렇게 그치고 말았다." 운운.

傅子雲祭文略云: "道塞宇宙, 而人至靈. 不蔽於物, 易知易行. 維天憂民, 篤生斯聖, 乃徹厥蔽, 俾安正性. 周衰文弊, 孟沒學絕, 功利橫流, 道術分裂. 所見益鑿, 所言益支, 易知易行, 誰其覺斯? 千七百載, 乃有先生. 先生之德, 浚哲粹英, 道喪旣久, 無所取證. 深研力索, 俯仰參訂. 或啓于家訓, 或得于群籍, 或由省察之深, 或資辯白之力. 惟至當之不磨, 卒會歸于有極. 始信夫良知良能, 降于上帝, 可久可大, 道實簡易. 倘正僞之不辨, 而先後之舛施, 則己私之是憑, 豈天德之在玆? 遠紹孟氏之旨, 極陳異說之非, 世之學者, 標末是求, 而吾先生, 自源徂流. 世論一切, 如鞭之刑, 而吾先生, 允稽其情. 世之于人, 多察鮮容, 而吾先生, 善與人同. 世之於善, 迹似情非, 而吾先生, 誠實自持. 世排異端, 惟名是泥, 而吾先生, 卽同辯異. 世讀古書, 立論紛然, 而吾先生, 先實後言. 嗚呼! 先生視古如反諸掌, 視民如納諸溝, 斯學斯志, 曾不一施, 今則已矣. 弧矢不去手, 關河不忘懷. 搜求忠勇, 義欲一伸, 曾不一邃, 今則息矣. 莫大於曆, 夜觀星象, 莫神於『易』, 畫索蓍卦. 考禮問樂, 遠稽古制, 曾不畢究, 今則墜矣. 間世之英, 拔萃之議, 作於斯世, 亦如此而止矣." 云云.

주청수의 제문은 대략 이러하다. "하늘이 사문(斯文)을 위하여 선생을 내주셨도다. 학자들의 고질병을 지적하고, 성인의 경지에 들 수 있는 길을 보여주셨다. 이리저리 얽어매거나 지리멸렬하지 않았고, 실로 평탄하여 걷기에 편한 길이었다. 가을볕에 쪼인 듯 희고, 장강과 한수로 빤 듯 맑았다. 맹자 이후로 끊어진 학맥을 잇는 일, 선생이 아니고서 그 누가 할 수 있을까?" 운운.

周淸叟祭文略云: "天爲斯文, 乃生先生. 指學者之膏肓, 示入聖之門庭. 不繞繚而支離, 誠坦然而可行. 暴之以秋陽之白, 濯之以江·漢之淸. 繼孟子之絶學, 舍先生其誰能?" 云云.

포손의 제문은 이러하다. "우리 선생께서는 타고난 성품이 빼어나시어, 만고의 인심을 꿰뚫어보시고 선성의 비법을 통찰하셨다. 먼저 그 큰 것을 세우시고 잠시도 떨어지지 않으셨다. 날로 달로 쌓임에 인(仁)이 무르익고 공(功)이 밝히 드러났다. 치우침도 당파도 없고, 식견과 지식도 없이, 이 이치에만 순응하며 종일토록 흡족해하셨다. 온화하되 유하혜(柳下惠)와 달랐고, 청빈하되 백이(伯夷)와 달랐다. 이윤(伊尹)이 있었기에 성인의 시대가 있었던 것 아니겠는가."

包遜祭文云: "維吾先生, 天稟絶異. 洞萬古心, 徹先聖秘. 先立其大, 須臾不離. 日累月積, 仁熟功熙. 無偏無黨, 不識不知, 一順斯理, 終日怡怡. 雖和非惠, 雖淸非夷, 豈伊之任, 幾聖之時."

포양이 선생의 찬(贊)을 지었다.

만연한 문사는 진리를 좀 먹게 하니

한 번 바로잡아야 마땅할 때에

백가의 거짓을 제거하여

천고의 병에 약침을 놓으셨네

사람의 본심을 발양하고

사람의 성명을 온전케 해주셨네

불로의 세습을 단번에 씻어버리고

공맹의 뒤를 확실히 이으셨네

包揚作先生贊云: "辭蔓蝕眞, 會當一正, 剗百家僞, 藥千古病. 發人本心, 全人性命. 一洗佛老, 的傳孔孟."

56. 소희 5년(1194) 갑인년 봄 2월 16일에 양간이 선생의 행장을 지었다.【권 33에 보인다.】

紹興[78]五年甲寅, 春二月十六日, 楊簡狀先生行.【見前三十三卷】

57. 영종 경원 2년(1196) 병진년에 귀계의 현재 계회 유건옹이 상산 선방 터에 선생의 사당을 세웠다. 사당을 세운 후로 봄, 가을마다 근엄히 제사를 올렸다. 임강의 장무헌이 기문(記文)을 지었다. 현재는 주문공(朱文公: 朱熹)의 문인이다. 이 때 선생의 문인들은 매해 정월 9일에 산에 올라가 같이 제사를 올리기로 약조하였다.

---

78) 紹興이 아니라 紹熙여야 맛다. 문맥에 의해 바로잡는다.

寧宗慶元二年丙辰, 貴溪宰劉啓晦建翁立先生祠于象山方丈之址, 自立祠後, 春秋致祭惟謹. 臨江章茂獻爲記. 宰, 朱文公門人也. 於是先生門人, 約以歲正月九日登山會祭.

58. 개희 원년(1205) 을축년 여름 6월에 선생의 맏아들인 백미(伯微) 지지(持之)가 선생께서 남기신 글을 28권, 외집(外集) 6권으로 엮었다. 을묘년에 양간이 서문을 썼는데, 내용은 대략 이러하다. "『역』에 이르기를, '백성은 날로 쓰면서도 알지 못한다.'79)고 하였고, 공자께서는 '그대들은 내가 무엇을 숨긴다고 여기는가? 나는 그대들에게 숨기는 것이 없노라. 행하고서 그대들에게 보여주지 않은 것이 없다.'80)고 하였다. 『대대(大戴)』는 공자의 말씀을 기록하고 있는데, 충신(忠信)이 곧 대도(大道)라고 하였다. 충(忠)이란 충실한 것이고, 신(信)이란 성신(誠信), 즉 거짓이 없는 것을 가리킨다. 그런데 선유들은 이 뜻을 지나치게 파고들고 너무 깊고 어둡게 탐구하여 도리어 도를 보지 못하고 말았다. 공자는 또 대도를 중용이라고 불렀다. 용(庸)이란 상(常)이다. 평상시 일용하는 것을 말한다. 맹자는 또 천천히 어르신 뒤를 따라서 가는 것이라고 하였으니, 이것이 곧 요순의 도이다. 또 말하기를, 양으로 소를 대신하라고 한 마음이면 족히 왕자(王者)가 될 수 있다고 하였다. 선생께서 간곡히 그 뜻을 학자들에게 해석해주심이 깊고 절실하고 매우 분명하였건만, 학자들 중에 그 요지를 깨닫는 자가 적었다. 나 양간이 분수도 헤아리지 못하고서 감히 도움을 주고

---

79) 『周易』「繫辭上」.
80) 『論語』「述而」.

자 이상과 같이 적어보았다."

開禧元年乙丑, 夏六月, 先生長子持之伯微編遺文爲二十八卷, 外集六卷, 乙卯楊簡序. 略云: "『易』曰: '百姓日用而不知.' 孔子曰: '二三子以我爲隱乎? 吾無隱乎爾, 吾無行而不與二三子者.'『大戴』記孔子之言, 謂忠信爲大道. 忠者, 忠實, 信者, 誠信, 不詐僞. 而先儒求之過, 求之幽深, 故反不知道. 孔子又名大道曰中庸. 庸者, 常也, 日用平常也. 孟子亦謂'徐行後長', 即堯舜之道. 又謂, 以羊易牛之心足以王. 先生諄諄爲學者剖白斯旨, 深切著明, 而學子領會者寡. 簡不自揆度, 敢少致輔翼之力, 專叙如右."

59. 개희 3년(1207) 정묘년 가을 9월 경자일에 무주 태수 괄창 사람 고상로가 선생의 문집을 군의 학교에서 간행했다.

開禧三年丁卯, 秋九月庚子, 撫州守括蒼高商老刊先生文集于郡庠.

발문은 이러하다. "수수와 사수의 가르침은 알고 싶어 발분하고 표현 못해 애태우는 자를 계발해주었고,[81] 추와 노나라의 책은 곤경에 처하고 막히는 것을 통해 분발하고 깨우치게 하였다.[82]

---

81) 『論語』「述而」의 "알고 싶어 발분하지 않으면 깨우쳐 주지 않고, 표현을 못해 애태우지 않으면 말해주지 않는다.(不憤不啓, 不悱不發.)"에서 인용한 말이다.
82) 『맹자』「告子下」의 "인간은 항상 실수한 다음에야 고칠 수 있고, 마음이 곤경에 처하고 생각이 막힌 뒤에야 분발하며, 얼굴빛에 드러나고 음성에 나타난 뒤에야 깨닫는다.(人恒過然後能改, 困於心, 衡於慮而後作, 徵於色, 發於聲而後喩.)"에서 인용한 말이다. 따라서 『맹자』의 원문 및 윗 구절과의 상호 관계에 의거해볼 때, '因'은 '困'이 되어야 맞을 듯하다.

이 학문이 전해지지 않은 지 오래이나, 오직 상산 선생께서 천 년이 지난 뒤에 가장 중요한 요체를 이어받으셨다. 이에 그 말씀을 들은 자들은 대부분이 감발될 수 있었다. 『상서』에서 이르기를, '오직 문왕께서 공경하고 조심하시었다.'[83]고 하였다. 선생의 책은 황종(黃鍾)과 대려(大呂) 같아서, 그 소리가 땅속 깊이까지 울려 참으로 수수·사수·추·노의 비결을 열었으니, 전하지 않을 수 있겠는가? 나 상로는 일찍이 선생을 좇아 학문을 배우며 자못 떨치고 일어나 면려하였다. 그러나 지금은 늙어서 학문에 진전이 없다. 주(州)의 정경(鄭卿)이 되어 장부[84]나 정리하는 것 외에, 부끄럽게도 다른 공로라고는 손으로 바람을 잡듯 하나도 없다. 이에 군의 학교에서 [선생의 책을] 간행함으로써 후학들에게 도움을 주고자 한다. 뜻이 있는 사인이 엎드려 그 책을 읽고서 마치 그 사람을 만난 것처럼 여겨, 마땅히 공경해야 할 것을 공경하고, 기피할 필요 없는 것을 기피하지 않을 줄 알게 된다면, 교화에 도움 됨이 명백해 무고할 수 없을 것이다. 침묵으로써 알고 마음으로 통하는 것이 어찌 나를 속일 수 있겠는가?"

跋云: "洙·泗之敎, 憤悱啓發, 鄒·魯之書, 因衡作喩. 此學久矣無傳, 獨象山先生得之千載之下, 最爲要切. 是以聽其言者類多感發. 『書』曰: '惟文王之敬忌.' 先生之書如黃鐘·太呂, 發達九地, 眞啓洙·泗鄒·魯之秘, 其可以不傳耶? 商老嘗從先生游, 頗自奮勵, 今老矣, 學不加進. 爲州鄭卿愧於簿領之外, 效如捕風, 因刻之郡庠, 以幸後學. 倘有志之士, 伏讀其書, 如見其人, 知敬其所當敬,

---

83) 『尙書』「康誥」.
84) 원문의 簿領은 관부에서 사무를 기록한 장부나 문서를 가리킨다.

而不忌其所不必忌, 其爲有補於風化, 較然不誣也. 然而黙識心通,
豈欺我哉?"

60. 가정 5년(1212) 임신년 가을 8월에, 계열 장간이 유문(遺文)을 엮
어 완성하였고, 부자운이 서를 지었다.

嘉定五年壬申, 秋八月, 張衍季悅編遺文成, 傅子雲序.

내용은 대략 이러하다. "선생께서는 맹자 사후 1700여 년 만에 태
어나시어, 부화함과 거짓됨이 뒤섞이고 붉은색과 자주색이 한데
엉긴 시절을 만나 홀로 능히 실제 이치[理]를 믿으며 부화함과 거
짓에 뜻을 빼앗기지 않으셨다. 정밀히 고서를 분별하여 그럴싸한
것에 현혹되지 않으셨다. 깊이 궁구하고 힘써 실천하여 천덕(天
德)을 밝히 들어내시고, 이를 미루어 사람들을 깨우치시되 털끝만
큼도 더 보태심이 없으셨다. 이에 일시에 귀퉁이를 찾아와 강의
를 들은 자들은 양지(良知)와 양능(良能)과 지극히 밝고 지극히
가까운 실제를 절로 깨우쳤다. 아래로부터 위에 이르는 법과 작
은 것을 쌓아 큰 것을 이루는 단서를 환히 깨닫게 되자 누구나
요순이 될 수 있다는 생각과 자포자기해서는 안 된다는 뜻이 퍼
뜩 일어났다. 지리멸렬하고 부화하고 거짓된 학설에 눈이 가렸던
자들을 보면서 드넓은 길에서 머뭇거리며 나아가지 못하는 것보
다 더 안타깝게 여겼고, 가시덤불과 진흙탕에 빠져있는 이유가 무
엇인지 밝히 보았다. 선생은 사람을 일깨우는 데 뛰어나셔서 사
람들로 하여금 가려진 것을 벗겨내고 의심을 없애도록 해주었으
며, 지선(至善)에 머무를 수 있는 것은 하늘로부터 부여받은 바가

있기 때문이지 우연이 아님을 알게 해주었다. 선생 또한 맹자 이후 이 도를 지킬 책임이 자신에게 있다고 자임하면서, 부화함과 거짓됨이 정(正)을 해치고 실(實)을 더럽히는 현실이 안타까워 마치 자신의 숨겨진 우환인 것처럼 물불 속에서 사람들을 구하고 불길을 꺼트리고 물길을 막으셨으니, 그 공이 더욱 크다. 그렇기 때문에 인간의 도리와 하늘의 법칙과 같은 실제의 것과 공자·맹자를 계승하는 일이 선생 덕분에 세상에 드러날 수 있었던 것이다." 운운.

略云: "先生生於孟子沒千有七百餘年之後, 當浮僞雜揉, 朱紫淆亂之時, 乃能獨信實理, 而不奪於浮僞. 精別古書, 而不惑於近似. 深窮力踐, 天德著明, 推以覺人, 不加毫末. 故一時趨隅以聽者, 莫不油然悟良知良能, 至明至近之實. 灼然知自下升高, 積小以大之端, 躍然興堯舜可爲, 不自棄自暴之志. 回視曩之蔽於支離浮僞之說者, 又不啻若夷猶於九軌之路, 而灼見夫在荊棘泥淖者之爲陷溺也. 蓋先生長於啓迪, 使人蔽解疑亡, 明所止於片言之下, 有得於天而非偶然者. 先生亦自以孟子旣沒, 斯道之任在己, 病浮僞之害正渝實, 救焚拯溺, 如己隱憂, 撲燄障流, 厥功彌大. 故民彝帝則之實, 孔子·孟子之傳, 賴以復闢於世." 云云.

9월 무신일에 강서 제거 원섭이 선생의 문집을 간행하고 직접 서문을 지었다.

九月戊申, 江西提擧袁爕, 刊先生文集, 自爲序.

대략의 내용은 이러하다. "하늘에 북두칠성이 있어 뭇 별들이 에

워싸고 있고, 땅에 태산이 있어 뭇 산들이 종주로 삼으며, 사람에게 사표(師表)가 있어 후학들이 귀의한다. 상산 선생은 학자들에게 있어 북두칠성이요 태산 같은 존재로다! 학문에 뜻을 둔 나이 [열다섯]부터 대도(大道)를 강구하시며 터득하지 못하면 놓지 않으셨다. 이에 한참이 지나자 점차 밝아졌고, 또 한참이 지나자 크게 밝아졌다. 이 마음과 이 이치를 꿰뚫어보고 융화시키자 아름다움이 그 안에 있어 수고롭게 밖에서 찾을 필요가 없었다. 세상 사람들에게 호소하기를, '학문의 요체는 그 본심을 얻는 것뿐이다. 마음 본연의 참됨[本眞]은 선하지 않은 적이 없으니, 불선(不善)은 처음 모습이 아니다.'라고 말씀하셨다. 맹자께서 일찍이 말씀하셨다. '지난날에는 죽는다 해도 받지 않다가 이제 아름다운 궁실과 처첩의 봉양과 내가 아는 가난한 사람이 나에게서 혜택을 얻게 하기 위해서 [禮義에 어그러진 萬鐘의 祿을] 취한다면, 이를 두고 그 본심을 잃었다라고 한다.'[85] 그 말씀이 이토록 명백한데도 학자들은 이를 깊이 믿지 못한다. 도란 은미한 것이라고 말하면서 환히 드러나 있음을 알지 못하고, 도란 요원한 것이라고 말하면서 가까운 곳에 있음을 알지 못한다. 도를 구함이 지나칠수록 답답하게 막히고 만다. 선생께서 마침내 크게 일깨워주니, 마치 길 잃은 자에게 길을 가리켜주는 듯, 오랜 병을 앓고 있는 자에게 약을 주는 듯하여 길 잃은 자는 깨달았고 아픈 자는 치유되었다. 그러나 일용의 것을 넘어서지 않았으니, 본심이란 바로 일용지간에 있기 때문이었다. 스승의 가르침을 직접 받든 학자들은, 예전에는 성현을 바라기에는 천 리 만 리나 떨어져 있다고 여겼

---

85) 『孟子』「告子上」.

지만 이제는 나나 성인이나 그 근본이 같음을 알게 되었다. 이에 북돋우고 물을 줌에 가지가 무성히 자라 결실을 맺을 수 있게 되었으니, 실로 경사스러운 일이 아니겠는가? 오호라! 선생께서 후학들에게 베푸신 은혜가 실로 크도다. 선생의 말씀은 모두 마음속에서 우러나왔다. 위로는 임금의 마음을 열어주고 비옥하게 해주었으며, 아래로는 동지들의 뜻을 연마해주었다. 더 아래로는 백성들의 눈을 뜨게 해주었다. 그 밖의 잡다한 저술들도 모두 이런 마음에서 비롯된 것들이었다. 유가와 불가가 나뉘는 까닭, 의(義)와 이(利)가 구별되는 이유를 마치 흑백을 변별하듯 매우 정밀하게 분석해주셨기에, 속학(俗學)의 횡류를 막고 물에 빠져 허덕이는 천하 사람들을 구해낼 수 있었다. 그러니 우리 도의 계통을 세운 맹주가 바로 선생 아니겠는가? 나 원섭은 행도(行都: 杭州)에서 선생을 만나 몇 번이고 친히 가르침을 받았다. 때로는 하루 종일 [가르쳐] 한밤중에 이르기도 하였으나 어둡고 나태해진 기색을 일찍이 본 적이 없다. 내면과 외면 모두 청명하고 정신이 환히 빛을 발했기에, 그 모습을 보고 느낀 사람들은 속되고 천한 마음이 이내 사라졌다. 게다가 한 글자 한 글자가 가슴에 절실히 와 닿았음에랴. 선생께서 돌아가신지 20년이 넘었지만 남기신 말씀이 아직도 환히 빛나고 정신이 아직도 살아있는 것만 같아서, 삼가 바라봄에 마치 직접 가르침을 받는 듯, 몸도 마음도 모두 숙연해진다. 임여(臨汝)에서 일찍이 [선생의 문집을] 간행한 적이 있으나, 누락된 부분이 여전히 많았다. 선생의 아드님이신 백미 육지지께서 글들을 모아 좀 더 늘린 다음 32권으로 합쳤기에 이제 창사(倉司)에서 간행하게 되었다. 더욱 널리 유포하여 이 책이 천하에 가득하게 되면 선생의 정신 또한 미치지 않는 곳이 없게 될 것이다.

말씀은 비근하되 가리키는 바는 심원하니, 비록 성인이 다시 살아 온다 해도 이 말씀을 바꿀 수 없을 것이다. 오호라! 이것이 곧 선생이 후학들의 사표이신 까닭이로구나!"

略云: "天有北辰而衆星拱焉, 地有泰嶽而衆山宗焉, 人有師表而後學歸焉. 象山先生其學者之北辰·泰嶽歟! 自始知學, 講求大道, 不得弗措, 久而寢明, 又久而大明. 此心此理, 貫徹融會, 美在其中, 不勞外索. 揭諸當世曰: '學問之要, 得其本心而已.' 心之本眞, 未嘗不善, 有不善者, 非其初然也. 孟子嘗言之矣. '鄕爲身死而不受, 今爲宮室之美, 妻妾之奉, 所識窮乏者得我而爲之, 此之謂失其本心.' 其言昭晰如是, 而學者不能深信, 謂道爲隱而不知其著, 謂道爲邈而不知其近, 求之愈過而愈湮鬱. 至先生始大發之, 如指迷途, 如藥久病, 迷者悟, 病者愈, 不越於日用之間, 而本心在是矣. 學者親承師訓, 向也跂望聖賢如千萬里之隔, 今乃知與我同本, 培之漑之, 皆足以敷榮茂遂, 豈不深可慶哉? 嗚呼! 先生之惠後學弘矣. 先生之言, 悉由中出, 上而啓沃君心, 下而切磨同志, 又下而開曉黎庶, 及其他雜然著述, 皆此心也. 儒·釋之所以分, 義·利之所由別, 剖析至精, 如辨白黑, 遏俗學之橫流, 援天下於旣溺. 吾道之統盟, 不在玆乎? 燮識先生於行都, 親博約者屢矣. 或竟日以至夜分, 未嘗見其少有昏怠之色, 表裏淸明, 神采照映, 得諸觀感, 鄙吝已消, 矧復警策之言, 字字切己歟? 先生之沒, 餘二十年, 遺言炳炳, 精神猶在, 敬而觀之, 心形俱肅, 若親炙然. 臨汝嘗刊行矣, 尙多闕略. 先生之子持之伯微裒而益之, 合三十二卷, 今爲刊于倉司. 流布寢廣, 書滿天下, 而精神亦無不遍, 言近而指遠, 雖使聖人復生, 莫之能易. 嗚呼! 玆其所以爲後學之師表也歟!"

동간의 문청공 양아호가 제문을 지었다.【미상】

東澗楊文淸公鵝湖祭文.【未詳】

61. 가정 8년(1215) 을해년 겨울 10월 29일에 시호를 하사하라는 어
지를 받들었다. 처음에 엄자(嚴滋) 등이 시호를 요청하는 장계를
올려 이렇게 기술했다. "고(故) 형문지군감승 육 공은 스스로 도
로써 자임하여 세상의 유종(儒宗)이 되셨습니다. 한 때 명류들이
줄지어 찾아와 도를 물으니, 그 수가 늘 수백, 수천에 이르렀습니
다. 지금 그가 남긴 글이 나라 안에 전해져서 똑똑한 사람이건 어
리석은 사람이건 모두 보배처럼 소장하며 외우고 전하고 있습니
다. 선생께서는 학자로서 대공(大公)으로 사사로움을 멸하였고,
신의를 밝히어 거짓을 잠재웠습니다. 당시 세상을 향해 '학문의
요지는 그 본심을 찾는 것뿐이다.'라고 호소하자 그 전에 성현 보
기를 천 리 만 리나 떨어져 있는 존재로 여기던 학자들이 그 가르
침을 듣고서 나나 성인이나 그 근본이 같음을 알게 되었습니다.
이에 북돋우고 물을 줌에 가지가 무성히 자라 결실을 맺을 수 있
게 되었습니다. 길 잃은 자에게 길을 알려주듯, 오랜 병을 앓고
있는 자에게 약을 처방하듯 하였으니, 선생의 공이 실로 큽니다.
현과 군의 학교에 세운 사당이 있어 비록 문인 제자들이 공경을
바치기에 족하지만, 아직 시호가 내려오지 않았기에 식자들은 안
타깝게 생각하고 있습니다. 본 주(州)에서 갖추어 기록하여 모두
아뢰옵나니, 시행할 수 있도록 지시하여 주십시오." 이에 시호를
하사하라는 어지를 받들었다.

嘉定八年乙亥, 冬十月二十九日, 奉旨賜諡. 初嚴滋等請諡到狀云: "故荊門知軍監丞陸公, 以身任道, 爲世儒宗. 一時名流, 踵門問道, 常不下千百輩. 今其遺文流布海內, 人無智愚, 珍藏而傳誦之. 蓋其爲學者大公以滅私, 昭信以息僞, 揭諸當世曰: '學問之要, 得其本心而已.' 學者與聞師訓, 向者視聖賢若千萬里之隔, 乃今知與我同本, 培之溉之, 皆足以敷榮茂遂, 如指迷途, 如藥久病, 先生之功宏矣. 縣庠郡學, 所至立祠, 雖足以致門人弟子之私敬, 而諡號未加, 識者歉焉云. 本州備錄申聞, 乞指揮施行." 至是奉旨賜諡.

62. 가정 9년(1216) 병자년 봄 3월 17일에 선교랑 태상박사 공위가 「시의」를 지었다.【권 33에 보인다.】

嘉定九年丙子春三月十七日, 宣教郎太常博士孔煒「諡議」.【見前卷一[86]十三】

겨울 12월 13일, 조청대부 고공원외랑 정단조가 「복의」를 지었다.【권 33에 보인다.】

冬十二月十三日, 朝請大夫考功員外郎丁端祖覆議.【見前卷三十三】

63. 가정 10년(1217) 정축년 봄 3월 28일에 '문안'이라는 시호가 내려왔다. 무주 주학의 교수인 임회가 「고사당사시문」을 지었다.

---

86) 이 글은 『육구연집』 권 33에 보인다. 따라서 '一十三'은 '三十三'의 오기이다.

嘉定十年丁丑, 春三月二十八日, 賜諡文安, 撫州州學敎授林恢「告祠堂賜諡文」.

글은 이러하다. "선생께서는 끊어진 학맥을 천 년이 지난 후에 이으셨으며, 실천궁행에 힘쓰시고 논문을 지으시어 크나 큰 광명을 사방에 퍼뜨리셨으니, 이른바 '백 세대 뒤의 성인을 기다려도 의혹됨이 없다.'[87]란 선생을 두고 한 말일 것이다. 일전에 제생들이 시호를 청하여 군(郡)에서 조정에 아뢰었는데, 태상에서 의론 끝에 결정하여 '문안'이라는 시호를 정하였기에 성스러운 천자께서 윤허하셨다. 오호라! 백 세대를 기다리기도 전에 사문(斯文)이 이미 드러났구나."

云: "先生振絶學於千載之後, 躬行著論, 碩大光明, 播于四方, 所謂百世以俟聖人而不惑者. 屬者諸生請諡, 郡聞于朝, 訂議太常, 諡以文安, 聖天子兪之. 嗚呼! 不俟百世, 斯文已有見矣."

금계 현재 하처구가 「고시문」을 지었다.

金谿宰何處久「告諡文」.

내용은 이러하다. "공께서는 뜻과 도가 전일하고 타고난 자질이 우뚝하시었기에, 그 요지를 크게 드날려 늦게 깨우친 자들을 일깨

---

87) 『中庸』 29장.

우셨다. 무엇을 일깨웠는가? 하늘이 내린 충심(衷心)이 있어, 아비는 자애롭고, 자식은 효성스러우며, 임금은 인자하고, 신하는 충성한다는 것을 일깨우셨다. 열성들이 서로 전한 것이 북두칠성이나 북극성처럼 밝히 빛나건만, 맹자께서 세상을 뜬 이후로 이단이 어지러이 길을 막았다. 공께서는 이 도를 자신의 책임이라 여기고, 동쪽의 태양을 직접 열어 부화함과 거짓됨을 내치심으로써 우리 도를 안정시켰다. 나가면 임금에게 고하여 나라 경영에 뜻을 두었고, 물러나면 백성을 다스려 그 당시 순량(循良)이라 일컬어졌다. 하늘이 공을 세상에 남겨두지 않아 산이 무너지고 나무가 꺾였지만, 오직 문사만은 방책에 실려 있다. 다행히도 공의 문도들이 가르침을 간직한 채 잊지 않고서 시호를 내려달라 간청하니, 그 청이 태상에까지 전달되었다. 공론이 현자의 편이고 성조에서 덕을 보좌하는지라, 이에 아름다운 이름이 내려와 세세토록 성대히 빛나게 되었다. 상산의 학문이 만고에 넘쳐나게 되면, 이는 공의 영광이 아니라 우리 도의 광영이리라."

云: "惟公志道精專, 稟資超卓, 大揚厥旨, 以覺後覺. 其覺維何? 天降之衷, 父慈子孝, 君仁臣忠. 列聖相傳, 明若斗極, 自軻之亡, 異端蓁塞. 公實任道, 手開東明, 排斥浮僞, 吾道砥平. 進而告后, 志在經邦, 退而牧民, 時稱循良. 天不憖遺, 山頹木壞, 惟有文辭, 方冊是載. 幸公門人, 佩訓不忘, 請諡易名, 達于太常. 公論與賢, 聖朝輔德, 爰賜嘉名, 世世烜赫. 象山之學, 萬古洋洋, 匪公之榮, 吾道之光."

가을 9월 갑자일에 원섭이 「금계 읍상 지선당기」를 지었다.

秋九月甲子, 袁燮作「金谿邑庠止善堂記」.

내용은 대략 이러하다. "건도·순희연간에 상산 선생께서 깊은 조예와 스스로 터득한 학문으로써 후진들의 사표(師表)가 되셨다. 그 도는 순수하고 밝았으며 그 말씀은 평이하고 절실했다. 학자들에게 고하고 일깨웠던 말씀인즉 모두 일상 중에 늘 사용하는 도리였기에 터럭만큼의 오차도 없었고, 밝디 밝아 의심할 여지도 없었다. 이에 천하가 한 마음으로 따르고 존숭하였으되, 그 가르침이 유독 드러난 곳은 선생께서 거하시던 금계였다. 지금 읍의 훌륭한 사인들은 길을 잃지 않고 나아가면서 이 도에 뜻을 두고 있다. 또 세속의 학문을 치욕스럽게 여기고 있으니, 아마도 그 연원이 깊은 까닭일 것이다."

略云: "乾道·淳熙間, 象山先生以深造自得之學, 師表後進. 其道甚粹而明, 其言甚平而切. 凡所以啓告學者, 皆日用常行之理, 而毫髮無差, 昭晰無疑. 故天下翕然推尊, 而其敎尤著於所居之金谿. 今邑之善士趨向不迷, 有志斯道, 而恥爲世俗之學, 蓋其源遠矣."

64. 이종 소정 3년(1230) 기축년 여름 4월에 강동 제형 조언계[88]가 상산정사를 중수하였다.

理宗紹定三年己丑, 夏四月, 江東提刑趙彦悈重修象山精舍.

---

88) 趙彦悈는 字가 元道이며 宗室 자제이다. 餘姚에 살았다. 楊簡에게서 배웠으며 開禧 원년에 진사가 되었고 가정 초년에 吉水縣丞이 되었다. 知常州, 廣德軍 등을 역임했다.

그때 지은 글은 이러하다. "도는 독실한 행실에 있지 공언(空言)에 있지 않고, 돌이켜 구하는 데 있지 밖으로 치닫는 데 있지 않다. 나는 장년에 자호(慈湖: 楊簡)를 좇아 공부했는데, 자호는 기실 상산 선생에게 배우신 분이다. 일찍이 들었는데, 혹자가 육 선생에게 '왜 육경에 주석을 달지 않습니까?'라고 물었다고 한다. 선생께서 답하셨다. '육경이 나를 주석해야지, 내가 왜 육경을 주석하느냐?' 또 선생께서 학생들에게 보낸 첩지를 보았는데, '돌이켜 생각하여 스스로 터득하라'고 하셨고, '박실(朴實) 한 가지 길이 있다.'고 하셨다. 사람들은 선생의 학문이 곧고 쉽고 간략한 것을 보고 혹 선학(禪學)이 아닐까 의심하였지만, 이는 생각도 해보지 않고서 한 소리들이다. 뜻을 성실히 하고 마음을 바로 하여 치국, 평천하에 이른다는 말은 '앎에 이른다[致知]' 두 글자에 근원을 두고 있으니, 이것이 선(禪)이란 말인가? 상산은 학자들이 모여 강학하던 곳이다. 선생께서 돌아가신 후, 산이 텅 비고 지붕이 무너져 장차 사라지려 하였다. 나무를 심고 와 선생의 고적(古蹟)을 보존함으로써 사람들로 하여금 선생의 고적을 보고 선생의 학문을 생각하게 하고, 선생의 가르침을 생각하게 하고, 날마다 부지런히 생각하게 하여 마침내 노력하지 않고 생각하지 않아도 고요히 도에 부합할 수 있게 한다면, 가히 대성(大成)이라 이를 만하다. 산림의 빼어난 경관이나 경물의 그윽함이나, 동우(棟宇)의 많고 적음이나 허물어진 것을 다시 짓게 된 경위 등은 학자들의 뜻이 아닐 터인지라 미처 다 기록하지 못한다."

云: "道在篤行, 不在空言, 道在反求, 不在外鶩. 彦愖壯歲從慈湖游, 慈湖實師象山陸先生. 嘗聞或謂陸先生云: '胡不註六經?' 先生云: '六經當註我, 我何註六經?' 又觀先生與學子帖, 有'反思自得', '反而求之'之訓, 有'朴實一途'之說. 人見其直易, 或疑以禪學, 是未之思也. 誠意正心以至治國平天下, 原於'致知'二字, 禪矣乎? 象山蓋學者講肄之地, 先生沒, 山空屋傾, 將遂湮沒. 載新以存先生之故蹟, 使人因先生之故蹟, 思先生之學, 思先生之敎, 孜孜日思, 乃至89)不勉不思, 從容中道, 是謂大成. 若夫山林之峻秀, 景物之幽深, 棟宇之多寡, 廢興之源流, 非學者志, 不暇盡記之耳."

65. 소정 4년(1231) 신묘년 여름 6월 기해일에 강동 제형 광미 원보가 귀계 서암에 서원을 건립할 것을 주청하였다. 선생의 사당에 양경숙[楊簡]과 원화숙[袁燮]이 배향되었다.

紹定四年辛卯, 夏六月己亥, 江東提刑袁甫廣微奏90)建書院于貴溪之徐巖, 先生祠, 侑以楊敬仲·袁和叔.

애초에 선생께서 산속에 서원을 창립하고자 하였으나 형문군에 임명되는 바람에 뜻을 이루지 못하였다. 후에 원섭이 서원 건립을 주청하였을 때도 산속이라 길이 통하지 않는다는 이유로 홍계양에게 [달리] 터를 찾아보게 했는데, 이때 서암을 발견했다. 서암은 읍에서 가깝고 경치 또한 훌륭하며, 기(己)의 자리에 앉아 해(亥) 방위를 향하고 있다.91) 부계로가 이 말을 듣더니 허물하며

---

89) [원주] '至' 자는 원래 누락되어 있는데, 道光本에 근거해 보충하였다.
90) [원주] '奏' 자는 원래 누락되어 있는데, 道光本에 근거해 보충하였다.
91) 풍수설에 따르면 己는 土에 해당하므로 중앙에 위치하고, 亥는 북쪽에 위치해 있다.

말했다. "서원이란 옛 것을 강론하고 예를 익히는 곳입니다. 그런데 선성과 선사께서 북을 향해 앉아 있고, 학자들이 남을 향해 절하는 것은 예가 아닙니다. 남을 향해 있는 땅을 골라야 마땅합니다." 홍계양은 모골이 송연해졌으나 이미 아뢴 뒤라 다시 터를 점칠 수가 없었다. 이날 외운 축문은 이러하다. "선생의 영혼이여, 금계의 옛 오두막에서 유유자적 노닐고 계십니까? 상산 정사에서 아직도 말씀을 하고 계십니까? 아니면 천하 사방을 두루 흘러 다니시며 천지와 더불어 노닐고 사시와 더불어 순행하고 계십니까? 저 원보가 장차 강동을 지휘하게 됨에 마침내 정학(正學)을 일으키게 되었으니, 산 옆 가까운 곳을 수소문하고 헤아려보다가 마침내 상산으로부터 멀지 않은 곳 서암에서 승경을 얻었습니다. 산봉우리는 빙 둘러쳐져 있어 높이 우러를 만하고, 커다란 시내가 옆으로 흘러 맑은 물에 씻을 수 있으니, 하늘이 내고 땅이 베풀어 준 곳이지 사람의 힘으로 만들 수 있는 곳이 아닌지라, 선생의 영혼이 이곳에 머물게 되면 계신 곳도 없고 안 계신 곳도 없을 것입니다. 선생의 도는 둘이 아닌 오로지 하나였습니다. 본심을 높이 들어 사람들에게 보임에, 학자들이 크게 모여들었습니다. 선생께서 남기신 말씀을 이어받아 이 세상 눈멀고 귀먼 자들을 깨우침에, 그 평이하고 설실하고 비근한 말이 명백히 빛을 발했던지라, 지금까지도 유서를 읽으면서 사람들은 모두 내가 실로 귀한 존재임을 깨닫고 있습니다. 인의를 따라 가는 것과 인의를 행하는 것의 차이를 분명하고도 쉽게 구분할 수 있습니다. 그러니 '차츰 차츰 축적해서 의가 생겨나게 하는 것'과 '바깥에서 엄습하여 의를 얻는 것'[92]은 단연코 뒤섞여서는 안 됩니다. 우주 안의 일과 내 안의 일은 혼연히 일관되어 있으며, 의론(議論)이라는 길 하나와 박실(朴實)이라는 길 하나 외에 제아무리 말을 잘하는 사람이라 하여도 더 이상 찬술할 것이 없습니다. 오호라! 선생의 학문이 이러하고, 선생의 정신이 이러하고, 금계 옛 오두막에 남아 있는 것도 이러하고, 상산 정사에 남아 있는 것도 이러하고, 천하 사방을 두루 흘러 다니는 것 또한 이러할 터, 서암만 이렇지 않다고 누가 말할 수 있겠습니까? 공역을 시작함에 예법 상 경건히 고하나니, 선생의 정신은 깊고도 드넓도다!" 또 「상량문(上梁文)」을 지었다. "그 마음을 다하고 그 성(性)을 알지니, 선생께서 보존하고 기르신 것은 모두 하늘이라. 살아 있으면 사람, 돌아가신 뒤에는 책이 되셨으니, 후학들에게 밝히 강론할 땅이 없다면 어찌하리오." 운운. 이해 겨울에 서원이 준공되어 땅을 사들여 사인들을 길렀다.

初, 先生本欲創書院于山間, 拜命守荊而不果. 至是袁憲奏建書院, 以山間不近通道, 乃命洪季陽相地, 得徐巖, 近邑而境勝, 坐己向亥. 傅季魯聞而譏之曰: "書院爲講古習禮之所, 而先聖先師北面, 學者南面而拜之, 非禮也. 宜擇南面之地." 季陽悚然, 然已申聞, 不復更卜. 是日祝文云: "先生之精神, 其在金谿之故廬優游而容與耶? 其在象山之精舍言言而語語耶? 抑周流於上下四方, 與天地游, 與四時序耶? 甫將指江東, 聿興正學, 山之旁近, 爰咨爰度, 得勝景於徐巖, 離象山而非邈, 山峰環峙兮高可仰, 大溪橫陳兮淸可濯, 殆天造而地設, 匪人謀之攸作, 是可宅先生之精神, 無在無不在也. 先生之道, 精一匪二, 揭本心以示人, 此學門之大致. 嗣先生之遺響, 警一世之聾瞶, 平易切近, 明白光粹, 至今讀其遺書, 人人識我

---

92) 『孟子』「公孫丑上」에 나오는 말이다. "의는 쌓여서 생겨나는 것이지 외부에서 빼앗아 취할 수 있는 것이 아니다.(集義所生者, 非義襲而取之也.)"

良貴. 由仁義行, 與行仁義者, 昭昭乎易判也. 集義所生與義襲而取之者, 截截乎不可亂也. 宇宙內事, 己分內事, 渾渾乎一貫也. 議論一途, 朴實一途, 極天下之能言者, 斯言不可贊也. 嗚呼! 先生之學如此, 先生之精神如此, 然則在金谿之故廬者如此, 在象山精舍者如此, 周流乎上下四方者亦如此, 孰謂徐巖而獨非如此耶? 工役倏興, 禮宜虔告, 先生精神, 淵淵浩浩." 又作「上梁文」云: "盡其心, 知其性, 見先生存養之皆天, 在則人, 亡則書, 豈後學講明之無地." 云云. 是冬書院落成, 買田養士.

겨울 10월 기미일에 원보가 선생의 문집을 간행하였다.

冬十月己未, 袁甫刊先生文集.

내용은 대략 이러하다. "상산 선생 문집은 선군자께서 강우(江右: 江西)에서 간행한 바 있다. 나는 강좌(江左: 江東)을 지휘하게 되자 상산 서원을 새로 짓고, 옛 본들을 모집하여 후학들에게 은혜를 베풀었다. 선생께서는 본심을 밝히 드러내시어 위로는 옛 성인들과 접맥하고, 아래로는 만세에 가르침을 드리웠으니, 위대하도다! 이 마음은 신령하고 영명하여 형체도 방소도 없으며, 일용 중의 평이한 것들 모두 대도(大道)가 아님이 없다. 이를 일러 정일(精一)이라 하고 이를 일러 이륜(彝倫)이라 하고, 이를 일러 '하늘은 굳세고 땅은 유순하다'하고, 이를 일어 '일월성신, 비바람 서리 이슬, 산천초목의 변화'라 하고, 이를 일어 '귀신의 정상(情狀)'이라 한다. 선생께서 늘 말씀하시기를, 천 백 세(世) 전에 성인이 있었어도 이 마음은 같고 이 이치는 같으며, 천 백 세 후에 성인이 나타나도 이 마음은 같고 이 이치는 같을 것이라고 하셨다. 배우는 자의 마음이 곧 선생의 마음인 것이다. 나는 늦게 태어나 선생을 경모하면서, 전전긍긍 스스로 면려하였으나 허물을 적게 짓고자 하여도 그러지 못하고 있다. 선생의 도가 이리도 큰데 어찌 찬술할 필요가 있겠는가마는, 들은 바를 짐짓 읊음으로써 권 말미에 붙인다."

略云: "象山先生文集, 先君子嘗刊于江右. 甫將指江左, 新建象山書院, 復摹舊本, 以惠後學. 先生發明本心, 上接古聖, 下垂萬世, 偉矣哉! 此心神明, 無體無方, 日用平夷, 莫非大道. 是謂精一, 是謂彝倫, 是謂乾健坤順, 是謂日月星辰, 風雨霜露, 山川草木之變化, 是謂鬼神之情狀. 先生嘗言千百世之上有聖人出焉, 此心同也, 此理同也. 千百世之下有聖人出焉, 此心同也, 此理同也. 學者之心, 即先生之心. 甫藐焉晚出, 景慕先生, 戰兢自勉, 寡過未能. 先生之道大矣, 奚庸贊述, 姑誦所聞, 附于卷末."

11월 삭일에, 원보가 지주 속관 한상에게 「서원고선성문」을 보냈다.

十一月朔, 袁甫遣池州屬官韓祥至「書院告先聖文」.

내용은 이러하다. "선성(先聖)의 도가 만세에 밝게 걸려있거늘, 후학들이 몽매하여 이 마음이 곧 도임을 알지 못한다. 송나라 지형문군(知荊門軍) 육 아무개만은 홀로 백 세가 지난 후에 분발할 줄을 알았으니, 도심(道心)을 가리킴에 명백하고도 정확하였다.

상산에서 가르침을 펼치자 학자들이 스승으로 우러렀다. 그러나 세월이 오래되어 사당이 무너졌건만 관리들이 수리하지 못하고 있던 중, 어명을 받아 이곳에 오게 되자 두려움이 엄습하였다. 마침내 귀계의 서암에 좋은 터를 골라 서원을 건립하고, 산장(山長)을 모셔옴으로써 학맥을 이은 사인들로 하여금 서로 선성을 엄숙히 모시게 하였으며, 조석으로 조심조심 두려워하며 도심을 밝게 융합하도록 하였다. 이는 상산의 가르침을 밝히기 위함이요, 위로 선성의 계통을 잇기 위함이다. 나는 직분에 매인 몸이라 직접 사당을 찾아갈 겨를이 없지만, 마음으로써 고하는 바이다."

云: "仰惟先聖之道, 昭揭萬世. 後學昏蒙, 不知吾心即道. 有宋知荊門軍陸某, 獨能奮乎百世之下, 指示道心, 明白的切. 闡教象山, 學者師尊之. 而歲久祠圮, 有司弗葺. 被命玆來, 惕然大懼. 遂卜地於貴溪之徐巖, 鼎建書院, 招延山長. 俾承學之士相與嚴事先聖, 朝夕兢惕, 道心融明, 所以懋昭象山之教, 而上繼先聖之統緒也. 甫職守攸縻, 弗皇躬詣祠下, 心以告矣."

66. 소정 5년(1232) 임진년 봄 3월에 원보가 서원에 가서「석채고문」을 지었다.

紹定五年壬辰, 春三月, 袁甫至書院「釋菜告文」.

내용은 이러하다. "선생의 학문은 맹자에서 나와 나의 본심을 이처럼 먼저 밝혀 주었다. 본심을 알지 못하면 구름이 해를 가린 것 같지만, 본심을 알고 나면 한 가지 물(物)도 존재하지 않는다. 선생께서 세우신 말씀에 본말이 모두 갖추어져 있으니, 한 쪽으로 치우쳐 떨어뜨리지 않는다면 만세토록 폐단이 없을 것이다. 서원을 건립하여 제사를 올리건만, 들으시는지 못 들으시는지, 보시는지 못 보시는지 알 수가 없구나." 예를 마친 후 책을 강론하니, 귀천을 불문하고 모두 모여 당과 처마를 가득 채우고서 경청하였다. 강론을 마치고 이어 설명하였다. "상산 선생에게는 가학의 근원이 있다. 한 가문의 젊은이와 어른들이 협력하고 마음을 모으니, 부모를 공경하고 봉양하는 사상이 이미 자식의 직분으로서 새겨져 있었고, 백숙(伯叔) 지간에 절로 사우(師友)가 되었다. 사산과 복재 모두 당시 저명한 인사였지만 선생이 그 중에서도 가장 걸출하셨다. 삼대(三代) 이하를 비루하게 여기며 분발하여 일어나 반드시 옛날의 성인을 스승으로 삼고자 하였다. 본심을 밝게 드러내어 남겨진 말씀의 뒤를 이음으로써 눈멀고 귀먼 후학들을 크게 깨우쳤으니, 세상에서는 맹자가 정말로 다시 태어난 줄로만 알았다. 유가와 불가의 차이를 설명하면서, 불가는 사사로움을 위하지만 우리 유자들은 공(公)을 추구하며, 불가는 세상에서 벗어날 것을 말하지만 우리 유가는 세상을 경영할 것을 말하므로 강상에 관련된 것에 특별히 반복해가며 집중한다고 말씀하셨다. 조정 반열에 오른 이후에도 도를 따라 행하시며 세상의 기호에 영합하지 않고 마음을 바로 잡아 사업에 전념하셨기에, 세상 사람들의 깊은 신망을 얻었다. 질투하는 자에게 막히어 한번 내친 뒤 다시 돌아가지 못했지만, 호연하게 감당하셨다." 이에 자호(慈湖: 楊簡)의 문인 전시(錢時)를 당장(堂長) 및 주교(主教)로 예우하니, 원근의 학자들을 풍문을 듣고 몰려와 수용할 곳이 없을 정도였다. 그래서 서원 바깥 왼편에 있는 허물어진 사원 법당을 수리해 그들을 거처하게 했다.

云: "先生之學, 得諸孟子, 我之本心, 先明如此. 未識本心, 如雲翳日, 旣識本心, 元無一物. 先生立言, 本末具備, 不墮一偏, 萬世無弊. 書院肇建, 躬致一奠, 可聞非聞, 可見非見." 禮畢, 乃講書, 貴賤咸集, 溢塞堂廡以聽. 講畢, 續說曰: "象山先生家學有原. 一門少長, 恊力同心, 所以敬養其親者, 旣已恪供子職, 而伯叔之間, 自爲師友. 梭山·復齋, 皆爲一時聞人, 而先生又傑出其中. 陋三代以下人物, 而奮然必以古聖人爲師. 發明本心, 嗣續遺響, 以大警後學之聾瞶, 天下以爲眞孟子復出也. 言儒·釋之異趣, 謂釋氏爲私, 吾儒爲公, 釋氏出世, 吾儒經世, 故於綱常所關尤爲之反覆致意. 洎班朝列, 直道而行, 不阿世好, 格心事業, 斯世深望焉. 而娟嫉者沮之, 雖一斥不復, 浩如也." 乃禮慈湖門人錢時爲堂長主敎, 遠近學者聞風雲集, 至無齋以容之. 則又修書院之外左方廢寺之法堂以處之也.

가을 윤 9월 8일에 상산서원 편액을 하사받았다.

秋閏九月八日, 賜象山書院額.

상서성 차자를 돌에 새긴 후 절강 헌관(憲官)이 화중 진훈이 발문을 지었다. "상산 문안 선생은 본심의 요지를 밝히고 천고의 비결을 여셨으며, 군중들의 미혹을 열어 일깨우고 도통을 이어받았으니, 밝게 걸려 있는 일월이요, 땅을 진압하고 있는 태산과도 같았다. 이에 사방의 유자들이 구름처럼 몰려와 따랐으되, 그중 더욱위대하고 빛나던 분이 바로 자호 문원 양 선생, 결재 정헌 원 선생이었다. 맑은 못이 준엄하게 열리고, 목탁이 찌렁찌렁 울리자, 이에 우리 송나라의 문치(文治)가 창대해졌다." 운운.

以尚書省箚壽諸石, 後浙憲陳塤和仲跋云: "象山文安先生, 明本心之旨, 啓千古之秘, 開警群迷, 迓續道統, 如日月之昭揭, 太嶽之表鎮也. 于是四方儒彦從者如雲, 其尤碩大光明者, 則有慈湖文元楊先生, 潔齋正獻袁先生, 淵澄峻發, 木鐸鏗鍧, 于以昌我宋文明之治." 云云.

67. 소정 6년(1233) 계사년 봄 청명일에 원보가 「상산서원기」를 지었다.

紹定六年癸巳, 春淸明日, 袁甫作「象山書院記」.

내용은 대략 이러하다. "영종 황제 경화(更化)[93] 말년에 정학(正學)을 바로 세워 존숭하고 노신들을 예로써 받들었다. 선조 때의 석유들을 가슴 아프게 생각하며, 모두에게 아름다운 시호를 하사함과 동시에 사방을 고무하였다. 이에 상산 선생의 본심을 밝히 드러낸 학문은 세교(世敎)에 큰 공을 세웠다고 하면서, 이름을 문안(文安)으로 바꾸어 기리는 뜻을 내보였다. 당시 자호 양 선생[楊簡]과 우리 선조이신 결재 선생(潔齋先生: 袁燮)께서 조정에 계셨는데, 곧은 도로써 세상에 아부하지 않고 번갈아가며 직언을 바치니, 영종께서도 마음이 움직였고 천하의 학사들이 선생의 풍채를 앙모했다. 이에 학문의 연원과 출처를 미루어 고찰하니, 상

---

93) 嘉定更化라고 부른다. 韓侂胄가 죽자 寧宗은 이듬해(1208)에 嘉定으로 연호를 바꾸고 韓侂胄의 폐정을 개혁할 것을 선언하고 일련의 조치를 시행하는데, 이를 역사에서는 嘉定更化라 칭한다.

산 선생의 도가 더욱 커지고 더욱 빛났다. 나는 가르침을 이어받은 소자로서 장차 강동을 지휘하게 되었기에 기둥 백 개짜리 집을 지어 장엄하고 편안하게 선생을 모셨다. 원근의 사인들이 모두 모여들었다. 재실의 이름을 지도(志道)·명덕(明德)·거인(居仁)·유의(由義)라 짓고 정사(精舍)의 이름을 저운(儲雲)·패옥(佩玉)이라 지었으니, 모두 상산 선생께서 마음으로 규획하신 것들이었다."

略曰: "寧宗皇帝更化之末年, 興崇正學, 尊禮老臣. 慨念先朝碩儒, 咸賜嘉諡, 風厲四方. 謂象山先生發明本心之學, 有大功於世教, 易名文安, 庸示襃美. 於時慈湖楊先生, 我先人潔齋先生, 有位於朝, 直道不阿, 交進讜論, 寧考動容, 天下學士想聞風采. 推考學問淵源所自, 而象山先生之道益大光明. 甫承學小子, 將指江東, 築室百楹, 既壯且安. 士遇邇咸集. 齋曰志道·明德·居仁·由義, 精舍曰儲雲·佩玉, 又皆象山先生之心畫也."

가을 7월 신미일에 금계 현재 천태 사람 진영지가 읍치 서쪽에 상산서원을 세웠다. 부자운이 기문(記文)을 지었다.

秋七月辛未日, 金谿宰天台陳詠之建象山書院于邑治之西, 傅子雲記.

처음 두 육 선생의 사당이 세워진 뒤, 사당 오른편에 높고 상쾌한 빈 땅이 있는 것을 본 현재는 기와를 이어 서원을 짓고 땅을 사들여 사인들을 길렀다. 군에 대(臺)를 지어 부계로를 주교로 모심으로써 선생의 학문을 밝히 드러내셨다. 부계로가 처음에 와서 도를 강론하자 매우 많은 청중이 모여들었고, 사인들 모두 선(善)으로 나아갔다. 기문을 지었는데, 그 내용은 대략 이러하다. "상산 선생은 뛰어난 자질을 타고 나 맹자께서 전하신 학문을 독실히 믿었기에 내용 없는 빈 견해나 거짓된 학설이 참됨[眞]을 어지럽히지 못하고 바름[正]을 빼앗지 못했다. 이를 미루어 후학들을 계도하였는데, 대개가 간이하고 명백하게 사람마다 본디 가지고 있는 것을 열어주었으니, 지리멸렬하고 복잡하게 엉긴 폐단은 없으되, 미묘함을 적중하고 고질병을 고치는 오묘함만 있었다. 사인과 백성들이 모여 경청하면 이욕에 깊이 빠져 헤매던 자들은 두려워 고치고자 하였고, 부화한 말단에 가려지고 현혹된 자들은 잘못을 돌이켜 그 말씀으로 나아갔으며, 의견에 사로잡힌 자들은 위축되어 정도로 돌아갔다. 모두가 지혜는 스스로를 알기에 족했고, 어짊은 스스로를 지키기에 족했으며, 용기는 스스로 바로 서기에 족했다. 또 진흙탕 속에서 진주와 옥을 꺼내 맑은 샘에 씻었고, 촘촘한 그물에서 큰 기러기를 빼내 하늘을 날게 하였다. 해를 가리고 있는 뜬 구름을 젖히고 동쪽의 빛을 열었으니, 눈이 있는 자 모두 어둡고 은미하고 가늘고 미약한 것을 환히 목도할 수 있게 되었다. 하늘이 이 사람의 무리들을 계도하기 위해 선생으로 하여금 하늘이 부여한 선을 미묘하게 깨우치게 하되, 지식과 같은 사사로움을 그 사이에 집어넣지 못하게 하셨기에 신속히 감응한 효과가 이와 같았던 것 아니겠는가? 안타깝게도 하늘이 긴 수명을 내리지 않아 뜻을 이루지 못하였다. 하지만 남기신 글이 세상에 전해지고, 특히 학문을 논하며 주고받은 편지 및 주대(奏對) · 기서(記序) · 증설(贈說) 등 작품이 남아 있으니, 성(誠)을 드러내고 거짓을 잠재워 사람의 마음을 바로 세워 일으킨 공이 맹자보다 더 밝다고도 이를 만하다."

初, 二陸先生祠堂旣立, 宰以祠右有隙地高爽, 乃連甍建書院, 買田養士, 申臺郡, 禮請傅季魯主敎, 以發明先生之學. 始至講道, 聽者甚衆, 士風翕然向善. 「記」略云: "象山先生稟特異之資, 篤信孟子之傳, 虛見僞說不得以殽其眞, 奪其正. 故推而訓迪後學, 大抵簡易明白, 開其固有, 無支離繳繞之失, 而有中微起痼之妙. 士民會聽, 沉迷利慾者惕焉改圖, 蔽惑浮末者翻然就說, 膠溺意見者凝然反正, 莫不知足自知, 仁足自守, 勇足自立. 猶出珠璧於泥淖而濯之淸泉, 脫鴻鵠於密網而游之天衢. 抉浮雲之翳日以開東明, 而有目者快幽隱纖微之覩也. 豈天以啓悟斯人之徒, 俾先生微覺其天與之善, 非有識知之私加其間, 則感速之效, 固若是耶? 惜乎天嗇之年, 志旣不遂, 而遺文垂世, 又特見往來論學之書, 與夫奏對 · 記序 · 贈說等作, 然於著誠息僞, 興起人心, 亦可謂有光于孟氏矣."

68. 이종 황제 가희 원년(1237) 정유년 가을 7월 기망일에 천주(泉州) 안찰사 진훈이 선생의 어록을 간행하고 직접 서문을 지었다.

理宗皇帝嘉熙元年丁酉, 秋七月旣望, 泉使陳塤刊先生語錄, 自爲序.

내용은 이러하다. "맹자로부터 1500여년이 지난 후에 송나라 상산 문안 육 선생께서 우뚝 일어나 꼿꼿이 선 채 밝히 보시고 의연히 행하셨다. 본심의 청명함과 이 도의 쉽고 간략함을 가리키심으로써 뭇 사람들의 마음을 열고 후학들을 가르치셨다. 그의 가르침은 번다함에 힘쓰지 않아도 본말이 갖추어져 있고, 그 문사는 많은 것에 힘쓰지 않아도 논지가 정확했다. 장구(章句)에 낀 먼지를 씻어내고, 의견의 소굴을 깨뜨렸다. 듣는 자로 하여금 일시에 퍼뜩 이 마음이 곧 도임을 알게 하여, 그 행하는 바를 의심하지 않도록 해주었다. 그러니 암흑 속에서 볼 때 해와 달이요, 벼랑과 험지에서 볼 때 나루터나 길이요, 낮은 언덕에서 볼 때 숭상과 화산이 아니겠는가? 나는 늦게 태어난 탓에 선생을 모셔보지 못하였으나 자호의 문하에 들어가 선생의 유문(遺文)을 들어 익힌 바 있다. 은혜를 입어 다스림을 맡게 되었기에, 서원을 찾아가고 사당의 소상(塑像)을 우러르니, 마치 경서를 들고 당에 오른 듯한 느낌이 들었다. 동문들은 자신들이 기록한 가르침의 말씀이 아직 문집에 편입되어 간행되지 못한 것을 보고 모두 [간행해달라] 간청하였다. 이에 재배하고 세 번 반복해 읽은 뒤 공인에게 주어 간행에 붙였다. 혹자가 내게 말했다. '근세 유생들이 펼친 주장들을 문도들이 다투어 기록해 두는데, 후세 사람이 이를 수집하여 모사해 전한 것이 한우충동(汗牛充棟)에 이를 지경인데도 아직 그만두지 않고 있습니다. 그런데 당신이 수집한 것은 너무 적지 않습니까?' 내가 말했다. '선생의 도는 청천백일과도 같으니, 무슨 말이 필요하겠소? 선생의 말씀은 우레와 벽력과도 같으니, 무슨 기록이 필요하겠소? 기록하여 간행하는 것 자체가 쓸데없는 짓이라 생각하오. 그러나 앞으로 이 기록을 외워서 천 마디 말 중에 한 마디 말을 능히 볼 수 있고, 또 그 안에서 말씀하지 않은 말을 볼 수 있다면, 선생의 도는 더욱 밝아질 것이오. 이에 감히 간직하고 있다가 후세 사람을 기다리려 하오.'"

云: "孟子歿千五百餘年, 宋有象山文安陸先生, 挺然而興, 卓然而

立, 昭然而知, 毅然而行. 指本心之淸明, 斯道之簡易, 以啓群心,
詔後學. 其敎不務繁而本末備, 其辭不務多而論要明. 洗章句之塵,
破意見之窟. 使聞者渙如躍如, 知心之卽道, 而不疑其所行. 玆非
晦冥之日月, 崖險之津塗, 丘皐之嵩華歟? 塤生晚, 不逮事先生, 而
登慈湖之門, 固嘗服膺遺文矣. 蒙恩司治, 道由書院, 瞻謁祠像, 如
獲執經升堂. 見同門所錄訓語, 編未入梓, 咸以爲請. 再拜三復, 乃
授工鋟勒焉. 或謂塤曰: '近世儒生鬨說, 其徒競出紀錄, 後來者搜
拾摹傳, 雖汗牛充棟, 且未厭止也. 子之所得, 不甚鮮約乎?' 塤語之
曰: '先生之道如靑天白日, 何庸語? 先生之語如震雷驚霆, 何庸錄?
錄而刊, 猶以爲贅也. 而今而後, 有誦斯錄, 能於數千言之中見一
言焉, 又於其中見無言焉, 則先生之道明矣. 敢拱以俟來者.'"

69. 순우 원년(1241) 신축년 겨울 10월에 금계에서 「의거표」를 올렸다.

淳祐元年辛丑, 冬十月, 金谿進義居表.

청전(靑田)의 육 씨는 한군(邯郡)에서 왔습니다. 4대조 휘 도경
(道卿)은 선유의 관혼상제의 예법을 상고하여 집에서 예를 행했
는데, 가도(家道)가 엄정하여 고을에 명성이 자자했습니다. 여섯
아들을 두었으며, 자식이 귀해진 덕에 선교랑에 추증되었습니다.
본디 전답과 재산이라곤 없었고, 채소밭이래야 10묘가 채 되지
않았는데, 식구는 100명이나 되었습니다. 장남 구사가 가무(家務)
를 총괄하였고, 차남 구서가 약방을 관리했으며, 그 다음 구고는
가숙(家塾)에서 학도들을 가르쳤는데, 받은 학비로 부족한 살림
을 채웠습니다. 또 아우인 구소·구령·구연을 데리고 성인의 도

를 강론하였습니다. 구연은 자신의 도로써 학도들을 모은 다음 귀계 응천산에게 강학하였습니다. 그 산의 형상이 코끼리를 닮았다 하여 사람들은 아직도 그를 상산 선생이라 부릅니다. 빛나는 유가의 가문이라, 주현에서 그들의 의(義)를 모아 삼가 표문을 올립니다.

靑田陸氏, 來自邯郡. 其四世諱道卿, 酌先儒冠婚喪祭之禮行于家, 家道整肅, 著聞州里. 生六子, 以子貴贈宣敎郎. 素無田産, 蔬畦不盈十畝, 而食指千餘. 長九思總家務, 次九叙治藥寮, 次九皐授徒於家塾, 以束脩之具補不足. 率其弟九詔·九齡·九淵相與講論聖道. 九淵以其道聚徒講于貴溪之應天山, 山形類象, 故學者號稱象山先生. 彬彬乎儒門, 州縣以其義聚, 謹具表進.

70. 순우 2년(1242) 임인년 가을 9월에 육 씨를 의문(義門)에 정려한다는 칙서가 내려왔다.

淳祐二年壬寅, 秋九月, 勅旌陸氏義門.

황제의 제문은 이러하다. "청전의 육 씨는 대대로 이름난 유자 가문으로서, 시전(諡典)에 이름을 올렸다. 한데 모여 사는 식구가 100명을 넘고 같이 모여 밥 지어 먹은 지 200년인데, 온 집안이 화목하고 10대(代) 동안 인애하고 양보하였다. 너희의 화목한 도리는 짐이 국가를 다스리는 마음과 부합하는지라, 특별히 상을 내리어 너희 가문을 정려하고, 너의 마을을 빛냄으로써 풍화를 고무하고자 한다. 흠재(欽哉)!"

皇帝制曰: "青田陸氏, 代有名儒, 載在諡典.94) 聚食踰千指, 合爨二百年, 一門翕然, 十世仁讓.95) 惟爾能睦族之道, 副朕理國之懷, 宜特褒異, 勅旌爾門, 光於閭里, 以勵風化. 欽哉!"

청전 의문의 가장 육충이 「사은표」를 올렸다.

青田義門家長陸冲進「謝恩表」.

"10대(代) 동안의 의로운 동거에 대해 정려를 하사하라는 표문이 조정에 반포되었습니다. 하늘에서 명령이 내리자 칙서가 이내 마을에까지 전해졌고, 건곤과도 같은 우로를 막 입어 마을에 명성이 자자해졌습니다. 과분한 은혜에 보잘 것 없는 마음 크나 큰 영광을 느끼오니, 신 실로 황공하여 머리 숙여 조아립니다. 신이 듣건대 수신제가는 대학의 근본이요 백성을 다스리고 세속을 완성하는 데 있어 실로 성치(聖治)의 권병이라 하였습니다. 당나라 장공예(張公藝)96)와 우리 송나라에 이르러 팽정(彭程) 이래로 시종한데 모여 사는 의로움을 품어왔습니다. 그런데 성전(聖典)의 칭찬을 입어 유문을 사랑으로 돌아봐주셨으니, 그 사랑이 디욱 돈독하옵니다. 옛날 두 어르신은 실로 선지자요 선각자로서, 두 임금

---

94) [원주] 원래는 '在諡典籍'이라 되어 있으나, 道光本에 근거하여 '載' 자를 보충해 넣고 '籍' 자를 삭제했다.
95) [원주] 원래는 '曩微'라고 되어 있으나 道光本에 근거하여 고쳤다.
96) 張公藝(578~676). 郾州 壽張(지금의 河南省 台前县) 사람이다. 그의 가족은 9대, 900명이 같이 모여 살았다고 하는데, 화목하기 그지없어 대대로 칭송받았다.

의 조정에서 벼슬하며 문달과 문안이라는 시호를 하사받았습니다. 종손과 지엽 100여 명이 모여 200여 년 동안 오래된 집에서 같이 살아왔음에도 시(詩)와 예(禮)를 전수하며 아침저녁 밥을 함께 지어먹었습니다. 그러나 여염에서 함께 산다고 여겼을 뿐, 황제의 말씀이 밝게 드리울 줄 어찌 기대나 했겠습니까? 군읍에서 앞 다투어 보려고 찾아오고, 온 집안이 축하하며 기쁨에 겨워하고 있으니, 부끄럽게도 이 깊은 은혜를 입었건만 어찌해야 갚을 수 있는지요? 생각하건대 황제 폐하께서 오랜 동안 백성들을 교화하시며 크고 풍성한 은택을 내리시고, 삼극(三極) 가운데 서서 임금으로서 사해에 광택을 입히셨기에, 백성들은 요순의 치세를 살며 집집마다 봉작을 받을 만한 인물이 즐비하고, 사인들은 수수(洙水)와 사수(泗水)의 가르침을 이어받아 인(仁)을 이웃함이 아름답다 여기는 것입니다. 그렇기에 마침내 자잘한 말단에게까지 명을 내리시어 이와 같은 광영을 입게 하신 것입니다. 신 어찌 감히 우러러 성은을 살피고, 굽어 종족을 보살피지 않을 수 있겠습니까? 그리하면 성스러움은 더욱 성스러워지고, 밝음은 더욱 밝아져 환히 임하는 덕을 길이 입을 것이고, 내 집 노인을 공경하고 내 집 아이를 보살피며 효제의 성심을 다 바칠 것입니다. 신 하늘을 우러르며 감격과 황송함을 감당할 길 없사옵니다." 운운.

"十世義居, 旌表已頒於廊廟. 九天申命, 勑書復畀於門閭. 乾坤之露澤新承, 里宅之風聲益振, 叨塵過分, 榮耀下懷. 臣誠惶誠恐, 稽首頓首. 臣聞修身齊家, 乃大學之根本, 化民成俗, 實聖治之權輿. 自唐有張公藝以來, 至我宋彭氏程而下, 懷終始群居之義. 乃荷蒙聖典之褒, 眷念儒門, 尤加篤愛. 疇玆二老, 乃先知先覺之民, 政奉兩朝, 賜文達·文安之謚. 旣以千餘指宗枝之衆, 聚於二百年古屋

之間, 詩禮相傳, 饔飱合爨, 祇謂閨閤之共處, 詎期綸綍之昭垂, 郡
邑爭先而快覩, 室家相慶以騰歡, 自愧深恩, 孰茲報稱? 茲蓋恭遇
皇帝陛下, 化民長久, 霈澤豊隆, 中三極以作君, 奄四海以光澤, 人
處唐虞之治, 比屋可封, 士遵洙泗之傳, 里仁爲美, 遂令瑣末, 亦被
寵榮. 臣敢不仰體聖恩, 俯察族類, 聖益聖, 明益明, 長藉照臨之德,
老吾老, 幼吾幼, 盡叨孝弟之誠. 臣無任瞻天激切屛營之至." 云.

71. 순우 6년(1246) 병오년 봄 정월 2일에 어지를 받아 마을에 정표
(旌表)가 내렸다. 그 전 순우 5년(1245) 9월에 조운사 강만리(江
萬里)가 상주문을 올려, 무주 금계의 청전 육 씨가 의롭게 10대
동안 모여 살며, 규문이 엄정하여 강우에 명성이 자자한데, 바로
순희연간의 명유인 문달과 문안 선생의 가문이니, 법전을 상고하
여 마을에 정표를 내림으로써 풍교를 드날려야 한다고 청하였다.
마을의 사인들이 글을 모아 군에 청하였고, 군 아래 읍의 장로와
그들의 자제들이 사실대로 갖추어 대답하였다. 3년이 지나도록
답을 듣지 못하였다. 후에 조운사 증영무(曾穎茂)가 다시 상주하
자 담당관에게 보내어 장계를 살피고 경률(經律)에 비춰 상고해
보게 하니, 그 청을 윤허해도 좋다고 판단하였다. 이에 승상이 주
상에게 그 표문을 윤허할 것을 아뢰었다. 그날 비로소 어명이 내
려왔다. 무주 태수 조시환(趙時煥)이 '도의리'라고 커다랗게 쓴 다
음 '정표를 하사받은 명유의 집'이라고 적어 문 앞 비석에 새기게
하였다.

淳祐六年丙午, 春正月二日, 奉旨旌表門閭. 初淳祐五年九月, 漕
使江萬里奏撫州金谿靑田陸氏, 義居十世, 閨門雍肅, 著于江右,
是爲淳熙名儒文達·文安之家. 揆之令典, 盍表宅里, 以厲風化.

里士合詞以請于郡, 郡下之邑, 耆老子弟, 具以實對. 越三歲未報.
後漕使曾穎茂再剡上事, 下有司考狀諏律, 僉謂宜兪所請. 於是丞
相白上可其奏. 是日命始下, 撫州守趙時煥大書曰: '道義里', 曰'旌
表名儒之家', 令刻石于門.

72. 순우 8년(1248) 무신년 여름 5월 삭일에, 포회가 「정표문려기」를
지었다.

淳祐八年戊申, 夏五月朔, 包恢撰「旌表門閭記」.

내용은 대략 이러하다. "드높은 문, 사람만 높은 것이 아니니, 이
는 고금에 있어 실로 어려운 일이다. 오직 육 씨 가문에서 5대째
에 문달과 문안 두 대유(大儒)가 탄생하셨다. 높으신 인품과 밝으
신 도술로 동남 지역에서 우뚝 흥기하시어 위로 도통을 이으셨으
니, 한 집안의 사표일 뿐만 아니라 실로 사해의 사표가 되셨다.
『대학』의 치지 · 성의 · 정심 · 수신 · 제가 · 치국 · 평천하의 모든
요체와 큰 쓰임이 모두 여기에 갖추어져 있다. 육씨 가문이 명문
가인 이유는 두 선생이 세상에 이름을 날리셨기 때문이다."

略云: "門閭之高, 不惟其人, 此古今所尤難者. 惟陸氏五世而有文
達 · 文安二大儒, 以人品之高, 道術之明, 特起東南, 上續道統, 實
以師表四海, 非僅以師表一家. 『大學』致知 · 誠意 · 正心 · 修身 ·
齊家 · 治國 · 平天下之全體大用, 具在是矣. 陸氏所以名家, 由二
先生之名世也.

73. 순우 10년(1250) 경술년 여름 5월에 무주 태수 섭몽득(葉夢得)이 금계 현재 왕 아무개에게 명하여 사당을 재건하게 하고, 서원도 증보하였다.

淳祐十年庚戌, 夏五月, 撫州守葉夢得命金谿宰王更創祠堂, 增葺書院.

처음에 두 선생의 사당은 괴당(槐堂)과 다른 곳에 있었다. 이에 왕 현재에게 명해 7월 6일 새로운 사당을 괴당 앞에 짓게 한 다음 네 개의 서재를 사방에 더 짓고 회랑으로 에워싸게 했는데, 이때 부터 모든 규제가 군으로부터 나오게 되었다. 「기문」의 내용은 대략 이러하다. "산천의 빛나는 영령께서 유학의 영재를 나란히 내시니, 그 아름다움은 한 가문을 크게 울렸고, 그 가르침은 백 대(代)에 드리울 수 있었다. 금계 학궁에 있는 세 분 육 선생의 사당이야 말로 풍교와 교화가 달려있는 곳이 아니겠는가? 세 선생은 학문이 깊고 크며, 지식이 빼어나고 탁월하여 이 도를 자신의 책임으로 여기며 선지자로서 후학들을 깨우치셨다. 그들이 살아계실 적에는 나라 안에서 우러르며 종주로 모셨고, 돌아가신 후에는 군읍에서 제사를 모시고 있으며, 조정에서도 포상을 내리셨으니, 이는 우연이 아니다."

初, 二先生祠與槐堂異處, 乃命王宰以七月六日鼎創新祠于槐堂之前, 翼以四齋, 環以門廡, 自是規制悉出於郡焉. 「記」略云: "山川炳靈, 儒英並出, 美適鍾於一門, 敎可垂於百世. 若金谿三陸先生之祠于學宮者, 其風化之所係歟? 三先生學問宏深, 智識超卓, 以斯道而任諸身, 以先知而覺乎後. 其生也, 海宇仰而宗之, 其沒也, 郡邑尸而祝之, 朝廷又從而襃之, 非偶然也."

가을 9월에 섭몽득은 사산·복재·상산 세 선생의 사당을 군학
(郡學) 동쪽에 짓고 화숙 원섭과 계로 부자운을 배향했다.

秋九月, 葉夢得建梭山·復齋·象山三先生祠堂于郡學之東, 以袁
燮和叔, 傅子雲季魯侑.

74. 순우 11년(1251) 신해년 봄 3월 보름날에 포회가 「세 육 선생 사
당기」를 지었다.

淳祐十一年辛亥, 春三月望日, 包恢撰「三陸先生祠堂記」.

내용은 이러하다. "정학(正學)으로 천하에 이름을 날린 세 선생이
계시니, 한 군 한 집에 모여 공부했던 임천의 육 씨 형제라면 유
일무이한 경우라고 말할 수 있지 않겠는가? 사산은 관대하고 정
중하셨으며, 복재는 침착하고 조심스러웠다. 상산은 광명정대하
고 준걸스럽고 위대했다. 이것은 타고난 자질이었으나 모두 도
(道)에 가까웠다. 그들 학문의 깊이의 경우 능히 구분할 수 있는
자가 있을 것이다. 사산은 성인의 경전을 독실히 믿었다. 이를 언
행에 드러내고 미루어 가법(家法)으로 실천하였는데, 모두 법도
가 있었다. 비록 선유의 가르침을 받았으나, 마음으로 이해할 수
없는 이치가 있을 경우 구차히 따르려하지 않았다. 안타깝게도
끝내 그 몸 하나만 선하게 다스렸을 뿐,[97] 사업으로 밝히 드러낸

것이 없다. 복재는 젊어서 큰 뜻을 두어 그 호한함이 끝을 알 수 없을 정도였다. 책을 읽음에 막히는 곳이 없었고, 백가(百家)의 책을 펼쳐보며 밤낮으로 지칠 줄을 몰랐다. 사인이 되었을 때부터 자사와 맹자의 요지를 얻었다는 칭송이 자자하더니, 후에 태학에 들어가자 당시 명사들이 모두 스승으로 존경하였다. 이로써 그의 학문을 가히 짐작할 수 있다. 그러나 복재 또한 안타깝게도 집과 향리에만 머물렀을 뿐이라, 찾아볼 수 있는 행적은 가도(家道)를 보필, 완성함으로써 가지런히 정비한 일, 오랑캐 적군의 침범을 방어한 일, 기강을 엄숙하게 하고 폐단을 혁폐한 일, 성의가 신실하여 사람의 마음을 일으킨 일 뿐이다. 나라 안 유가의 종주로서 천하의 기대를 받았건만, 안타깝게도 그 뜻의 하나 둘도 펼쳐보지 못했다. 상산 선생의 경우, 가르침의 요지를 말한 것이나 이를 발휘하고 직접 지휘한 일이 두 형님에 비해 많은 편이다. 어려서부터 벌써 성인처럼 깊이 있는 것이 도에 가까웠고, 고요히 좌정할 줄을 알았는데, 이는 실로 천성에서 나온지라 노력할 필요가 없었다. 그래서 그의 앎은 나면서부터 아는 듯, 그의 행실은 그 행하는 바에 편안해 하는 듯, 순수하고 순정하였으니, 배움이 곧아 다른 것이 없고, 모든 것이 실제라 빈 것이 없었기 때문이리라. 선생께서 일찍이 말씀하시기를, '우주 간에는 절로 실리(實理)가 있다. 이 이치에 밝아지면 절로 실행(實行)이 있게 되고, 실사(實事)가 있게 된다. 실행을 하는 사람이라면, 말하지 않아도 믿

---

97) 『孟子』「盡心上」에 나오는 "막히면 그 몸 하나면 선하게 다스리고, 영달하면 겸하여 천하를 선하게 한다.(窮則獨善其身, 達則兼善天下)."를 염두에 두고 한 말이다.

을 수 있다고들 말하는 그런 사람일 것이다.' 또 직접 말씀하셨다. '평생 배울 것은 오직 하나를 실(實)하게 하는 것뿐이다. 하나가 실해지면 만 가지 허상이 다 깨진다.' 오호라! 세상에서 텅 빈 식견과 텅 빈 의론을 익혀 동화된 채 한 번도 스스로를 돌아보고 실제에 나아가지 않으며 나날이 나아가고 나날이 새로워지는 공부를 하지 않는 자들이 이런 말씀을 듣는다면, 그것의 그릇됨을 경계하며 깨우치는 바가 있지 않겠는가?

대저 도란 허행(虛行)하는 것이 아니다. 마치 큰 길처럼, 만약 실제 땅을 얻어 실제 디딜 수 있다면, 가까운 발밑에서 일어나 천리 먼 곳까지 도달할 수 있다. 따라서 인(仁)의 실질로부터 미루어 악(樂)의 실질에 이를 수 있으니, '악이 생겨나면 어찌 멈출 수 있겠는가?'[98]와 같은 묘용이 절로 생겨난다. 기실 가히 소원할 수 있는 것이 선이고, 실제 자기에게 갖추어져 있는 것이 신(信)이다. 선과 신으로 말미암아 실질을 채워나가 빛을 발하게 되면 그 실질이 장차 더욱 아름답고 커지나니, 이것이 바로 '참[誠]을 행하는 것은 인간의 도리'[99]라는 말의 참 뜻이다. 큼으로 말미암아 변

---

98) 『孟子』「離婁上」에 "인의 실질은 어버이를 섬기는 것이 바로 이것이요, 의의 실질은 형에게 순종하는 것이다. 지의 실질은 이 두 가지를 알아 여기에서 벗어나지 않는 것이요, 예의 실질은 이 두 가지를 조절하여 꾸미는 것이요, 악의 실질은 이 두 가지를 즐거워하는 것이다. 즐거워하면 그 마음이 생겨나고, 이 마음이 생겨나면 어떻게 그만둘 수 있겠는가! 어떻게 그만둘 수 있겠는가! 하는 단계에 도달하면 자기도 모르게 발이 장단을 밟고 손이 춤추게 되는 것이다.(仁之實, 事親是也, 義之實, 從兄是也. 智之實, 之斯二者弗法是也, 禮之實, 節文斯二者是也, 樂之實, 樂斯二者. 樂則生矣, 生則惡可已也? 惡可已, 則不知足之蹈之手之舞之.)"라는 내용이 보이는데, 전체적으로 이를 인용하고 있다.
99) 『中庸』 20장.

화되면 성인이 될 수 있고, 그 존재를 알 수 없다는 신(神)의 경지에 들 수 있나니, 이것이 바로 '참은 하늘의 도리'라는 말의 뜻이다. 이것이 바로 맹자의 실학으로 점차 나아가 이를 수 있는 것이거늘, '그를 아는 사람은 나오지 않은 지'[100] 또한 오래이다. 선생께서는 일찍이 학자들이 앎에 이르기 위해서는 반드시 그 지식이 천오백 년 동안 세상에 이름났던 자보다 뛰어나야 한다고 말씀하셨지만, 선을 행하는 책임을 한 번도 회피하지 않았으며, 그렇다고 감히 하루아침에 결단을 내리고 불민한 뜻을 믿으며 한갓 거리낌 없는 큰 소리를 떠벌리지도 않았다. 처음에 실제로 깊고 절실하게 스스로를 돌이켜보아, 선이라는 것이 외부에서 안으로 들어간 것이 아니라 본디 있는 것임에도 그저 외물에 번갈아 눈이 가리어 서로 물에 빠져 허우적거리는 것임을 명확히 보았기에, 그때부터 감히 자포자기하지 않았다. 선생께서 깊이 나아가시고 스스로 터득한 것은 모두 맹자에게서 비롯된 것이라 할 수 있다. 그러니 '맹자 이후로 지금에 이르러서야 처음으로 밝아졌다.'고 말한들 누가 아니라고 할 수 있겠는가. 사방에서 선생의 명성을 듣고 찾아온 학자들이 줄을 지었다. 선생은 사람 알아보는 눈이 밝아서, 사람을 판단하면 언제나 그 뱃속까지 꿰뚫어보셨고, 야침을 놓으면 고실병을 정확히 적중하셨기에 감동받아 양지(良知)를 깨닫고, 정성(正性)이 무엇인지를 알게 된 자가 매우 많다. 그러니

---

100) 『孟子』「盡心下」에 "성인의 시대와 멀리 않고, 성인의 거처와 이처럼 가까운데도 그를 아는 사람이 나오지 않는구나. 그러니 앞으로도 역시 나오지 않을 것이로다."(去聖人之世, 此其未遠也, 近聖人之居, 若此其甚也, 然而無有乎爾, 則亦無有乎爾.)"에서 인용한 구절이다.

선생의 학문은 진실로 '귀신에게 질정해보아도 의심할 바 없고, 성인이 나와도 의혹이 없을'[101] 것이다. 밝기가 이와 같을진대 그 사이에 어찌 의혹이 있겠는가? 그런데도 이해하지 못하는 자가 있다면 어찌 그로 인해 변론하지 않을 수 있겠는가?

게다가 도의(道義)의 문은 천지개벽 이래로 하나인 것을, 어찌 사사로이 문호를 세울 수 있단 말인가? 그래서 말씀하시기를, '우주가 곧 내 마음이고, 내 마음이 곧 우주이다.'라고 한 것이다. 또 말씀하셨다. '학자들은 오로지 이치만 따르면 된다. 이치는 천하 공공의 이치이고 마음은 천하가 함께하는 마음이다. 안연과 증삼은 부자의 도를 전하면서 부자의 문호를 사사로이 여기지 않았다. 부자 또한 문호를 사사로이 여겨 사람들과 사사로이 경영하지 않았다.' 또 말씀하셨다. '이 이치는 우주 사이에 있으면서 숨거나 도망친 적이 없다. 천지가 천지인 까닭은 이 이치에 순응하기 때문이다. 사람이 천지와 더불어 나란히 삼극(三極)으로 섰는데, 어떻게 스스로 사사로움을 도모하며 이 이치를 따르지 않을 수 있는가?' 선생의 학문은 우주의 달도(達道)임이 분명하다. 그런데도 혹 또 다른 문파로 여기며 내치는 것은 어째서인가? 석가의 학설은 천지개벽 이래 있지 않았으니, 제멋대로 생겨난 이단이 아닐 수 있겠는가? 그래서 말하기를, '석가를 성현이라고 취한 자라면, 『춘추』의 법에 비춰볼 때 비록 동자라 하여도 [그 죄를] 면할 수 없음을 알 것이다.'라고 하였고, '만약 부질없이 형적과 언어를 가지고 그것들을 변별하려 한다면, 저들이 말하는 직업(職業)이라는 것은 정도를 지키지 않음으로 인해 더 이상 털끝만큼도 다가

---

101) 『中庸』 29장.

가지 못하게 될 것이다.'라고 하였으며, '방사(方士)나 승려들은 참으로 재앙이다. 이와 같은 미혹됨이 없다면 치우치거나 무리지음이 없어 왕도가 편안할 터, 그 즐거움을 헤아릴 수나 있겠는가?'라고 말하였다. 따라서 선생의 학문이 불가의 사설이 아님이 분명하다. 그런데도 혹 선학이라고 지목하는 것을 또 어째서란 말인가?

이치를 궁구하며 말씀하셨다. '하루 하루 한 달 한 달 쌓아가며 연구하고 연마하면서' 종일토록 밥 먹는 것도 잊은 채 천지의 끝을 탐구하고자 하였고, 밤새도록 잠 못 이루며 천구(天球) 남극과 북극의 부동함을 환히 살펴보았다. 천문을 관찰함으로써 역수를 연구하였고, 피리 소리를 듣고 음률을 깨우쳤다. 복재가 선생에게 [요즘] 힘쓰고 있는 바가 무엇이냐고 묻자 사람의 마음과 만물의 이치와 일의 형세[事勢]라고 답했다. 일찍이 말씀하셨다. '내가 오늘 하루 알게 된 이치가 무릇 70여 조목이나 된다.' '천하의 이치는 무궁하다. 내가 경험한 것만 가지고 말해보아도, 남산의 대나무를 다 베어도 내가 하는 말을 다 받아 적지 못할 정도로 많지만, 종국에 모이는 귀결처는 결국 이 이치이다.' 그러니 책에 적힌 내용에 대해 학도들과 연마하고 궁구한 형식이 다르다고 하여 어찌 알지도 못하는 자들이 도리어 궁리(窮理)를 학문으로 여기지 않았다고 말할 수 있단 말인가?

책을 읽는 것에 관해서, '옛 사람의 학문이란 곧 책을 읽는 것이었다.'고 말씀하시면서 어찌 반드시 책을 읽은 연후라야 학문을 할 수 있느냐는 거꾸로 된 말을 증거로 삼고, 책은 묶어놓은 채 읽지 않고서 근거 없는 빈 말을 떠벌리는 행태를 병폐라 여기셨다. 평소 세심하고 부지런히 [책을 읽으셨음에도] 사람들은 알지 못했으나, 오직 맏형만은 선생께서 매일 밤 쉬지 않고 책을 읽거나 점검하며, 불을 밝혀 놓은 채 4경(更: 새벽 1시에서 3시)이 되도록 잠자지 않는 모습을 볼 수 있었다. 침착히 함양하며 익숙해질 때까지 복습하면서 절실하게 사고하고자 하였고, 담담하게 그 뜻을 음미하며 얼음이 녹아들듯 이치에 순응하고자 하였으니, 이는 한갓 훈고(訓詁)나 장구(章句) 따위에 매몰되어 있는 자들과 크게 다른 점이었다. 그런데 어찌하여 알지도 못하는 자들이 도리어 독서를 가르침으로 삼지 않았다고 함부로 왈가왈부할 수 있단 말인가? 또 혹자들은 말하기를 선생께서 오로지 초연히 깨닫는 것에만 힘쓰셨지 함양 공부를 하지 않고, 정진(精進)을 추구하지 않았다고 한다. 그들은 선생께서 일찍이 '정성을 다하여 하나로 하라. 함양은 모름지기 이래야 하나니, 학문이 바르게 선 뒤에 함양하게 되면 나무가 나날이 무성해지듯, 샘이 멀리까지 뻗어나가듯 하리니, 그 누가 막을 수 있겠는가?' '안자(顔子)처럼 훌륭한 사람도 그가 멈추는 것을 보지 못하였다고 하였다. 알기 쉬우면 따르기 쉬워, 실로 친함이 있고 공이 있고 오래갈 수 있고 커질 수 있으니,[102] 어찌 수주대토(守株待兔)하는 자와 같겠는가?'라고 말씀하신 것을 알지 못한다. 그러니 혹자가 한 말은 틀린 것이다.

혹자는 선생께서 오로지 첩경만을 숭상하여, 마치 차례도 없는 것 같고 너무 높은 것 같다고 말한다. 그러나 이런 말을 하는 자들은

---

102) 『周易』「繫辭上」의 "쉬우면 알기 쉽고, 간단하면 따르기 쉽다. 알기 쉬우면 친함이 있고, 따르기 쉬우면 공이 있다. 친함이 있으면 오래갈 수 있고, 공이 있으면 커질 수 있다. 오래가면 현인의 덕이 되고, 커지면 현인의 업이 된다. (易則易知, 簡則易從, 易知則有親, 易從則有功, 有親則可久, 有功則可大, 可久則賢人之德, 可大則賢人之業.)" 구절을 인용한 것이다.

선생께서 일찍이 '학문에는 본말과 선후가 있고 나아감에는 순서가 있어 차례를 뛰어넘어서는 안 된다. 내가 밝히 드러낸 단서는 첫걸음일 뿐, 이른바 높은 곳에 오르려면 낮은 데서 시작해야 한다는 말은 바로 이런 것이다.' '하늘이 내게 준 것은 지극히 평평하고 지극히 곧다. 이 도는 본래 일용 중에 늘 사용하는 것이거늘, 근래에는 이를 허장성세하고 있다. 헛된 견해는 숭상해서는 안 되고, 높아지려 탐하지도 멀리 가려 애쓰지도 말아야 한다.'라고 말씀하신 것을 알지 못한다. 도를 물어온 한두 사람이 있었는데, 그 사람이 일찍이 아무개의 송사를 주관했던 일과 뇌물 바칠 길을 터준 일만을 가리키면서 '이것이 바로 실학이다.'라고 말씀하셨다. 그러니 혹자의 말은 또 틀렸다. 다만 크게 한스러운 것은 도가 밝아졌음에도 크게 행해보지 못하셨다는 점이다. 그래서 위로 임금에게 바친 뜻도 오직 주대(奏對)에서만 대략 볼 수 있을 뿐이다. 하지만 선생은 곧장 당우(唐虞)로 진입하고자 했고, 삼대(三代)를 회복하고자 했고, 한당(漢唐)을 뛰어넘고자 했다. 이에 주문공(朱文公: 朱熹)은 선생을 칭찬하기를, 규모가 웅대하고 원류가 심원하여 진부한 유자나 비루한 서생이 능히 엿볼 수 있는 바가 아니며, 말씀이 원활하여 혼후하게 흐르는 모습에서 조예의 깊음과 함양을 두터움을 볼 수 있다고 하였다. 아래로 백성들에게 은택을 베푼 내용은 형문(荊門)에서 대충이나마 볼 수 있다. 선생께서 오직 사람의 마음 바로 잡는 것을 근본으로 여겼기 때문에 정치와 교화가 흡족히 행해졌고, 백성들이 서로 지키고 사랑하여 송사도 사라졌으며, 형벌도 시행되지 않았던 것이다. 이졸들도 서로 의(義)로써 권면하였으니, 이에 식자들은 이것이 정령이나 형벌보다 더 높은 데서 비롯된 것임을 알게 되었고, 주문공(周

文公: 周必大)은 형문에서 펼친 정사는 실천궁행의 효과가 입증된 것이라고까지 말하였다. 하지만 쓰인 것에는 한계가 있었고, 미처 쓰이지 않은 것이 너무도 많았다. 선생께서는 이 도란 광대하고 모든 것을 갖추고 있으며 쉼 없이 유구히 흐르는 것이지만, 사람들이 이 도를 터득할 때는 많고 적음과 장구함과 순식간의 차이가 있음을 아시고, 뜻한 바를 극한대로 미루어 많고 장구해지지 않으면 그치지 않았다. 그래서 열다섯에서 일흔 살에 이르기까지 늘 말씀하시던 그 뜻을 이루어나가시기를 기대했다. 오호라! 선생에게 긴 수명을 주었다면, 성인의 영역에 여유 있게 들어가 지나는 곳마다 백성이 교화되고 머무는 곳마다 백성이 신령해지게[103] 하는 일도, 천지와 함께 흘러 공을 이룸으로써 작지 않은 보탬을 주는 일도 넉넉히 해낼 수 있었을 것이다. 그러나 겨우 중년을 넘기고 지천명의 나이에서 그치게 될 줄을 그 누가 생각이나 했겠는가? 그 뜻을 거슬러 올라가봄에 사산과 다른 점이 있었으나, 남들이 다르다 하건 같다 하건 싫어하지 않았다. 복재의 경우, 처음 아호(鵝湖)의 모임에서부터 그 학설을 긍정하였고, 마지막 임종 시에도 그 학설의 명백함을 분명히 가리켰으니, 그 둘 사이에는 다름이 존재하지 않았다. 글을 논하면서 일찍이 말씀하시기를, 학자들이 이를 궁구함에 내실이 있으면 그 문장도 내실이 있을 것이라 하셨고, 또 문장이 진보하지 못하는 것은 학문에 발전이 없기 때문이라고 하셨다. 선생의 글은 이치이자 학문이다. 그렇기 때문에 정밀하고 밝고 투철할 뿐 아니라, 전대 사람들이

---

103) 『孟子』「盡心上」에 "군자는 지나는 곳마다 백성이 교화되고 머무는 곳마다 백성이 신령해진다.(夫君子, 所過者化, 所存者神.)"에서 나온 말이다.

미처 드러내지 못한 것을 많이 드러내 환히 빛을 발할 수 있었던 것이다.

사산은 휘가 구소(九韶), 자가 자미(子美)이다. 복재는 휘가 구령(九齡), 자가 자수(子壽), 시호가 문달(文達)이다. 상산은 휘가 구연, 자자 자정, 시호가 문안이다. 군의 학교에 옛날에는 사당이 있었는데, [선생들의 명성에] 걸맞지 않았다. 지금 군수인 비서(秘書) 섭몽득(葉夢得) 공이 처음 부임하시자 사우들이 사당을 새롭게 고치기를 청하였다. 공이 개탄하며 '과연 스승으로서 모시는 법도가 아니로다.'라고 말씀하시더니, 군의 박사 조여주(趙與輈)와 상의하였다. 얼마 후에 학교 서쪽에 빈 땅을 얻어 사묘 세 칸을 짓고 양 옆에 회랑을, 앞에 당 하나를, 바깥에 네 개의 숙직서는 관사를, 또 그 바깥에 서루를 짓고 그 아래 네 개의 재실을 마련했다. 반듯한 땅이 가로로 열려 있고 밖에는 대나무가 있으며, 대나무 숲에는 정자가 지어져 있다. 안팎이 모두 갖추어져 사당의 모습이 전에 없이 매우 훌륭해짐에, 스승으로 모시고 예를 갖출 수 있게 되었다. 왼쪽에는 원섭(袁燮) 공을 배향했는데, 공이 선생의 학문을 이었을 뿐만 아니라 일찍이 이 지방에서 창사(倉司)를 역임하면서 가르침을 행했기 때문이다. 그 다음으로는 부자운(傅子雲) 공을 배향했다. 부 공은 선생께서 인정했던 사람이고 선생의 학문을 바르게 장관하여 후진들의 사표가 되었기 때문이다. 섭 공은 부 공에게서 학문을 전수받았으니, 섭 공 또한 상산에게서 나왔다고 말할 수 있다. 사당은 순우 경술년(1250) 9월에 시작되어 11월에 준공되었다."

云: "以正學名天下, 而有三先生焉, 萃在一郡一家, 若臨川陸氏昆弟者, 可謂絶無而僅有歟? 梭山寬和凝重, 復齋深沉周謹, 象山光明俊偉, 此其資也, 固皆近道矣. 若其學之淺深, 則自有能辨之者. 梭山篤信聖經, 見之言行, 推之家法, 具有典刑. 雖服先儒之訓, 而於理有不可於心者, 決不苟徇. 惜其終於獨善, 而不及見諸行事之著明爾. 復齋少有大志, 浩博無涯涘, 觀書無滯碍, 繙閲百家, 晝夜不倦. 自爲士時已有稱其得子思·孟子之旨者. 其後入太學, 一時知名士咸師尊之, 則其學可知矣. 又惜其在家在鄕, 僅可見者, 輔成家道之修整, 備禦湖寇之侵軼, 紀綱肅而蠧弊之悉革, 誠意孚而人心興起, 然而爲海内儒宗, 繫天下之望, 而恨未得施其一二耳. 若夫象山先生之言論風旨, 發揮施設, 則有多於二兄者. 蓋自其幼時已如成人, 淵乎似道, 有定能靜, 實自天出, 不待勉强. 故其知若生知, 其行若安行, 粹然純如也. 蓋學之正而非他, 以其實而非虛也. 故先生嘗曰: '宇宙間自有實理. 此理苟明, 則自有實行, 有實事. 實行之人, 所謂不言而信.' 又自謂: '平生學問惟有一實, 一實則萬虛皆碎.' 嗚呼! 彼世之以虛識見, 虛議論, 習成風化, 而未嘗一反己就實, 以課日進日新之功者, 觀此亦嘗有所警而悟其非乎?

夫道不虛行, 若大路然, 苟得實地而實履之, 則起自足下之近, 可達千里之遠. 故自仁之實推而至於樂之實, 自有樂生惡可已之妙. 其實可欲者善也, 實有諸己者信也, 由善信而充實有光輝焉, 則其實將益美而大, 是誠之者人之道也. 由大而化則爲聖, 而入於不可知之神, 是誠者天之道也. 此乃孟子之實學, 可漸進而馴至者. 然而無有乎爾, 則亦久矣. 先生嘗論學者之知至, 必其智識能超出千五百年間名世之士, 而自以未嘗少避爲善之任者, 非敢奮一旦之決, 信不敏之意, 而徒爲無忌憚大言也. 蓋以其初實因深切自反, 灼見善非外鑠, 徒以交物有蔽, 淪胥以亡, 自此不敢自棄, 是其深造自得, 實自孟子. 故曰: '孟子之後至是始一明', 其誰曰不然. 四方聞其風來學者輻輳. 先生明於知人, 凡所剖決必洞見其肺肝, 所箴砭必的中其膏肓, 有感動覺其良心而知其正性者爲多. 然則其學眞可質鬼神而無疑, 俟聖人而不惑者矣. 昭昭如是, 豈其間有所疑惑焉? 殆若不可曉者, 是又烏得不因以致其辯歟?

且道義之門, 自開闢以來一也. 豈容私立門戶乎? 故其說曰: '宇宙即是吾心, 吾心即是宇宙.' 曰: '學者惟理是從, 理乃天下之公理, 心乃天下之同心, 顔・曾傳夫子之道, 不私夫子之門戶, 夫子亦無私門戶與人爲私商也.' 曰: '此理在宇宙間, 未嘗有所隱遁. 天地所以爲天地者, 順此理而已. 人與天地並立爲三極, 安得自私而不順此理哉?' 是先生之學, 乃宇宙之達道明矣. 而或者乃斥以別爲一門, 何耶? 釋氏之說自開闢以來無有也, 豈非橫出異端乎? 故其說曰: '取釋氏之聖賢, 而繩以『春秋』之法, 童子知其不免.' 曰: '今若徒自形迹詞語間辨之, 乃彼所謂職業, 要其爲不守正道, 無復有毫髮之近是者矣.' 曰: '方士禪伯, 眞爲太祟. 無此迷惑, 則無偏無黨, 王道蕩蕩, 其樂可量哉?' 是先生之學, 非釋氏之邪說亦明矣. 而或者指以爲禪學, 又何邪?

其窮理也, 則曰: '積日累月, 考究磨練.' 嘗終日不食, 而欲究天地之窮際, 終夜不寢, 而灼見極樞之不動, 由積候以考曆數, 因笛聲以知律呂. 復齋嘗問其用功之處, 則對以在人情・物理・事勢之間. 嘗曰: '吾今一日所明之理凡七十餘條.' 曰: '天下之理無窮, 以吾之所歷經者言之, 眞所謂伐南山之竹, 不足以受我辭, 然其會歸, 總在於此.' 則與徒硏窮於方冊文字之中者不同, 何不知者反謂其不以窮理爲學哉?

其讀書也, 則曰: '古人爲學, 即是讀書.' 而以何必讀書然後爲學之反說爲證, 以束書不觀游談無根之虛說爲病. 平昔精勤, 人所不知, 惟伯兄每夜必見其觀覽檢閱之不輟, 嘗明燭至四更而不寐. 欲沉涵熟復而切己致思, 欲平淡玩味而冰釋理順, 此則與徒乾沒於訓詁章句之末者大異. 何不知者反妄議其不以讀書爲敎哉?

抑或謂其惟務超悟, 而不加涵養, 不求精進也. 曾不知其有曰: '惟精惟一, 涵養須如是, 學之正而得所養, 如木日茂, 泉日達, 孰得而禦之?' 曰: '雖如顏子, 未見其止. 易知易從者, 實有親有功, 可久可大, 豈若守株坐井然者.' 則如彼或者之所謂者誤矣.

又或謂其惟尙捷徑, 而若無次第, 若太高也. 曾不知其有曰: '學有本末先後, 其進有序, 不容躐等. 吾所發明端緒, 乃第一步, 所謂升高自下也.' 曰: '天所與我, 至平至直, 此道本日用常行, 近乃張大虛聲. 當無尙虛見, 無貪高務遠.' 至有一二問學者, 惟指其嘗主持何人詞訟, 開通何人賄賂, 以折之曰: '即此是實學.' 如或者之所謂者, 又誤矣. 獨所大恨者, 道明而未盛行爾. 故上而致君之志, 僅略見於奏對. 惟其直欲進於唐虞, 復乎三代, 超越乎漢唐, 此乃朱文公稱其規模宏大, 源流深遠, 非腐儒鄙生之所能窺測, 而語意圓活, 混浩流轉, 見其所造深而所養厚也. 下而澤民之意, 亦粗見於荊門. 惟其以正人心爲本, 而能使治化孚洽, 人相保愛, 至於無訟, 笞箠不施, 雖如吏卒, 亦勉以義, 此乃識者知其有出於刑政號令之表, 而周文忠以爲荊門之政可驗躬行之效者也. 然其所用者有限, 而其所未用者無窮. 先生以道之廣大悉備, 悠久不息, 而人之得於道者有多寡久暫之殊, 是極其所志, 非多且久未已也. 故自志學而至從心, 常言之志所期也. 嗚呼! 假之以年, 聖域固其優入, 而過化存神, 上下天地同流之功用, 非曰小補者, 亦其所優爲也. 孰謂其年僅踰中身而止知命哉? 遡其旨, 與梭山未同者, 自不嫌於如二三子之不同而有同. 若復齋, 則初已是其說於鵝湖之會, 終又指言其學之明於易簀之時, 則亦無間然矣. 逮論其文, 則嘗語學者以窮理實則文皆實, 又以凡文之不進者, 由學之不進. 先生之文, 即理與學也, 故精明透徹, 且多發[104]明前人之所未發, 炳蔚如也.

---

104) [원주] '發' 자 다음에 '明' 자가 하나 더 들어가 있었는데, 道光本에 근거하여

梭山諱九韶, 字子美. 復齋諱九齡, 字子壽, 諡文達. 象山諱九淵, 字子靜, 諡文安. 郡學舊有祠, 未稱也. 今郡守國之秘書葉公夢得, 下車之初, 士友請易而新之. 公即慨然曰: '果非所以嚴事也.' 乃命郡博士趙與輸相與謀之, 旋得隙地於學之西, 遂肇造祠廟三間, 翼以兩廡, 前爲一堂, 外爲四直舍, 又外爲書樓, 下列四齋, 橫開方地, 地外有竹, 竹間結亭, 內外畢備, 祠貌甚設, 皆前所未有也, 庶幾嚴事之禮歟. 左侑以袁公燮, 以其爲先生之學, 而嘗司庾於是邦, 且敎行於一道. 次侑以傅公子雲, 以其爲先生之所與, 而嘗掌正於是學, 且師表於後進. 葉公得傅公之傳, 而自象山者也. 祠實經始於淳祐庚戌之季秋, 至仲冬而落成云."

삭제했다.

양간 서문
楊簡序

    송나라 무주 금계의 육 선생은 자(字)가 자정(子靜)이다. 일찍이 귀계 상산에 거했는데, 사방 학자들이 모여들어 상산 선생이라 존칭했다. 선생의 아들 육지지 자 백미가 선생의 유문 28권, 외집 6권을 모아 내게 서문을 써달라고 하였다.

    나는 부양 주부로 있을 때 선생의 가르침을 입어 홀연 맑아지고 청명해지는 것을 느꼈는데, 이를 응용함에 방소가 없고, 동정 간에 일체를 이루었다. 이에 이 마음은 본디 영명하고 본디 신령하고 본디 밝고 본디 광대하고 본디 변화무쌍함을 알았으니, 어찌 나의 마음만 이러하겠는가? 천하만세 사람의 마음도 이와 같다.

    『역』에서 이르기를, "백성은 날로 쓰면서도 알지 못한다."고 하였고, 공자께서는 "그대들은 내가 무엇을 숨긴다고 여기는가? 나는 그대들에게 숨기는 것이 없노라. 행하고서 그대들에게 보여주지 않은 것이 없다."고 하였다. 『대대(大戴)』는 공자의 말씀을 기록하고 있는데, 충신(忠信)이 곧 대도(大道)라고 하였다. 충(忠)이란 충실한 것이고, 신(信)이란 성신(誠信), 즉 거짓이 없는 것을 가리킨다. 그런데 선유들은 이 뜻을 지나치게 파고들고 너무 깊고 어둡게 탐구하여 도리어 도를 보지 못하고 말았다. 공자는 또 대도를 중용이라고 불렀다. 용(庸)이란 상(常)이다. 평상시 일용하는 것을 말한다. 맹자는 또 천천히 어르신 뒤를 따라서 가는 것이라고 하였으니, 이것이 곧 요순의 도이다. 또 말하기를, 양으로 소를 대신하라고 한 마음이면 족히 왕자(王者)가 될 수 있다고 하였다. 선생께서 간곡히 그 뜻을 학자들에게 해석해주심이 깊고 절실하고 매우 분명하였건만, 학자들 중에 그 요지를 깨닫는 자가 적었다. 나 양간이 주제로 헤아리지 못하고서 감히 도움을 바치고자 이상과 같이 적어보았다.

개희 원년(1205) 여름 6월 을묘일
문인 사호 양간이 공경히 쓰다

　有宋撫州金谿陸先生, 字子靜, 嘗居貴溪之象山, 四方學者畢至, 尊稱之曰象山先生. 先生冢嗣持之, 字伯微, 集先生遺言爲二十八卷, 又外集六卷, 命簡爲之序.

　簡自主富陽簿時, 已受教於先生, 因言忽覺澄然淸明, 應用無方, 動靜一體, 乃知此心本靈, 本神, 本明, 本廣大, 本變化無方, 奚獨簡心如此? 擧天下萬世人心皆如此.

　『易』曰: "百姓日用而不知." 孔子曰: "二三子以我爲隱乎? 吾無隱乎爾, 吾無行而不與二三子者." 『大戴』記孔子之言, 謂忠信爲大道. 忠者, 忠實, 信者, 誠信不詐僞, 而先儒求之過, 求諸幽深, 故反不知道. 孔子又名大道曰中庸. 庸者常也, 日用平常也. 孟子亦謂徐行後長卽堯舜之道, 又謂以羊易牛之心足以王. 先生諄諄爲學者剖白斯旨, 深切著明, 而學子領會者寡. 簡不自揆度, 敢少致輔翼之力, 專叙如右.

開禧元年 夏六月乙卯
門人 四明 楊簡 敬書

원섭 서문
袁燮序

　하늘에 북두칠성이 있어 뭇 별들이 에워싸고 있고, 땅에 태산이 있어 뭇 산들이 종주로 삼으며, 사람에게 사표(師表)가 있어 후학들이 귀의한다. 상산 선생은 학자들에게 있어 북두칠성이요 태산 같은 존재로다! 학문에 뜻을 둔 나이[열다섯]부터 대도(大道)를 강구하시며 터득하지 못하면 놓지 않으셨다. 이에 한참이 지나자 점차 밝아졌고, 또 한참이 지나자 크게 밝아졌다. 이 마음과 이 이치[理]를 꿰뚫어보고 융화시키자 아름다움이 그 안에 있어 수고롭게 밖에서 찾을 필요가 없었다. 세상 사람들에게 호소하기를, "학문의 요체는 그 본심을 얻는 것뿐이다. 마음 본연의 참됨[本眞]은 선하지 않은 적이 없으니, 불선(不善)은 처음 모습이 아니다."라고 말씀하셨다. 맹자께서 일찍이 말씀하셨다. "지난날에는 죽는다 해도 받지 않다가 이제 아름다운 궁실과 처첩의 봉양과 내가 아는 가난한 사람이 나에게서 혜택을 얻게 하기 위해서 [禮義에 어그러진 萬鐘의 祿을] 취한다면, 이를 두고 그 본심을 잃었다라고 한다." 말씀이 이토록 명백한데도 학자들은 이를 깊이 믿지 못하고서, 도란 은미한 것이라고 말하며 환히 드러나 있음을 알지 못하고, 도란 요원한 것이라고 말하며 가까운 곳에 있음을 알지 못한다. 도를 구함이 지나칠수록 답답하게 막히고 만다. 선생께서 마침내 크게 일깨워주니, 마치 길 잃은 자에게 길을 가리켜주는 듯, 오랜 병을 앓고 있는 자에게 약을 주는 듯하여 길 잃은 자는 깨달았고 아픈 자는 치유되었다. 그러나 일용의 것을 넘어서지 않았으니, 본심이란 바로 일용지간에 있기 때문이었다. 스승의 가르침을 직접 받든 학자들은, 예전에는 성현을 바라기에는 천 리 만 리나 떨어져 있다고 여겼지만 이제는 나나 성인이나 그 근본이 같음을 알게 되었다. 이에 북돋우고 물을 줌에 가지가 무성히 자라 결실을 맺을 수 있게 되었으니, 실로 경사스러운 일이 아니겠는가? 오호라! 선생께서 후학들에게 베푸신 은혜가 실로 크도다.

선생의 말씀은 모두 마음속에서 우러나왔다. 위로는 임금의 마음을 열어주고 비옥하게 해주었으며, 아래로는 동지들의 뜻을 연마해주었다. 더 아래로는 백성들의 눈을 뜨게 해주었다. 그 밖의 잡다한 저술들도 모두 이런 마음에서 비롯된 것들이었다. 유가와 불가가 나뉘는 까닭, 의(義)와 이(利)가 구별되는 이유를 마치 흑백을 변별하듯 매우 정밀하게 분석해주셨기에, 속학(俗學)의 횡류를 막고 물에 빠져 허덕이는 천하 사람들을 구해냈다. 우리 도의 계통을 세운 맹주가 바로 선생 아니겠는가?

나 원섭은 행도(行都: 杭州)에서 선생을 만나 몇 번이고 친히 가르침을 받았다. 때로는 하루 종일 [가르쳐] 한밤중에 이르기도 하였으나 어둡고 나태해진 기색을 일찍이 본 적이 없으며, 안팎이 모두 청명하고 정신이 빛을 발했다. 그래서 그 모습을 보고 감동받은 사람들은 속되고 천한 마음이 이내 사라졌나니, 하물며 글자마다 절실히 다하고는 경계와 다그침의 말씀을 들은 자야 어떠하였겠는가?

선생께서 돌아가신지 20년이 넘었지만 남기신 말씀이 아직도 환히 빛나고 정신이 아직도 살아있는 것만 같아서, 삼가 바라봄에 마치 직접 가르침을 받는 듯, 몸도 마음도 모두 숙연해진다. 임여(臨汝)에서 일찍이 [선생의 문집을] 간행한 적이 있으나, 누락된 부분이 여전히 많았다. 선생의 아드님이신 백미 육지지께서 글들을 모아 좀 더 늘린 다음 32권으로 합쳤기에 이제 창사(倉司)에서 간행하게 되었다. 더욱 널리 유포하여 이 책이 천하에 가득하게 되면 선생의 정신 또한 미치지 않는 곳이 없게 될 것이다. 말씀은 비근하되 가리키는 바는 심원하니, 비록 성인이 다시 살아온다 해도 이 말씀을 바꿀 수 없을 것이다. 오호라! 이것이 곧 선생이 후학들의 사표이신 까닭이로구나!"

선생은 휘가 구연, 자가 자정이며 무주 금계 사람이다. 일찍이 귀계 상산에서 강학하였기에 학자들은 상산 선생이라 존칭하였다고 한다.

가정(嘉定) 5년(1212) 9월 무신일에
문인 사명 원섭 쓰다

天有北辰而衆星拱焉, 地有泰嶽而衆山宗焉, 人有師表而後學歸焉, 象山先生其學者之北辰泰嶽與? 自始知學, 講求大道, 弗得弗措, 久而寢明, 又久而大明, 此心此理, 貫通融會, 美在其中, 不勞外索. 揭諸當世曰: "學問之要, 得其本心而已. 心之本眞, 未嘗不善, 有不善者, 非其初然也." 孟子嘗言之矣. "鄕爲身死而不受, 今爲宮室之美, 妻妾之奉, 所識窮乏得我而爲之, 此之謂失其本心." 其言昭晣如是, 而學者不能深信, 謂道爲隱而不知其著, 謂道爲邈而不知其近, 求之愈過而愈湮鬱. 至先生始大發之, 如指迷塗, 如藥久病, 迷者晤, 病者愈, 不越於日用之間, 而本心在是矣. 學者親承師訓, 向也跂望聖賢若千萬里之隔, 今乃知與我同本, 培之漑之, 皆足以敷榮茂遂, 豈不深可慶哉? 嗚呼! 先生之惠後學弘矣.

先生之言悉由此出, 上而啓沃君心, 下而切磨同志, 又下而開曉黎庶, 及其他雜然著述, 皆此心也. 儒釋之所以分, 義利之所由別, 剖析至精, 如辨白黑. 遏俗學之橫流, 援天下於旣溺, 吾道之統盟, 不在玆乎?

燮識先生於行都, 親博約者屢矣, 或竟日以至夜分, 未嘗見其少有昏怠之色, 表裏清明, 神采照映, 得諸觀感, 鄙吝已消, 矧復警策之言字字切己與.

先生之歿, 餘二十年, 遺言炳炳, 精神猶在, 敬而觀之, 心形俱肅, 若親炙然. 臨汝嘗刊行矣, 尙多缺略, 先生之子持之伯微裒而益之, 合三十二卷, 今爲刊于倉司. 流布寖廣, 書滿天下, 而精神亦無不徧. 言近而指遠, 雖使古人復生, 莫之能易. 嗚呼! 玆其所以爲後學之師表與.

先生諱九淵, 字子靜, 撫州金谿人. 嘗講學於貴溪象山, 學者尊爲象山先生云.

嘉定五年九月戊申
門人四明袁燮書

왕수인 서문
王守仁序

성인의 학문은 심학(心學)이다. 요·순·우임금이 서로 전하며 말하기를 "인심(人心)은 위태롭고 도심(道心)은 미묘하니, 정일하게 그 가운데를 잡으라."고 하였는데, 이것이 바로 심학의 근원이다. 중(中)이란 도심을 말한다. 도심이 정일(精一)한 것을 일러 인(仁)이라 하고 중이라 한다. 공맹의 학문은 오직 인을 구하기 위해 힘쓰는 것뿐이니, 대개 정일함을 전했다 말할 수 있다. 그 당시부터 벌써 바깥에서 구하려는 폐단이 있었다. 그래서 자공이 '많이 배워 아는 것입니까?'라는 의혹을 품었던 것이고, 널리 베풀어 뭇사람을 구제하는 것을 인이라 생각했던 것이다. 부자께서 '일관(一貫)'으로 고하시고 , '자신이 원하는 것을 취하여 다른 사람들이 원하는 것을 미루어 알 수 있다.'고 가르치신 것도 그로 하여금 그 마음을 구하게 하기 위함이었을 것이다. 맹자 시대에 이르러 묵자가 주장하는 인(仁)은 정수리를 갈아 발꿈치에 이르게 하는 것이 되었고, 고자(告子)의 무리는 인이란 안에 있고 의는 밖에 있는 것이라고 주장함으로써 심학이 크게 무너졌다. 맹자께서 의는 밖에 있는 것이라는 주장을 내치며 말씀하시기를, "인이란 곧 사람의 마음이다." "학문의 도는 다른 것이 아니라 놓친 마음을 구하는 것일 뿐이다." "인의예지는 밖에서 안으로 들어간 것이 아니라 내가 본디 가지고 있는 것이거늘, 그저 생각하지 못할 따름이다."라고 하셨다. 왕도(王道)가 사라지자 패자의 권술이 일어났다. 이에 공리(功利)를 좇는 무리들은 바깥에서 그럴듯해 보이는 천리를 빌려다가 사사로움을 도모했고, 또 이로써 사람을 속이면서 천리란 본디 이런 것이라고 말했다. 그 마음이 없이는 이른바 천리라는 게 있을 수 없음을 알지 못하고서 말이다.

이때부터 심(心)과 이(理)가 둘로 나뉘어 정일의 학문이 사라졌다. 세상 유자들은 지리멸렬하게 바깥에서 형명기수(刑名器數)와 같은 말단을 추구함으로써 이른바 물리를 밝히고자 하였으되, 내 마음이 곧 물리인지라 절대 바깥에서 빌린 것이 아님을 알지 못하였다. 불로(佛老)의 공허는 인륜과 사물의 상도를 내버림으로써 이른바 나의 마음[吾心]을 밝히고자 하였으되, 물리가 곧 내 마음이라 내버릴 수 있는 것이 아님을 알지 못하였다. 송나라에 이르러 주돈이·이정(二程)이 등장하여 비로소 공맹의 종지를 되찾을 수 있었다. 무극이 곧 태극이다, 인의중정으로써 안정하고 정(精)을 위주로 하라, 움직일 때도 안정되고 가만히 있을 때도 안정된다, 안팎도 없고 맞이하고 보냄도 없다는 등의 논지는 거의 정일의 취지와 부합한다.

그 후 상산 육 씨가 등장했다. 비록 순수함과 화평함은 위의 둘에 미치지 못하는 듯하지만, 간이(簡易)함과 직접적이고 명료함은 실로 맹자로부터 전수 받았다고 이를 만하다. 그가 펼친 의론이 때에 따라 다르기는 하지만, 기질과 의견이 다를지라도 학문은 반드시 그 마음에서 구해야 한다는 요지인즉 하나였다. 그래서 나는 육 씨의 학문이 곧 맹자의 학문이라고 단언하였던 것이다. 그러나 세상의 논자들은 그의 학문이 회옹(晦翁)과 다른 것을 보고는 선(禪)이라고 헐뜯었다. 선가의 학설은 인륜도 팽개치고 물리도 내다버린다. 그들의 최종 귀결처를 요약해보건대 그것으로는 천하 국가를 경영할 수 없다. 만약 육 씨의 학문이 정말 이러하다면 선가라고 지목해도 괜찮겠으나, 지금 선가의 학설과 육 씨의 학설, 그리고 맹자의 학설이 다 책에 남아 있으니, 학자들이 한번 가져다가 읽어본다면 시비와 이동(異同)은 변론할 필요조차 없을 것이다. 그런데도 누가 한번 제창하면 화답하고, 말을 표절하여 부화뇌동하고 있으니, 실로 난쟁이가 연극 구경하는 꼴이다. 이 서글픈 비웃음이 생겨난 이유인즉, 눈으로 본 것을 천시하고 전해들은 소문만 믿으면서, 말로도 터득하지 못하고 마음에서 구하고자 하지도 않은 탓 아니겠는가? 시비와 이동은 언제나 이기고자 하는 마음과 구습에 젖어 자기 의견만 옳다고 여기는 데서 생겨난다. 이기고자 하는 마음과 구습이 초래하는 우환은 현자라도 면하기 어렵다.

　무주 태수 이무원(李茂元)이 장차 상산의 문집을 중각(重刻)하려 하면서 내게 서문을 부탁하였다. 내가 무슨 말을 더 할 수 있겠는가? 다만 선생의 글을 읽는 자들이 마음에서 구하기 위해 애쓰면서, 구습과 자기의 견해를 우선시하지 않는다면, 쭉정이와 흰 쌀밥의 좋고 나쁨은 입에 들어가는 즉시 알게 될 것이다.

정덕 신사년(1521) 칠월 삭일
양명산인 왕수인 쓰다

聖人之學, 心學也. 堯·舜·禹之相授受曰: "人心惟危, 道心惟微, 惟精惟一, 允執厥中." 此心學之源也. 中也者, 道心之謂也. 道心精一之謂仁, 所謂中也. 孔孟之學, 惟務求仁, 蓋精一之傳也. 而當時之弊, 固已有外求之者. 故子貢致疑於多學而識, 而以博施濟衆爲仁. 夫子告之以'一貫', 而敎以'能近取譬', 蓋使之求諸其心也. 迨於孟氏之時, 墨氏之言仁, 至於摩頂放踵, 而告子之徒, 又有仁內義外之說, 心學大壞. 孟子闢義外之說, 而曰: "仁, 人心也." "學問之道無他, 求其放心而已矣." 又曰: "仁義禮智, 非由外鑠我也, 我固有之, 弗思耳矣." 蓋王道息而伯術行, 功利之徒, 外假天理之近似以濟其私, 而以欺於人曰, 天理固如是. 不知旣無其心矣, 而尙何有所謂天理者乎?

自是而後析心與理而爲二, 而精一之學亡. 世儒之支離, 外索於刑名器數之末, 以求明其所謂物理者, 而不知吾心卽物理, 初無假於外也. 佛老之空虛, 遺棄其人倫事物之常, 以求明其所謂吾心者, 而不知物理卽吾心, 不可得而遺也. 至宋周·程二子, 始復追尋孔孟之宗, 而有無極而太極, 定之以仁義中正而主靜之說, 動亦定, 靜亦定, 無內外, 無將迎之論, 庶幾精一之旨矣.

自是而後有象山陸氏, 雖其純粹和平, 若不逮於二子, 而簡易直截, 眞有以接孟氏之傳. 其議論開闔, 時有異者, 乃其氣質意見之殊, 而要其學之必求諸心, 則一而已. 故吾嘗斷以陸氏之學, 孟氏之學也. 而世之議者, 以其嘗與晦翁之有同異, 而遂詆以爲禪. 夫禪之說, 棄人倫, 遺物理, 而要其歸極, 不可以爲天下國家. 苟陸氏之學而果若是也, 乃所以爲禪也. 今禪之說與陸氏之說, 孟氏之說, 其書具存, 學者苟取而觀之, 其是非同異, 當有不待於辯說者. 而顧一倡羣和, 剿說雷同, 如矮人之觀場, 莫知悲笑之所自, 豈非貴耳賤目, 不得於言而勿求諸心者之過歟? 夫是非同異, 每起於人持勝心, 便舊習, 而是己見. 故勝心舊習之爲患, 賢者不免焉.

撫守李茂元將重刻象山之文集, 而請予一言爲之序. 予何所容言哉? 惟讀先生之文者, 務求諸心而無以舊習己見先焉, 則糠粃精鑿之美惡, 入口而知之矣.

正德辛巳七月朔
陽明山人 王守仁書

왕종목 서문
王宗沐序

성인께서 마음[心]을 말씀하실 때, 깊고도 깊어서 형상이나 조짐이 없는 것은 함후(涵厚)하기 때문이요, 건드는 즉시 움직이는 것은 감응[應]이 있기 때문이라고 하셨다. 불가에서는 함후한 것만을 말하면서, 철저히 깨달아[圓明] 미묘의 경지에 든 다음 이를 비밀에 부치는 것을 기이하다고 여긴다. 속학에서는 감응에 나아가 이리저리 얽어 꾸미고 이어붙인 다음 이것을 분리시켜 놓는 것을 박학하다 여긴다. 하지만 가까이 다가간 바가 없을 수 없음에도 불구하고 끝내 들어가지 못한다. 어째서인가? 가까이 다가간 바가 없을 수 없는 것은 마음에서 생겨나기 때문이고, 끝내 들어가지 못하는 것은 본체에서 멀어졌기 때문이다.

성인께서 함후한 것만 이야기하지 않은 것은 사람들이 [보이지 않는] 은미한 것에서만 찾을까 두려워서였다. 감응만 이야기하지 않은 것은 사람들이 [드러나 보이는] 형적(形迹)에서만 찾을까 두려워서였다. 따라서 슬픔과 공경은 마음의 본체요, 종묘와 무덤을 보고 그런 마음이 이는 것은 감응이다.[105] 본체에는 갖추어지지 않은 것이 없으므로 느끼지 못하는 것이 없고, 느끼지 못하는 것이 없으므로 응하지

---

105) 『禮記』「檀弓下」에 "잡초 우거진 무덤 사이에서는 백성들에게 슬퍼하라고 시키지 않아도 백성들 스스로 슬퍼하고, 사직과 종묘 근처에서는 백성들에게 공경하라고 시키지 않아도 백성들 스스로 공경한다.(墟墓之間, 未施哀於民而民哀, 社稷宗廟之中, 未施敬於民而民敬)"라는 말이 나온다.

못하는 것이 없다. 그 감응에 기인하여 문명(文明)을 창제하니, 이에 곡하고 가슴을 치고 참최복을 입고 소복을 입는 등급과, 조두(俎豆)와 같은 제기 및 [朝聘 때 사용하는] 벽옥과 비단 등의 의례가 생겨났다. 의례가 세워짐에 마음이 전달되었으나 이 의례가 곧 마음인 것은 아니다. 이것이 바로 성인의 학문이다. 불가(佛家)에서는 감응만을 좇다가 거슬러 올라가 무(無)로 귀의하더니, 무덤과 종묘도, 슬픔과 공경도 모두 허망한 것이라 말하고, 성(性)이란 여기서 떨어져있기도 하고 또 떨어져있지 않기도 하다고 말하기에 이르렀다. 속학에서는 이를 부정하며 '여기에 있다'고 말하더니, 이내 명수(名數)를 번다하게 만들고 박학함을 심오하게 만들었다. 그러면서 이런 것이 아니면 따를 바가 없다고 말하고 있다. 저들은 감응을 지워버린 자들이 현묘하고 아득하고 공허하고 적막한 것을 성(性)이라 여기고, 명수와 박학에 탐닉하는 자들이 말단을 상세히 궁구하다 그 본연의 이치를 잊었다는 사실을 알지 못한다. 그래서 내가 말하기를, 선학과 속학이 끝내 [진실에] 들어가지 못하는 이유는 본체에서 멀어졌기 때문이라고 한 것이다.

성인이 마음을 이야기한 것 중에 가장 상세한 것은 송나라 유자들이다. 맨 마지막에 등장한 상산 육 씨는 세상에 이른바 어지러이 얽매인 것들을 다 없애고 우리들 마음의 감응을 곧장 가리키며, "잡초 우거진 무덤을 보고 슬퍼하는 것과 종묘를 보고 공경하는 것이 마음이다. 이로써 마음의 진위를 구별할 수 있으니, 성학이란 바로 이런 것이다."라고 말했다. 그가 들인 공력이 비록 조금 간단해 보이기는 하지만, 감응의 온전함을 매우 분명히 지적하였다. 그런데도 속학들은 이 때문에 그를 선가(禪家)라 치부하며, 명수와 박학에 미처 미치지 못하였다고 말한다. 아아! 상산이 감응을 적시한 이유는 사람들로 하여금 다 같이 지니고 있는 것을 구하게 하기 위해서이다. 불가에서 감응을 무(無)로 거슬러 올라가 찾기에 상산은 감응에서 형적을 적시했던 것이다. 이러한 이유로 선가라고 지목한다면, 성인이란 반드시 명수와 박학함에 힘써야만 하는 것인가? 의례를 마음이라고 여긴다면, 안타깝지만 슬픔과 공경은 일어날 방도가 없을 것이다.

이 문집은 금계에서 판각되었으나 세월이 오래 되어 알아볼 수 없게 되었다. 덕안(德安) 길양(吉陽)의 하(何) 선생이 강서 안무사로 나온 이듬해에 이학을 널리 천양하니, 사인들이 정숙해졌다. 이에 이 책을 다시 간행하면서 내게 서문을 지으라고 명했다. 사양하였으나 허락받지 못하여 상산의 말씀 중에 정수를 취하여, 거기에 근거하여 증명하였다. 세상의 지혜로운 자가 과연 취하는 바가 있다면, 선가나 속학과 유자의 경계가 손바닥 가리키듯 선명히 드러날 것이며, 상산의 학문에 관해서도 가히 알게 될 것이다.

대명 가정 40년(1561) 신유년 오월, 사진사출신,
중봉대부, 강서포정사 우포정사, 전 봉칙 제독강광양성학정,
형부랑 임해 후학 왕종목이 짓다

聖人之言心, 淵然無朕, 其涵也. 而有觸即動, 其應也. 佛氏語其涵者, 圓明微妙, 而秘之以爲奇. 俗學即其應者, 粧綴繳繞, 而離之以爲博. 要之, 不能無所近, 而亦卒不可入. 何者? 其不能無所近者緣於心, 而卒不可入者遠於體也.

聖人者, 不獨語其涵, 懼人之求於微. 而不獨語其應, 懼人之求於迹. 故哀與欽者, 心之體也, 見廟與墓而興者, 其應也. 體無所不具, 則無所不感, 無所不感, 則無所不應. 因其應而爲之文, 於是乎有哭擗衰素

之等, 俎豆璧帛之儀. 儀立而其心達, 而儀非心也. 此所以爲聖人之學
也. 佛氏則從其應而逆之以歸於無, 曰墓與廟, 哀與敬, 皆妄也, 而性
則離是, 而亦不離於是者也. 俗學者非之曰'此有也', 則從而煩其名數,
深其辨博, 而以爲非是則無循也. 然不知泯感與應者, 旣以玄遠空寂爲
性, 而其溺於名數辨博者, 又詳其末而忘其所以然. 予故曰: 禪與俗卒
不可入者, 皆遠於體也.

聖人之言心, 詳於宋儒, 最後象山陸氏出, 盡去世之所謂繳繞者, 而
直指吾人之應心曰: "見虛墓哀而宗廟欽者心也, 辨此心之眞僞, 而聖
學在是矣." 其於致力之功雖爲稍徑, 而於感應之全則指之甚明. 而俗
學以爲是禪也, 其所未及者名數辨博也. 嗟乎! 象山指其應者, 使人求
其涵也. 佛氏逆其應於無, 而象山指其迹於應, 以是爲禪, 然則爲聖人
者, 其必在名數辨博乎? 以儀爲心, 予惡夫哀欽之無從也.

是集刻於金谿, 而歲久漫漶, 德安吉陽何先生撫江西之明年, 丕闡理
學, 以淑士類, 乃改刻焉, 而命沐爲序. 辭不獲, 因取象山言之粹者, 據
而証之. 世之知者, 果有取焉, 則禪俗與儒之界將昭然若指掌, 而象山
氏之學可知也已.

大明嘉靖四十年歲次辛酉五月吉, 賜進士出身,
中奉大夫, 江西布政司右布政使, 前奉勅提督江廣兩省學政,
刑部即臨海後學王宗沐撰

가정 계축년 3월, 나 왕종목이 『주자대전』의 개인 수초본을 간행하
고서 주·육의 같고 다름에 관한 대략을 논술하여 책에 수록한 다음
양광 순무시어 왕 공에게 글을 청하였다. "주희의 책은 다 갖추어져
있으나 육구연의 책의 경우 월(粵: 지금의 廣東 지역) 땅 사인들은 죽
을 때까지 보지 못하니, 둘 다 나란히 보존하고 싶습니다." 이윽고 광

서 순안시어 진(陳) 공이 막 도착하였기에 다시 청하였더니 이렇게 말씀하셨다. "나란히 출간하여 사람들에게 보여줄 수 있다면 우리 도의 행운일 터, 서둘러 도모하도록 하라." 나 종목은 이에 상산 선생의 편지와 문장, 어록과 학문 논저를 다시 기록해 6권으로 정리한 다음, 자호와 양명 두 선생의 서문을 앞에 수록해 판각했다. 책이 완성되고 난 뒤 월 땅의 사인들에게 고하였다. "두 선생께서 도로써 자임하며 후세를 열어준 공이 지금까지 400년 동안 전해지고 있다. 그 은미한 말씀과 심오한 뜻이 이 두 책에 다 갖추어져 있으니, 손에 들고 음미하면서 습관적으로 보지 말고 깊이 있게 사색해본다면, 그 요지가 무엇인지, 의혹 없이 환히 알게 될 것이다."

천지에서 기원하여 극(極)을 세우고, 고금을 관통해 변함없이 유행하고 있으니, 도라는 것은 하나이며 둘이 있을 수 없다. 자질에 치우침이 있고, 견문에 이르고 늦음이 있지만, 미비한 것을 모으고 미처 융화되지 못한 부분을 없애서 상부상조하며 학문을 완성해야지, 혼자만 고집해서는 안 된다. 두 선생이 우연히 한 때의 견해를 가지고 서로 비교하고 정정하기는 하였지만, 이 또한 벗 사이의 절차탁마하는 마음에 지나지 않았다. 그런데 후세 사람들이 둘을 나누어놓고 서로 대척하게 하면서 나란히 공자의 무리가 되지 못하게 하였으니, 이 또한 명성만 채택한 채 내실은 놓치고서 너무 지나치게 질책한 것 아니겠는가?

따라서 지금으로부터 말해보자면, 우주를 통섭하는 일을 자신의 직분이라 여기고, 지난날을 이어 미래를 여는 것을 입심(立心)이라 여겼으며, 훈고에 빠져 헤매는 것을 지리멸렬하다 여기고, 의리(義利)를 변별하는 것을 관건이라 여겼다. 놓친 마음을 거두는 것에 근본을 두어 단서를 열었고, 사단(四端)을 확충해 가는 것을 극도로 끌어 올리는 데 힘을 다하였다. 마음을 다해 성(性)을 알아가는 것을 통해 예악형정(禮樂刑政)에 이르게 하는 것, 이것이 바로 상산 선생의 학문의 대강이다. 선생의 책을 보고 다시 주자에게 합치시켜 보면 서로 같은 것이 무엇인지 찾아낼 수 있고, 다른 것이 무엇인지 변별할 수 있을 것이다. 그리되면 도는 서로 부합하지 않은 것이 없으되 그저 말에 각각 가리키는 바가 있을 뿐임을 알게 될 것이요, 그런 후에는 선생을 가리켜 속학이니 선학이니 지목하는 자들도 그 대략을 논할 수 있을 것이다.

옛날에 자공이 공자를 많이 배워 안다고 여기자 공자께서 "아니다. 나는 일이관지(一以貫之)한다."고 그에게 가르침을 주었다. 또 [학자들에게] 말이 너무 많은 것을 걱정하면서 다른 날 "나는 말하지 않으려고 한다."고 말씀하셨다. [많이] 듣고 보아 아는 것을 앎 중의 두 번째라고 하였으니, 이런 것이 모두 공자의 가법이었다. 선학의 요지의 경우, 사사롭게 자기만을 위하며 인륜도 끊은 채 생사로부터 벗어나기를 구하니, 참으로 이단이라 할 수 있다. 그래서 성세(聖世)에는 반드시 주벌하면서 들으려고도 하지 않았다. 그러나 그 가르침만은 실제 진리의 땅이 있으되 티끌 하나 묻지 않았고, 부처가 되고자 하는 일에도 한 가지 법(法)도 버릴 것이 없었다. 마음에 삼라만상이 들어 있어 법계를 두루 돌아다니며, 정밀하고 거친 것을 융화하여 십지(十地)·오승(五乘)·사교(四敎)·삼장(三藏)의 경지에 이르렀다. 전술한 바가 많지만, 오로지 공허함에 집착함을 수행이나 증득이라 여기지만은 않았다. 육자(陸子: 육구연)가 사람들에게 가리켜 내보인 것은 공자가 일찍이 옳다고 여긴 것이었고, 세상 사람들이 육자에게 화내며 공(空)이라고 능멸하는 것은 또한 석가가 본디 그릇되이 여긴 것이었다. 따라서 육자의 학문을 일러 입론에 분명하지 못한 부분이 있다고 말한다면 괜찮겠으나, 갑자가 선학과 나란히 놓는다면, 옥사를 심문하는 자가 양쪽 모두에게 물어보지도 않고, 실상을 알려 하지도 않고, 오직 전대 사람들이 판결한 문건만 보고서 결단하는 것과 무엇이 다르겠는가? 그러니 그 사이에 억울함이 없을 수 있겠는가?

두 선생이 이렇게 된 까닭을 돌아보니 '무극(無極)' 두 글자에 관한 변론에서 시작되었다. 두 글자가 지니고 있는 무게 정도로 사도(斯道)가 끊기거나 이어지거나 하지는 않는다. 만약 도가 있는 곳이라면 변론하지 않을 수 없다. 예컨대 『논어』의 첫 장에서 '때로 익힌대[時習]' 두 글자는 마땅히 강구해야 하므로 한우충동(汗牛充棟)할 정도로 책을 쓴다 해도 그만 둘 수 없다. 그러나 '무극' 두 자는 분명한 개념도 아닌데, 어찌하여 그대로 놓아두지 못하고서 이처럼 어지러이 떠들었단 말인가? 이는 두 선생께서 젊어, 아직 학문이 완성되지 않았을 때의 일이다. 육자는 본디 문자의 가르침에 집착하지 않았으나 '무극' 논쟁에 있어서는 평소와 반대의 태도를 보였다. 나는 육자가 좀 더 고집하지 못한 것이 안타깝거늘, 논자들은 다시 선가라고 여긴단 말인가?

아아! 도(道)는 주·육이 독차지할 수 있는 것이 아니라, 지금 이렇게 다투고 내치고 해봐야 두 선생에게 아무런 보탬도 손해도 되지 않는다. 다만 탓해야 하는 것은 학문이 끊기고 도가 상실된 이래, 문호가 많아지고 당파가 많아져서 말이 많아질수록 도가 더욱 어두워진 현실일 뿐이다. 이에 도로서 자임하는 사인들이 두려워하며 감히 안주하지 못하고 있다. 육경을 지은 까닭은 도를 밝히기 위해서이다. 성인이 『주역』을 지은 것에 대해 "『역』을 지은 자는 우환 의식이 있었던가?"라고 말하고 있고, 맹자는 "신이 임금을 시해하고, 자식이 아비를 시해하는 것을 보고 공자께서 두려워하여 『춘추』를 지었다."고

하였다. 그렇다면 『주역』과 『춘추』는 본디 난적(亂賊)과 함께 해야 하는 현실이 근심스러워서 지었을 뿐이다. 만약 이런 근심이 없었다면 『주역』과 『춘추』는 짓지 않았을 것이다. 후에 입론하는 자들도 과연 부득이한 것이 있는가? 후에 문자를 추구하는 자들도 과연 모두 작자의 이와 같은 뜻을 얻었는가? 번거롭게 훈고에 몰두하고, 수많은 사람들이 변설로 쟁론하는 것을 보니, 참으로 애통하다. 선각자가 일어나 [이러한 풍토를] 내쳤음에도 끝내 꺼뜨려 잠재우지 못하는 것은 어째서인가? 이런 것을 일삼는 사람에게도 나름의 근원이 있나니 근원이란 뽑아 내 막아버릴 수 없기 때문이다. 주·육의 주지가 아무리 밝아도 몸에 젖은 고질병의 폐단을 깨뜨리지 못했으니, 더욱 거세게 흘러가 구제할 수 없는 것도 당연하다 하겠다.

내가 선가의 이야기를 빌려 설명해보겠다. 구담(瞿曇)의 종파에서는 처음 생사화복의 학설로써 사람들이 반드시 행해야 하는 바를 이루도록 도와준다. 그래서 그 학설을 익히 들어온 자들은 모두 반드시 뜻을 이루겠다는 생각으로 찾아온다. 비록 미치광이 사내나 사나운 군졸들이라 하여도, 옛날을 버리고서 적막하고 외롭고 괴로운 곳을 따르고자 하며, 심한 자는 면벽 수행을 하거나 벼랑에서 뛰어내리기도 하고, 몸을 찌르고 손가락을 사르기까지 하면서 후회하지 않는다. 그 뜻이 실로 절실하고 행동이 실로 전일한데, 말할 겨를이 어디 있겠는가? 비록 그 일이 성교(聖敎)와 어긋난다 하여도 그들의 종문에 있으면 충신과 독경(篤敬)을 행하는 무리가 되는 것이다. 하지만 후세의 학자들은 성현이 되기를 구하는 데 전혀 뜻이 없다. 그저 앞 사람들을 따라하면서 습관만 들일 뿐이다. 심지어는 고식적으로 이런 것을 가지고 바삐 뛰어다니는 노고를 내려놓고자 한다. 그래서 속으로 [알고 있는] 사설이 넓지 않고 들어 기억하는 내용이 많지 않으면 그 말이 행해지지 않는다고 여긴다. 뛰어난 자는 훈고와 주석에 힘을 쏟아 모조리 섭렵함으로써 공과(功課)를 얻으려 하면서 아침저녁으로 고치고 또 고친다. 하지만 이른바 심신에 절실한 것에 이르러서는 그대로 놓쳐 버린 채 미치지 못하니, 이는 곧 입지(立志)의 허물이다.

불가들의 학설은 아득하고 요원하지만 그들이 일삼는 바는 대충하는 법이 없다. 불법을 전수한 증거로 가사(袈裟)를 물려주고, 단에 올라 설법한다. [사람을 구분하는] 눈이 있어 스승의 뒤를 이었다고 칭해지는 자라면 반드시 진증(眞證)을 스스로 얻은 자일 테이지만, 그럼에도 감당하지 못할 때가 있다. 후세의 학자들은 내실을 미처 갖추기도 전에 학설 세우는 데 급급하다 보니, 본 바가 아직 정밀하지 않고 견해가 아직 정해지지 않은 상태에서 너도 나도 전수하느라 여념이 없다. 이내 그것이 타당하지 않은 것을 자각하거나, 심하면 만년에 가서 후회할 수도 있지만 그 책이 이미 간행되고 나면 이미 고칠 길이 없다. 그러니 말이 많으면 그 본래 뜻에도 부족한 부분이 있을 터인데, 하물며 성인의 도에 맞추어보면 어떠하겠는가? 이것은 곧 입언의 허물이다.

불가에서는 장막을 걷어내고 '내'가 있을까 그것만 두려워한다. 오만한 병폐를 탐음(貪淫)에 비유하고, 강제로 종지를 붙이려는 것을 훼방(毁謗)이라 말한다. 자기만 옳다고 집착하는 것에 대한 경계가 이처럼 엄정하다. 지금 학자들의 논의를 보면 실로 지혜로운 자가 놓친 것도 있고 우매한 자가 얻은 것도 있다. 그 말이 진실로 옳아서 서로에게 도움이 된다면, 꼴 베는 비루한 사내의 말이라도 취하여 따라야 한다. 여기서 이기고자 하는 마음이 생겨나는데, 혹자는 치우치고 기운 것을 고집하기도 하고, 혹자는 굴복하는 것을 수치로 여겨 반드시 이기고자 한다. 심한 경우 문호를 다르게 나누고, 거기다 울타리까지 친다. 그러니 그 말이 많고 학설이 자극적인 것은 당연히 이기고자 하는 마음의 허물인 것이다.

이 세 가지가 서로 병을 일으킨다. 이른바 본원이라는 것은 깊고 단단하게 얽어매고 있어서, 아무리 특출한 인재라 하여도 한번 그 안에 빠지면 나왔다 들어갔다 끝내 스스로 벗어나지 못한다. 그리되면 문자와 훈고와 해석이 아무리 찬란하다 해도, 옛날 사람이 뱀을 그리고 다리를 그려 넣은 것[蛇足]에 오늘날 사람들이 다시 비늘과 손톱을 그려 넣은 꼴밖에는 되지 않는다. 분식이 더욱 정교할수록 진리에서는 더욱 멀어져간다. 이와 같은 자라면, 선가와 비교해보아도 그들만 못할 것이다. 맹자가 말한 오곡이 돌피만 못하다고 한 것이나, 공자가 구이(九夷)에 살고 싶다고 한 것은 다 이 때문이다. 도가 밝아지지 않은 것이 우리의 과실이 아니라면 누구를 탓한단 말인가?

나는 용속하고 못나서 학문하는 방도를 모른다. 일찍이 두 선생의 글을 읽고서 돌이켜 생각해보다가 둘의 이합(離合)과 이동(異同) 사이에서 몇 가지를 터득하고, 말이 많으면 도리어 도가 어두워진다는 사실을 알게 되었다. 그러니 지금 나와 함께 이 도에 종사하는 몇 몇 사람들은 반드시 성현이 되고자하는 뜻과 사람에게서 선을 취하고자 하는 마음을 가지고, 거친 부분을 힘써 갈아내고 막힌 곳을 힘써 뚫으며 부득이한 연후에 말을 하고 또 말로써 도를 세상에 전해야지, 미려한 문사만을 다투어서는 안 될 것이다. 먼저 주재하는 바가 있은 연후에 문자를 추구하고, 문자로써 그 정밀함을 입증해야지, 문자에 빠진 채 헤어나지 못해서는 안 될 것이다. 횡포하고 사리에 어긋나는 말은 모두 그 안에 집어넣어서는 안 되니, 한참 지나면 반드시 뗏목을 버리고 언덕에 오를 날이 올 것이며, 그리되면 두 선생의 학문의 계통은 비로소 이어질 수 있을 것이다. 이것이 바로 두 공께서 도로써 자임하고 훌륭한 은혜를 베푼 뜻이니, 월 땅의 사인들은 공경히 이어받아야 할 것이다.

진 공은 휘가 선치(善治)이며 촉(蜀) 땅 파현(巴縣) 사람이다. 왕 공은 휘가 소원(紹元)이며 초(楚) 땅 금계 사람이다.

가정 계축년(1553) 12월
임해 후학 왕종목이 삼가 쓰다

嘉靖癸丑三月, 宗沐旣刻『朱子大全』私抄, 而稍論次朱·陸二氏異同之大略, 以附於書間, 以請於兩廣巡按侍御王公曰: "朱書備矣, 陸氏書, 粤之士有終身不及見者, 其圖並存之." 已而廣西巡按侍御陳公始至, 以請, 曰: "並刻以示二三子, 吾道之幸也, 其亟圖之." 宗沐乃更錄象山先生書·文·語錄·論學者, 釐爲六卷, 冠以慈湖·陽明二先生之序刻焉. 旣成, 進粤之士而告之曰: "二先生任道開來之功, 傳四百年于玆. 其微言奧旨, 固已具於二書, 苟能玩味而深繹之, 而不惟習見, 則其旨歸之所在者, 可釋然而無疑矣."

夫原於天地以立極, 而通於古今以常行者, 道之致一而不可容或貳也. 質有偏重, 而見有早晚, 當會其未備而鎖其未融者, 學之相成而不可獨執也. 二先生偶以其一時之見相與校訂, 是亦不過朋友切磋之心. 而後世遂分別之, 攘斥之, 使不得並係於孔氏之徒焉, 則夫乃采聲遺實, 而責之太深矣乎?

故自今言之, 以彌綸宇宙爲己分, 而以繼往開來爲立心, 以沉迷訓詁爲支離, 而以辨別義利爲關鑰. 本之於收放心以開其端, 極之於充四端以致其力. 由於盡心知性而達於禮樂政刑, 此象山先生之學之大也. 備觀先生之書, 而更合之於朱子, 得其所以同, 辨其所以異, 則知道無不合, 而言各有指. 然後指之爲俗與禪 者, 皆可得而論其槪矣.

　昔者子貢以孔子爲多學而識, 而孔子敎之曰: “非也, 予一以貫之.” 比其患言之多也, 則他日又曰: “予欲無言.” 聞見爲知之次者, 皆孔子之家法也. 至於禪學之旨, 其自私爲己與絶人倫類, 以求免生死, 誠爲異端, 固聖世之所必誅而不以聽者. 但其所以爲敎, 固以爲實際理地, 不染一塵, 而佛事門中, 不舍一法, 心含萬象, 徧周法界, 融會精粗, 而至於十地 · 五乘 · 四敎 · 三藏, 傳述之多, 亦未嘗專以着空爲修證者也. 夫陸子之所指以示人者, 旣爲孔子之所嘗是, 而世之所以怒陸子而夷之爲空者, 又釋氏之所本非. 然則陸子之學, 謂其立論容有未瑩則可, 而遽坲之於禪, 是何異諫獄者不見兩造, 不求情實, 而但以前人之判其牘也而遂斷焉, 夫庸無有枉濫於其間乎?

　顧二先生之所以致是者, 起於‘無極’二字之辨. 夫二字之輕重, 未足以係斯道之絶續也. 若以爲果道之所在, 而不可不辨, 則孔子之書, 如首章‘時習’二字, 其所當講, 雖汗牛充棟, 猶未了了, 而‘無極’二字不明, 胡不且置, 而遽若是紛紛乎? 此則二先生早年未定之事. 而陸子不執文字之敎, 於此亦稍自背馳, 而愚猶憾其執之不固也, 而論者乃更以爲禪乎?

　嗟夫! 道非朱 · 陸之所得專, 卽今而爭焉, 而斥焉, 於二先生無加損也. 而獨怪夫學絶道喪, 門戶之多, 而黨伐之衆, 則言多而道益晦, 此任道之士所爲懼而不敢安也. 六經之作, 本以明道. 然聖人於『易』則曰: “作『易』者, 其有憂患乎?” 孟子曰: “臣弑君, 子弑父, 孔子懼, 作『春秋』.” 然則『易』與『春秋』, 固以憂患與亂賊爾. 苟無是焉, 『易』 · 『春秋』不作也. 後之有言者, 其果有不得已焉者乎? 而後之求之文字者, 其果皆得夫作者之意乎? 訓詁馳騁之煩, 辯說爭競之衆, 誠可哀痛, 而先覺之士亦嘗有起而闢之, 而卒不能有所撲息者, 何哉? 蓋其所以爲此者, 有本有源, 本源之地, 未能拔而塞之, 則朱 · 陸之旨雖明, 而其沿習沉痼之蔽未能或破, 宜其流之靡而莫或救也.

　愚請得借禪以明之. 瞿曇之宗, 其始以生死禍福之說濟其必行, 是以習聞其說者皆抱必得之志而來, 雖狂夫悍卒, 皆能舍其舊而從於寂寞孤苦之鄉, 甚或面壁投崖, 刎身燃指而不悔者, 其志誠切而其事誠專也, 而尚安暇於言乎? 雖其事誠戾於聖教, 而在其宗門則固爲忠信篤敬之徒矣. 後世之言學者, 初本非有求爲聖賢之志, 因循前却, 與習相成, 甚或姑以是而息其馳騖之倦, 　則其心以爲詞說之不博而記聞之不多, 則其言不行. 而其上焉者, 始畢其力於訓註涉獵, 以求爲功果, 朝移暮易, 而於所謂痛切身心者, 宜其番有所遺而不及矣, 此則立志之過也.

　爲佛者, 其說誠冥莫迂遠, 而其爲事則未嘗苟也. 付法傳衣, 登壇說法. 號稱具眼以續其師者, 必其眞證而自得焉, 而猶或不敢當也. 後世之言學者, 實則不至, 而急於立說, 則固有窺之未精而見之未定者, 固已遂爲人人之所傳矣. 雖其或旋覺於未妥, 甚或自悔於晚年, 而其書遂行, 已不可改. 則其言之多也, 雖其本意尙有未慊, 而況槪之於聖人之道乎? 此則立言之過也.

　夫佛者, 屏除翳障, 獨懼有我, 增慢之病, 比於貪淫, 而强附宗言, 謂之毀謗, 其於執着是己之戒, 若是乎其嚴也. 今學者之論, 誠有智者之失矣, 有愚者之得矣. 苟其言之是而足以相濟也, 則蒭蕘鄙夫固當兼取以從. 於是而乃有勝心焉, 或原以偏倚而執之堅, 或恥於相屈而必其勝, 甚或分門異戶, 又從而藩籬焉, 則亦無怪乎其言之多而說之激矣, 此則勝心之過也.

　凡是三者, 相因爲病. 所謂本原, 沉錮纏綿, 雖有特出之才, 一入其中, 足起足陷, 未能自拔. 則文字訓解縱其燁然, 譬之古人畫蛇添足, 而今更爲之鱗爪也. 粉飾彌工, 去眞彌遠. 凡若是者, 質之於禪, 曾有不若此. 孟子所謂五穀不如荑稗, 而孔子思欲居九夷也. 道之不明, 非吾黨之過, 而誰執其咎乎?

　沐之庸下, 學不知方, 以嘗讀二先生之書而反思焉, 於其離合異同之

際稍得一二, 而因以知言之多者則道轉晦. 故今與二三子之所從事者,
必其有求爲聖賢之志, 而又有取善於人之心, 務礪其粗, 務濬其壅, 必
不得已而後言焉, 言以鳴道, 而非以鬥靡也. 必有所主而後求之文字
焉, 文字以證其精, 而非以執泥也. 而凡其畔援之說擧不得入於其中,
則久之必有舍筏濟岸之日, 而二先生之學庶乎可續其緒矣. 此則二公
任道嘉惠之志, 粤之士其知所以敬承之乎.

　陳公諱善治, 蜀之巴縣人. 王公諱紹元, 楚之金谿人.

　　　　　　　　　　　　　　　　　　嘉靖癸丑十二月吉
　　　　　　　　　　　　　　　　臨海　後學　王宗沐　謹識

부문조 서문

傳文兆叙

　　상산 선생의 학문은 맹자의 '놓친 마음을 구하라'에서 뜻을 취해와 더 큰 것을 세운 것이다. 초년에는 주 선생과 달랐으니, 주 선생의 학문은 견문을 통해 입문하는 것이었는데, 뜻인즉 먼저 고금을 널리 보고 일의 변화를 다 궁구한 연후에 이 마음에서 스스로 터득하게 하고자 함이었다. 이 때문에 육 선생은 주 선생을 지리멸렬하다고 논평하였다. 학문이란 마음 섬기는 것이 위주이니, 공자에게 근본을 두어 충신(忠信)을 잃지 않는 것이 학문의 훌륭함이요, 충신을 위주로 하는 것이 학문의 견고함이요, 안락함과 배부름을 추구하지 않고 민첩하고 조심스럽게 바름에 나아가는 것이 학문의 독실함이요, 노여움을 옮기지 않고 두 번 잘못을 번복하지 않는 것이 학문의 부절(符節)일 뿐, 물리를 널리 공부하고 널리 듣는 것이 학문이라는 말은 들어보지 못했기 때문이다. 그렇다면 견문은 폐하여도 되는가? 고훈(古訓)을 상고하고, 선각을 본받는 것 역시 학문의 인증이니, 어찌 폐할 수 있겠는가! 그래서 주 선생은 아호(鵝湖)의 모임이 있은 3년 후에 시를 지어 "서책에 처박혀 지내는 날 언제 끝나리? 차라리 내던지고 봄이나 찾아가세."라고 읊었던 것이다. 이때에 이르러 자신의 잘못을 깨달은 것이니, 더 이상 이동(異同)에 관해 말할 것이 없어진 셈이다. 혹자는 선생을 선학(禪學)이라고 비난하는데, 선학은 인륜과 물리를 외부의 것으로 치부하는 학문이다.

　　육 선생 형제 여섯 중에 선생이 가장 어리다. 형제가 서로 사우(師

友)가 되어 주었고, 가도(家道)가 엄정하여 온 집안 100명의 식구가 9대 동안 한솥 밥을 지어 먹었기에, 송 효종 황제께서 온 집안의 효제를 칭송한 바 있으니, 진실로 마음에 근본을 두고 궁행의 실천으로 드러냈다 이를 만하다. 선생께서 동남쪽에서 도를 제창하자 문하를 찾아와 학문을 전수받은 자들이 몇 천 명인지 헤아릴 수 없을 정도였다. 혹자는 강서 삼륙(江西三陸)[106]이라 칭하기도 하고, 혹자는 이륙(二陸)이라 칭하기도 하는데, 선생께서 홀로 독보적이었다. 송나라에서 지금에 이르기까지, 시간이 흐를수록 더욱 빛이 났으니, 선학(禪學)이라고 불러서야 되겠는가?

선생은 금계 청전향(青田郷)에서 태어났다. 우리 집안 부자운(傅子雲)이 선생과 같은 고을 출신이라 선생에 대해 가장 깊이 알고 있었기에, 내 그 흔적을 삼가 얻어 들을 수 있었다. 문집은 이미 일곱 번이나 판각되었는데, 선본(善本)이라곤 없다. 벗 주희단(周希旦) 씨는 효성스럽고 우애로운 벗으로, 선생의 높은 뜻을 흠모하여 전집을 구해 금릉에서 판각함으로써 널리 전하고자 하였다. 게다가 성조(聖朝)의 도학이 크게 밝아 선생의 학문이 더욱 빛나고 있으니, 이를 알고 좋아하는 자가 분명 있을 것이기에, 문집 중에서 한 글자도 없애지 않았다. 비록 가릴 수 없는 하자가 보이긴 하지만, 성현으로부터 더욱 멀어져 천여 년이 흐른 뒤에 선생 정도로 인품이 높고 심학을 바로 세운 자를 구하기란 쉽지 않으므로 내 특별히 세상에 널리 알리며, 후에 이를 귀감으로 삼을 수 있는 자를 기다린다.

만력 을묘년(1615) 여름

---

106) 넷째 형인 陸九韶, 다섯째 형인 陸九齡, 그리고 陸九淵을 합쳐 부른 것이다.

象山先生之學, 得之孟子求放心, 先生立其大. 其初年與朱先生異者, 蓋朱先生之學, 原由聞見入, 意欲先博古今, 窮事變, 然後使自得於心, 陸先生所以議其乃支離也. 蓋學以事心爲主, 本孔子以不失忠信爲好學, 以主忠信爲學之固, 以不事安飽而敏愼就正爲學之篤, 以不遷怒, 貳過爲學之符, 未聞以博物洽聞爲學也. 然則聞見可廢乎? 考古訓, 效先覺, 亦學之印正耳, 胡可廢也! 故朱先生鵝湖之會後三年詩曰: "書冊埋頭何日了, 不如抛卻去尋春." 至是亦覺其非, 無復異同之可言矣. 或者又譏其爲禪學, 夫禪學外人倫物理以爲事者也.

陸先生兄弟六人, 而先生爲最少, 兄弟自相師友, 家道雍肅, 合門千指, 九世共爨, 宋孝宗皇帝嘗稱其滿門孝弟, 眞所謂本諸心而見之躬行之實者. 且其倡道東南, 及門受業者不知幾千人, 或稱爲江西三陸, 或稱爲二陸, 而先生爲獨著. 自宋迄今, 愈久彌光, 謂其爲禪學可乎?

先生生於金谿靑田之鄕, 吾家子雲與先生同里, 其受知先生爲最深, 故愚亦得竊聞其緖焉. 文集已經七刻, 殊無善本. 友人周希旦氏, 孝友人也, 慕先生之高致, 乃求全集而刻之金陵, 以廣其傳. 且聖朝道學大明, 而先生之學益彰, 當必有知而好之者, 集中不敢刪削一字. 雖其瑕瑜不相掩, 然去聖益遠, 論人於千百載之下, 求其如先生人品之高, 心學之正, 亦不可多得. 予故表而出之, 以俟後之覽者考鏡焉.

萬曆乙卯夏

金谿 後學 傅文兆 識

오징 서문
吳澄跋

청전(靑田) 육 선생의 학문은 말로 전할 수 없으므로 학자들이 말로써 구할 수 없다. 옛날 우강(盱江)에 선생의 어록 한 질이 있었는데, 기록된 내용에 깊고 얕음의 차이가 없지 않았으나 첫 번째 편장은 고제(高弟) 부계로와 엄송년이 기록하였다. 내가 엄숙히 읽어보니 선생의 도는 청천백일과도 같았고, 선생의 말씀은 우레와 벽력과도 같아서 수백 년이 지난 지금에도 마치 직접 뵙고 직접 듣는 것 같았다. 양경중의 문인 진훈(陳塤)이 귀계의 상산서원에서 이를 찍어냈고, 지치(至治) 계축년[107]에 금계의 학자 홍림(洪琳)이 문집을 청전서원에서 중각했다. 악순(樂順)이 이를 듣고 경사를 찾아와 완성된 경위를 기록해달라고 부탁하였다.

아아! 도가 천지간에 있음에 고금이 다르지 않고, 사람마다 똑같이 이를 얻음에 어질고 지혜로운 자나 어리석고 못난 자 모두 부족함이 없다. 제 몸에서 이를 반추해볼 수만 있다면, 하늘이 내게 준 것은 내 본디 가지고 있으므로 바깥에서 찾을 필요가 없다. 이를 확충하기만 하면 더 보탤 필요도 없다. 선생이 사람에게 가르쳤던 것은 대략 이러한 것들이니, 지극히 간이(簡易)하면서도 절실하지 아니한가! 제

---

107) 至治는 元나라 英宗의 연호인데, 至治 元年이 辛酉年(1321), 2년이 壬戌年(1322), 3년이 癸亥年(1323)이다. 따라서 원문의 癸丑은 癸亥의 오기로 보인다.

몸에서 구하지 않고, 사람의 말에서 구하는 것을 선생께서는 심히 불쌍히 여기셨다. 입으로 선생에 대해 이야기하고 마음으로 선생을 흠모하는 자가 허다하지만, 과연 선생의 학문을 아는 자가 한 명이라도 있을까? 선생의 학문을 아는 자가 한 명이라도 있을까? 아아! 거하는 곳이 이처럼 가깝고 세대 또한 이처럼 멀리 떨어져있지 않건만, 스스로 부끄러워하고 스스로 두려워하면서 분발하지 않을 수 있겠는가? 헛되이 선생의 학문을 말로 전하지 말라.

대원 지치 갑자년(1324)[108] 봄 3월
함구의 후학 오징이 삼가 쓰다

靑田陸先生之學, 非可以言傳, 而學之者非可以言求也. 旴江舊有先生語錄一帙, 所錄不無淺深之異, 此篇之首, 乃其高弟弟子傅季魯·嚴松年之所錄者. 澄肅讀之, 先生之道如靑天白日, 先生之語如震雷驚霆, 數百數十年之後, 有如親見親聞也. 楊敬仲門人陳塤嘗錄板貴溪象山書院. 至治癸丑金谿學者洪琳重刻文集於靑田書院, 樂順攜至京師請識其成.

於乎! 道在天地間, 古今如一, 人之同得, 賢知愚不肖無壹齒焉. 能反之於身, 則天之所以與我者, 我固有之, 不待外求也. 擴而充之, 不待增益也. 先生之敎人蓋以是, 豈不至簡易切實哉! 不求諸我之身, 而求諸人之言, 此先生之所深憫也. 今口談先生, 心慕先生者比比也, 果有一人能知先生之學者乎? 果有一人能爲先生之學者乎? 於乎! 居之

---

108) 至治年間은 辛酉年(1321)에서 癸亥年(1323)까지 총 3년이고, 甲子年(1324) 부터는 元 泰定帝 泰定 원년으로 바뀐다. 이 글을 쓴 시점이 3월이라 아직 연호가 바뀌기 전이었던 것 같다.

相近若是其甚也, 世之相去若是其未遠也, 可不自愧自惕, 而自奮與?
勿徒以先生之學傳之於言也.

大元至治甲子歲春三月

咸邱 後學 吳澄 敬撰

왕정진 서문
汪廷珍序

  우(虞)나라 조정에서는 16자 심법[109](心法)으로 도통(道統)을 펼쳤고, 후대에 와서 이학(理學)이 이를 계승했다. 이학이란 도통이 깃들어 있는 곳이다. 공자와 맹자께서 돌아가신 후 은미한 말씀이 끊기고, 백가의 학설이 어지러이 경쟁하듯 울려댔으나 혹자는 가렸으되 정밀하지 못했고, 혹자는 말했으되 상세하지 못했다. 스스로 도라고 여기는 것에 대해 이야기했으나 이는 성인의 도가 아니었다. 주염계(周濂溪)가 등장하여 버려진 경전을 고찰하고 전해지지 않던 실마리를 얻은 후에야 위로 선철을 계승하고 아래로 후학들의 문을 열어줄 수 있었다. 그 뒤를 이어 이정(二程)·장재(張載)·주희가 뒤를 이어 등장해 연원을 서로 전수하고 육경을 밝히 드러냄에 성도(聖道)가 찬연히 빛을 회복했다. 금계의 육상산 선생은 주자와 동시대 다른 지역 사람으로 한 사람은 백록동 주석이었고 한 사람은 아호에서 강학하여 당시 주·육으로 병칭되었다. 그가 드리운 교훈을 보면, 세운 가르침이 따르기 쉬웠는데, 그 대략인즉 사람들로 하여금 놓친 마음을 찾아 본연의 요체를 회복시키고자 하는 것이었다. 비록 주자와 그 종지가 달라 논박을 주고받긴 했지만, 궁행실천을 성현의 도에 비추어 보았을 때 부끄러움이 없기는 마찬가지였다. 그래서 육자를 연구하는 자는 반드시 주자를 참

---

109) 『尙書』「大禹謨」에 나오는 "인심은 위태롭고 도심은 정미하다. 오직 정일함으로 그 가운데를 잡아라.(人心惟危, 道心惟微, 惟精惟一, 允執厥中.)" 이 열여섯 글자를 가리킨다.

고해야 하고, 주자를 연구하는 자는 육자를 폐해서는 안 된다.

문집은 그 문인들의 손에서 나왔으나 송나라에서 지금에 이르는 동안 산실된 것이 매우 많았다. 임천의 이목당 선생은 본래부터 육 선생을 흠모해왔는데, 그의 집에서 왕 문성공 교본 몇 권을 찾아내 평점을 달고 문인들의 성명과 출신지 등에 관해 상세히 주석을 붙였다. 그것이 벌써 백여 년 전의 일인데, 아직까지 간행되어 반포되지 못하였다.

경술년 가을에 선생의 자손인 방서(邦瑞)가 그 원고를 들고 도성에 들어와 다시 새롭게 간행하면서, 나의 문하생인 왕지욱(汪之旭)을 통해 내게 서문을 부탁해왔다. 송나라 말 이학의 명유들이 즐비한 가운데 태어난 육자는 초가집에서 떨치고 일어나 타고난 능력으로 세속을 뛰어넘고 성명(性命)의 은미함을 천명하고 천인(天人)의 함의를 궁구함으로써 주염계[濂]·이정[洛]·장재[關]·주희[閩]와 나란히 불후의 반열에 올랐다. 비록 당시에 쓰이지 못했다 하더라도 후세 사람들은 그 말씀을 간직하고 있다. 지금 그 글을 읽어보니, 이 도의 순환 왕복과 성학의 자초지종이 여기에 모두 들어있었으니, 정말로 '백세(百世) 전에서 분발한 것을 백세 후에 듣고서 분발해 일어나지 않은 자가 없다.'[110]란 선생을 두고 한 말일 것이다. 나는 방서가 능히 선조의 뜻을 받들 수 있는 것을 기쁘게 생각하면서 동시에 선생의 책을 읽은 자들이 한갓 존덕성(尊德性)을 통해 마음만 보려고 하지 말고, 어디에 힘을 쏟아야 할지까지 엿볼 수 있기를 바란다.

사진사급제, 예부상서, 산양 후학, 슬암 왕정진이
도성 관사에서 쓰다

---

110) 『孟子』「盡心下」.

虞廷以十六字之心法衍道統, 而理學乃得承於後代. 理學者, 道統所由寄也. 粵自孔孟旣沒, 微言歇絶, 諸子百家之說, 紛紛競響, 或擇焉而不精, 或語焉而不詳, 道其所道, 而非聖人之道. 迨濂溪周子出, 考遺經, 而得不傳之緒, 於以上承先哲, 下開來學, 嗣是二程·張·朱相繼而起, 淵源授受, 表章六經, 而聖道燦然復明. 金谿陸象山先生與朱子同時異壤, 一則主席鹿洞, 一則講學鵝湖, 當世並稱朱·陸. 觀其垂訓, 立教易從, 大抵欲人求放心, 以復其本然之體, 雖與朱子宗主不同, 往反辨論, 而其躬行實踐, 期無愧於聖賢之道者, 則無不同也. 故考陸者必參朱, 考朱者不廢陸.

集出自門人, 自宋迄今, 頗多散失. 臨川李穆堂先生素佩陸, 於其家得王文成公校本若干卷, 爲之評點, 並詳註門人姓字里居, 至是已百有餘年矣, 未經刊布.

庚辰秋, 先生之嗣孫邦瑞, 將攜其稿入都門, 復以新之. 因予門下士汪生之旭, 請予爲序. 予惟陸子生當宋末, 理學名儒森然林立, 而先生奮起草茅, 天資學力超然物表, 闡性命之微, 窮天人之蘊, 與濂·洛·關·閩並垂不朽, 雖一時未盡其用, 而後世得以存其說. 今讀其文, 凡斯道之循環往復, 聖學之成始成終, 胥于是乎在, 將所謂'奮乎百世之上, 百世之下聞者莫不興起'也, 先生有焉. 予固喜邦瑞之能承先志, 而又冀乎讀先生之書者之當窺其致力之所存, 而不徒以尊德性爲見心之地也已.

賜進士及第, 禮部尙書, 山陽後學,
瑟庵汪廷珍書於都門邸舍

학칙변

學則辯

    내가 「학칙」을 다 편찬하고 나자 벗들이 이를 힐난하였다. 혹자는 존양(存養)과 격물치지를 인용하면서 존덕성과 도문학은 하나로 합치될 수 없다고 하였고, 혹자는 학문과 사변(思辯)과 독행(篤行)을 인용하면서 반드시 먼저 도문학(道問學)을 한 연후라야 존덕성(尊德性)에 미칠 수 있다고 말했다. 또 혹자는 회암과 상산 두 부자 모두 성인의 무리이기는 하지만 입문하는 방법에는 억지로 같게 할 수 없는 면이 있다고 말했다. 하는 말들이 비록 달랐지만 모두 학문이 학문 되는 까닭을 궁구하지 못했기 때문에 기어코 두 가지라고 여기며 그것이 하나라는 사실을 능히 믿지 못한 것이다.

    학문이란 존덕성 뿐이다. 묻는다는 것은 이것을 묻는 것이요, 배운다는 것은 이것을 배우는 것이다. 이것을 저버리면 선(禪)이라 부르고, 여기서 떨어지면 훈고(訓詁)라 부른다. 그래서 존덕성이라는 것은 군자가 주인으로 삼아 학문하던 방법이었다. 학문이란 군자가 말미암아 존덕성에 이르던 길이었다. 학문을 버리고 존덕성을 구한다면, 덕성은 높아질 수[尊] 없고, 존덕성을 버리고 도문학을 구한다면 더 이상 학문이라고 할 것이 존재하지 않는다. 이것이 존덕성과 도문학이 하나인 까닭이니, 존양과 격물치지를 가지고 나란히 갈라놓아서는 안 된다. 존양이란 다름이 아니라 자신이 다스린[格] 이치[理]를 보존하는 것이다. 격물치지란 다름이 아니라 보존하고 있는 이치를 다스리는 것이다. 보존한다는 것은 곧 다스린다는 것이니, 그 공용은 두 가지가 아니다. 이것이 이른바 도문학이며, 군자는 이로 말미암아 존덕성에 이르렀던 것이다. 만약 반드시 나누어서 존덕성을 존양에 귀속시키고, 도문학을 격물치지에 귀속시키면서 존덕성의 공이 도문학을 넘어선다고 말한다면, 이는 『중용』 첫 장에서 오로지 경계하고 두려워하라고 말한 뜻에 빠진 것이 있을 수밖에 없게 되며, 『대학』의 격물치지는 한갓 널리 배우고 충분히 듣기 위한 도구에 지나지 않게 된다. 그러나 이런 것으로는 이른바 성의·정심·수신·제가의 실제에 도달할 수 없다. 이것이 어찌 존덕성과 도문학만 모르는 것이랴? 이들이 또 이른바 존양과 격물치지를 어찌 알 수 있겠는가?

학문·사변·독행과 같은 것도 그렇다. 이른바 박학이라는 것은 실천을 대충하고 오로지 견문을 넓히는 데만 힘쓰라는 것이 아니다. 넓어진 연후에 그것들을 점차 수습하여 실행에 옮기라는 뜻이다. 군자는 수신할 때나 실천할 때 자신이 배운 바를 응용하지 않음이 없다. 혹 배웠으나 의혹이 있거든 그것에 대해 자세히 물었다. 물었으나 터득하지 못했거든 그것에 대해 신중히 생각했다. 생각했으나 여전히 그 마음에 명료해지지 못하는 바가 있거든 그것에 대해 밝게 변별하였다. 변별하여 밝아진 뒤에도 더욱 도탑게 행하면서 나태해지지 않았다. 이것이 이른바 독행이다. 넓다[博]와 도탑다[篤] 두 가지 뜻을 가져다 상대적으로 놓고 보아도, 그 사이에 선후의 차례가 있는 것은 아니다. 그런즉 도문학과 존덕성을 선후로 나눌 수 없음이 명백하다.

'두 부자의 입문 방법이 다르기는 하지만 모두 성인의 무리'라는 말에 대해서도 할 말이 있다. 군자가 배움을 통해 성인의 경지에 들어가는 것은 사람이 문을 통해 방으로 들어가는 것과 같다. 지금 존덕성과 도문학을 가리켜 두 개의 문이라고 말하고 있지만, 성인이 성인인 까닭은 몸소 실천하고 성(性)을 다하는 것 이외에 다른 일이라고는 없으니, 존덕성과 도문학에는 한 개의 방밖에 없다. 한 개의 문밖에 없다. 그런데 어떻게 다르게 들어갈 수 있단 말인가? 내가 두 부자가 같다고 단언하는 이유는 세상 사람들이 훈고의 비루함을 거론할 때는 망령되이 주자 평계를 대면서 또 육자를 선(禪)이라고 비난하고, 공적(空寂)의 오류를 거론할 때는 망령되이 육자 평계를 대면서 또 주자를 속학이라고 비난하는 것에 개탄을 금치 못하기 때문이다. 지금 두 부자 모두 성인의 무리라고 말한다면 나의 논쟁은 그만두어도 좋으니, 더 말할 만 한 차이가 어디 있단 말인가?

대저 자사(子思)가 쓴 이 장(章)의 주지는 본래 매우 명료한 것이었다. 존덕성만 말하지 않고 반드시 이어 도문학을 말한 것은 공부라는 것이 실재 존재해야 하니, 이를 존덕성을 행하는 자가 놓쳐서는 안 되기 때문이요, 도문학만 말하지 않고 먼저 존덕성을 말한 것은 근본으로 삼아야 할 것이 먼저 정해져야 하니, 도문학을 하는 자가 이를 도외시해서는 안 되기 때문이었다. 존덕성과 도문학만 말하지 않고 반드시 이를 합쳐서 한 글자로 만든 것만 보아도 이는 본디 한 가지 일일 뿐, 짝지어 서서 나란히 가는 것과는 다른 성질의 것임에 분명하다. 따라서 존덕성과 도문학은 하나이다. 주자는 대대로 오로지 도문학에만 힘썼다고 여겨져 왔으나 그 말씀은 반드시 존덕성을 위주로 했고, 육자는 대대로 오로지 존덕성에만 힘써왔다고 여겨져 왔으나 그 말씀은 도문학을 내버리지 않았다. 이것이 바로 두 부자가 같아지는 이유이다. 학문하는 제자들이 스스로를 돌이켜보아 학문에 두 가지 길이 있지 않음을 알아내고, 마음을 비운 채 두 부자의 말씀을 관찰해본다면, 분분한 학설에 미혹되지 않을 수 있을 것이다.

　이상 「학칙변」은 화정(華亭) 소호(少湖)의 서 공(徐公)이 지은 것으로, 주·육 두 부자의 학문은 귀결되는 바가 일치하여 추호의 의심도 용납할 수 없음에 관해 변론하였다. 지금 『상산전집』을 보각(補刻)하는 차에 이 변론까지 부록해 실음으로써 상산의 학문을 구하고자 하는 자들로 하여금 본받을 수 있게 한다.

형문주(荊門州) 유학정(儒學正) 민(閩) 땅 사람
우계(尤溪) 요서(廖恕)가 삼가 적다.
가정 기미년(1559) 가을 9월 초하루

　某旣編「學則」成, 朋友如相詰難者, 或引存養格致, 以爲尊德性·道問學不可合爲一事, 或引學問思辯篤行, 以爲必先道問學而後可及於尊德性. 又或謂晦庵·象山兩夫子均之爲聖人之徒, 但其入門則有不可强而同者. 其說雖殊, 然要皆不究夫學之所以爲學, 故必認以爲二, 而不能信其一也.
　夫學, 尊德性而已矣. 問也者, 問此者也, 學也者, 學此者也. 遺此之謂禪, 離此之謂訓詁. 故尊德性者, 君子之所主以爲問學者也. 問學者, 君子之所由以尊德性者也. 舍問學而求尊德性, 則德性不可得而尊, 舍尊德性而求道問學, 則亦不復有所謂問學之事. 此尊德性·道問學所以爲一, 而非可以存養·格致分屬並言者也. 且存養非他也, 存其所格之理焉耳. 格致非他也, 格其所存之理焉耳. 存也, 格也, 其功無二用也. 是乃所謂問學, 而君子所由以尊德性者也. 如必析尊德性以屬存養, 析道問學以屬格致, 而謂尊德性之功, 別有出乎問學之外, 則『中庸』首章之獨言戒懼, 於義旣不免有所遺, 而『大學』之格物致知, 乃徒爲博物洽聞之具, 而非所以致誠正修齊之實矣. 此豈獨不知尊德性・道問學, 亦豈識所謂存養格致哉?

乃若學問・思辯・篤行, 其所謂博學者, 非闊略於踐履, 而徒務博其見聞, 及其旣博, 然後漸次收拾以付之於行也. 蓋君子修身踐行, 旣無所不用其學矣, 其或學而有疑, 則問之之審. 問而未有得, 則思之之愼. 思而猶未能了然於其心, 則辯之之明. 辯之旣明, 則益敦行之而弗忘. 是所謂篤行者, 乃取博與篤兩義相對而言, 非所以爲先後之次也. 然則道問學・尊德性不可以分先後明矣.

至謂兩夫子入門異, 而均之爲聖人之徒, 則又有可言者. 夫君子由學以入聖, 猶人由門以入室. 今指尊德性・道問學爲兩門矣. 然而聖之所以爲聖, 踐形盡性之外, 無他事也, 則尊德性・道問學, 室一而已, 門亦一而已, 安得有異入乎? 凡某所以斷兩夫子之同者, 固慨夫世之人學其訓詁之陋, 妄自托於朱子, 而詆陸爲禪. 學其空寂之謬, 妄自托於陸子, 而詆朱爲俗也. 今曰均之爲聖人之徒, 則某之所爭者固已得矣, 又何異之足言哉?

大抵子思此章, 其辭旨本自曉白. 蓋不徒曰尊德性, 而必繼之以道問學, 則可見功夫之有在, 而爲尊德性者所不能遺, 不徒曰道問學, 而必先之以尊德性, 則可見主本之有定, 而爲道問學者所不能外. 不徒曰尊德性・道問學, 而必合之以而之一字, 則可見其爲一事, 而非耦立並行者之可倫. 是故尊德性・道問學一也. 朱子世以爲專道問學, 而其言必主於尊德性, 陸子世以爲專尊德性, 而其言不遺夫問學, 此兩夫子所以同也. 學子苟反身以究夫學之不容二, 而又虛心以觀兩夫子之言, 則可無疑於紛紛之說矣.

右「學則辯」, 華亭少湖徐公所作也. 辯朱・陸二夫子之學同歸一致,

不容有毫髮之疑矣. 今因補刻『象山全集』, 附刻是辯, 俾求象山之學者
則焉.

　　　　　　　　　　荊門州 儒學正 閩 尤溪 廖恕 謹識.

　　　　　　　　　　　嘉靖己未秋九月吉旦

주희가 육구연에게 보낸 답장
朱熹答陸九淵書

(1)

　보여주신 주차(奏箚)를 받아 지극한 논의를 읽어보고서 실로 깊은 위로와 은택을 받았습니다. 규모의 웅대함이나 원류(源流)의 심원함을 어찌 부유(腐儒)와 비루한 서생들이 엿보고 측량할 수 있겠습니까? 윤대(輪對)하실 적에 주상께서 어떤 말을 듣고 느끼신 바가 있으시던가요? 구구한 저의 사적인 근심 따위는 '만 마리 소가 고개 돌리는'[111] 탄식을 면치 못하지만, 그렇다고 저에게 또 무슨 문제될 게 있겠습니까? 말은 둥글고 뜻은 생기 넘치며, 물이 넘쳐흐르듯 하였으니, 조예의 깊음과 함양의 두터움에 더욱 탄복하게 됩니다. 다만 위로 향하는 오직 한 길[112]만은 한 번도 바꾸지 않아서 사람들의 의심을 면치 못하고 있는데, 아마도 불가(佛家)[113] 때문에 일어난 일 아닐까요? 어떻게 생각하십니까? 어떻게 생각하십니까? 한번 웃을 일이지요. 저

---

111) 각주 31 참고
112) 각주 32 참고
113) 원문은 '葱嶺'인데, 총령은 인도에 있는 산(山)으로, 석가가 이곳에서 수행했다 하여 불교를 '총령교'라고도 이름한다.

는 병들어 더욱 쇠약해져 있는데, 다행히 사록직을 얻어 마침내 진희이(陳希夷)[114]의 직하 자손이 되었으니 스스로 경하할 일이나, 향 사르는 곳에서는 백성을 교화하는 덕을 펼칠 수가 없어 이에 탄식을 금할 수가 없습니다!

奏篇垂寄, 得聞至論, 慰沃良深, 其規模宏大, 而源流深遠, 豈腐儒鄙生所能窺測. 不知對揚之際, 上於何語有領會? 區區私憂, 正恐不免萬牛回首之歎, 然於我亦何病! 語圓意活, 渾浩流轉, 有以見所造之深, 所養之厚, 益加歎服. 但向上一路, 未曾撥轉處, 未免使人疑著, 恐是蔥嶺帶來耳? 如何? 如何? 一笑. 熹衰病益侵, 幸叨祠祿, 遂爲希夷直下諸孫, 良以自慶, 但香火之地, 聲敎未加, 不能不使人慨歎耳!

(2)

지난번에 들으니 외임을 자처하는 청을 올렸으나 뜻대로 되지 않았다던데, 지금은 어떻게 결정 났는지요? 잠시 그대로 머물러 계시는지요? 후에 어떠한 학자를 더 얻으셨는지요? 포현도의 편지에 "일찍이 찾아뵈었다."고 썼던데, 만나보셨는지요? 부자연(傅子淵)과 지난 겨울에 만났습니다. 기질이 강건하고 의연한 것이 실로 얻기 쉬운 인재는 아니었으나, 편협한 면이 있어 심히 만사에 해로워보였습니다. 입이 아프도록 설명했지만 제 말이 옳다고 여기지 않는 듯 하였습니

---

114) 陳摶(871~989). 字는 圖南인데 보통 扶搖子, 希夷先生으로 불렸다. 北宋의 저명한 道學者이자 黃老學을 존숭했던 養生家이다. 현자를 에우하는 차원에서 노년이 되면 도관이나 도궁을 지키게 하고 봉록을 주었기에 도교의 인물인 진단을 모시게 되었다고 표현한 것이다.

다. 지금쯤이면 부(部)에 도착해 필시 만나보셨을 터인데, 따끔하게 약침을 놓아주셨는지요?

　도리라는 것은 지극히 정미해서 눈과 귀로 보고 들을 수 있는 것이 아닙니다. 시비와 흑백이 눈앞에 놓여있는데, 이를 살피지 않고서 생각의 겉에서 달리 현묘한 것을 구하고자 하니, 그것부터 이미 틀렸습니다.

　저는 나날이 쇠잔해져가고 있습니다. 작년에 입은 재난과 우환도 적지 않더니, 요 며칠 이래로 병든 몸을 겨우 지탱할 수 있을 듯합니다. 그러나 정신이 소모됨이 하루 하루 더해가는 걸 보니, 아무래도 이 세상에 오래 머물 수 없을 것 같습니다. 다행인 것은 근래 들어 일용 공부에 자못 공력이 붙어 예전처럼 지리멸렬한 병폐가 사라졌다는 것입니다. 조용히 마주 앉아 의론할 길이 없는 것이 참으로 한스러우니, 훗날 다시 만났을 때 [우리 사이에] 여전히 같고 다름이 있을런지 모르겠습니다!

　昨聞嘗有丐外之請, 而復未遂, 今定何如? 莫且宿留否? 學者後來更得何人? 顯道得書云: “嘗詣見.” 不知已到未? 子淵去冬相見, 氣質剛毅, 極不易得, 但其偏處, 亦甚害事. 雖嘗苦口, 恐未必以爲然. 今想到部必已相見, 亦嘗痛與砭磀否?

　道理雖極精微, 然初不在耳目見聞之外, 是非黑白即在面前, 此而不察, 乃欲別求玄妙於意慮之表, 亦已誤矣.

　熹衰病日侵, 去年災患亦不少, 此數日來, 病軀方似略可支吾, 然精神耗減. 日甚一日, 恐終非能久於世者. 所幸邇來日用功夫頗覺有力, 無復向來支離之病, 甚恨未得從容面論, 未知異時相見, 尚復有異同否耳!

(3)

오랫동안 쉬셨으니. 제반 상황이 더욱 좋아졌으리라 생각됩니다.
학도들이 사방에서 찾아오는 이유는 도에 뜻이 있기 때문이지 벼슬에
뜻기 때문은 아닐 것입니다.

보내주신 서신에서 "이욕(利慾)이 깊은 고질이다."라고 하셨는데,
이에 관해서는 더 이상 할 말이 없습니다. 다만 구구한 마음에 걱정
스러운 바는, 가벼이 고담준론을 일삼으며 망령되이 내외와 정조(精
粗)를 구분하고, 양심과 일용을 둘로 나누어 놓은 다음, 성현의 말씀
을 다 믿을 수는 없고, 용모와 어투 사이를 깊이 살필 필요가 없다고
말하는 사람들입니다. 이렇듯 어긋나고 그릇된 말을 일삼다가는 훗날
말류의 폐단이 생기기도 전에 장차 우리 도에 큰 해를 끼칠 것입니
다. 그대도 이를 근심하고 있는지요? 이는 일상적으로 보이는 사소한
문의(文義)의 차이와는 비교도 할 수 없는 일입니다. 그러나 안타깝
게도 서로 멀리 떨어져 있어 만나 뵙고 논의할 길이 없으니, 이에 공
연히 근심만 더할 뿐입니다.

이자(李子)115)는 드물게도 학문을 지향할 줄을 알지만, 점차 고원
한 논의를 선호하는 것 같습니다. 제가 생각하기에, 우선 착실하게
눈앞의 도리와 사물을 분명히 보고 장수 가문의 전통을 실추시키지
않아야만 제대로 쓰일 수 있을 것입니다. 만약 이처럼 현묘한 이야기
만 일삼는다면 아마도 두 가지 일 모두 성취하기 어려울 것입니다.
타고난 기질을 훼손하는 바람에 허다한 어지러움 없이 박실(樸實)했
던 자신의 부친을 닮지 못하는 것이 그저 안타까울 따름입니다.

---

115) '李子'는 李雲이다.

稅駕已久, 諸況想益佳. 學徒四來, 所以及人者, 在此而不在彼矣.

來書所謂"利慾深痼"者已無可言. 區區所憂却在一種輕爲高論, 妄生內外精粗之別, 以良心日用分爲兩截, 謂聖賢之言不必盡信, 而容貌词氣之間不必深察者. 此其爲說乖戾很悖, 將有大爲吾道之害者, 不待他時末流之弊矣. 不審明者亦嘗以是爲憂乎? 此事不比尋常小小文義異同, 恨相去遠, 無由面論, 徒增耿耿耳.

李子甚不易知向學, 但亦漸覺好高. 鄙意且欲其著實看得目前道理事物分明, 將來不失將家之舊, 庶幾有用. 若便如此談玄說妙, 却恐兩無所成, 可惜壞却天生氣質, 却未必如乃翁樸實頭, 無許多勞攘耳.

(4)

학자의 병통은 참으로 보내주신 말씀과 같습니다. 다만 스스로가 평온하고 바르게 또 심오하고 정밀하게 볼 수 있어야만 다른 사람의 병을 치료할 수 있습니다. 만약 스스로 한 곳에 치우침을 면치 못한다면, 이리 저리 다니며 치료해도 도리어 병세만 더할 뿐이겠지요. 보내주신 형님[陸九韶]의 편지는 내용만 장황하지 이치가 명확치 않았습니다. 지금은 또 당시 어떤 말을 했는지 잘 기억나지 않습니다만, 혹 정말 그런 병폐가 있었을지도 모르니, 조목조목 분석해 가르침을 내려주신다면 더할 나위 없는 행운일 것입니다. 마음을 비워놓고 기다릴 터이니 인편에 보내주십시오. 만약 온당치 않은 곳이 있다면 다시 세밀하게 논의해야지, 거사 형님[陸九韶]처럼 갑자기 편지 왕래를 끊어서는 안 됩니다.

學者病痛, 誠如所諭, 但亦須自家見得平正深密, 方能藥人之病. 若自不免於一偏, 恐醫來醫去, 反能益其病也. 所諭與令兄書, 辭費而理

不明. 今亦不記當時作何等語, 或恐實有此病, 承許條析見敎, 何幸如
之. 虛心以俟, 幸因便見示. 如有未安, 卻得細論, 未可便似居士兄邃
斷來章也.

(5)

11월 8일, 주희가 머리 조아려 재배하고, 숭도감승 자정 노형에게
편지를 올립니다.

올 여름 옥산에서 인편을 통해 편지를 받았을 때, 도성에 들어갔다
다시 집으로 돌아온 차에 이래 저래 몸도 많이 아프고, 인편도 없는
지라 즉시 답장을 못했습니다. 그러나 그대의 덕과 의, 그리고 샘물
과 바위로 이루어진 상산의 승경을 그리워하면서, 늘 서쪽을 바라보
며 크게 탄식했습니다. 근래 들어 심한 난동(暖冬)이 계속되고 있는
데, 만복을 편히 누리시며 여러 형님과 자손들이 한데 모여 강녕하게
지내고, 배우러 오는 사인들 또한 모두 아름답고 볼만한 자들이기를
기원합니다. 저는 2년 동안 정신없이 지냈으나 공사(公私)에 아무런
보탬도 되지 못하여 그저 부끄러울 따름이거늘, 지금 또 뜻밖에 조정
의 부름을 입게 되었습니다. 이전에 받은 은혜에 비하자면 너무도 외
람된 자리인지라, 감히 함부로 나아가지 못하고 있다가 높으신 분들
로부터 비난까지 받았습니다. 지금 사람을 보내 간곡히 면직의 뜻을
밝혔습니다. 만일 허락받지 못한다 해도 더욱 힘껏 주청하여 제 뜻을
관철할 것입니다. 두문불출한 채 녹미나 축내며 보잘 것 없는 학문이
나마 부지런히 연구하다 보면, 한 평생 보내기에 족하겠지요. 다만
한스러운 것은 주상의 깊고 두터운 은혜를 갚을 길이 없어, 죽어도
한이 남을 것이라는 점입니다.

이전 편지에서 상세히 깨우쳐주신 말씀, 감히 받들지 못하겠습니다. "옛날의 성현들은 오직 이치[理]만 보았다. 만약 이치에 합당하다면 비록 부녀자나 아이들의 말이라도 버리지 않았고, 이치에 어긋나는 말이라면 비록 고서(古書)에서 나왔다 하더라도 감히 다 믿지 않았다."라고 하셨는데, 이 논의는 매우 지당하여 세속 유자들의 천박한 견해로 미칠 수 있는 바가 아닙니다. 그러나 저는 늘 말을 가리기는 어렵지 않으나 이치에 밝아지기는 쉽지 않다고 말해왔습니다. 만약 이치에 대해 실제로 본 바가 있다면, 사람이 하는 말의 시비는 흑백을 구분하는 것보다도 더 쉬워서, 그 사람의 현우(賢愚)를 살펴어 취사선택할 필요도 없습니다. 그러나 불행히도 내가 말한 이치라는 것이 혹 전적으로 개인의 사적인 견해에서 나온 것이라면, 아마도 자신이 취사선택한 것이 여러 말을 절충할 수 있는 기준이 되기는 어렵겠지요. 하물며 아직 이치에 밝아지지 못했다면, 사람이 하는 말의 뜻을 제대로 다 파악하지 못할 수도 있을 텐데, 어떻게 고서를 내치며 믿기에 부족하다 하고는 곧장 자신의 생각에 맡겨 재단할 수 있겠습니까?

반복해서 편지를 주고받으면서 무극과 태극에 대해서는 이미 상세히 변론하였습니다. 그러나 제가 보건대 복희씨(伏羲氏)가 『역』을 만들 때 한 획 아래에, 문왕이 『역』을 풀 때 건원(乾元) 아래에 모두 '태극'이라는 말을 붙인 적이 없었지만 공자께서는 말씀하셨습니다. 공자께서 『역』을 찬(贊)했을 때, 태극 아래에 '무극'이라는 말을 붙이지 않았지만 주자(周子: 周敦頤)께서는 말씀하셨습니다. 앞의 성인과 뒤의 성인이 어찌 같은 노선에 서있지 않겠습니까! 만약 여기서 태극의 진체를 환히 볼 수 있다면, 말하지 않았다 하여 없다 여긴 것이 아니고, 말했다 하여 많다 여긴 것이 아님을 알게 될 터, 어찌 이리

분분한 지경에 이르겠습니까! 지금 그렇지 않은 것을 보면, 아마도 내가 말한 이치가 여러 말들을 절충하는 기준이 되기에 부족한 탓이겠지요. 하물며 사람들의 말을 이루 다 헤아리지 못한 것이 어찌 한두 가지 뿐이겠습니까! 기왕에 저를 비루하게 여기지 않으시고 가르침을 주셨으니, 저 또한 저의 어리석음을 다 펼치지 않을 수 없습니다. 「대전(大傳)」의 태극이란 것이 무엇입니까? 양의(兩儀)와 사상(四象)과 팔괘(八卦)의 이치는 이 세 가지가 생겨나기 전에 이미 갖추어져 있었고 이 세 가지 안에 온축되어 있었습니다. 성인의 뜻인즉 이것이 궁극이요 지극(至極)이지만 무어라 이름 할 길이 없기에 그저 '태극'이라고 불렀을 뿐입니다. 또 "온 천하의 지극을 다 들어도 여기에 더할 것이 없다."고 하였으니, 애당초 '중(中)'이라는 뜻으로써 명명했던 것은 아니었습니다. 북극의 극, 옥극(屋極: 지붕 꼭대기)의 극, 황극의 극, 민극(民極: 백성의 준칙)의 극에 대해 제유들 중에 비록 '중'으로 해석한 자가 있긴 했어도 이는 만물의 극이 항상 가운데 있기 때문에 그리 해석한 것이지 극 자를 가리켜 '중' 자의 뜻으로 풀었던 것은 아닙니다. '극'이란 지극뿐입니다. 형체가 있는 것으로써 말해보자면, 사방팔면이 모두 모여들어 이곳에 자리를 잡으면 더 이상 갈 곳이 없어지고, 이로부터 사방팔면으로 미루어나가면 모두 앞뒤 없이 균일해집니다. 그렇기 때문에 '극'이라고 말했을 뿐입니다. 후세 사람들도 그것이 가운데 머물면서 사방에 응대하는 것을 보고 그 곳을 가리켜 '중'이라고 말했던 것이지, 그 뜻 때문에 중이라고 풀었던 것은 아닙니다. 태극의 경우에는 처음부터 말할 만한 모양이나 방소가 없고, 다만 이 이치가 지극하기 때문에 '극'이라고 말했을 뿐입니다. 지금 '중'으로 이를 규정한다면, 이것은 바로 제가 말한 '이치에 밝아지지 못해 사람이 하는 말의 뜻을 제대로 다 파악하지 못한 것' 중의 첫 번째에 해당합니다. 『통서』「이성명」장의 경우 처음 두 구절은 이(理)를 말하고 다음 세 구절은 성(性)을 말하고 그 다음 여덟 구절은 명(命)을 말하였습니다. 「이성명」장 안에 이 세 글자가 없기 때문에 특별히 이 세 글자를 이 장(章)의 이름으로 붙여 드러낸 것이니, 장 안의 말들은 각기 이미 속한 바가 있는 것입니다. 이른바 '영(靈)', 이른바 '일(一)'이라는 것은 바로 태극이고, 이른바 '중'은 기품이 중을 얻은 것으로 강선(剛善), 강악(剛惡), 유선(柔善), 유악(柔惡)과 더불어 다섯 가지 성을 이룬 것이니, 애초에 이를 태극이라고 여긴 적은 없습니다. 또 "중에서 멈춘다."고 하고서 다시 "이기(二氣)와 오행(五行)이 만물을 낳고 화육한다."는 말에 귀속시킨다면, 이것이 다시 어떤 문자가 되고 어떤 의리가 되겠습니까? 지금 보내오신 뜻을 보니 '중'을 가리켜 태극이라 하시고 또 다시 아래 문장에 귀속시키고 있습니다. 이것은 바로 제가 말한 '이치에 밝아지지 못해 사람이 하는 말의 뜻을 제대로 다 파악하지 못한 것' 중의 두 번째에 해당합니다. '무극' 두 글자를 논해보자면, 주자(周子)는 도체(道體)를 분명히 보고서, 인지상정을 초월하여 옆 사람의 시비도 아랑곳 않고 자신의 득실도 계산하지 않은 채 용감히 앞으로 나아가, 남이 감히 말하지 못한 도리를 말함으로써 후세 학자들로 하여금 태극의 오묘함은 유무(有無)에 속해있지 않고, 방위나 형체에 떨어지지 않음을 밝게 알게 하셨던 것입니다. 이를 간파할 수 있다면, 주자야말로 수많은 성인 이래로 전해지지 않던 비법을 얻은 분으로서, 그저 "집 아래 집을 짓고, 상 위에 상을 쌓은" 분이 아님을 알 수 있을 것입니다. 지금 기어이 그렇지 않다고 한다면, 이 또한 '이치에 밝아지지 못해 사람이 하는 말의 뜻을 제대로 다 파악하지 못한 것' 중의 세 번째에 해당합니다. 「대전」에서는 "형이상의 것을 일러 도라고 한다."고 말해놓고 다시 "일음

(一陰)과 일양(一陽)을 도라고 한다."고 말했는데, 이것이 어찌 진짜로 음양을 형이상의 것으로 여긴 것이겠습니까! 이는 일음과 일양은 비록 형기(形器)에 속하지만 일음 일양이 형성될 수 있는 것은 바로 도의 본체가 그렇게 만들었기 때문임을 알았던 것입니다. 그래서 도의 본체의 지극을 가리켜 태극이라 하고, 태극의 흐름을 가리켜 도라고 한 것입니다. 비록 이름은 둘이나 결코 두 개의 몸이 있는 것이 아닙니다. 주자가 무극이라고 말한 것은 그것이 방소도 형상도 없기 때문입니다. 또 만물이 있기 전에도 있었지만 만물이 생겨난 뒤에도 늘 존재하기 때문입니다. 또 음양 바깥에 있지만 음양 가운데서 운행하지 않은 적이 없기 때문입니다. 또 전체를 관통하여 존재하지 않는 곳이 없으나 소리나 냄새나 그림자나 메아리처럼 말로 형용할 수 있는 것이 애초에 없기 때문입니다. 지금 무극이 그러한 것이 아니라고 심하게 비판한다면, 이는 곧 태극이 형상과 방소를 가지고 있다고 여기는 것과 같습니다. 음양을 곧장 형이상의 것으로 여긴다면, 이는 도기(道器)의 구분에 어두운 것입니다. 또 '형이상의 것' 위에 다시 '하물며 태극에 있어서랴!'라고 말한다면, 이는 도 위에 별도의 사물이 있어서 그것을 태극으로 여기는 것입니다. 이것이 또한 '이치에 밝지 못해 사람의 말을 제대로 다 이해하지 못하는 것'의 네 번째에 해당합니다. 저는 지난번 편지에서 "무극을 말하지 않으면 태극은 하나의 사물과 같아져서 만화(萬化)의 근본이 되기에 부족하고, 태극을 말하지 않으면 무극이 공적(空寂)에 빠지고 말아 만화의 근본이 되기에 부족하다."라고 말했는데, 이는 주자의 뜻을 미루어본 것입니다. 저는 그때 이렇게 두 가지 말로 설파하지 않으면 독자들이 말뜻을 오해하고, 기어이 편견의 병폐에 빠진 채, 누가 있다고 하는 소리를 들으면 실제 있다고 여기고, 누가 없다고 하는 소리를 들으면 진짜 없다고

여길 것이라 생각하였습니다. 저 스스로는 이 정도로 주자의 뜻을 설명했으면 매우 분명해졌으리라 생각했습니다. 다만 도를 아는 사람들이 [주자의 뜻을] 너무 심하게 누설했다고 싫어할까 그것이 두려웠을 뿐인데, 뜻밖에도 노형 같은 분이 온당치 않고 알기도 어렵다고 말씀해 오셨습니다. 청컨대 제 편지의 위아래 문맥을 상세히 살펴주십시오. 제가 어찌 태극을 사람의 말로써 늘렸다 줄였다 할 수 있는 것이라고 여겼겠습니까! 이 또한 '이치에 밝아지지 못해 사람의 뜻을 제대로 이해하지 못한 것' 중 다섯 번째에 해당합니다. 보내오신 편지에서 또 말씀하시기를, "「대전」에서 『역』에 태극이 있다고 말했는데 지금 무(無)를 말하는 것은 어째서입니까?"라고 하셨는데, 이는 더욱 고명하신 분께 기대했던 말이 아닙니다. 올 여름에 누군가와 『역』에 관해 이야기를 나눈 적이 있었는데, 그 사람의 논지가 딱 그러했습니다. 당시 저는 면전에 대고 나도 모르게 실소를 하여 태도를 지적받기까지 했지요. 그 사람이야 고지식하고 고루한 속유(俗儒)인지라 말에 따라 해석을 만들어낸다 하여도 탓할 것이 없겠지만, 평상시 자부심이 드높으신 노형께서 이런 말을 하실 수 있습니까? 노형께서 또 말씀하시기를, "「대전」에 보이는 '유(有)'라는 것이 진실로 양의와 사상과 팔괘처럼 정해진 자리가 있고, 천지와 오행과 만물처럼 일정한 형상이 있는 것을 말하는 것입니까? 주자의 '무(無)'라는 것이 과연 공허하고 단멸하여 사물을 낳는 이치도 없는 것을 말하는 것입니까?"라고 하셨습니다. 이 또한 '이에 밝지 못해 사람의 뜻을 제대로 이해하지 못한 것' 중 여섯 번째에 해당합니다. 노자의 "무극으로 다시 돌아간다."[116]는 말에서 '무극'은 바로 무궁의 의미인데, 장자(莊子)의 "무궁

---

116) 『道德經』 28장.

의 문으로 들어가서 무극의 들에서 노닌다."117)는 것과 같은 뜻이지 주자가 말한 뜻과는 다릅니다. 지금 이것을 인용해서 주자의 말이 실은 노자로부터 나왔다고 말한다면, 이것이 또 '이치에 밝아지지 못해 사람의 뜻을 제대로 이해하지 못한 것' 중 일곱 번째에 해당합니다.

고명하신 학문은 방외를 초월해 있어서 진실로 세간의 언어로 논하거나 세간의 의견으로 측량할 수 있는 바가 아님에도 지금 이렇게 어리석은 견해로써 논하고 말았습니다. 전에 진술했던 것과 부합하지 않는 것이 있어 다시 회답하고 싶었으나, 공연히 어지러운 말만 늘어놓았다가 다시금 세속의 비웃음을 살 것 같았습니다. 그러나 이윽고 생각하기를, 마침내 말하지 않는다면 학자들이 끝내 수정받을 기회가 없을 것 같았습니다. 이 둘을 놓고 비교해보건대, 차라리 지금 사람들의 비웃음을 받을지언정 후세에 죄를 지어서는 안 된다고 생각하여 마침내 어쩔 수 없이 이렇게 뜻을 펼치게 되었습니다. 노형께서는 어떻게 생각하시는지요?

十一月八日熹頓首再拜上啓子靜崇道監丞老兄:

今夏在玉山, 便中得書時, 以入都旋復還舍, 疾病多故, 又苦無便, 不能卽報. 然懷想德義與夫象山泉石之勝, 未嘗不西望太息也. 比日冬溫過甚, 恭惟尊候萬福, 諸賢兄令子姪, 眷集以次康寧, 來學之士亦各佳勝. 熹兩年冗擾, 無補公私, 第深愧歎. 不謂今者又蒙收召, 顧前所被, 已極叨蹤, 不敢冒進, 以速龍斷之譏, 已遣人申堂懇免矣. 萬一未遂, 所當力請, 以得爲期, 杜門竊稟, 溫繹陋學, 足了此生. 所恨上恩深厚, 無路報塞, 死有餘憾也.

---

117) 『莊子』「在宥」.

前書誨諭之悉, 敢不承敎. 所謂"古之聖賢惟理是視, 言當於理, 雖婦人孺子, 有所不棄, 或乖理致, 雖出古書, 不敢盡信." 此論甚當, 非世儒淺見所及也. 但熹竊謂, 言不難擇而理未易明. 若於理實有所見, 則於人言之是非, 不翅黑白之易辨, 固不待訊其人之賢否而爲去取. 不幸而吾之所謂理者, 或但出於一己之私見, 則恐其所取舍未足以爲羣言之折衷也. 況理既未明, 則於人之言恐亦未免有未盡其意者, 又安可以遽絀古書爲不足信, 而直任胸臆之所裁乎?

來書反復, 其於無極 · 太極之辨詳矣. 然以熹觀之, 伏羲作『易』, 自一畫以下, 女[118]王演『易』, 自乾元以下, 皆未嘗言太極也, 而孔子言之. 孔子贊『易』, 自太極以下, 未嘗言無極也, 而周子言之. 夫先聖後聖豈不同條而共貫哉! 若於此有以灼然實見太極之眞體, 則知不言者不爲少, 而言之者不爲多矣. 何至若此之紛紛哉! 今既不然, 則吾之所謂理者, 恐其未足以爲羣言之折衷. 又況於人之言有所不盡者, 又非一二而已乎! 既蒙不鄙而敎之, 熹亦不敢不盡其愚也. 且夫「大傳」之太極者何也? 即兩儀四象八卦之理, 具於三者之先, 而縕於三者之內者也. 聖人之意, 正以其究竟至極, 無名可名, 故特謂之'太極'. 猶曰"擧天下之至極, 無以加此"云爾, 初不以其中而命之也. 至如北極之極, 屋極之極, 皇極之極, 民極之極, 諸儒雖有解爲'中'者, 蓋以此物之極, 常在此物之中, 非指極字而訓之以'中'也. 極者至極而已. 以有形者言之, 則其四方八面合輳將來, 到此築底, 更無去處, 從此推出四方八面, 都無向背, 一切停勻, 故謂之極耳. 後人以其居中而能應四外, 故指其處而以中言之, 非以其義爲可訓中也. 至于太極, 則又初無形象方所之可言, 但以此理至極而謂之極耳. 今乃以中名之, 則是所謂理有未明, 而不能盡乎人言之意者一也. 『通書』「理性命章」, 其首二句言理, 次三句言性, 次八句言命, 故其章內無此三字, 而特以三字名其章以表之, 則章內之言

---

118) '女'는 '文' 자의 오기로 보인다.

固已各有所屬矣. 蓋其所謂靈, 所謂一者, 乃爲太極, 而所謂中者, 乃
氣禀之得中, 與剛善, 剛惡, 柔善, 柔惡者爲五性, 而屬乎五行, 初未嘗
以是爲太極也. 且曰"中焉止矣", 而又下屬於"二氣, 五行, 化生萬物"之
云, 是亦復成何等文字義理乎? 今來諭乃指其中者爲太極, 而屬之下
文, 則又理有未明, 而不能盡乎人言之意者二也. 若論無極二字, 乃是
周子灼見道體, 迥出常情, 不顧旁人是非, 不計自己得失, 勇往直前, 說
出人不敢說底道理, 令後之學者曉然見得太極之妙, 不屬有無, 不落方
體. 若於此看得破, 方見得此老眞得千聖以來不傳之秘, 非但架屋下之
屋, 疊牀上之牀而已也. 今必以爲未然, 是又理有未明, 而不能盡人言
之意者三也. 至於「大傳」旣曰"形而上者謂之道"矣, 而又曰"一陰一陽
之謂道", 此豈眞以陰陽爲形而上者哉! 正所以見一陰一陽雖屬形器,
然其所以一陰而一陽者, 是乃道體之所爲也. 故語道體之至極, 則謂之
太極, 語太極之流行, 則謂之道. 雖有二名, 初無兩體. 周子所以謂之
無極, 正以其無方所, 無形狀. 以爲在無物之前, 而未嘗不立於有物之
後. 以爲在陰陽之外, 而未嘗不行乎陰陽之中, 以爲通貫全體, 無乎不
在, 則又初無聲臭影響之可言也. 今乃深詆無極之不然, 則是直以太極
爲有形狀有方所矣. 直以陰陽爲形而上者, 則又昧於道器之分矣. 又於
'形而上者'之上, 復有'況太極乎'之語, 則是又以道上別有一物爲太極
矣. 此又理有未明, 而不能盡乎人言之意者四也. 至熹前書所謂"不言
無極, 則太極同於一物, 而不足爲萬化根本. 不言太極, 則無極淪於空
寂, 而不能爲萬化根本", 乃是推本周子之意, 以爲當時若不如此兩下
說破, 則讀者錯認語意, 必有偏見之病, 聞人說有, 即謂之實有, 見人說
無, 即謂之眞無耳. 自謂如此說得周子之意, 已是大煞分明, 只恐知道
者, 厭其漏洩之過甚, 不謂如老兄者, 乃猶以爲未穩而難曉也. 請以熹
書上下文意詳之, 豈謂太極可以人言而爲加損者哉! 是又理有未明, 而
不能盡乎人言之意者五也. 來書又謂: "「大傳」明言『易』有太極, 今乃
言無, 何耶?" 此尤非所望於高明者. 今夏因與人言『易』, 其人之論正如

此, 當時對之不覺失笑, 遂至被劾. 彼俗儒膠固, 隨語生解, 不足深怪.
老兄平日自視爲何如, 而亦爲此言耶? 老兄且謂「大傳之所謂有, 果如
兩儀四象八卦之有定位, 天地五行萬物之有常形耶? 周子之所謂無, 是
果虛空斷滅, 都無生物之理耶?」此又理有未明而不能盡乎人言之意者
六也. 老子“復歸於無極”, 無極乃無窮之義, 如莊生“入無窮之門, 以遊
無極之野”云爾, 非若周子所言之意也. 今乃引之, 而謂周子之言實出
乎彼. 此又理有未明, 而不能盡乎人言之意者七也.

高明之學, 超出方外, 固未易以世間言語論量, 意見測度, 今且以愚
見執方論之, 則其未合有如前所陳者, 亦欲奉報, 又恐徒爲紛紛, 重使
世俗觀笑. 旣而思之, 若遂不言, 則恐學者終無所取正. 較是二者, 寧
可見笑於今人, 不可得罪於後世, 是以終不獲已, 而竟陳之, 不識老兄
以爲如何?

(6)

보내오신 편지에서 말씀하셨습니다. "절강(浙江)의 한 후학이 편지
를 보내 규간하기를, 우리 두 사람 모두 익힌 바가 각자 무르익어 끝
내 함께 할 수 없으니, 차라리 그냥 둔 채 논쟁하지 말고 천하 후세들
이 스스로 선택하게 하는 편이 낫다고 하였습니다. 이는 어리석은 말
입니다! 이런 자들은 범용하고 비루하여 속학(俗學)에 깊이 빠져서
이처럼 어긋난 말을 한 것이니 또한 가엾습니다."

저는 천하의 이치에는 옳은 것도 있고 그릇된 것도 있으므로 학자
들이 명확히 구별해야 한다고 생각합니다. 혹자의 말은 참으로 온당
치 못합니다. 그러나 무릇 변론이라는 것은 평정심과 조화로운 기운
으로 자세히 살피고, 반복 상의하여 실제 옳은 것을 힘써 구해야만

귀착점을 찾을 수 있습니다. 그렇게 하지 못하고서 단지 조급하고 조급한 마음에 지엽적이고 번잡하고 거친 말들을 늘어놓아 분노와 불평의 기운만을 드러낸다면, 차라리 혹자처럼 고요하고 조화롭고 너그럽고 느긋하게 말하는 편이 더 군자와 장자(長者)의 뜻에 가까울 것입니다.

편지에서 말씀하셨습니다. "사람이 능히 도를 넓힐 수 있다.……감히 모두 펼쳐 보이겠습니다."

저는 생각합니다. 이 단락에서 말한 것은 규모도 크고 가리키는 바 또한 정밀하고도 정확합니다. 또 "스스로는 그 이치를 밝히 안다고 여기더라도, 그것이 사사로운 견해나 가려진 학설이 아닐지 또 어찌 알겠습니까?"라고 말씀하신 것이나, 순임금의 "선함이 다른 사람과 같다."라고 말씀하신 것 등은 더욱 타당합니다. 제가 비록 지극히 우매하나 감히 가르침을 받들지 않을 수 있겠습니까. 그러나 "잘못이라는 것을 알지 못하고서 하나만 옳다고 여기는 곳으로 귀결한다."고 하신 말씀의 경우 과연 어떻게 결정하셨는지 모르겠습니다. 구구한 저는 그대가 깊이 살피어 이 말을 실천할 수 있기를 바랄 뿐입니다.

편지에서 말씀하셨습니다. "고인은 질박하고 내실 있다.……조목조목 나누어 설명해보겠습니다."

제가 이 말을 상세히 읽어보니, 대개 사실에 힘쓰고 공언(空言)을 숭상하지 않으려고 하신 듯하니, 그 뜻이 매우 아름답습니다. 하지만 논의하신 '무극' 두 글자의 경우 저는 이미 "말하지 않았다 하여 없다고 여긴 것이 아니고, 말했다고 하여 많다고 여긴 것이 아니다."라고 말씀드렸습니다. 만약 그렇지 않다고 여기시어 그대로 두신다면, 사실에 별 해가 되지는 않을 것입니다. 그런데 그대의 형제들이 옛 사람이 가리키신 뜻을 보지 못하고서 이유 없이 부화한 변론을 지어 수

백 마디나 되는 글을 서너 번씩이나 주고받고도 멈추지를 않으니, 그 막혀있음이 또한 심합니다. 그런데 그 사이를 자세히 살펴보건대, 긴요한 절목에 대해서는 의견을 주고받지 않고서 오로지 꾸짖고 위협하며 기어이 이기려고만 하였습니다. 안자(顔子)와 증자(曾子)의 기상에 대해서는 논의하지도 않고, 그저 자공(子貢)이라도 이런 말은 하지 않았을 것이라고만 하셨는데, 이런 말로 자공을 무시해서는 안 될 것 같습니다.

편지에서 말씀하셨습니다. "존형은 일찍이 …… 그래서 같지 않음도 무릅썼습니다."

저 또한 생각하기에 그대는 태극이 무극에 근본하고 있지만 그 실체가 있다는 것을 알지 못하기 때문에 기어이 '중'으로 '극'을 풀이하고, 또 '음양'을 형이상의 도로 여기는 것입니다. 허견과 실견은 그 말이 과연 다를 수밖에 없습니다.

편지에서 말씀하셨습니다. "노자는 무를 …… 피휘한 것입니다."

제가 노자가 말한 유무를 상세히 살펴보니 유와 무를 둘로 여겼습니다. 그러나 주자가 말한 유무는 유무를 하나로 여겼습니다. 이들은 남과 북, 물과 불처럼 상반되니, 한번 자세히 눈여겨보시기 바랍니다. 그러면 아마 쉬이 비평하기 어려울 것입니다.

편지에서 말씀하셨습니다. "이 이치는 곧 …… 자입니다."

제가 지난번에 보낸 편지를 다시 자세히 보아주십시오. '무리(無理)'라는 두 글자가 있습니까?

편지에서 말씀하셨습니다. "극 또한 이러한 …… 극이겠는가."

'극'이란 이 이치의 지극을 이름 한 것이고, '중'이란 이 이치의 치우침 없음을 형상한 것입니다. 비록 모두 같은 이 이치이지만 그 명칭의 뜻에는 각각 해당하는 바가 있기에, 제 아무리 성현일지라도 이를 이야기할 때는 감히 뒤섞어 사용하지 못합니다. 황극의 극, 민극의 극과 같은 것은 표준을 뜻하니, "이쪽에 세우고 저쪽에서 보아 바라보는 방향에서 정중앙을 취한다."라고 말한 것과 같을 뿐, 가운데에 있다고 해서 그렇게 이름 한 것이 아닙니다. "우리 온 백성 세우시어[立我烝民]"에서 입(立)은 입(粒)과 통하니, 곧 『상서』에서 말한 "온 백성이 쌀알을 먹게 되었다[烝民乃粒]"와 같습니다. "그대의 극이 아닌 것이 없다.[莫匪爾極]"에서 '그대'는 후직을 가리킵니다. 그러니 이 구절은 "나의 백성들로 하여금 쌀밥을 먹도록 한 것은 그대 후직이 세운 것 아님이 없으니, 이것이 곧 소망스러운 일이다."라고 말한 것입니다. 그대[爾]는 천지를 가리키지 않고, '극' 자는 받는 바의 '중' 자를 가리키지 않습니다. (이 의미는 매우 명백한데도, 이기는 데 급급하여 아래위 문장을 살펴볼 겨를이 없었던 듯합니다. 이 조목으로 미루어 그 나머지 것도 알 수 있습니다.) 중이 곧 천하의 대본이라는 말은 희로애락이 아직 발현되지 않았을 때 이 이치가 혼연일체 되어 치우침도 기움도 없는 상태를 가리킨 것입니다. 태극은 본디 치우침도 기움도 없어 만화(萬化)의 근본이 되기에 이런 이름을 얻은 것이니, 지극의 극도 되고, 겸하여 표준의 뜻까지 가지고 있습니다. 결코 가운데라는 뜻으로 그런 이름을 얻은 것이 아닙니다.

편지에서 말씀하셨습니다. "『대학』과 「문언」은 모두 '지지(知至)'를 말했다."

제가 상세히 살펴보니, '지지'라는 두 글자가 비록 [두 문헌에서] 똑같이 출현하기는 하나 『대학』에서의 '지(知)'는 [함축된 의미를 전달하는] 꽉 찬 글자[實字]이고 '지(至)'는 [한갓 글자의 뜻을 전하는] 빈 글자[虛字]여서 앞 글자[知]가 무겁고 뒤 글자[至]는 이에 비해 가볍습니다. 그 뜻을 말하자면 "마음이 아는 바에 이르지 않은 것이 없다."

입니다. 그러나 「문언」의 경우, '지(知)'가 빈 글자이고 '지(至)'가 꽉 찬자 글자여서, 앞 글자[知]가 가볍고 뒤 글자[至]가 무겁습니다. 그 뜻을 말하자면 "마땅히 지극한 바의 경지를 아는 바가 있다."입니다. 두 의미가 벌써 같지 않으며, 태극을 지극이라 하는 것과도 또 전혀 유사하지 않습니다. 더 자세히 살펴보시기 바랍니다. (이 뜻은 여러 설명 가운데서 가장 분명합니다. 청컨대 한번 이것에 나아가 미루어보신다면, 보내주신 서신에 종종 이와 같은 실수가 없지 않음을 아시게 될 것입니다.)

편지에서 말씀하셨습니다. "곧장 음양을 형기로 여기고……도기(道器)의 구분이겠습니까!"

만약 음양을 형이상의 것이라 생각하신다면, 형이하의 것은 무엇입니까? 다시 가르침을 주십시오. 저의 어리석은 견해와 들은 바는 이러합니다. "무릇 형상이 있는 것은 모두 기(器)이다. 이 기가 이루어질 수 있는 이치가 곧 도(道)이다." 그렇다면 보내오신 편지에서 말씀하신 "시작과 끝, 어두움과 밝음, 짝수와 홀수와 같은 것들이 모두 음양이 만들어낸 기(器)이고, 이 기가 이루어질 수 있는 이치, 즉 눈의 밝음이나 귀의 밝음, 아비의 자애, 아들의 효성 같은 것이 바로 도(道)입니다."와 같은 구분이 어느 정도 분명한 것 같은데, 그대의 뜻은 어떠하신지요? (이 조목은 지극히 분명하니, 간절히 바라건대 대략 이에 대해 사색해보신다면 제 밑에 이지가 없지 않음을 알게 될 것입니다. 그 나머지 것도 이를 통해 유추해보실 수 있을 것입니다.)

편지에서 말씀하셨습니다. "『통서』에서 말하기를…… 이와 같습니다."

주자는 '중'을 말하면서 '화(和)' 자로 풀이했고, 또 '중절(中節)'이라 말하고 또 '달도(達道)'라 말하였습니다. 주자가 글을 알지 못하는 것도 아닌데, 그 말이 『중용』과 현격히 어긋나는 것으로 보아 필시 말하고자 하는 바가 있었을 것입니다. 이 '중' 자는 기품의 작용이라는 측면에서 그것이 지나치고 모자란 곳이 없음을 말하는 것일 뿐, 본체가 아직 발하지 않았을 때의 치우침과 기움이 없는 상태를 가리킨 것이 아닙니다. 그러니 어찌 이런 이유로 '극'을 '중'이라 풀 수 있겠습니까? 보내오신 편지에서 경서를 인용할 때 아무리 번거로워도 마다하지 않으시고서 반드시 장 전체를 다 인용하셨는데, 인용하신『통서(通書)』만은 "중에서 그쳐야 한다." 이하만을 절취하였으니, 어찌 잘못되지 않을 수 있겠습니까? 노형께서는 본디 주자를 믿지 않으니, 설령『통서』를 잘못 인용했다 하여도 해될 것이 없는데, 어찌하여 이런 작은 실수를 회피하시며 도리어 고치지 않는 허물을 범하시는 것입니까?

편지에서 말씀하셨습니다. "「대전」……누가 더 오래되었느냐."

「대전」과「홍범」과『시』와『예』모두 '극'을 말하고 있지만 '극'을 '중'이라고 말하지는 않았습니다. 선유들은 이 극이 항상 사물의 중앙에 위치해 있고, 네 방향에서 안을 바라보고 바름을 취하기에 '중'으로 풀었던 것입니다. 그러니 큰 실수라고는 볼 수 없습니다. 그런데 후세 사람들은 곧장 '극'을 '중'이라 간주하여 그만 선유들의 본래 뜻을 파악하지 못하고 말았습니다.『이아(爾雅)』는 고금의 제유들의 훈고를 모아 책으로 만든 것인데, 그 사이에 오류가 없을 수 없기 때문에 이것에 근거하여 옛 일을 판단할 수 없습니다. 하물며 거기에는 '극'을 '지(至)'로, '은제(殷齊)'를 '중'으로 해석한 것만 있지, '극'을 '중'으로 해석한 것은 있지도 않습니다!

편지에서 말씀하셨습니다. "또 말하기를 주자가……도 뿐입니다."
(앞에서 또 말하기를, "만약 말하고자 한다면……의 위에."라고 하였습니다.)

무극이면서 태극이라는 말은 "하지 않아도 되고, 가지 않아도 이른다.”라고 말하는 것이나 “하지 않아도 하는 것”이라는 말과 같습니다. 모두 말의 흐름상 당연한 것일 뿐, 달리 한 가지 사물이 있다고 말하는 것이 아닙니다. (전에 흠부(欽夫)가 이런 말을 하는 것을 보고 참으로 쓸데없는 소리라고 의심하였는데, 이렇게 드러내놓고 말하고서야 흠부의 사려가 깊었음을 알게 되었습니다.) 그 뜻인즉 “황극·민극·옥극처럼 방소와 형상이 있는 것이 아니라 이 이치의 지극이 있을 뿐이다.”라는 것입니다. 이 뜻을 이해하고 나면 성인의 문하에 무슨 위배됨이 있다고 말하지 않으려 하겠습니까? “하늘이 하는 일”이라는 구절은 바로 유에 나아가 무를 말한 것이고, “무극이면서 태극”이라는 구절은 바로 무에 나아가 유를 설명한 것입니다. 만약 실제로 볼 수 있다면 유를 말하건 무를 말하건, 먼저를 말하건 나중을 말하건 아무런 방해될 것이 없을 것입니다. 그런데 지금 기어이 이처럼 집착하면서 억지로 구분하려 하시니, “공언을 숭상하지 않고 오로지 사실에만 힘쓴다.”는 말씀이 도리어 이와 같단 말입니까!

편지에서 말씀하셨습니다. “대저 건(乾)은……스스로 돌아보아야 한다.”

태극은 본래 사람들에게 숨겨져 있지 않거늘, 태극을 아는 사람은 적고, 종종 선학(禪學)을 하는 자들 중에 이 밝고 영묘하여 능히 작용할 수 있는 것을 인식하여 이를 태극이라고 부르는 자가 있습니다. 그러나 이른바 태극이라는 것이 천지만물 본연의 이치이고, 만고토록 부수어 깨뜨릴 수 없는 것임은 알지 못합니다. “인지상정을 초월한다.”는 등의 말은 속세에서 일상적으로 사용하는 용어로서, 선가에서 독차지할 수 있는 말이 아니므로 유자들이 회피해서는 안 됩니다. 하물며 지금 우연히 말로 드러냈지만, 주자가 본 것과 말한 것은 선가의 도리가 아니었습니다. 또 다른 사람들처럼 실은 몰래 불가의 설을 신봉하면서 그 모습을 바꾸어 겉으로 짐짓 그 말의 유래를 숨기려 하는 것과도 다릅니다. 만약 "그 말을 사사롭게 함으로써 스스로를 오묘하게 만들고, 또 다시 그것을 비밀로 한다."고 말하고, 또 "이를 빌미로 그 간사함을 신묘하게 만든다."고 말하고, 또 "기질 훌륭한 학자들을 적지 않게 옭아맨다."고 말한다면, 세상에 이런 말에 해당하는 사람이 있을지는 모르겠으나, 제가 비록 못났어도 스스로 반성해보아 이런 말과 비슷한 곳이라고는 전혀 없습니다.

편지에서 말씀하셨습니다. "너의 마음에 거슬리는 말이 있다면 반드시 도에서 구하라."

이는 성인의 말씀이니 감히 받들지 않을 수 있겠습니까. 그러나 보내오신 편지를 읽고 도에서 구해보았으나 찾을 수가 없었습니다. 오직 보이는 것이라고는 어그러진 글, 거친 기상뿐이어서 성현과는 그다지 가깝게 느껴지지 않았습니다. 이에 저는 익히 들어온 얕고 비루한 소견에 안주하면서, 가벼이 예전의 걸음을 옮겨 고명하나 독단적인 견해를 따르지 않으려 합니다. 또 기억하건대 한두 해 전에 마음을 평정하게 해야 한다는 말을 한 적이 있는데, 지난번 편지에서 말씀하시기를, "갑과 을이 변론을 하는데, 각자 자기 말이 옳다고 생각합니다. 갑은 을이 평정심을 갖기를 바라고, 을 또한 갑이 평정심을 갖기를 바랍니다. 그러니 평정심이라는 말은 분명히 하기가 어려운 듯합니다. 차라리 실제 일에 근거하여 도리를 논하는 것이 낫겠습니다."라고 하셨습니다. 참으로 훌륭한 말입니다. 그러나 제가 말한 평정심이란 갑으로 하여금 을의 견해를 잡도록 하고, 을로 하여금 갑의 말을 지키게 하는 그런 것이 아닙니다. 또 피차 모두 일의 시비를 논하지 말라는 것도 아닙니다. 다만 양가 모두 잠시 자기가 옳고 상대가 틀리다는 생각을 접어 둔 연후라야 일에 근거하여 이치를 논할 수 있고, 시비의 실제 내용을 파악할 수 있다는 뜻입니다. 이는 의심스러운 옥사를 다스리는 자라면 그 마음을 공정히 해야 한다고 말하는 것과 다르지 않으니, 굽은 자를 곧게 고치고, 곧은 자를 굽게 고치라는 말도 아니요, 굽건 곧건 일체 따지지 말라는 말도 아닙니다. 오직 자기의 뜻이 향하는 바를 위주로 삼지 않아야만 양쪽의 진술을 상세히 살피고 참고할 증거들을 널리 구해서 마침내 곡직의 온당함을 얻을 수 있습니다. 지금 경박한 마음과 분노의 기운에 가득 차, 자신만 옳고 남은 그르다고 여기는 사심을 잠시도 놓으려 하지 않으면서 의리의 득실을 논평하고자 한다면, 흑백처럼 판연히 구분되는 것들조차도 오류를 저지름을 면치 못할 터, 하물며 털끝만큼 밖에 차이가 나지 않는 것이라면 그 누군들 그것을 제대로 절충하여 실수를 범하지 않을 수 있겠습니까!

편지에서 말씀하셨습니다. "편지의 말미에……문장입니까."

중간에 강덕공(江德功)이 그대의 책(策) 세 편을 봉해가지고 와 보여줬는데, 작은 첩자에 "육자정이 책 3편 모두를 직접 점찍어가며 교열한 뒤 저 묵(默)에게 시켜 봉해서 선생께 바치게 했습니다. 먼저 편지를 쓰려고 하셨는데, 떠날 때가 되자 쓰지 않으셨습니다."라고 적혀 있었습니다. (이는 모두 강덕공 본인이 적은 내용입니다). 무슨 연유로 그리 하셨는지 모르겠습니다. 이는 세세한 일이라 말할 만하지 못하고, 세속의 칭송과 비방 역시 따질 만하지 못합니다만, 현자의 언행이 이처럼 부동하다면 의심을 살 수 있습니다. (각각 이름이 적혀 있으니 이것이 제생들이 답한 글임을 알고 있었을 터이나, 노형께서 그저 부치라고만 시켰다고 말했습니다.)

제가 이미 이런 내용을 쓰고 난 뒤 그 사이를 자세히 살펴보니 아직도 다 말하지 못한 부분이 있었습니다. 대저 노형 형제들이 함께 이런 논의를 세웠지만 논의를 세운 내용이 다 같지는 않을 것입니다. 자미 존형[陸九韶]은 타고난 자질이 실로 중후하나 당시 이 이치를 간파함에 미진한 면이 있었습니다. 그러나 자세히 추론하여 궁구하지 않은 채 의론을 세우는 바람에, 자신감이 과하여 급기야 다시 뒤돌아보지 못하고 말았습니다. 비록 문제가 있기는 하지만 기실 별다른 것은 없습니다. 하지만 노형은 도리어 먼저 학설을 세우고 유약(有若)과 자공을 넘어서기 위해 애썼으며, 근세의 주돈이나 이정(二程)과 같은 분들을 대수롭게 여기지 않으면서, 그 말의 시비를 따지지도 않고서 한결같이 흠을 찾아 내 옳지 않은 점만 따지려 하였습니다. 설령 그대의 말에 아무런 병폐가 없다고 해도 그 뜻 자체가 먼저 훌륭하다고 할 수 없거늘, 하물며 거칠고 경솔한 말에 어찌 병폐가 없을 수 있겠습니까? 부자와 같은 성인은 진실로 많이 배운다고 될 수 있는 것이 아닙니다. 그러나 옛 것을 좋아해서 민첩하게 구하려 하였으니, 기실 부자는 많이 배우지 않은 적이 없습니다. 그저 그 사이에 일이관지하는 바가 있었을 뿐이지요. 만약 이처럼 텅 비고 성근 것으로 글을 지어낸다면, 비록 '하나'가 있더라도 관통하지 못할 것이니, 무슨 수로 공자처럼 되겠습니까? 안자와 증자가 홀로 성인의 학문을 전수받을 수 있었던 것은 바로 문헌을 통해 널리 배우고, 익힌 것을 다시 예로써 요약할 수 있었기 때문입니다. 눈과 발이 같이 이르렀나니, 이처럼 공허하고 성근 것으로 지어낸 것은 아니었습니다. 자공이 비록 도통을 전승하지는 못했지만, 그가 아는 것이 지금 사람들보다 적지는 않았던 듯합니다. 다만 당시에 개종할 만한 선학이 없었을 따름이지요. 주돈이와 이정이 살던 시대는 맹자 뒤였지만, 그들의 도에는 약속하지 않아도 부합하는 면이 있었습니다. 보내오신 편지를 반복해 읽어보니, 노형께서는 그분들이 한 말 중에 이해하지 못하는 부분이 많은 것 같았습니다. 그러니 안자와 증자로 자처하면서 그분들을 경시해서는 안 될 것입니다. 안자는 능력이 있음에도 능력 없는 자에게 물었고, 많이 알고 있는데도 적게 아는 자에게 물었습니다. "가지고 있으면서도 없는 듯 보였고, 차 있으면서도 비어있는 듯 보였으며, 자신에게 잘못을 범해도 따지지 않았습니다."[119] 증자는 하루에 세 가지로 자신을 돌아보면서, 남을 위해 도모함에 있어 충실하지 못하고, 벗과 사귐에 믿음직하지 못하고, 전해 받은 가르침을 익히지 못할까 두려워하였습니다. 그 지혜가 저와 같이 높은데도 예를 이와 같이 낮추었으니, 그에게 조금이라도 스스로 만족하며 억지로 논변해서 이기고하 하는 마음이 어디 있었겠습니까? 보내오신 편지에서 일깨워주신 뜻이 몹시도 지극하였습니다. 말미에 "만약 의혹이 있으면 꺼리지 말고 가르침을 내려 주십시오."라고 말씀하셨는데, 감히 감당할 길 없지만 그렇다고 구구한 견해를 노형 앞에 다 쏟아내지 않을 수도 없었습니다. 그대는 어떻게 생각하시는지요? 만약 그렇지 않다고 여기신다면, 나는 날마다 매진하고 달마다 나아갈 터, 각자 들은 바를 존중하고 각자 아는 바를 행하면 그만입니다. 반드시 같아지기를 더는 바라지 않겠습니다. 여기까지 말하고 나니 황공한 마음만 깊어갑니다. 부디 밝히 살펴주시기 바랍니다.

근자에 『국사(國史)』「염계전(濂溪傳)」에 「태극도설」을 기재한 것을 보았는데, 거기 "무극으로부터 태극이 된다."는 말이 있었습니다. 만약 염계의 책에 실제로 '로부터 된다[自爲]'는 두 글자가 있다면 노형이 말씀하신 것과 같아서 감히 변론하지 않겠습니다. 하지만 이 두 글자는 저자가 첨가한 것으로 원본에는 이런 글자의 의미가 없습니

---

119) 『論語』「泰伯」.

다. 이에 그 뜻이 더욱 분명해지나니, 청컨대 한번 생각해보시기 바랍니다.

來書云: "浙間後生, 貽書見規, 以爲吾二人者, 所習各已成熟, 終不能以相爲, 莫若置之勿論, 以俟天下後世之自擇. 鄙哉言乎! 此輩凡陋, 沈溺俗學, 悖戾如此, 亦可憐也."

熹謂天下之理, 有是有非, 正學者所當明辨, 或者之說, 誠爲未當. 然凡辨論者, 亦須平心和氣, 子細消詳, 反復商量, 務求實是, 乃有歸著. 如不能然, 而但於匆遽急迫之中, 肆支蔓躁率之詞, 以逞其忿懟不平之氣, 則恐反不若或者之言安靜, 和平, 寬洪, 悠久, 猶有君子長者之遺意也.

來書云: "人能洪道……敢悉布之."

熹按此段所說, 規模宏大, 而指意精切, 如曰: "雖自謂其理已明, 安知非私見蔽說", 及引大舜"善與人同"等語, 尤爲的當. 熹雖至愚, 敢不承教. 但所謂"莫知其非, 歸於一是"者, 未知果安所決, 區區於此, 亦願明者有以深察而實踐其言也.

來書云: "古人質實……請卒條之."

熹詳此說, 蓋欲專務事實, 不尙空言, 其意甚美. 但今所論'無極'二字, 熹固已謂"不言不爲少, 言之不爲多"矣. 若以爲非, 則且置之, 其於事實, 亦未有害. 而賢昆仲不見古人指意, 乃獨無故於此創爲浮辨, 累數百言, 三四往返而不能已, 其爲澒蕪亦已甚矣. 而細考其間, 緊要節目並無酬酢, 只是一味慢罵虛喝, 必欲取勝, 未論顔·曾氣象, 只子貢恐亦不肯如此, 恐未可遽以此而輕彼也.

來書云: "尊兄未嘗……固冒不同也."

熹亦謂老兄正爲未識太極之本無極而有其體, 故必以中訓極, 而又以陰陽爲形而上者之道. 虛見之與實見, 其言果不同也.

來書云: "老氏以無……諱也."

熹詳老氏之言有無, 以有無爲二. 周子之言有無, 以有無爲一. 正如南北水火之相反, 更請子細著眼, 未可容易譏評也.

來書云: "此理乃……子矣."

更請詳看熹前書, 曾有'無理'二字否?

來書云: "極亦此……極哉."

'極'是名此理之至極, '中'是狀此理之不偏, 雖然同是此理, 然其名義各有攸當, 雖聖賢言之, 亦未嘗敢有所差互也. 若皇極之極, 民極之極, 乃爲標準之意, 猶曰"立於此而示於彼, 使其有所向望而取正焉"耳, 非以其中而命之也. "立我烝民", 立與粒通, 即『書』所謂"烝民乃粒". "莫匪爾極", 則爾指后稷而言. 蓋曰: "使我衆人, 皆得粒食, 莫非爾后稷之所立者是望"耳. 爾字不指天地, 極字亦非指所受之中. (此義尤明白, 似是急於求勝, 更不暇考上下文. 推此一條, 其餘可見.) 中者天下之大本, 乃以喜怒哀樂之未發, 此理渾然無所偏倚而言. 太極固無偏倚, 而爲萬化之本, 然其得名, 自爲至極之極, 而兼有標準之義, 初不以中而得名也.

來書云: "『大學』‧「文言」皆言知至."

熹詳'知至'二字雖同, 而在『大學』則'知'爲實字, '至'爲虛字, 兩字上重而下輕. 蓋曰"心之所知, 無不到"耳. 在「文言」則'知'爲虛字, '至'爲實字, 兩字上輕而下重. 蓋曰"有以知其所當至之地"耳. 兩義既自不同, 而與太極之爲至極者, 又皆不相似, 請更詳之. (此義在諸說中, 亦最分明. 請試就此推之, 當知來書未能無失, 往往類此.)

來書云: "直以陰陽爲形器……道器之分哉!"

若以陰陽爲形而上者, 則形而下者復是何物? 更請見敎. 若熹愚見與其所聞, 則曰: "凡有形有象者, 皆器也. 其所以爲是器之理者, 則道也." 如是, 則來書所謂"始終晦明奇偶之屬, 皆陰陽所爲之器, 獨其所以爲是器之理, 如目之明, 耳之聰, 父之慈, 子之孝, 乃爲道耳." 如此分別, 似差明白, 不知尊意以爲如何? (此一條亦極分明, 切望略加思索, 便見愚言不爲無理, 而其餘亦可以類推矣.)

來書云: "『通書』曰……類此."

周子言'中', 而以'和'字釋之, 又曰'中節', 又曰'達道', 彼非不識字者, 而其言顯與『中庸』相戾, 則亦必有說矣. 蓋此'中'字, 是就氣稟發用, 而言其無過不及處耳, 非直指本體未發, 無所偏倚者而言也. 豈可以此而訓極爲'中'也哉? 來書引經必盡全章, 雖煩不厭, 而所引『通書』, 乃獨截自"中焉止矣"而下, 此安得爲不誤? 老兄本自不信周子, 政使誤引『通書』, 亦未爲害, 何必諱此小失, 而反爲不改之過乎!

來書云: "「大傳」……孰古."

「大傳」·「洪範」·『詩』·『禮』皆言'極'而已, 未嘗謂'極'爲'中'也. 先儒以此極處常在物之中央, 而爲四方之所面內而取正, 故因以中釋之, 蓋亦未爲甚失. 而後人遂直以'極'爲'中', 則又不識先儒之本意矣. 『爾雅』乃是纂集古今諸儒訓詁以成書, 其間蓋亦不能無誤, 不足據以爲古, 又況其間但有以'極'訓'至', 以'殷齊'訓'中', 初未嘗以'極'爲'中'乎!

來書云: "又謂周子……道耳." (前又云: "若謂欲言……之上.")

無極而太極, 猶曰"莫之爲而爲, 莫之致而至." 又如曰"無爲之爲". 皆語勢之當然, 非謂別有一物也. 向見欽夫有此說, 嘗疑其贅, 今乃正使得著, 方知欽夫之慮遠也. 其意則固若曰: "非如皇極·民極·屋極之有方所形象, 而但有此理之至極耳." 若曉此意, 則於聖門有何違叛, 而不肯道乎? "上天之載", 是就有中說無, "無極而太極", 是就無中說有. 若實見得, 即說有, 說無, 或先, 或後, 都無妨礙. 今必如此拘泥, 强生分別, 曾謂"不尙空言, 專務事實", 而反如此乎!

來書云: "夫乾……自反也."

太極固未嘗隱於人, 然人之識太極者則少矣, 往往只是於禪學中認得箇昭昭靈靈, 能作用底, 便謂此是太極. 而不知所謂太極, 乃天地萬物本然之理, 亘古亘今, 攧撲不破者也. "迥出常情"等語, 只是俗談, 即非禪家所能專有, 不應儒者反當回避, 況今雖偶然道著, 而其所見所說, 即非禪家道理. 非如他人陰實祖用其說, 而改頭煥面, 陽諱其所自來也. 如曰"私其說以自妙而又秘之", 又曰"寄此以神其姦", 又曰"繫絆多少好氣質底學者", 則恐世間自有此人可當此語, 熹雖無狀, 自省得與此語不相似也.

來書引『書』云: "有言逆于汝心, 必求諸道."

此聖言也, 敢不承教. 但以來書求之於道, 而未之見, 但見其詞義差舛, 氣象粗率, 似與聖賢不甚相近. 是以竊自安其淺陋之習聞, 而未敢輕舍故步, 以追高明之獨見耳. 又記頃年嘗有平心之說, 而前書見喻曰: "甲與乙辨, 方各自是其說, 甲則曰'願乙平心也.' 乙亦曰'願甲平心也.' 平心之說, 恐難明白, 不若據事論理可也." 此言美矣. 然熹所謂平心者, 非直使甲操乙之見, 乙守甲之說也. 亦非謂都不論事之是非也. 但欲兩家姑暫置其是己非彼之意, 然後可以據事論理, 而終得其是非之實. 如謂治疑獄者當公其心, 非謂便可改曲者爲直, 改直者爲曲也. 亦非謂都不問其曲直也. 但不可先以己意之向背爲主, 然後可以審聽兩造之辭, 旁求參伍之驗, 而終得其曲直之當耳. 今以粗淺之心, 挾忿懟之氣, 不肯暫置其是己非彼之私, 而欲評義理之得失, 則雖有判然如黑白之易見者, 猶恐未免於誤, 況其差有在於毫釐之間者, 又將誰使折其衷而能不謬也哉!

來書云: "書尾……文耶."

中間江德功封示三策書, 中有小帖云: "陸子靜策三篇, 皆親手點對, 令默封納. 先欲作書, 臨行不肯作." (此並是德功本語.) 不知來喻何故乃爾, 此細事不足言, 世俗毀譽亦何足計, 但賢者言行不同如此, 爲可疑耳. (德功亦必知是諸生所答, 自有姓名, 但云是老兄所付, 令寄來耳.)

熹已其此, 而細看其間, 亦尚有說未盡處. 大抵老兄昆仲同立此論, 而其所以立論之意不同. 子美尊兄, 自是天資質實重厚, 當時看得此理有未盡處, 不能子細推究, 便立議論, 因而自信太過, 遂不可回見, 雖有病意, 實無他. 老兄却是先立一說, 務要突過有若・子貢以上, 更不數近世周·程諸公, 故於其言不問是非, 一例吹毛求疵, 須要討不是處.
正使說得十分無病, 此意却先不好了, 況其言之粗率, 又不能無病乎?
夫子之聖, 固非以多學而得之, 然觀其好古敏求, 實亦未嘗不多學, 但
其中自有一以貫之處耳. 若只如此空疏杜撰, 則雖有一而無可貫矣, 又
何足以爲孔子乎?顏·曾所以獨得聖學之傳, 正爲其博文約禮, 足目俱
到, 亦不是只如此空疏杜撰也. 子貢雖未得承道統, 然其所知, 似亦不
在今人之後, 但未有禪學可改換耳. 周·程之生, 時世雖在孟子之下,
然其道則有不約而合者. 反覆來書, 竊恐老兄於其所言多有未解者, 恐
皆未可遽以顏·曾自處而輕之也. 顏子以能問於不能, 以多問於寡, 有
若無, 實若虛, 犯而不校. 曾子三省其身, 惟恐謀之不忠, 交之不信, 傳
之不習. 其智之崇如彼, 而禮之卑如此, 豈有一毫自滿自足, 強辯取勝
之心乎? 來書之意, 所以見教者甚至, 而其末乃有"若猶有疑, 不憚下
教"之言, 熹固不敢當此, 然區區鄙見, 亦不敢不爲老兄傾倒也. 不審尊
意以爲如何? 如曰未然, 則我日斯邁, 而月斯征, 各尊所聞, 各行所知,
亦可矣. 無復可望於必同也. 言及於此, 悚息之深, 千萬幸察.

　　近見『國史』「濂溪傳」載此「圖說」, 乃云: "自無極而爲太極." 若使濂
溪本書實有自爲兩字, 則信如老兄所言, 不敢辨矣. 然因渠添此二字,
却見得本無此字之意, 愈益分明, 請試思之.

주희가 육구소에게 보낸 답장
朱熹答陸九韶

(1)

보내주신 편지에서 「태극(太極)」과 「서명(西銘)」의 오류에 대해 지적해주신 말씀 모두 잘 받들었습니다. 이 두 책에 적힌 내용은 이전에 감히 함부로 논의하지 못했던 것들이고, 남의 발꿈치를 따르거나 남의 문호에 의지한 것들이 아닙니다. 그러나 반복해 읽어보니 도리라는 것이 기실 이와 같을 뿐, 달리 입구를 연 것이 아닌지라 의심하지 않고 믿게 되었습니다. 하지만 망령되이 자신의 견해로써 학설을 세운다면 그 심오한 뜻을 모두 드러내지 못한 채 도리어 누만 끼치게 될 뿐인데, 어찌 감히 이치를 부축하는 데 공을 세웠다 스스로 말하겠습니까! 보내주신 가르침을 상세히 읽어보고 지난날의 의론을 다시금 살펴보니 어르신께서는 처음부터 이 말을 소홀히 여기시고 생각조차 해보지 않으신 채 자신의 견해와 도리만을 옳다고 여기신 듯합니다. 혹 그의 자리에 한 번도 이르러보지 못하고서 자신의 견해를 가지고 경시하고 배척한 것은 아닌지 모르겠습니다.

지금 세세히 논할 겨를은 없지만 「태극편」의 첫 구절이 가장 깊이 어르신의 배척을 받은 듯한데, 무극을 말하지 않으면 태극은 하나의 사물과 같아져버려 만화(萬化)의 근본이 될 수 없고, 또 태극을 말하지 않으면 무극은 공적(空寂)에 빠지고 말아 만화의 근본이 되지 못함을 모르고 계십니다. 이 말 한 마디면 그 아래에 나오는 말들 모두 미묘하고 무궁하다는 것과, 그 아래에 보이는 허다한 도리들이 일맥

상통하고 일사불란하다는 것과, 지금 눈앞에 보이고 있지만 이는 고금을 관통하며 부수어 깨뜨릴 수 없다는 것을 보시게 될 것입니다. 다만 스스로 이처럼 분명하고 직접적으로 본 적이 없을 뿐이니, 의심스러운 것은 저기[주돈이] 있지 않고 여기[육구소] 있습니다.

「서명」의 내용은 더욱 분명합니다. 이 역시 첫 번째 구절을 가지고 논해보겠습니다. 사람의 몸은 본디 부모로부터 나왔습니다. 하지만 부모를 부모 되게 하는 것은 바로 건곤입니다. 부모를 가지고 말해보자면 하나의 사물이 곧 하나의 부모이고, 건곤을 가지고 말해보자면 만물이 하나의 부모를 공유하고 있습니다. 만물이 하나의 부모를 공유한다면 내 몸이 몸이 되게 한 것이 어찌 '천지에 충만한 기운'이 아니겠습니까? 내 성(性)이 성이 되게 한 것이 어찌 '천지를 이끄는 본성'이 아니겠습니까? 옛날의 군자들은 오직 이렇게 도리와 진실을 보았습니다. 그래서 부모를 친애하여 백성에게 인을 베풀었으며, 백성에게 인을 베풀어 만물을 사랑했습니다. 그렇게 행위를 미루어 나아가 의도하지 않아도 천하를 일가로, 중국을 한 사람으로 만들었습니다. 그런데 지금 기어이 인물은 오직 부모가 낳은 것일 뿐, 건곤과는 아무런 상관이 없다고 여기면서, 「서명」에서 오직 고식적으로 공활하고 광대한 말을 함으로써 인(仁)의 본체를 형용하고 유아(有我)의 사사로움을 깨드린 부분만 취하려 한다면, 이른바 인의 본체라는 것도 전부 허명(虛名)일 뿐 실체라고는 없으며, 보잘 것 없는 자신의 사사로움만이 실리(實理)가 되고 맙니다. 또 분별이 생기게 되어서 성현은 여기서 의리(義理)를 보지 못하고 오직 이해(利害)만을 보게 됩니다. 그래서 망령되이 자신의 뜻으로 언어를 지어내고 없는 것을[無] 늘리고 꾸미려 하면서 있는 것[有]을 파괴하게 됩니다. 정말로 이렇게 된다면, 그 입언의 과실을 어찌 고지식하고 고루하다는 두 마디 말로

다 표현할 수 있겠습니까? 또 자신의 사사로움만 도모하는 사람들의 질곡(桎梏)을 어떻게 깨뜨릴 수 있겠습니까? 대저 옛날 성현들이 남기신 천 마디 만 마디 말씀들은 모두 사람들로 하여금 이 도리를 밝게 보게 하기 위함이었습니다. 이 도리가 밝아지면 입론하기 위해 애쓰지 않아도 하는 말마다 모두 의리에 관한 말이 되고, 바른 행실을 위해 애쓰지 않아도 하는 행실마다 의리의 행실이 됩니다. 그런 이치는 없는데 그런 말만 하면서 세속의 폐단을 구제할 수 있는 자는 없습니다.

자정과 만났을 때 이 말로써 자세히 상의해보셨는지요? 근자에 자정이 논한 왕통(王通) 속경설(續經說)을 보았는데, 이러한 병폐를 역시 면하지 못했더군요. 이곳에서는 근자에 강서로 가는 인편을 구하기가 어려워 대충 여기에 뜻을 펼치나니, 자정에게 전해주시기를 부탁드립니다. 그러나 편지가 반년 만에 도착한 것으로 미루어볼 때 과연 이 편지가 언제나 당도할 수 있을지 알 수 없습니다. 만약 온당치 못한 부분이 있다면 통렬히 지적하고 분석하여 가르침을 내려주시기를 간절히 바랍니다. 이치가 담겨 있는 말씀에는 탄복하지 않을 수 없으니까요.

伏承示諭太極·西銘之失, 備悉指意. 然二書之說, 從前不敢輕議, 非是從人脚根, 依他門戶, 却是反覆看來, 道理實是如此, 別未有開口處, 所以信之不疑. 而妄以己見輒爲之說, 正恐未能盡發其奧而反以累之, 豈敢自謂有扶掖之功哉! 今詳來敎, 及省從前所論, 却恐長者從初便忽其言, 不曾致思, 只以自家所見道理爲是, 不知却元來未到他地位, 而便以己見輕肆抵排也.

今亦不暇細論, 只如「太極篇」首一句, 最是長者所深排, 然殊不知不言無極, 則太極同於一物, 而不足爲萬化之根. 不言太極, 則無極淪於空寂, 而不能爲萬化之根. 只此一句, 便見其下語精密微妙無窮, 而向下所說許多道理, 條貫脉絡, 井井不亂, 只今便在目前, 而亘古亘今攧撲不破. 只恐自家見得未曾如此分明直截, 則其所可疑者乃在此而不在彼也.

至于「西銘」之說, 猶更分明. 今亦且以首句論之. 人之一身固是父母所生, 然父母之所以爲父母者, 即是乾坤. 若以父母而言, 則一物各一父母, 若以乾坤而言, 則萬物同一父母矣. 萬物旣同一父母, 則吾體之所以爲體者, 豈非'天地之塞'? 吾性之所以爲性者, 豈非'天地之帥'哉? 古之君子, 惟其見得道理眞實如此, 所以親親而仁民, 仁民而愛物, 推其所爲, 以至於能以天下爲一家, 中國爲一人, 而非意之也. 今若必爲人物只是父母所生, 更與乾坤都無干涉, 其所以有取於「西銘」者, 但取其姑爲宏闊廣大之言, 以形容仁體而破有我之私而已. 則是所謂仁體者, 全是虛名, 初無實體, 而小己之私, 却是實理, 合有分別, 聖賢於此, 却初不見義理, 只見利害, 而妄以己意造作言語, 以增飾其所無, 破壞其所有也. 若果如此, 則其立言之失, 膠固二字豈足以盡之? 而又何足以破人之梏於一己之私哉? 大抵古之聖賢, 千言萬語, 只是要人明得此理, 此理旣明, 則不務立論, 而所言無非義理之言, 不務正行, 而所行無非義理之實, 無有初無此理而姑爲此言, 以救時俗之弊者.

不知子靜相會, 曾以此話子細商量否? 近見其所論王通續經之說, 似亦未免此病也. 此間近日絶難得江西便, 草草布此, 却託子靜轉致. 但以來書半年方達推之, 未知何時可到耳. 如有未當, 切幸痛與指摘, 剖析見敎, 理到之言, 不得不服也.

(2)

지난번 편지에서 일러주신 「태극」과 「서명」에 관한 말씀을 반복해서 상세히 읽어보았는데, 반드시 치우친 기질과 습성으로 인해 오류가 생겨난 것 같지는 않았습니다. 그저 남이 보낸 글을 급박하게 읽고서 미처 상대의 사정을 다 이해하기도 전에 자신의 뜻을 펼치려다가 그만 경솔히 입론하게 되어 공연히 많은 말을 하였으되 반드시 이치에 부합하지는 못하신 듯합니다.

태극에 관한 말씀의 경우, 저는 주(周) 선생의 뜻을 학자들이 오해하여 태극을 다른 한 개의 사물로 여길까봐, '무극'이라는 두 글자를 덧붙여 분명히 하고자 하였던 것입니다. 이는 전대 현자가 입언하신 본뜻에 근원을 두고 추론한 것인지라 중복되는 것도 마다하지 않았으니, 실로 깊은 뜻이 담겨 있다 할 수 있습니다. 보내오신 편지에서 제가 태극을 일개 사물과 동일시했다고 말씀하셨는데, 이는 주 선생의 오묘한 종지를 다 얻지 못했을 뿐더러 저의 비천한 망설도 제대로 살피지 못한 것입니다. 또 '무극'이라는 글자를 더함으로써 허무한 폐단과 고원한 것을 좋아하는 폐단이 생겨나게 했다고 하셨는데, 존형께서 말씀하시는 태극이 형기(形器)를 갖춘 존재입니까? 형기가 없는 존재입니까? 만약 형체 없이 오직 이치[理]만 있는 것이라면, 무극은 형(形)이 없는 것이요 태극은 이(理)가 있는 것임이 분명해 집니다. 그런데 어떻게 허무를 숭상하고 고원한 것을 좋아할 수 있겠습니까?

제가 「서명」을 논한 뜻은, 어르신께서 횡거(橫渠: 張載)가 '건곤이 부모'[120]라고 말해서는 안 되었다고 여기시며 고지식하고 고루하다며 내치시기에, 만약 어르신의 생각대로라면 인물은 천지로부터 나온 것

---

120) 張載가 지은 「西銘」의 첫 구절은 "건을 아비라 하고 곤을 어미라 한다. 나는 유약하지만 나의 形氣는 천지와 혼연일체되어 천지 가운데 처해 있다.(乾稱父, 坤稱母. 予玆藐焉, 乃混然中處)."이다.

이 아니게 되어 실로 타당치 않은 바가 생기지나 않을까 내심 의심이
들어서였으니, 본래부터 그렇게 말하고자 했던 것은 아니었습니다.
지금 보내오신 가르침의 말씀을 상세히 읽어보니, 여전히 횡거의 이
야기를 빌려온 말이라고 여기고 계십니다. 어르신께서는 미처 살피지
못하셨습니다. 부모와 건곤이 비록 그 직분은 다르지만 결코 두 개의
몸이 아니며, 단지 그 직분이 다르기 때문에 부득이하게 구별했을 뿐
임을 말입니다. 제가 어리석고 비루하나, 부디 존형께서 두 선생[周敦
頤와 張載]의 말씀을 조금 더 반복해 읽으며 여유로운 마음으로 유유
히 생각해보시기 바랍니다. 그 말씀들에 대해 마치 내가 한 말인 것
처럼 추호의 의심도 사라지게 한 다음 발언하고 입론하시어 가부를
판단하십시오. 그리하면 구분하느라 번거로울 필요도 없어질 것이고,
이치가 있는 모든 곳을 터득할 수 있을 것입니다. 만약 조급한 생각
으로 구하고자 하신다면, 이치를 살핌에 있어 정교하지 못하고 상대
의 사정을 상세히 알 수 없게 되어 공연히 논설만 분분할 뿐, 오차가
생기기 않게 하고 싶어도 그리 하지 못할 것입니다. 이 조급함은 보
내오신 편지에서 말씀하신 기질의 폐단이니, 논의의 잘못이 비록 여
기에 있지는 않으나 잘못이 생겨난 원인인 즉 여기에 있다 하여도 무
고하는 말이 아닐 것입니다. 어르신의 생각은 어떠하신지요?

　자정이 돌아왔으니 아침저녁으로 즐겁게 만나고 계시겠지요. 지난
번 편지에서 끝내 합쳐지지 않는 이론(異論)이 있다 하신 것에도 이
미 정설(定說)이 생겼을 테지요. 옆에 앉아 그 말씀을 듣고, 때때로
엿보아 가며 절차탁마의 도움을 얻지 못하는 것이 한스러울 따름입니
다. 연평(延平)에서 새로 찍은 『귀산별록(龜山別錄)』 한 부를 같이
넣습니다. 또 근자에 지은 작은 복서서(卜筮書)가 있기에 그것도 함
께 보냅니다. 근세에 『역』을 해설하는 자들이 상수(象數)에 대해 전

혀 아는 바가 없고, 또 아는 자들은 너무 답답하게 막혀 있고 지리멸렬하여 제대로 연구하지 못하기에 제가 짓게 되었습니다. 성인의 경전 중에 상수를 말한 것들의 연원을 거슬러 올라가 오직 이 몇 조목을 찾아낸 다음 제 생각으로 추론해보았습니다. 이로써 위로는 성인께서 『역』을 지으신 본래 취지를 궁구할 수 있고, 아래로는 생민들이 변화를 관찰하는 것을 도와줄 수 있다고 생각하고 있습니다. 점괘의 실용성을 『역』을 배우는 자라면 몰라서는 안 되겠지요. 그러나 이보다 더 과하게 상수를 설명한 책이라면 묶어서 다락방에 던져놓은 채 묻지 않아도 될 것입니다. 어떻게 생각하시는지요?

　前書示諭「太極」·「西銘」之說, 反復詳盡, 然此恐未必生於氣習之偏. 但是急迫看人文字, 未及盡彼之情, 而欲遽申己意, 是以輕於立論, 徒爲多說而未必果當於理爾.

　且如太極之說, 熹謂周先生之意, 恐學者錯認太極別爲一物, 故著無極二字以明之. 此是推原前賢立言之本意, 所以不厭重複, 蓋有深指. 而來諭便謂熹以太極下同一物, 是則非惟不盡周先生之妙旨, 而於熹之淺陋妄說, 亦未察其情矣. 又謂著無極字, 便有虛無好高之弊, 則未知尊兄所謂太極, 是有形器之物耶? 無形器之物耶? 若果無形而但有理, 則無極即是無形, 太極即是有理, 明矣! 又安得爲虛無而好高乎?

　熹所論「西銘」之意, 正謂長者以橫渠之言不當謂乾坤實爲父母, 而以膠固斥之, 故竊疑之, 以爲若如長者之意, 則是謂人物實無所資於天地, 恐有所未安爾, 非熹本說固欲如此也. 今詳來誨, 猶以橫渠只是假借之言, 而未察父母之與乾坤雖其分之有殊, 而初未嘗有二體, 但其分之殊, 則又不得而不辨也. 熹之愚陋, 竊願尊兄更於二家之言, 少賜反復, 寬心游意, 必使於其所說如出於吾之所爲者, 而無纖芥之疑, 然後可以發言立論, 而斷其可否, 則其爲辨也不煩, 而理之所在無不得矣.

若一以急迫之意求之, 則於察理已不能精, 而於彼之情又不詳盡, 則徒爲紛紛, 而雖欲不差不可得矣. 然只此急迫, 即是來諭所謂氣質之弊, 蓋所論之差處, 雖不在此, 然其所以差者, 則原於此而不可誣矣. 不審尊意以爲如何?

子靜歸來, 必朝夕得歎聚, 前書所謂異論卒不能合者, 當已有定說矣. 恨不得側聽其旁, 時效管窺, 以求切磋之益也. 延平新本『龜山別錄』漫內一通, 近又嘗作一小卜筮書, 亦以附呈. 蓋緣近世說『易』者, 於象數全然闊略, 其不然者, 又太拘滯支離, 不可究詰. 故推本聖人經傳中說象數者, 只此數條. 以意推之, 以爲是足以上究聖人作『易』之本指, 下濟生人觀變, 玩占之實用, 學『易』者決不可以不知, 而凡說象數之過乎此者, 皆可以束之高閣, 而不必問矣. 不審尊意以爲如何?

(3)

보내주신 간곡한 말씀에 고아하신 뜻이 다 갖추어져 있습니다. 보내주신 가르침 삼가 받들며 감히 더 더럽히지 못합니다. 우연히 무이에 갔다가 급히 적느라 하고픈 말을 다하지 못합니다. 그러나 큰 것에 관해 감히 이야기하지 못하게 된 이상 딱히 할 만한 말도 없습니다.

示諭縷縷, 備悉雅意. 不可則止, 正當謹如來敎, 不敢復有塵瀆也. 偶至武夷, 匆匆布敍, 不能盡所欲言. 然大者已不敢言, 則亦無可言者矣.

송원학안 상산학안 안어
宋元學案 象山學案 案語

(1)

황종희(黃宗羲) 안(案): 선생의 학문은 존덕성(尊德性)을 종지로 삼아, "먼저 그 큰 것을 세우고 나면 하늘이 내게 부여한 것을 작은 것에게 빼앗기지 않을 수 있다. 본체를 밝히 알지 못하는데, 부질없이 외부에서 탐색하려고 노력한다면, 이는 근원 없는 물과 같다."라고 말씀하셨다. 동시대 자양(紫陽: 朱熹)의 학문은 도문학(道問學)을 위주로 하여 "격물(格物)과 궁리(窮理)는 우리들이 성인의 경지에 들어가는 사다리와 같다. 만약 자기만이 옳다고 믿으면서 심오한 생각에 종사한다면, 이는 자신의 주관만 고집하는 것이다."라고 말씀하셨다. 양가의 의견은 기왕에 같지 않았는데, 후에 「태극도설」을 논하게 되자 선생의 형인 사산(梭山: 陸九韶)이 "무극이라는 두 글자를 태극 앞에 놓아서는 안 되나니, 이는 명백히 공자를 위배하는 것일뿐더러 또한 주자(周子: 周敦頤)가 한 말도 아니다."라고 말하였고, 자양은 "공자께서는 무극을 말하지 않았으나 주자께서는 말씀하셨다. 실로 태극의 진체(眞體)를 보았다면, 이를 말하지 않았다 하여 없다고 여긴 것도 아니고, 말했다 하여 많다고 여긴 것도 아니다."라고 말하였다. 선생이 사산을 위해 반복 변론하니, 이에 주(朱)·육(陸)의 차이가 드러나게 되었다. 뒤이어 선생은 형인 복재(復齋: 陸九齡)와 함께 아호(鵝湖)에서 자양을 만났는데, 그때 복재는 "전주(傳注)에 마음 쏟다 이내 가시덤불로 막히고, 정미함에 몰두하다 무겁게 가라앉았네."라는 시구를 읊었다. 선생도 이 시에 화답하며, "간이 공부는 마침내 장구하고 위대해지리나, 지리멸렬한 사업은 끝내 부침하리라."라고 읊었다. 자양은 자신을 기롱하다고 여겨 마음이 언짢았으며, 이때부터 주·육의 차이는 더욱 심해졌다.【재재(梓材) 안(案): 아호의 모임은 순희 2년(1175)에 있었고, 백록동(白鹿洞)에서의 강의는 8년(1181)에 있었으니, 그 뒤라 할 수 있다. 태극에 관한 변론은 15년(1188)이니 그보다 더 뒤이다. 이주(梨洲: 黃宗義)의 말은 순서가 도치됨을 면치 못한다.】이때에 주희를 종주로 삼는 자들은 육구연을 광선(狂禪)이라 비난했고, 육구연을 종주로 삼는 자들은 주희를 속학(俗學)이라 비난했다. 양가의 학문은 각각 문호를 일구어 얼음과 숯처럼 용납하지 못하였다. 아아! 성현의 도는 밝아지기 어렵다. 주염계(周濂溪: 周敦頤)와 이정(二程: 程頤·程顥) 이후 마침 두 선생이 앞뒤로 일어나 피폐해지고 무너진 도를 함께 지켜냈거늘, 서로 부딪히며 맞서다가 오늘날까지 만연해 있다. 지금도 여전히 이를 빌미 삼아 양가의 차이를 변론하는 것을 구실로 여기고 있으니, 어찌 오도(吾道)의 불행이 아니겠는가! 그러나 두 선생이 구차히 같아지려 하지 않은 것은 지극한 온당함을 추구하여 귀결처로 삼음으로써 천하 후세에 그 도를 밝히 드러내기 위함이었으니, 둘 사이에 미움이나 틈은 있지 않았다. 도는 본래 대공(大公)한 것이라 각각 옳은 바를 추구하며 감히 함부로 남을 좇아 수긍하려 하지 않았다. 이것이 바로 윤씨(尹氏)가 말한 "마음에 의혹이 있을 시, 밝게 변별하지 않으면 그만두지 않았다."의 뜻이니, 어찌 입과 귀로 후세 학자들이 더 이상 마음으로 터득할 것을 구하지도 않은 채 구차히 스스로를 속이고 대충 사람들을 응대하는 것과 같겠는가! 하물며 두 선생이 평생 스스로를 다스린 바를 보아도, 선생께서 존덕성을 중시했으나 옛 것을 배우고 독실히 행하는 공부를 하지 않은 적 없으며, 자양이 도문학을 중시했으나 자신을 돌이켜 덕을 수양하는 노력을 하지 않은 적 없다. 다만 학자들에게 가르쳐준 입문처(入門處)에 각각 선후가 있을 뿐, "그래서 차이가 생겨났을 따름이다." 하지만 만년에 이르러 두 선생 모두 한 곳에 편중한 것을 후회하였다. 선생이 동래(東萊: 呂祖謙)에게 써준 제문을 고찰해보니 "근년 들어 보고 성찰함에 있어 세심함이 더해졌다. 옛날을 돌아보건대, 마음은 거칠고 기운은 들떠있어 쓸데없이 동에 갔다 서에 갔다[121] 했으니, 어찌 족히 의(義)에 보답할 수 있었을까?"라는 내용이 있었다. 아마도 아호에서의 모임에서 자신이 지나쳤음을 자술한 것이리라. 여러 제자들에게 보내는 편지 중에도 "도 바깥에 일[事] 없고, 일 바깥에 도 없다."라고 말씀하셨다. 자양 또한 직접 선생에서 보낸 편지에서 말하길, "근래 들어 일용 공부에 제법 힘이 붙어 예전처럼 지리멸렬한 병폐가 사라졌다."고 말하였고, 「여자약(呂子約)에게 주는 편지」에서도 이르기를, "맹자께서는 학문의 도란 오직 놓친 마음을 구하는 것이라고 말했다. 정자(程子) 역시 마음은 뱃속에 있다고 말했다. 지금처럼 줄곧 문자에만 집착하면서 마음으로 하여금 온통 책 위에서 분주히 뛰어다니게 한다면 '내'가 있음도 알지 못하게 되어 이내 지각도 없고 아픔도 모르는 사람이 되어 버린다. 비록 책을 읽는다 하여도 내게 무슨 보탬에 되겠는가!"라고 말하

---

121) 參星과 辰星은 각각 서쪽과 동쪽에 있어서 출몰 시 동시에 보이지 않는다. 때문에 서로의 거리가 멀리 떨어진 것을 비유하는 말로 쓰인다.

였다. 또 「하숙경(何叔京)에게 주는 편지」에서도 "오직 양심이 발현되는 미세한 것에 기인하여 맹렬히 깨달음을 얻어 이 마음으로 하여금 어두워지지 않게 할 수만 있다면, 이것이 곧 공부의 본령인 것이다. 본령이 서고 나면 학식이 낮은 사람도 자연히 상달(上達)이 될 수 있다. 그러나 만약 양심이 발현되는 곳을 보지 못한다면, 아득히 어두워서 어디서부터 시작해야 할지 아마 알지 못하게 될 것이다."라고 말하였고, "이전의 말씀과 지난날의 행실을 많이 아는 것도 군자의 급선무이기는 하다. 그러나 가까운 데서 기인하여 반추함에 아직 안온함을 터득하지 못한 채 그런 일만 한다면, 지리멸렬함을 면치 못할 것이다."라고 말하였다. 「오백풍에게 주는 편지」에서는 스스로 "본원을 함양하는 공부가 부족하다."고 하였고, 「주숙근(周叔謹)에게 주는 편지」에서는 "나는 근자에 지금까지 해온 말이 너무 지리멸렬했음을 깨달았다. 내 몸을 돌이켜 찾아보니, 나의 노력이 절실하지 않았기 때문이었다. 이에 문자 공부를 덜어내 없애고 나니 한가로움 속에 기운이 편안해짐을 느낀다. 늘 학자들에게 맹자의 '성선(性善)'과 '놓친 마음을 구하라' 두 장을 읽으면서, 착실히 살피고 이 마음을 수습하는 것이 중요하다고 권면한다."고 하였다. 또 「여자약에게 보내는 답장」에서는 "이 마음이 보존되고 없어지는 것이 손바닥 뒤집는 사이에 있다는 것을 깨달았다. 지금까지는 실로 너무 지리멸렬하였다. 만약 스스로 설 바가 없다면 아는 일마다 병폐로 가득찰 것이다. 한결같이 옛날 종이 더미에 파묻혀서 정신을 혼미하게 만드는 것을 일러 학문이라고 할 수 있겠는가!" 또 말했다. "근래 들어 이전의 학문이 본령을 얻지 못했음을 깨달았다. 스스로 주인으로 서지 못하고 도리어 문자에 의해 정신을 빼앗겼으니, 작은 병폐가 아니었다. 매번 이 생각을 할 때마다 두려운 생각이 들며, 벗들이 근심스럽기도 하다. 만약 이처럼 지리멸렬한 채 아무런 계통도 세우지 못한다면, 미혹 가운데 전전하며 빠져나오지 못할 것이다." 이를 볼 두 선생은 마음을 비운 채 선(善)을 따르려는 뜻을 지녔으며, 비록 처음에는 의견의 차이를 보였어도 마침내는 빈 틈 없이 일치하였음을 알 수 있거늘, 어찌 번거롭게 어지러운 논의를 펼친단 말인가! 대저 강학은 도를 밝히기 위해서 하는 것이다. 도는 절제하고 양보하는 데 있으며, 대공(大公)하여 '내'가 존재하지 않으니, 그 사이에 용기와 사나움을 부려 앞서 어긋나는 짓을 할 필요도 없다. 두 선생은 강상을 세우고 명교를 지키며 똑같이 공맹을 종주로 삼았다. 비록 의견이 끝내 불일치하였다 해도 인자(仁者)는 인을 보고, 지자(知者)는 지를 보아 이른바 '배움이란 본성과 가까운 것을 얻는 것'[122]이라는 말처럼 되었을 뿐, 성인을 위배한 적이라곤 없다. 하물며 만년에는 또 뜻과 도가 합치되지 않았던가! 어찌하여 두 선생의 책 전체를 읽지도 않고, 두 선생의 본말을 궁구하지도 않은 채 쭉정이에 현혹되어 높은 문하에 억지로 빌붙어서는 주제도 헤아리지 못하고서 망령되이 서로 헐뜯는단 말인가! 저쪽에서는 "나는 이로써 육자를 도우려 한다."고 말하고 이쪽에서는 "나는 이로써 주자를 도우려 한다."고 말하는데, 두 선생께서 이렇게 용렬한 자들의 말도 안 되는 도움을 거들떠보기나 하시겠는가? 옛날에 나의 선조께서는 벗에게 편지를 보내 이렇게 말씀하셨다. "그대는 능히 주자를 도와 육자를 배척할 수 있다고 자부하는가? 주자의 학문이 어떤 것인지, 육자의 학문이 어떤 것인지 알고는 있는가? 가령 아호에서 모임을 갖고 주·육이 서로 쟁론하던 당시에 갑자기 웬 하인 놈이 계단을 뛰어올라와 육자를 잡아채 때리면서 '내 이로써 주자를 돕

---

122) 『孟子』「梁惠王上」.

권36
267

고자 한다.'라고 했다면, 주자께서 기뻐하셨을까, 기뻐하지 않았을까? 주자는 분명 매질하여 쫓아냈을 것이다. 그대가 주자를 돕는다는 것 역시 이와 비슷하지 않겠는가?'

宗義案 : 先生之學, 以尊德性爲宗, 謂"先立乎其大, 而後天之所以與我者, 不爲小者所奪. 夫苟本體不明, 而徒致功于外索, 是無源之水也." 同時紫陽之學, 則以道問學爲主, 謂"格物窮理, 乃吾人入聖之階梯. 夫苟信心自是, 而惟從事于覃思, 是師心之用也." 兩家之意見旣不同, 逮後論「太極圖說」, 先生之兄梭山謂"不當加無極二字于太極之前, 此明背孔子, 且並非周子之言." 紫陽謂"孔子不言無極, 而周子言之. 蓋實有見太極之眞體, 不言者不爲少, 言之者不爲多." 先生爲梭山反復致辯, 而朱 · 陸之異遂顯. 繼先生與兄復齋會紫陽于鵝湖, 復齋倡詩, 有"留情傳注翻榛塞, 着意精微轉陸沈"之句, 先生和詩, 亦云: "易簡工夫終久大, 支離事業竟浮沈." 紫陽以爲譏己, 不懌, 而朱 · 陸之異益甚.【梓材案: 鵝湖之會在淳熙二年, 鹿洞之講在八年, 已在其後. 太極之辯在十五年, 又在其後. 梨洲說未免倒置.】于是宗朱者詆陸爲狂禪, 宗陸者以朱爲俗學, 兩家之學各成門戶, 幾如冰炭矣. 嗟乎! 聖道之難明, 濂 · 洛之後, 正賴兩先生繼起, 共扶持其廢墮, 胡乃自相齟齬, 以致蔓延今日, 猶然借此辨同辨異以爲口實, 寧非吾道之不幸哉! 雖然, 二先生之不苟同, 正將以求夫至當之歸, 以明其道于天下後世, 非有嫌隙于其閒也. 道本大公, 各求其是, 不敢輕易唯諾以隨人, 此尹氏所謂"有疑于心, 辨之弗明弗措", 豈若後世口耳之學, 不復求之心得, 而苟焉以自欺, 泛然以應人者乎! 況考二先生之生平自治, 先生之尊德性, 何嘗不加功于學古篤行, 紫陽之道問學, 何嘗不致力于反身修德, 特以示學者之入門各有先後, 曰"此其所以異耳." 然至晚年, 二先生亦俱自悔其偏重. 稽先生之祭東萊文, 有曰: "此年以來, 觀省加細. 追維曩昔, 麤心浮氣, 徒致參辰, 豈足酬義!" 蓋自述其過于鵝湖之會也. 與諸弟子書嘗云: "道外無事, 事外無道." 而紫陽之親與先生書則自云: "邇來日用工夫頗覺有力, 無復向來支離之病." 其別「與呂子約書」云: "孟子言, 學問之道, 惟在求其放心. 而程子亦言, 心要在腔子裏. 今一向耽着文字, 令此心全體都奔在冊子上, 更不知有己, 便是箇無知覺不識痛癢之人, 雖讀得書, 亦何益于我事邪!"「與何叔京書」云: "但因其良心發見之微, 猛省提撕, 使此心不昧, 則是做工夫底本領. 本領既立, 自然下學而上達矣. 若不見于良心發見處, 渺渺茫茫, 恐無下手處也." 又謂: "多識前言往行, 固君子所急, 近因反求未得個安穩處, 却始知此, 未免支離." 與吳伯豐書」自謂: "欠却涵養本原工夫."「與周叔謹書」: "某近日亦覺向來說話有太支離處, 反身以求, 正坐自己用功亦未切耳. 因此減去文字工夫, 覺得閑中氣象甚適. 每勸學者亦且看孟子道性善, 求放心兩章, 着實體察, 收拾此心爲要." 又「答呂子約」云: "覺得此心存亡, 只在反掌之閑, 向來誠是太涉支離. 若無本以自立, 則事事皆病耳, 豈可一向汨溺于故紙堆中, 使精神昏蔽, 而可謂之學!" 又書: "年來覺得日前爲學不得要領, 自身做主不起, 反爲文字奪却精神, 不爲小病. 每一念之, 惕然自懼, 且爲朋友憂之. 若只如此支離, 漫無統紀, 展轉迷惑, 無出頭處." 觀此可見二先生之虛懷從善, 始雖有意見之參差, 終歸于一致而無閑, 更何煩有餘論之紛紛乎! 且夫講學者, 所以明道也. 道在撙節退讓, 大公無我, 用不得好勇鬪狠于其閑, 以先自居于悖戾. 二先生同植綱常, 同扶名教, 同宗孔孟. 即使意見終于不合, 亦不過仁者見仁, 知者見知, 所謂'學焉而得其性之所近', 原無有背于聖人, 矧夫晚年又志同道合乎! 奈何獨不睹二先生之全書, 從未究二先生之本末, 糠秕眯目, 强附高門, 淺不自量, 妄相詆毀! 彼則曰: "我以助陸子也", 此則曰: "我以助朱子也", 在二先生豈屑有此等庸妄無謂之助己乎? 昔先子嘗與一友人書: "子自負能助朱子排陸子與? 亦曾知朱子之學何如? 陸子之學何如也? 假令當日鵝湖之會, 朱‧陸辯難之時, 忽有蒼頭僕子歷階升堂, 捽陸子而毆之曰: '我以助朱子也.' 將謂朱子喜乎? 不喜乎? 定知朱子必且撻而逐之矣. 子之助朱子也, 得無類是?"

(2)

백가(百家)의 근안(謹案): 자여씨(子輿氏: 孟子) 사후 천여 년 뒤에 땅에 떨어져버린 사도(斯道)를 이으며 홀연 어둠을 깬 자가 주돈이와 이정이다. 주돈이와 이정 후 얼마 지나지 않아 주희와 육구연이 나왔으니, 참으로 기이한 일이로다! 그러나 육구연은 존덕성을 위주로 하면서 "먼저 그 큰 것을 세우면 제 몸을 돌이켜보아 스스로 터득할 수 있어서 온갖 시내가 모여들 듯이 될 것이다."라고 말했고, 주희는 도문학을 위주로 하면서 "물리를 다 연구하게 되면 앎이 절로 이르러 안개가 걷힌다."고 말했다. 두 선생이 세운 가르침이 다르지만 부름을 받아 방으로 들어가는 자는 비록 동쪽 서쪽 다른 문으로 들어갔다 해도 방에 들어간 것은 마찬가지이다. 그런데 어찌하여 양가의 제자들은 이를 깊이 살피지 못하고서 문호의 [치우친] 편견을 가지고 분분히 논쟁을 벌임으로써 아직까지도 이 길을 가는 자들로 하여금 걸핏하면 주·육의 차이를 변론하며 서로 높다 우기며 무슨 대단한 우열이라도 있는 듯 여기게 만든단 말인가? 「제갈성지에게 보내는 답장」을 보니, "보내주신 변론 경쟁에 관한 내용을 세 번이나 반복해 읽으며 장탄식을 하였습니다. 저는 뜻을 같이 하는 자들에게 양가(兩家)의 장점을 겸하여 가벼이 서로 헐뜯지 말라고 권하고 싶습니다. 설령 맞지 않는 부분이 있더라도 잠시 놓아둔 채 논하지 말고, 내게 있어 급한 일에 힘써야 합니다."라고 하였다. 또 「포현도에게 보내는 답장」을 보니 "남쪽으로 건너온 이래, 문을 활짝 열어놓고 착실한 공부가 무엇인지 이해해온 사람은 오직 나와 육자정 둘 뿐입니다. 저는

사실 그 사람을 존경하고 있으니, 노형께서 함부로 왈가왈부하실 수
없습니다."라고 하였다. 어지러이 주희와 육구연의 차이를 변론하는
세상 유자들이여, 어찌하여 주자의 말을 읽어보지 않는가.

百家謹案: 子輿氏後千有餘載, 纘斯道之墜緒者, 忽破晤而有周·
程. 周·程之後曾未幾, 旋有朱·陸. 誠異數也! 然而陸主乎尊德性, 謂
"先生乎其大, 則反身自得, 百川會歸矣." 朱主乎道問學, 謂"物理旣窮,
則吾知自致, 瀚雾消融矣." 二先生之立教不同, 然如詔入室者, 雖東西
異戶, 及至室中, 則一也. 何兩家弟子不深體究, 出奴入主, 論辯紛紛,
而至今借媒此徑者, 動以朱·陸之辨同辨異, 高自位置, 爲岑樓之寸
木? 觀「答諸葛誠之書」云: "示諭競辯之論, 三復悵然. 愚深欲勸同志
者, 兼取兩家之長, 不輕相詆毀, 就有未合, 亦且置勿論, 而力勉于吾之
所急." 又「復包顯道書」: "南渡以來, 八字着脚理會實工夫者, 惟某與
陸子靜二人而已. 某實敬其爲人, 老兄未可以輕議之也." 世儒之紛紛
競辯朱·陸者, 曷勿即觀朱子之言.

(3)

사산(謝山: 全祖望)의 「순희 사선생 사당비문(淳熙四先生祠堂碑
文)」에 이렇게 적혀 있다. "내 일찍이 주자의 학문을 보니 귀산(龜
山)[123]에게서 나왔다. 사람을 가르칠 때도 궁리를 시작 지점으로 삼

---

123) 龜山은 北宋 末 南宋 初의 학자 楊時(1053~1135)의 호이다. 楊時는 二程의
   제자로서 인을 행함은 스스로 말미암는대爲仁由己는 것을 중시하며 성찰과
   자성을 중시하였다. 이렇게 형성된 龜山學派는 二程에서 朱熹에 이르는 理
   學의 가장 중요한 고리가 되었다.

앉고, 의리(義理)가 쌓여 모이다 보면 한참 후에 절로 터득하게 된다고 하였다. 그러나 '들은 바와 아는 바를 반드시 시행에 옮겨야 하며, 물에 빠져 뜻을 잃어[玩物喪志]서는 안 된다.'라고 한 말은 육자의 실천 학설이다. 육자의 학문은 상채(上蔡)[124]와 비슷하다. 사람을 가르칠 때도 본심을 밝히 드러내는 것을 시작 지점으로 삼았고, 이 마음을 위주로 한 연후에 천지만물의 변화에 대응할 수 있게 된다고 주장했다. 그러나 '책을 쌓아놓고 읽지 않은 채 근거 없는 말이나 떠벌리는 것'을 경계한 것은 주자의 강명(講明) 학설이다. 들어가는 길에 각각 편중하는 바가 있었지만, 성학의 온전함에 이르러서는 하나를 얻었다고 해서 하나를 잃지 않았다. 이러한 까닭에 중원 문헌의 전승은 모두 금화(金華)에 모였으되, 박잡한 병폐에 대해 주자 역시 그 큰 어리석음을 훈계한 바 있으니, 궁리를 지리멸렬한 말학(末學)이라고 비난하는 자는 비루하도다! 독서를 인의를 채우는 계단으로 여기며 육자 역시 포현도(包顯道)의 실언을 나무란 바 있으니, 본심을 밝히 드러내는 것을 선종의 돈오(頓悟)라며 비난하는 자 역시 심하도다! 독서와 궁리, 그 중에 반드시 주재자가 있어야 현혹되지 않을 수 있으니, 한갓 범람하듯 행해서는 안 될 것이다. 그래서 육자는 사람에게 본심을 밝히라 가르칠 때에 경전 중 『맹자』의 사단(四端)을 확충하라는 가르침에 근본을 두었으며, 동시에 남헌(南軒: 張栻)의 처음과 끝을 살피라는 학설과도 부합하였다. 마음이 밝으면 근본이 서고, 함양

---

124) 上蔡는 謝良佐(1050~1103)를 가리킨다. 그가 上蔡 사람이라 그를 上蔡先生이라 불렸다. 그는 上蔡學派를 세워 心學의 기초를 세웠다. 『論語說』을 저술하였으며, 그의 핵심 사상은 문인 曾恬과 胡安國에 의해 편찬된 『上蔡先生語錄』에 집약되어 있다.

과 성찰의 공부를 펼칠 수 있는 공간이 생긴다. 그러니 돈오를 주장하는 자들이 말하는 '백 근의 짐을 한꺼번에 놓는다.'라는 말과는 전혀 다르다.

謝山「淳熙四先生祠堂碑文」曰: "子嘗觀朱子之學, 出于龜山. 其敎人以窮理爲始事, 積集義理, 久當自然有得. 至其'所聞所知, 必能見諸施行, 乃不爲玩物喪志', 是即陸子踐履之說也. 陸子之學, 近于上蔡. 其敎人以發明本心爲始事, 此心有主, 然後可以應天地萬物之變. 至其戒'束書不觀, 游談無根'是即朱子講明之說也. 斯蓋其從入之途, 各有所重. 至于聖學之全, 則未嘗得其一而遺其一也. 是故中原文獻之傳, 聚于金華, 而博雜之病, 朱子嘗以之戒大愚, 則詆窮理爲支離之末學者, 陋矣! 以讀書爲充塞仁義之階, 陸子輒咎顯道之失言, 則詆發明本心爲頓悟之禪宗者, 過矣! 夫讀書窮理, 必其中有主幸而後不惑, 固非可徒以泛濫爲事. 故陸子敎人以明其本心, 在經則本于『孟子』擴充四端之敎, 同時則正與南軒察端倪之說相合. 心明則本立, 而涵養省察之功于是有施行之地, 原非若言頓悟者所云'百斤擔子一齊放'者也.

인명색인

---

1. 검은 동그라미 안의 숫자는 책수를 나타내고, 그 다음의 숫자는 쪽수를 나타낸다.
   예) ❸413 → 3책 413쪽
2. 남송 인물만 인명색인에 넣었다.
3. 누구를 지칭하는지 고찰하기 어려운 인물은 부득이하게 자 혹은 호만 적었다.

갈갱(葛賡) ❸413, 415

자는 덕재(德載). 치정(致政)이라고 불린다.

갈봉시(葛逢時) ❸419

갈재미(葛才美) ❸413, 414

갈조(葛造) ❸419

강묵(江默) ❶126 ❷139, 277 ❺247

자는 덕공(德功). 복건성(福建省) 건녕부(建寧府) 사람이다. 건도(乾道) 5년(1169)에 진사가 되었고 1183년 이후 주희에게서 배웠다.

강태지(江泰之) ❷246 ❹479 ❺76

계덕휘(桂德輝) ❶369 ❺38

고상로(高商老) ❺12, 139, 140

괄창(括蒼) 사람이며, 무주수(撫州守)를 지냈다. 군학(郡學)에서 『상산집』과 『복재집(復齋集)』 간행했다.

고종상(高宗商) ❶276 ❷348, 349 ❺37

자는 응조(應朝)이며, 절강(浙江) 회계(會稽) 사람이다. 『육구연연보』에서는 그의 자를 응시(應時)라고 표기하고 있다.

공위(孔煒) ❹206 ❺147

곽덕린(郭德麟) ❷285

곽방일의 형이다. 자는 방서(邦瑞) 혹은 응지(應之)이며, 복건(福建) 포성(浦城) 사람이다. 융흥원년(隆興元年, 1163)에 과거 급제하여 명주(明州) 봉화(奉化知縣)을 지냈고, 후에 칙령소 산정관(敕令所刪定官), 감찰어사(監察御史) 등을 역임했다.

곽백청(郭伯淸) ❶263

곽덕린의 아들이다.

곽소요(郭逍遙) ❷280 ❺104, 285

자는 방일(邦逸). 그의 형인 곽방서와 함께 육구연에게서 수학했다. 『유림종파(儒林宗派)』 권10에는 주자의 문인으로 기록되어 있다.

곽진(郭震) ❸91 ❺69

자는 순인(醇仁)이며, 『육구연집』에서 성도(成都) 사람이라고 설명하였다.

교덕점(喬德占) ❶197

자세한 행적은 고증할 길 없다. 『육자학보(陸子學譜)』 권15에서는 "선생의 답서에서 질책한 바가 심히 엄한 것으로 보아 학문에 뜻을 두었으나 실제 노력하지 않은 자인 것 같다.(唯先生答書鞭策甚嚴, 蓋亦有志于學而未能實用其力者也.)"라고 하였다.

구원수(丘元壽) ❹334, 335

소무(邵武) 사람이다.

구희재(勾熙載) ❶380 ❸328

나장부(羅章夫) ❷336

나점(羅點, 1151~1195) ❶426 ❷134, 305, 384, 385 ❺106

호는 춘백(春伯). 숭인현(崇仁縣) 고계(高垌: 지금의 江西省 崇仁縣 高溪村) 사람이다. 순희(淳熙) 2년(1175)에 2등에 해당하는 방안(榜眼)으로 진사에 급제하여 정강군 절도추관(定江軍節度推官)에 임명되었고, 후에 대리 병부 상서(代理兵部尚書)까지 지냈다. 그가 육구연에게서 학문을 배웠다는 사실은 『혈재집(絜齋集)』 권12, 「나 공 행장(羅公行狀)」에 보인다.

/ 나 /

노언빈(路彦彬) ❷ 123 ❸ 224 ❺ 104

노겸형(路謙亨)이라는 설이 있으나 확실치 않다.

/ 다 /

단경(端卿) ❶ 287, 288

누구를 가리키는지 자세히 알 수 없다.

단목(端木) ❶ 289

누구를 가리키는지, 자세히 알 수 없다.

담각(湛覺) ❸ 398

당중우(唐仲友, 1136~1188) ❶ 380, 408

자는 여정(與政)이고 열재 선생(悅齋先生)이라 일컬어졌다. 절강성 금화(金華) 사람으로 『육경해(六經解)』, 『제왕경세도보보(帝王經世圖報譜)』, 『열재문집(悅齋文集)』 등을 남겼다.

대계(戴溪) ❶ 269, 289

자는 초망(肖望) 혹은 소망(蕭望) 혹은 소망(少望)이고, 민은(岷隱)이라고도 불린다. 영가(永嘉) 사람이다. 순희 5년(1178)에 별두성시(別頭省試)에 1등으로 합격하였고, 예부랑(禮部郎), 태자첨사(太子詹事) 겸 비

서감(秘書監), 권공부상서(權工部尙書) 등을 역임하였다. 사후에 문서
(文瑞)라는 시호를 받았다.

대저(大著) **❶**301
누구를 가리키는지 자세히 알 수 없다.

덕린(德麟) **❸**326
천동산(天童山)의 승려

도임백(涂任伯) **❷**125 **❺**22

도찬중(陶贊仲) **❷**364, 368, 370, 371 **❺**100

동백우(童伯虞) **❶**152 **❺**29
자세한 행적은 고증할 길 없다. 건도(乾道) 원년(1165)에 육구연은 추
시(秋試)에 떨어져 동백우의 집에서 약 반년 간 지낸 적이 있다.

동원석(董元錫) **❷**127

동원식(董元息) **❹**458

등약례(鄧約禮) **❶**67, 72 **❷**331, 398, 425, 452 **❹**281, 342 **❺**19, 87, 111
자는 문범(文範)이며 직재 선생(直齋先生)이라고 불렸다. 우강(盱江)
사람이나 이덕원(李德遠)의 사위가 되면서 임천(臨川)으로 옮겨와 살았
다. 순희(淳熙) 5년(1178)에 진사에 급제하여 덕화승(德化丞)을 역임하
였는데, 고을을 잘 다스려 칭송이 자자했다. 육구연 뿐 아니라 주희와
도 편지 왕래를 하였다.

등여(鄧予) **❸**365

/ 마 /

만정순(萬正淳) ❹398
강서 사람이며, 주희와 문답한 기록이 다수 보인다.

모원선(毛元善) ❸96 ❺42

모필강(毛必彊) ❺85
자는 강백(剛伯)이다.

묘창언(苗昌言) ❸365

무문자(繆文子) ❹402, 405, 411

/ 바 /

반우문(潘友文) ❶246 ❷289
자는 문숙(文叔)이다. 『고소지(姑蘇志)』권41에 "주희·여조겸과 모두
친하게 지냈다. 개희연간 초에 곤산지현이 되었는데, 관대하고 인자하
며 백성을 사랑하여서 사람들이 '반불자'라 불렀다.(朱熹·呂祖謙皆與
友善. 開禧初, 知昆山縣, 寬慈愛人, 人呼爲'潘佛子'.)"는 내용이 보인
다. 『송원학안』에서는 주희의 문인으로 기록하고 있고, 진량(陳亮)의
「신주영풍현사단기(信州永豊縣社壇記)」에서는 그가 장식·여조겸·주
희에게서 배웠다고 기록하고 있다.

백준(伯駿) ❷395
누구를 가리키는지 알 수 없다.

부극명(傅克明) ❷379

부몽천(傅夢泉) ❶56, 252, 324, 327, 329, 359 ❷99, 318, 335, 398 ❹252, 280, 281, 333, 334, 342, 344, 472 ❺39, 40, 54, 71, 87, 116, 226

자는 자연(子淵)이고 호는 약수(若水)이다. 강서(江西) 건창(建昌) 남성(南城) 사람. 『송원학안 · 괴당제유학안』에 따르면 그는 "선생께서 정성껏 뜻을 변별하는 것만을 가르치시면서 옛날에는 학교에 들어가 일년이면 경전을 떠나 뜻을 변별할 줄 알았다고 말씀하시기에(先生諄諄只言辨志, 又言古者入學一年, 早知離經辨志)" 陸구연을 좇아 학문을 배웠다고 한다. 육구연은 그를 늘 제자 중의 으뜸으로 꼽았으며 심학을 수립하는 데 일정한 공로를 세웠다.

부서(符叙) ❶251, 329

자는 순공(舜功)이며, 남창(南康) 건창(建昌) 사람이다. 『육자학보』 권13에서 이르기를, "선생을 매우 오래 모셨다. 처음 만났을 때, 고담준론을 즐겼다.(師事先生甚久, 始見時, 頗好爲高論.)"라고 하였다.

부성모(傅聖謨) ❶330, 334, 336 ❹429, 451

부자운(傅子雲) ❷176 ❹238, 298, 342, 470 ❺80, 83, 84, 87, 89, 105, 110, 133, 141, 152, 161, 172, 181, 211, 213

자는 계로(季魯)이며 호는 금산(琴山)이다. 금계(金谿) 사람이다. 등약례(鄧約禮)에게서 먼저 공부를 배워 그의 제자가 되었고, 후에 육구연의 제자가 되었다. 천산정사(天山精舍)를 지었을 때 육구연은 그를 위해 한 자리를 내주면서 때때로 대신 강의하게 하였다. 후에 4년(1231)에 원보(袁甫)는 강서(江西)를 다스리면서 상산학(象山學)을 제창하고 상산서원을 세웠는데, 육구연의 제자 중에 부자운이 상좌에 올랐으니, 가히 육구연의 수제자라 이를 만하다. 『역전(易傳)』, 『논어집전(論語集傳)』 등의 저술을 남겼다.

부전미(傅全美) ❶316

부제현(傅齊賢) ❷339

부중소(傅仲昭) ❷337

부초(符初) ❶255

자는 부중(復仲)이며, 남강(南康) 건창(建昌) 사람이다. 『육자학보(陸子學譜)』 권13에 다음과 같은 기록이 보인다. "부순공과 종형제 사이인 듯하다. 함께 선생을 모셨기에 『문집』 안에 두 부 씨에게 보내는 답서가 연달아 실려있다. 또 함께 주자에게 가 학문을 배웠는데, 주자의 『문집』에도 답서가 연달아 실려있다.(似是舜功群從兄弟, 同事先生, 故『集』中答二符簡相連. 又俱往問學於朱子, 朱子集中答書亦相連也.)"

/ 사 /

사국창(謝昌國) ❸397

사청(似淸) ❷462

사호(史浩, 1106~1194) ❹219 ❺53

자는 직옹(直翁), 호는 진암(眞隱). 명주(明州) 근현(鄞縣(지금의 浙江省 寧波) 사람이다. 소흥(紹興) 15년(1144)에 진사가 되어 태학정(太學正)이 되었다가 국자박사(國子博士)로 승진하였다. 효종(孝宗) 즉위 후에는 참지정사(參知政事)에 제수되었고, 융흥(隆興) 원년(1163)에는 상서우복야(尙書右僕射)에 제수되었다. 순희(淳熙) 10년(1183)에 태보(太保)로 있다가 은퇴하여 위국공(魏國公)에 봉해졌다. 죽은 후에는 회계군왕(會稽郡王)에 봉해지고, 후에 효종의 묘정에 배향되었다. 소훈각(昭勛閣) 24 공신(功臣) 중의 하나이다.

서가언(徐嘉言) ❸364

절강(浙江) 서안(西安: 지금의 衢州) 사람이다. 선화(宣和) 3년(1121)에 진사가 되어 건도(乾道) 9년(1173)에 온주 교수(溫州教授), 순희(淳熙) 9년(1182)에 건강부 교수(建康府教授)가 되었다. 지해염현(知海鹽縣)을 역임하도 했다.

서기(舒琪) ❶273, 397, 398
자는 원영(元英)이며, 서호(舒琥)와 서린(舒璘)의 아우이다.

서린(舒璘) ❶397
서호(舒琥)의 아우이다. 『송사』 권410에 "자는 원질 혹은 원빈이고 봉화 사람이다.(字元質, 一字元賓, 奉化人.)"라고 기록되어 있다. 건도(乾道) 8년(1172)에 진사에 급제하여 강서전운사 간관(江西轉運司干官)이 되었다. 시호는 문정(文靖)이다.

서상룡(徐翔龍) ❸394

서의(徐誼, 1144~1208) ❶223, 234, 287, 420 ❹465 ❺33, 34, 43
자는 자의(子宜) 혹은 굉보(宏父)이며 평양(平陽) 사람이다. 건도(乾道) 8년(1172)에 진사 급제하였고, 순희(淳熙) 8년(1181)에 추밀원 편수관(樞密院編修官)이 되었다. 순희 16년(1189)에는 지휘주(知徽州)가 되었고 광종(光宗) 소희(紹熙) 원년(1190)에는 제거절서상평차염(提擧浙西常平茶鹽)이 되었다. 후에 이부원외랑(吏部員外郞), 지임안부(知臨安府) 등을 역임하다가 한탁주(韓侂胄)의 뜻을 거슬러 남안군안치(南安軍安置)로 폄적되었다.

서중성(徐仲誠) ❹365

서호(舒琥) ❶223, 272 ❺42
자는 서미(西美). 서린(舒璘)의 형이며, 향공진사 출신이다. 『송원학안』 권58과 77에서 육구연의 문인으로 기록하고 있다.

서훈(胥訓) **❶**393 **❷**340 **❸**131, 224, 382

자는 필선(必先). 육구연의 처 오 씨(吳氏)의 셋째 여동생의 남편이다. 주희와 백록동 서원에서 만나 토론을 벌였을 때 서훈이 줄곧 수행하였다.

석돈(石𡐛, 1128~1182) **❸**318

자는 자중(子重)이며 태주(台州) 임해(臨海) 사람이다. 소흥(紹興) 15년(1145)에 진사 급제하여 3년 뒤에 침주(郴州) 계양 주부(桂陽主簿)를 맡았고, 후에 천주(泉州) 동안임현승(同安任縣丞)으로 부임했다.

석두문(石斗文) **❶**287

자는 천민(天民)이며 신창(新昌) 사람이다. 융흥연간(隆興年間)에 진사가 되었고, 임안 부학(臨安府學) 교수(敎授)를 지냈다. 후에 지무강군(知武岡軍)을 역임했다.

석종소(石宗昭) **❶**277, 289 **❷**348, 349, 375 **❺**37

자는 응지(應之)이며, 절강(浙江) 신창(新昌) 사람이다. 석숭소(石崇昭)로 표기된 곳도 있다. 『송원학안』 권49에서는 주자의 문인으로 기록하고 있고, 권51에서는 여조겸의 문인으로 기록하고 있으며, 권77에서는 육구연의 문인으로 기록하면서, "형 석두문과 함께 주희·여조겸·육상산의 문하에서 학문을 배웠다.(與兄斗文同問學于朱·呂·陸三氏之門.)"라고 설명하였다.

설공변(薛公辯) **❷**344

설대경(薛大卿) **❶**289, 420 **❷**231, 301, 387, 391, 424, 425, 428, 433 **❸**409 **❹**432 **❺**79, 107

자는 상선(象先)이다. 그에 관한 자세한 사적은 알 수 없으나 진량(陳亮)이 그의 죽은 아내를 위해 제문을 지어주었고, 서린(舒璘)과 주고받은 편지도 있는 것으로 보아 육구연 주변 인물과 활발히 교류했던 것으로 보인다.

설백선(薛伯宣) ❸88

소숙의(邵叔誼) ❶28 ❷135, 136, 139, 287, 308 ❺92
절강(浙江) 사람으로 알려져 있을 뿐, 이름과 관직 등에 관해서는 자세
한 사항이 알려져 있지 않다. 주희(朱熹)는 그를 소숙의(邵叔義)라고
칭했다. 『송원학안(宋元學案)』 권75 「혈재학안(絜齋學案)」에서는 그
를 혈재(絜齋) 원섭(袁燮)의 문인이라 하였고, 권77 「괴당제유학안(槐
堂諸儒學案)」에서는 그를 상산(象山)의 문인이라고 하였다. 또 『육구
연집』 권10에 실린 소숙의에게 보내는 편지에서는 그를 '기의(機宜)'라
고 칭했다.

소중부(邵中孚) ❶386

소총귀(蘇總龜) ❸382

손응조(孫應朝) ❷374 ❺37
자는 계화(季和)이다.

손해(孫楷) ❸409

송무회(宋無悔) ❷331

송약수(宋若水) ❺78

순보(舜輔) ❷278
누구를 가리키는지 자세히 알 수 없다.

신기질(辛棄疾, 1140~1207) ❶304 ❺114
자는 유안(幼安), 호는 가헌(稼軒)이며 산동(山東) 제남(濟南) 사람이

다. 남송의 호방파(豪放派) 사인(詞人)의 대표적 작가이다. 강서 안무사(江西安撫使), 복건 안무사(福建安撫使) 등을 역임했다. 시호는 충민(忠敏)이다.

/ 아/

안자견(顔子堅) ❶389 ❷146 ❺38
처음에 유학을 배웠으나 후에 출가하여 승려가 되었으며, 조일신(趙日新)과 함께 육왕사(育王寺)에서 살았다.

양간(楊簡, 1141~1226) ❶224, 279, 282, 397 ❸407 ❹231, 432, 473 ❺35, 36, 37, 68, 76, 88, 126, 131, 137, 138, 146, 151, 186, 187, 213
자는 경중(敬仲), 호는 자호(慈湖)이며, 절강(浙江) 자계(慈溪) 사람이다. 건도(乾道) 5년(1169)에 진사가 되었다. 부양 주부(富陽主簿)로 있을 때 육구연이 마침 부양에 이르자 그를 스승을 모셨다. 후에 악평지현(樂平知縣), 온주지부(溫州知府) 등을 역임하고 보모각 학사(寶謨閣學士)까지 지냈다. 시호는 문원(文元)이다. 그가 남긴 저서로는 『자호유서(慈湖遺書)』18권과 『속집(續集)』2권, 『자호시전(慈湖詩傳)』20권, 『양씨역전(楊氏易傳)』20권, 『오고해(五誥解)』등이 있다.

양광(梁光) ❺98

양광원(梁光遠) ❸400

양권경(楊權卿) ❸409
양간의 형제이다.

양대장(梁大章) ❸388

양도부(楊道夫) ❺52

양만리(楊萬里) ❸ 324, 326, 397 ❺ 73
자는 (廷秀), 호는 성재(誠齋)이다. 강서 길수(吉水) 사람으로, 27세 때 진사가 되어 비서감(秘書監), 보모각직학사(寶謨閣直學士) 등을 역임했다. 남송을 대표하는 문학가이기도 하다.

양성장(梁成章) ❸ 388

양세창(梁世昌) ❸ 386, 387

양여려(楊汝礪) ❺ 44

양자직(楊子直) ❶ 361 ❹ 427

양적(楊籍) ❸ 409
양간의 형제이다.

양전(楊篆) ❸ 409
양간의 형제이다.

양정현(楊庭顯) ❸ 401, 405, 409 ❺ 93
양승봉(楊承奉). 자는 시발(時發). 양간의 아버지이다. 사람들은 그를 자계(慈溪)라고 불렀다.

양주(楊籌) ❸ 409
양간의 형제이다.

양즙(楊楫)❸ 106
통로(通老). 장계(長溪) 사람.

양지(楊簾) ❸ 409
양간의 형제이다.

엄송(嚴松) **④**299, 344, 360, 374 **⑤**87

자는 송년(松年)이다.

엄자(嚴滋) **②**330, 331, 333 **④**508 **⑤**146

자는 태백(泰伯)이며 임천(臨川) 사람이다. 『유림종파(儒林宗派)』권11
에 육구연의 문인으로 기록하고 있는데, 그의 자를 '택백(太伯)'이라고
적었다.

여조검(呂祖儉, ?~1200) **①**266, 276, 397 **⑤**266

자는 자약(子約), 호는 대우수(大愚叟)이다. 무주(婺州) 금화(金華) 출
신으로, 여조겸의 아우이다.

여조겸(呂祖謙, 1137~1181) **①**262 **③**338 **④**213, 217, 311, 361, 362, 363, 466
⑤31, 32, 33, 43, 45, 46, 53, 74, 265

자는 백공(伯恭)이며 동래 선생(東萊先生)이라 불렸다. 무주(婺州: 지
금의 浙江 金華) 사람이다. 그는 학술적 측면에서 명리궁행(明理躬行)
과 학이치용(學以致用)을 주장하고 내용 없이 심성(心性)만 담론하는
것을 반대하면서 절동학파(浙東學派)를 개척했는데, 그가 세운 학파를
'무학(婺學)'이라 칭한다.

역기선(易幾先) **①**251, 347 **②**328

승봉랑(承奉郎)까지 역임하고 조봉대부(朝奉大夫)에 추증되었다. 그
의 아들인 역발(易祓, 1156~1240)은 『주례총의(周禮總儀)』를 남긴 학
자이다.

연숙광(連叔廣) **③**163

예거천(倪巨川) **②**131 **⑤**118

자는 제보(濟甫)이다. 『육자학보』에 따르면 상산정사(象山精舍)에서
육구연에게 학문을 배웠고, 요수옹(饒壽翁)과 가까웠다고 한다.

예구성(倪九成) ❷261

예백진(倪伯珍) ❷172, 277 ❺80

예안국(倪安國) ❸391

오광문(吳廣文) ❶411

오군옥(吳君玉) ❷331 ❹350

오두남(吳斗南) ❷399 ❺113

오성약(吳誠若) ❶376 ❸107, 382 ❺78
육구연의 손아래 처남이다. 자는 숙유(叔有).

오소고(吳紹古) ❸78

오옹약(吳顒若, 1148~1190) ❶371, 393, 394 ❸382, 423 ❺68
자는 백옹(伯顒). 육구연의 처 오 씨(吳氏)의 아우이다. 모두 다섯 형제
가 있는데, 그가 장남이다.

오원자(吳元子) ❷158, 159, 162, 164, 167, 168, 172, 174 ❺80
자는 자사(子嗣)이며 임천(臨川) 사람이다. 경원(慶元) 2년(1196)에 신
사 급제했다.

오일(吳鎰) ❷92, 93, 397 ❸46
자는 중권(仲權)이며 임천(臨川) 사람이다. 융흥연간(隆興年間)에 진사
가 되었고, 지의장현(知義章縣) 및 지무강군(知武岡軍)을 역임한 뒤 사
봉낭중(司封郎中)에까지 올랐다. 『운암집(雲巖集)』을 남겼고, 사(詞)에
도 뛰어나 『경재사(敬齋詞)』 1권을 남겼다.

오점(吳漸) ❸380, 423 ❺18, 26, 68

자는 덕진(德進)이다. 옛날 이름은 흥인(興仁), 자는 무영(茂榮)이다. 육구연의 장인이다.

오중량(吳仲良) ❶400

오찰(吳察) ❶393

오항(吳沆, 1116~1172) ❶400

자는 덕원(德遠)이고 호는 무막거사(無莫居士)이다. 시문에 능하였으며, 경사에 밝았다. 정화연간(政和年間)에 아우인 오배(吳湃)와 함께 조정에 상소를 올렸으나 채택되지 않자 환계(環溪)에 은거하였기에 환계라고도 불린다. 저술에 전념하여『역선기(易璇機)』,『환계시화(環溪詩話)』 등을 남겼다. 이밖에『통언(通言)』 1권이『사고전서총목(四庫全書總目)』에 전한다.

오현중(吳顯仲) ❶148, 149 ❷148 ❹148, 468, 469, 470, 508

『육구연집』 권2에 육구연이 보낸 두 통의 편지가 실려 있는데, 내용으로 보아 문인인 듯하나, 자세한 행적은 알 수 없다.

오홍(吳洪, 1145~1212) ❶380

자는 우공(禹功)이다. 여조겸에게서 학문을 배웠고 선교랑(宣敎郎)·건덕지현(建德知縣)을 거쳐 1171년에는 절동강서상평제거(浙東江西常平司提擧)가 되었다. 그러나 재상을 비난했다가 파직당하고 이듬해에 귀향했다.

오후약(吳厚約) ❶373 ❸382 ❺111

오우약(吳顯若: 伯顯)의 아우로 역시 육구연의 처남이다. 자는 중시(仲時). 중시(仲詩)라고 되어 있는 곳도 있다.

왕견로(汪堅老) ❸116, 118

왕경(王景) ❸419 ❺26

왕규(汪逵) ❸366
자는 계로(季路)이며 구주(衢州) 사람이다. 이부상서(吏部尚书) 및 단
명전 학사(端明殿學士)를 지냈다. 그래서 『육구연집』에서는 왕단명(汪
端明)이라고 부르고 있다.

왕덕수(王德修) ❶224
자세한 행적은 잘 알려지지 않았으나, 주희와 『시경』에 관해 서로 문답
한 내용이 주희 문집에 보이고, 「왕덕수 만시(挽王德修)」도 보인다. 이
로써 그가 육구연과 주희를 오가며 공부했던 사람임을 알 수 있다.

왕린(王藺, ?~1214) ❶395 ❷62, 70, 435 ❹341, 434 ❺61, 66, 67, 81, 92
자는 겸중(謙仲), 호는 헌산(軒山)이다. 안휘(安徽) 여강현(廬江縣) 사
람이다. 건도(乾道) 5년(1169)에 진사 급제하여 신주(信州) 상요부(上
饒簿), 악주 교수(鄂州教授), 사천 선무사(四川宣撫司), 추밀원 편수(樞
密院編修), 예부 시랑(禮部侍郎) 등을 역임하였고 영종(寧宗)이 즉위하
자 호남군 주수(湖南軍主帥)가 되었다.

왕문현(王文顯) ❸332

왕성석(汪聖錫) ❺43

왕신(王信) ❺72

왕약옹(王弱翁) ❷78, 94 ❺42

왕언상(汪彦常) ❸122

왕우(王遇) ❹509, 510
자는 자합(子合)이다.

왕유대(王有大) ❺126, 127, 128, 129

왕참(王參) ❷218

왕치(王治) ❸122409

왕후지(王厚之, 1131~1204) ❶90, 97 ❷133, 192, 199, 321 ❹279, 280, 432 ❺48, 102
자는 순백(順伯)이고 호는 복재(復齋)이다. 강서(江西) 임천(臨川) 사
람. 그는 특히 금석학과 어문학에 밝았고, 장서가이기도 했다. 그의 증
고조는 왕안석(王安石)의 아우 왕안례(王安禮)이다. 건도(乾道) 2년
(1166)에 진사가 되었고, 순희(淳熙) 12년(1185)에 감도진주원(監都進
奏院)이 되었으며, 3년 후에 비서랑(秘書郎) 겸 권창부낭관(權倉部郎
官)이 되었다. 그 뒤 회남로 전운판관(淮南路轉運判官), 양절로 전운판
관(兩浙路轉運判官) 등을 역임했다.

요무경(廖懋卿) ❷337

요수옹(饒壽翁) ❷131, 249, 251, 253, 254, 255, 257, 259 ❺104

요유경(廖幼卿) ❷337

우모(尤袤) ❷206 ❺31, 58, 68, 70
자는 연지(延之). 주희·양만리 등과 창화한 시가 많이 보인다. 태주(台
州) 태수를 역임했다.

웅감(熊鑒) ❸224, 394

원명(元明) ❶364

원보(袁甫) ❺ 152, 153, 155, 156, 157, 160

자는 광미(廣微)이며 가정(嘉定) 7년에 진사 급제하여 비서성 정자(秘書省正字)에 제수되었다.

원섭(袁燮, 1144~1224) ❺ 132, 142, 144, 149, 152, 172, 181, 188, 189, 190

자는 화숙(和叔)이며 경원부(慶元府) 근현(鄞縣: 지금의 浙江省 寧波) 사람이다. 순희연간(淳熙年間)에 진사 급제하여 강음위(江陰尉)가 되고 태학정(太學正)으로 승진했다. 후에 사봉낭중(司封郎官), 국자감 좨주(國子監祭酒), 예부 시랑(禮部侍郎) 등을 역임했다. 그는 혈재 선생(絜齋先生)이라 불렸으며, 심환(沈煥)·서린(舒璘)·양간(楊簡)과 더불어 명주순희 사선생(明州淳熙四先生)으로 불리는 등, 절동(浙東) 사명학파(四明學派)의 중심 인물이 되었다.

위삼외(危三畏) ❸ 394

위섬지(魏掞之, 1116~1173) ❷ 30

자는 자실(子實)이며 후에 원리(元履)라 고쳤다. 호는 간재(艮齋) 혹은 금강(錦江)이며 건양(建陽) 초현리(招賢里) 사람이다. 주희의 친구이다. 포의 신분으로 황제를 알현하고 시무에 관한 대책을 논해 동진사출신(同進士出身)을 하사받고 태주 교수(台州敎授)를 지냈다.

유건옹(劉建翁) ❺ 137

자는 계회(啓晦)

유경부(劉敬夫) ❺ 88, 89

유계몽(劉季蒙) ❸ 133 ❺ 117

유공(劉恭) ❷ 269, 281 ❸ 136 ❺ 104

자는 백협(伯協)이고 건창(建昌) 남성(南城) 사람이다. 소희(紹熙) 원년

(1190)에 진사가 되어 지서안현(知瑞安縣)이 되었고, 중순대부(中順大夫)에 올랐다.

유덕고(劉德固) ❷ 254, 256 340

유돈(劉焞) ❶ 292
자는 문잠(文潛)이며 사천(四川) 성도(成都) 사람이다. 집영전 수찬(集英殿修撰)을 거쳐 순희(淳熙) 7년(1180)에 지강릉(知江陵)이 되었다.

유백문(劉伯文) ❺ 39

유백정(劉伯正) ❶ 288, 289
자가 직경(直卿)이며 요주(饒州) 여간(餘干) 사람이다. 순우(淳祐) 4년(1244)에 단명전 학사(端明殿學士)에 임명되었고 첨서추밀원사(簽書樞密院事) 겸 권참지정사(權參知政事)를 역임했다. 『송사』 권419에 본전(本傳)이 있다.

유요부(劉堯夫, 1146~1189) ❶ 214, 227, 230, 287, 396, 418 ❷ 92, 99, 244, 245 ❸ 430 ❹ 287, 288
본명은 단(單)이고, 자는 순수(純叟) 혹은 순수(淳叟) 혹은 순수(醇叟)이며, 강서 무주(撫州) 금계(金谿) 사람이다. 17세부터 육구고(陸九皋)·육구연·육구령(陸九齡)에게서 학문을 배웠다. 순희연간에는 주희에게서 학문을 배웠다. 순희 2년(1175)에 진사가 되어 국자정(國子正)에 제수되었다가 태학박사(太學博士)로 승진했다. 황제 앞에서 직언을 피하지 않았기에 양만리(楊萬里)는 주희 등과 더불어 그를 천거하였다. 후에 융흥부 통판(隆興府通判)이 되었으나 얼마 후 육구연의 학문과 길을 달리하며 비판하기 시작했고, 나중에는 출가하여 중이 되었다.

유자징(劉子澄) ❺ 45, 46
자는 청지(淸之)

유정부(劉定夫) ❷ 119, 318 ❹ 372, 435, 439, 475, 474 ❺ 88

유조(劉造) ❶ 156
자는 심보(深父). 건창(建昌) 남성(南城) 사람으로 경원(慶元) 2년(1196)에 진사가 되었다.

유중부(劉仲復) ❺ 86

유지보(劉志甫) ❷ 133, 301

육간지(陸艮之) ❸ 374
육구연의 조카. 육구령의 아들.

육겸지(陸謙之) ❸ 135
육구연의 조카.

육구고(陸九皋, 1125~1191) ❸ 136, 425, 431 ❺ 11, 113, 165
자는 자소(子昭), 호는 용재(庸齋)로, 육구연의 셋째 형이다.

육구령(陸九齡, 1132~1180) ❶ 152, 161, 165 ❷ 63 ❸ 341, 362, 414, 425 ❹ 207, 216, 259, 331, 361, 362, 364 ❺ 12, 13, 16, 18, 19, 21, 26, 27, 37, 44, 47, 50, 51, 126, 127, 158, 165, 172, 173, 177, 180, 181, 264
자는 자수(子壽)이며 복재 선생(復齋先生)이라고도 부른다. 건도(乾道) 5년(1169)에 진사 급제하여 보경(寶慶) 2년에 조봉랑 직비각(朝奉郎直秘閣)에 특별 추증되어 문달(文達)이라는 시호를 받았다. 육구연과 더불어 '이륙(二陸)'으로 칭해지기도 하였는데, 성명(性命)의 근원을 탐구하는 데 일생을 보냈다. 『송사(宋史)』에 본전(本傳)이 실려 있다.

육구사(陸九思, 1115~1196) ❷ 455 ❸ 344, 425 ❺ 11, 117
자는 자강(子强)이며, 육구연의 맏형이다. 육구연이 맏형을 치정(致政)이라 부른 것으로 보아, 치정이라는 호칭으로 불린 듯하다.

육구서(陸九叙, 1123~1187) ❷63 ❸393 ❺11, 78
자는 자의(子儀)이며 육구연의 둘째 형이다.

육구소(陸九韶, 1128~1205) ❶64, 111, 112, 114, 118, 120 ❷28, 31, 32, 33, 67, 90, 210, 348, 354, 364, 365 ❸136, 425 ❹274, 348, 349, 365 ❺11, 12, 17, 26, 62, 158, 165, 172, 180, 181, 255, 256, 263, 264
자는 자미(子美). 사산(梭山)에서 강학했다 하여 학자들은 그를 사산 선생(梭山先生)이라 불렀다.

육기(陸曁) ❶417
육구연의 조카

육당경(陸唐卿) ❸129

육망지(陸望之) ❸394
육구연의 조카. 육구서의 아들

육백번(陸伯蕃) ❷93
육구연의 조카

육분지(陸賁之) ❸431
육구연의 조카. 육구고의 아들

육상지(陸尙之) ❸394
육구연의 조카. 육구서의 아들

육소손(陸紹孫) ❷257 ❸345
육구연의 질손

육손지(陸損之) ❸431
육구연의 조카. 육구고의 아들

육순지(陸循之) ❷452 ❹229 ❺44
육구연의 아들

육승지(陸升之) ❸431
육구연의 조카, 육구고의 아들

육유지(陸檽之) ❶37 ❷210 ❸135, 344
육구연의 조카. 육구소의 아들

육익지(陸益之) ❶289 ❸431
육구연의 조카. 육구고의 아들

육인지(陸麟之) ❶234, 393 ❸394 ❺118
육구연의 조카. 육구서의 아들

육입지(陸立之) ❸394
육구연의 조카. 육구서의 아들

육조(陸慅) ❹467
육구연의 조카

육준(陸濬) ❶73 ❷286, 351, 354, 356, 360, 452 ❹359 ❺80, 90, 102, 103
육구연의 질손

육지지(陸持之, 1156~1210) ❷210, 259, 344, 404, 413, 452 ❸135 ❹229, 338
❺30, 138, 144, 186, 189
육구연의 아들. 자는 백미(伯微)이다.

육충(陸冲) ❺165

이숙윤(李叔潤) ❶288

이신중(李信仲) ❷287

이영(李縷) ❶411
자는 덕장(德章)이며 임천(臨川) 사람이다. 『송원학안』 권57에 복재(復齋: 陸九齡)의 문인으로 기록되어 있으며 증방전(曾滂傳)에 부록되어 있다.

이운(李雲) ❺63

이호(李浩) ❶202, 205 ❷425 ❸380 ❺26
자는 덕원(德遠) 호는 귤원(橘園)이며 건창(建昌) 사람이다. 『송사(宋史)』 권388에 본전(本傳)이 실려있다. 소흥(紹興) 12년(1142)에 진사급제하였고 요주 사마참군(饒州司戶參軍), 양양부 관찰추관(襄陽府觀察推官)에 이어 금주 교수(金州敎授)가 되었다. 후에 태상시 주부(太常寺主簿) 겸 광록시승(光祿寺丞)이 되었다.

임간(林幹) ❷433

임몽영(林夢英) ❶411 ❷92 ❸87 ❺104
자는 숙호(叔虎) 혹은 자응(子應). 『만성통보(萬姓統譜)』 권64에 그와 관한 비교적 상세한 기록이 보이는데, 나이는 육구연과 비슷하였으나 육구연에게서 학문을 배웠다고 한다. 또 기양부(祁陽簿)와 형주법조(衡州法曹), 지무릉현(知武陵縣), 정주 통판(靖州通判) 등을 역임하였다.

임택지(林擇之) ❺51

임회(林恢) ❺147

/자/

장간(張衍) ❷263, 268, 346, 347 ❺141
자는 계열(季悅)

장간지(張簡之) ❸391

장계충(張季忠) ❶391

장권숙(張權叔) ❸159

장덕청(張德淸) ❷346

장명지(張明之) ❷119, 246 ❸391
자는 성자(誠子). 신주(信州) 귀계(貴溪) 사람으로 대대로 용호산(龍虎
山)에 살았다.

장백강(張伯强) ❺80

장백신(張伯信) ❷460

장삼(章森) ❷404, 406, 408, 413, 419 ❺115
자는 덕무(德茂)이고 진량(陳亮)과 절친한 사이였다. 대리소경(大理少
卿) 및 시호부상서(試戶部尙書)를 역임했다.

장상좌(張商佐) ❶161, 168, 171 ❷248, 317 ❸394
자는 보지(輔之)이며 금계(金谿) 사람이다. 육구연이 지은「고 송 육공
묘지(宋故陸公墓志)」에 따르면 육구연의 중형(仲兄)인 육구서(陸九叙:
子儀)의 사위이다. 향공진사(鄕貢進士) 출신이며, 『송원학안』 권77에
육구연의 문인에 들어가 있다.

장소석(張少石) ❺80

장수진(張守眞) ❸321
자는 정응(正應). 도교 正一派의 32대 天師이다.

장숭지(張崇之) ❸391

장식(張栻, 1133~1180) ❶105, 325, 360 ❷95 ❸339 ❹213, 292, 307, 311, 333, 368,
513 ❺44, 50, 74, 89, 91, 245, 272
자는 경부(敬夫, 후에 흠부(欽夫)로 고침) 또는 악재(樂齋)이며 호는 남
헌(南軒)이다. 시호가 선(宣)이어서 장 선공(張宣公)이라고도 불리며,
한주(漢州) 면죽(綿竹: 지금의 四川省 綿竹市) 사람이다. 악록서원(岳
麓書院)에서 가르쳤는데, 학생 수가 수천 명에 달했다. 호상학파(湖湘
學派)의 기틀을 마련하여 한 시대의 학종(學宗)이 되었으며, 주희·여
조겸(呂祖謙)과 더불어 동남삼현(東南三賢)이라 일컬어졌다.

장안국(張安國) ❷15, 16, 84

장안지(張安之) ❸391

장여장(章如璋) ❸391

장영(張瀛) ❷110, 112 ❸92, 142❺105
자는 계해(季海). 육구연은 그를 파양(鄱陽) 사람이라고 적었다.

장영(章穎, 1141~1218) ❶418 ❷381 ❺113, 116, 137
자는 무헌(茂獻)이며 임강(臨江) 사람이다. 효종이 신하들에게 의견을
구하면 가장 많은 주소를 올려 효종으로부터 당나라 육지(陸贄)와 같다
는 칭송을 들었다. 태학박사(太學博士), 좌사간(左司諫) 등 직책을 역
임하였으며, 영종이 즉위하자 시어사(侍御史) 겸 시강(侍講)에 제수되

었다. 한탁주(韓侂冑)와 사이가 좋지 않아 파면되었다가 한탁주 사후에 다시 등용되어 집영전 수찬(集英殿修撰)이 되었고 형부 시랑(刑部侍郞) 겸 시강, 예부 상서(禮部尙書)까지 지냈다. 사후에 광록대부(光祿大夫)에 추증되고 문숙(文肅)이라는 시호를 받았다.

장완(張琬) ❸390
자는 우석(禹錫)

장운(張運) ❷64
자는 남중(南仲)이다.

장원정(張元鼎) ❷114

장중지(章仲至) ❺86

장차방(張次房) ❹341, 342

장춘경(張春卿) ❷14

장행간(蔣行簡) ❸88

장행사(張行巳) ❺80

전상조(錢象祖, 1145~1211) ❷74, 77, 84, 94 ❺81
자는 백동(伯同), 호는 지안(止安)이며 태주(台州: 절강성 臨海) 사람이다. 오월왕(吳越王) 전숙(錢俶)의 후예이자 참지정사(參知政事) 전단례(錢端禮)의 손자이다. 음서로 벼슬에 임명되어 태부시 주부승(太府寺主簿丞), 형부낭관(刑部郎官), 지처주(知處州), 지엄주(知嚴州), 지무주(知撫州) 등을 거쳐 강동운판시우랑관(江東運判侍右郎官), 추밀원검상(樞密院檢詳) 등을 역임했다. 후에 지임안부(知臨安府), 지건강부(知建康府)를 거쳐 병부상서(兵部尙書)에 제수되었다.

전시(錢時) ❺156

절보(節父) ❶389
누구를 가리키는지 자세히 알 수 없다.

정가구(程可久) ❺61
자는 중천(中薦)

정단조(丁端祖) ❹212 ❺147

정돈몽(程敦蒙) ❹427

정봉(丁逢) ❸88

정사남(程士南) ❹409

정숙달(程叔達, 1120~1197) ❺76
자는 원성(元誠)이며 이현(黟縣) 사람이다. 소흥(紹興) 12년(1142)에
진사가 되어 흥국군 광화 교수(興國軍 光化教授)가 되었다. 후에 감찰
어사(監察御史)가 되었다가 양절(兩浙) 지역의 진휼에 공을 세워 우정
언(右正言)에 제수되었다.

정식(鄭湜) ❷301, 308 ❺67, 123
자는 부지(溥之)이며 시호는 문숙(文肅)이다. 복건(福建) 민현(閩縣) 사
람. 건도(乾道) 2년(1166)에 진사가 되었고, 소희(紹熙) 원년(1190)에
중서사인(中書舍人) 나점(羅點)의 추천으로 비서랑(秘書郎)이 되었다.
경원(慶元) 원년(1195)에 기거랑(起居郎) 및 권직학사원(權直學士院)
이 되었다가 조여우(趙汝愚)의 일에 연루되어 관직에서 물러나 고향으
로 돌아갔다. 주희가 '위학(僞學)' 사건을 피해 복주(福州)로 왔을 때 그
의 집에 한 동안 머문 것이 있다.

정윤보(丁潤父) **❸**118

정학고(鄭學古) **❹**398

제갈수지(諸葛受之) **❶**199 **❺**42
자세한 행적은 고증할 길 없다. 제갈성지(諸葛誠之)의 형이기 때문에
『송원학안』권77에 제갈성지와의 합전(合傳)이 실려있다.

제갈천능(諸葛千能) **❶**214, 224, 397 **❺**37, 56, 100
자는 성지(誠之). 제갈수지의 아우이기도 하다. 절강(浙江) 회계(會稽)
사람. 순희연간 진사가 되었다. 『송원학안』권49에는 주희의 문인으로
수록되어 있고, 권77에는 육구연의 문인으로 수록되어 있다. 손응시(孫
應時)가 지은 「제갈성지 제문(祭諸葛誠之文)」에서는 그의 학행을 높이
칭송하였다.

조건(曹建) **❶**177, 361, 397 **❹**293, 398
자는 입지(立之). 그는 육구연 형제에게서도 학문을 배웠고, 만년에
는 주자의 문하에 들어갔다. 『강서통지(江西通志)』권88에 본전(本
傳)이 전한다. 그의 사후에 주희는 「조입지 묘표(曹立之墓表)」를 지
어주었다.

조불우(趙不迂) **❸**88

조사옹(趙師雍) **❷**214, 344 **❺**99
자는 연도(然道)이고 황암(黃岩) 사람이다. 순희(淳熙) 14년(1187)에
진사 급제했다. 조의대부(朝議大夫)와 직보장각 학사(直寶章閣學士)를
지냈다. 『송원학안』권49에는 주희의 문인으로, 권77에는 육구연의 문
인으로 기록되어 있다.

조사점(趙師蒧) **❷**227 **❺**92, 102
자는 영도(詠道)이고 황암(黃岩) 사람이다. 조사옹의 아우이다. 조사점

형제 이외에도 조사연(趙師淵), 조사하(趙師夏), 조사유(趙師游), 조사단(趙師端), 조사건(趙師騫) 등이 모두 육구연의 문인이었다.

조습(趙熠) ❶292 ❷16, 17
자는 경명(景明)이다. 개봉(開封) 사람이며 조작(趙焯: 字 景昭)의 아우이다.

조신(祖新) ❶390 ❷146
승려, 속명은 조일신(趙日新)이다.

조언계(趙彦悈) ❺148
자가 원도(元道)이며 종실 자제이다. 여요(餘姚)에 살았다. 양간에게서 배웠으며 개희(開禧) 원년(1205)에 진사가 되었고 가정 초년에 길수현승(吉水縣丞)이 되었다. 지상주(知常州), 광덕군(廣德軍) 등을 역임했다.

조여겸(趙汝謙) ❺79

조영(朝穎) ❶423
누구를 가리키는지 자세히 알 수 없다.

조자신(趙子新) ❹366, 367

조자직(趙子直) ❶298, 411 ❺33
자는 이도(履道)이며 강서 임안(臨安) 사람이다.

조작(趙焯) ❷16, 17, 191 ❺46, 47
자는 경소(景昭)이고 개봉(開封) 사람이다. 조경명(趙景明)의 형이며 『송원학안』 권51에서는 동래(東萊)의 문인이라고 하였다.

조정(曹廷) ❶174

자는 정지(挺之). 『육자학보』 권13에서 이르기를, "조입지(曹立之)는 이름이 건이고 여간 사람이다. 아우인 조정과 함께 선생에게서 배웠다.(曹立之, 名建, 餘干人. 與弟廷俱學于先生.)"라고 하였다.

조중성(趙仲聲) ❷133, 308

조학고(趙學古) ❶177, 178, 183

주간숙(朱幹叔) ❸333 ❺80

주강숙(周康叔) ❹499

주계역(朱季繹) ❹398, 400, 407, 408, 418, 427

주극가(朱克家) ❸224

주량(周良) ❶248, 249, 391, 426 ❷143, 172, 346 ❺80

자는 원충(元忠)이다. 주이준(朱彛尊)은 『경의고(經義考)』 권283에서 주희가 『역』을 전수해준 제자가 바로 주량이라고 하였다.

주림(朱林) ❷305, 306

주백웅(周伯熊) ❺40

주부(朱桴) ❷152, 154, 157 ❸419 ❹281, 460, 461, 463, 464, 465, 466, 473 ❺39

자는 제도(濟道)이고 금계(金谿) 사람이다.

주부선(周孚先) ❺80

주역지(朱繹之) ❶417

호주(湖州) 가흥(嘉興) 사람이다. 주단상(朱端常)의 부친. 건도(乾道) 2

년(1166)에 진사가 되어 병부낭중(兵部郎中)에 임명되었으며, 지상주
(知常州)를 지냈다. 『숭정가흥현지(崇禎嘉興縣志)』 권12에 보인다.

주원유(朱元瑜) ❸139, 140 ❺75

주익백(朱益伯) ❹456

주익숙(朱益叔) ❷121

주자연(朱子淵) ❷292, 295, 299, 394 ❺73

주청수(周淸叟) ❶257 ❸224, 394 ❹376, 396 ❺136
자는 염부(廉夫). 육구연의 중형인 육구서(陸九叙)의 사위이며 황원길(黃
元吉: 叔豊)과는 동서지간이다. 주가상(周可象)이라고 불리기도 한다.

주태경(朱泰卿) ❺39
자는 형도(亨道). 주부의 아우이다.

주필대(周必大, 1126~1204) ❹228, 334 ❺116
자는 자충(子充) 혹은 홍도(洪道), 자호는 평원노수(平園老叟)이다. 관
성(管城: 지금의 河南省 鄭州) 사람. 소흥(紹興) 21년(1151)에 진사 급
제하였고 27년(1157)에 박학굉사과(博學宏詞科)에 급제하였다. 이부
상서(吏部尙書)·추밀사(樞密使)·좌승상(左丞相)을 역임하고 허국공
(許國公)에 봉해졌다. 시호는 문충(文忠)이다.

주희(朱熹, 1130~1200) ❶43, 53, 64, 109, 126, 146, 380, 395, 408, 417
❷32, 63, 94, 95, 96, 108, 137, 139, 200, 202, 204, 277, 280, 282, 309, 317, 320, 365, 370
❸225 ❹253, 258, 281, 307, 309, 310, 346, 347, 351, 352, 362, 363, 400, 415, 502
❺11, 44, 85, 193, 199, 216, 217, 225, 230, 255, 264, 270, 271
자는 원회(元晦)·중회(仲晦), 호는 회암(晦庵)·회옹(晦翁)·운곡노인
(雲谷老人)·둔옹(遯翁). 주자학을 집대성하여 중국 사상계에 가장 큰

영향을 미쳤다. 『논어집주』와 『맹자집주』 등을 통해 자신의 철학적 사상을 나타내 동아시아 지식인 사회에 큰 영향을 미쳤다.

증경지(曾敬之) ❶250
자세한 행적은 고증할 수 없다. 남송 시인 조보지(晁補之)와 화답한 시가 보인다.

증계리(曾季貍) ❸380

증구보(曾裘甫) ❺102

증우문(曾友文) ❸115

증임종(曾林宗) ❸398

증조도(曾祖道) ❶37 ❷140 ❹348 ❺38, 102
자(字)는 택지(宅之) 혹은 택지(擇之)이며 여릉(廬陵) 사람이다. 『송원학안』 권58에 육구연의 문인으로 수록되어 있고, 권59에는 유청지(劉淸之)의 문인으로 수록되어 있으며, 권69에는 주희의 문인으로 수록되어 있다. 『육자학보(陸子學譜)』 권13에서 이르기를, "처음에는 유자징(劉子澄: 淸之)에게서 배우다 선생(육구연)을 섬겼다. 소희(紹熙) 3년(1193) 선생께서 돌아가신 뒤 5년이 지난 경원(慶元) 3년(1197)에 비로소 주자를 만나러 갔는데, 그때 주자는 68세였다.(初從劉子澄遊, 旣乃師事先生. 紹熙三年先生卒, 又五年爲慶元三年, 始往見朱子, 時朱子年六十八矣.)"라고 하였다.

진간(陳幹) ❷33

진강(陳剛) ❷93, 99, 100, 240, 244 ❸120 ❹252 ❺39, 40, 42
자는 정기(正己)이다. 우강(旴江) 사람. 일설에는 건창(建昌) 우강(歐江) 사람이라고도 한다. 진사 출신으로 교수(敎授)를 지냈다.

진거화(陳去華) **④**343, 367, 368 **⑤**87
광중(廣中) 사람이다.

진광문(陳廣文) **③**120

진량(陳亮, 1143~1194) **❶**129 **⑤**43
자는 동보(同父)이고 호는 용천(龍川)이며 절강(浙江) 영강(永康) 사람
이다. 사공주의(事功主義)를 주장했으며 후대 경세치용 학문에 영향을
주었다. 저서로는 『용천문집(龍川文集)』이 있다.

진번수(陳蕃叟) **❶**287

진부량(陳傅良, 1137~1203) **❶**289, 420 **❷**95, 98, 202 **④**280, 333, 343, 344
자는 군거(君擧), 호는 지재(止齋)이다. 온주(溫州) 서안(瑞安: 지금의
浙江省 瑞安市) 사람이다. 건도(乾道) 8년(1172)에 진사에 급제하여 보
모각 시제(寶謨閣侍制)까지 지냈다. 시호는 문절(文節). 영가학파(永嘉
學派)를 대표하는 인물로 설계선(薛季宣)의 사공지학(事功之學)을 계
승하여 주희·육구연과 정족을 이루었다. 그의 학문은 "경세치용"을 중
시하며 성리만을 공론(空論)하는 것에 반대했다. 동시에 학자인 진량
(陳亮)과 학풍이 유사하여 당시에 '이진(二陳)'이라 일컬어졌다.

진시중(陳時中) **❷**84

진영지(陳詠之) **⑤**159

진정(陳鼎) **❶**298 **❷**15, 16
임천(臨川) 지현(知縣)을 지낸 인물이다.

진중화(陳重華) **④**351

진진경(陳晉卿) **③**123 **⑤**105

진현공(陳顯公) ❸83

진훈(陳塤) ❺159, 163, 213
자는 화중(和仲)이다.

/차/

채유학(蔡幼學, 1154~1217) ❶289 ❺35
자는 행지(行之)이며 서안(瑞安) 신성(新城) 사람이다. 건도(乾道) 8년
(1172)에 18세의 나이로 진사에 급제하고 병부상서(兵部尙書)까지 지
냈다. 시호는 문의(文懿)이다. 영가(永嘉) 사공학파(事功學派)의 집대
성자라 할 수 있는 섭적(葉適)의 벗이자 진부량(陳傅良)의 제자로서 영
가학파의 계승자가 되었다. 『송사』에 본전(本傳)이 실려 있다.

첨부민(詹阜民) ❶402, 405, 406 ❷144, 146 ❹511, 515 ❺59, 60, 70, 130
자는 자남(子南)이고 호는 묵신(默信)이다. 수안(遂安) 사람. 종정시승(宗
正寺丞) 및 가부낭중(駕部郎中), 지휘주부(知徽州府) 등을 역임했다.

첨체인(詹體仁, 1143~1206) ❶395 ❷389, 424, 431 ❺61, 115
자는 원선(元善)이며 건녕(建寧) 포성(浦城) 사람이다. 한때 외삼촌의
성을따라 장 씨(張氏)로 바꾸었던 적이 있기에 『육구연집』에는 장원선
이라고 표기되어 있다. 그는 건도연간(乾道年間) 초에 주희에게서 학문
을 배웠다.

총경(總卿) ❷376, 378

추빈(鄒斌) ❺45
자는 준보(俊父)

축재숙(祝才叔) ❺80

자는 자복(子復)이며 금주향(金舟鄉) 팽보(彭堡) 사람이다. 건도(乾道) 2년(1166)에 진사가 되어 금화현(金華縣) 주부(主簿)를 역임했다.

자는 세창(世昌)이고 금계(金谿) 사람이다. 『송원학안』 권77에서 이르기를, "괴당 문안(육구연)에게서 학업을 전수받는데, 그에게 제자들을 가르쳐보게 하고는 매우 법도가 있다고 칭찬하였다.(受業槐堂文安, 令其敎授諸子, 稱其有法.)"고 한다. 순희(淳熙) 14년(1187)에 응천산(應天山), 즉 상산(象山)에 정사를 지어 육구연을 살게 한 것이 바로 팽흥종이다.

자는 민도(敏道). 주희·육구연에게서 수학했다. 포 씨 형제 중 막내이다.

자는 상도(詳道)이다. 포양(包揚: 字 顯道)의 형이며, 건창(建昌) 남성(南城) 사람이다. 『송원학안』 권49에서는 주자의 문인으로 기록하고 있고, 권77에서는 육구연의 문인으로 기록하고 있다.

포양(包揚) ❶ 149, 317, 360, 361, 369, 397, 417, 420, 421, 423 ❹ 398, 408, 412, 429, 435, 458, 510 ❺ 38, 50, 62, 101, 136, 226, 270, 272

자는 현도(顯道), 호는 극당(克堂)이며 건창(建昌) 남성(南城) 사람이다.(建陽 사람이라는 설도 있다.) 형 포약(包約, 字 詳道) 아우 포손(包遜, 字 敏道)와 함께 육구연에게서 학문을 배웠다.

풍상선(馮象先) ❸ 409

풍숙고(豊叔賈) ❷ 450

풍원질(馮元質) ❺ 81

풍유준(豊有俊) ❷ 210

자는 택지(宅之)이고 근현(鄞縣) 사람이다.

풍의(豊誼) ❺ 123

풍전지(馮傳之) ❷ 133, 203, 204, 301, 301, 314 ❺ 77, 80

풍태경(馮泰卿) ❺ 78

필재우(畢再遇) ❺ 63

/하/

하처구(何處久) ❺ 146

하탄(何坦) ❸ 99

한상(韓祥) ❺ 154

항안세(項安世, 1129~1208) ❶55, 82, 284, 418 ❺54, 56

자는 평보(平父) 혹은 평보(平甫)이고 호는 평암(平庵)이다. 순희(淳熙) 2년(1175)에 진사에 급제해 소흥부(紹興府) 교수(教授)가 되었다. 당시 주희는 절동제거(浙東提擧)로 있었기에 서로 義理之學에 관해 강론한 바 있다.

허급지(許及之) ❸382

허심보(許深甫) ❶223 ❸400, 401, 423

자세한 행적은 고증할 수 없다. 이 책 권28에 실린 「오백웅 묘표(吳伯顗墓志)」에 그가 임천(臨川) 교관으로 있었다는 내용이 보인다.

허중응(許中應) ❺124

허창조(許昌朝) ❸136 ❹466

허흔(許忻) ❸364

호공(胡拱) ❶241, 243 ❺37

자는 달재(達材)이다. 동절(東浙) 사람. 『송원학안』 권35에서는 그가 호기(胡沂)로부터 가학을 전수받았다고 기록하고 있고, 권77에서는 육구연의 문인으로 기록하고 있다.

호굉(胡宏, 1102~1161) ❷94

자는 인중(仁仲)이고 호는 오봉(五峰)이다. 사람들은 그를 오봉선생(五峰先生)이라 칭한다. 복건(福建) 숭안(崇安) 사람. 호안국(胡安國)의 아들이자 호상학파(湖湘學派)를 세운 사람이다. 어려서 양시(楊時)와 후중량(侯仲良)에게서 배웠다. 주요 저서로는 『지언(知言)』·『역외전(易外傳)』 등이 있다.

호대시(胡大時) ❶52, 55 ❷94 ❹346, 347

자는 계수(季隨)이고 호는 반곡(盤谷)이며 복건(福建) 숭안(崇安) 사람이다. 호상학파(湖湘學派)의 기초를 세운 호굉(胡宏)의 아들이기도 하다. 장식(張栻) 문하생 중에 으뜸으로 성망이 높았으나 평생 관직에 나아가지 않고 이학(理學)을 연구했다. 장식 뿐 아니라 주희나 육구연 등 당시 사상계의 주류들과 다방면으로 접촉하여 주고받은 서찰이 적지 않다.

호무상(胡無相) ❷119 ❸136, 137

임천(臨川) 사람이며 『육자학보(陸子學譜)』 권15에 육구연의 문인으로 기록되어 있다. 일설에는 승려라는 말이 있다.

호전(胡銓, 1102~1180) ❸109

자는 방형(邦衡)이고 호는 담암(澹庵)이다. 길주(吉州) 여릉(廬陵: 지금의 江西省 吉安市) 사람으로 이강(李綱)·조정(趙鼎)·이광(李光)과 더불어 남송사명신(南宋四名臣)으로 일컬어진다.

홍급(洪伋) ❺120

황간(黃榦, 1152~1221) ❶398

자는 직경(直卿), 호는 면재(勉齋)이다. 유청지(劉淸之: 子澄)의 추천으로 주희에게서 수업하였으며, 후에 둘째 사위가 되었다.

황남(黃楠) ❸398

황비(黃棐) ❸398

황세성(黃世成) ❸396, 397, 398, 401 ❺93
황남풍(黃南豊)

황숙풍(黃叔豊) ❶55, 56, 195 ❸394 ❹342, 343, 344, 516, 17, 541 ❺87
자는 원길(元吉)이며 금계(金谿) 사람이다. 괴당학파에 속하는 학자 중
에서 부몽천(傅夢泉)·등약례(鄧約禮)·부자운(傅子雲)·황숙풍 넷이
가장 유명한데, 그 중에서 황숙풍이 육구연을 가장 오래 모셨다. 육구
연이 형문군(荊門軍)을 다스리러 나갈 때 황숙풍이 따라가서 주고받은
문담을 기록하여 『형주일록(荊州日錄)』을 지었다.

황순자(黃舜咨) ❸120

황순중(黃循中) ❷219, 221, 275, 277 ❺99

황악(黃嶽) ❺120

황언문(黃彦文) ❷132

황원장(黃元章) ❶146 ❷387, 394

황일신(黃日新) ❶192

자세한 사적은 고증할 길이 없다. 『육자학보』 권14에 따르면 육구연과
같은 해에 진사 급제했다고 한다.

황춘(黃椿) ❷117 ❸398
자는 강년(康年)이며 황호은(黃壺隱)의 넷째 아들이자 황남(黃枏)의 아
우, 황비(黃棐)의 형이다.

| 역주자 소개 |

이주해

연세대학교 국학연구원 연구교수
국립대만대학에서 중국 고전산문 연구로 석사 및 박사학위를 받았다.
주요 역서로는 『한유문집(韓愈文集)』(문학과지성, 2009), 『우초신지(虞初新志)』(공
역, 소명출판사, 2011), 『파사집(破邪集)』(공역, 일조각, 2018) 등이 있다.

박소정

성균관대학교 유학동양학과 부교수(한국철학 전공)
연세대학교에서 「樂論을 통해 본 장자의 예술철학」으로 박사학위를 받았다.
주요 역서로는 『한국인의 영성(Korean Spirituality)』(모시는 사람들, 2012), 『문답
으로 엮은 교양 중국사(中國文化史三百題)』(이산출판사, 2005), 『아이들의 왕(棋
王, 樹王, 孩子王)』(지성의샘, 1993) 등이 있다.

한국연구재단
학술명저번역총서
[동양편] 619

육구연집陸九淵集 ⑤

초판 인쇄   2018년 8월 20일
초판 발행   2018년 8월 30일

저   자 ㅣ 육구연
역 주 자 ㅣ 이주해 · 박소정
펴 낸 이 ㅣ 하운근
펴 낸 곳 ㅣ 學古房

주   소 ㅣ 경기도 고양시 덕양구 통일로 140 삼송테크노밸리 A동 B224
전   화 ㅣ (02)353-9908 편집부(02)356-9903
팩   스 ㅣ (02)6959-8234
홈페이지 ㅣ http://hakgobang.co.kr/
전자우편 ㅣ hakgobang@naver.com, hakgobang@chol.com
등록번호 ㅣ 제311-1994-000001호

ISBN   978-89-6071-789-3 94820
          978-89-6071-287-4 (세트)

값 : 28,000원

이 책은 2014년도 정부재원(교육부)으로 한국연구재단의 지원을 받아 연구되었음(NRF-2014S1
A5A7037589).

This work was supported by National Research Foundation of Korea Grant funded by the
Korean Government(NRF-2014S1A5A7037589).

이 도서의 국립중앙도서관 출판예정도서목록(CIP)은 서지정보유통지원시스템 홈페이지
(http://seoji.nl.go.kr)와 국가자료종합목록시스템(http://www.nl.go.kr/kolisnet)에서 이용하
실 수 있습니다. (CIP제어번호 : CIP2018026621)